Superstar

di Clare Lydon

Prima edizione: novembre 2024
Pubblicato da Custard Books
Copyright 2024 Clare Lydon
ISBN: 978-1-912019-39-7

Editor: Francescaabb
Corretorre di bozze: Michela Mattei
Design della copertina: Kevin Pruitt
Composizione tipografica: Adrian McLaughlin

Per saperne di più: www.clarelydon.co.uk
Seguimi su Twitter: @clarelydon
Seguimi su Instagram: @clarefic

Altri libri di Clare Lydon

Prima Di Dire Sì, Lo Voglio
Change Of Heart: Edizione Italiana
C'era Una Volta Una Principessa
Niente Da Perdere
It Started With A Kiss: Edizione Italiana

Riconoscimenti

Ho pensato per la prima volta di scrivere un romanzo sul calcio femminile nel 2015. A quel tempo, però, il gioco non era ancora così diffuso e, soprattutto, io non ero così coinvolta. Tuttavia, lentamente ma inesorabilmente, la situazione è cambiata.

La Super League femminile ha ottenuto più fondi e copertura, e io ho iniziato ad assistere ad alcune partite e a guardarle in TV. Le finali della FA Cup femminile hanno attirato grandi folle a Wembley, e io ero lì a fare il tifo per le squadre. Ho assistito alle amichevoli internazionali e alle partite di Champions League. Ho iniziato a seguire i miei amati Spurs, insieme alla mia squadra locale, il Charlton. Era il gioco che amavo, ma giocato da donne. Da ragazzina appassionata di calcio, a cui era stato impedito di giocare dopo gli 11 anni, ero stupita e affascinata. Volevo di più, e nell'estate del 2022 lo ho ottenuto.

31 luglio. Stadio di Wembley esaurito. Facevo parte della folla che ha assistito al glorioso trionfo europeo delle Lionesses, il giorno in cui tutto è cambiato. Il calcio femminile, rimasto a lungo nell'ombra, è salito finalmente alla ribalta. Quelle donne erano atlete d'élite, che giocavano alle loro condizioni. Ero estasiata. Improvvisamente, ho capito che era arrivato il

momento di iniziare a scrivere di donne che giocano a calcio e che, alla fine, si innamorano. L'incontro perfetto.

E così nasce questo libro, *Superstar*. La mia ode al calcio femminile e al bel gioco. In queste pagine spero di aver catturato l'essenza di ciò che serve per essere un'atleta professionista. Spero di aver mostrato quanto amo il calcio, quanto ammiro le donne che sfidano le aspettative e giocano, dai primi del Novecento a oggi. Essere una stella dello sport femminile significa ancora andare contro ciò che di norma significa essere una donna. Complimenti a tutte coloro che corrono dietro a ogni palla e si lanciano in ogni placcaggio, a qualsiasi livello. Le vostre azioni stanno lentamente cambiando il mondo.

Da dove cominciare con i miei ringraziamenti? Prima di tutto, dalle mie prime lettrici, Angela, Sophie e Kathy, che mi hanno dato il primo pollice in su. Poi al mio stellare team ARC, che ha dovuto lavorare sodo per cogliere tutti gli anglicismi che inizialmente avevo fatto pensare e pronunciare a Sloane. Scrivere personaggi americani da inglese è davvero difficile, ed evidentemente mi piace complicarmi la vita da sola. Sciocca, Clare. Un plauso speciale a Henriette, che ne ha colti più di altri!

Un saluto al mio talentuoso trio di professionisti che si assicurano che i miei libri abbiano un aspetto e una lettura ottimali. Kevin per la splendida copertina, Cheyenne per l'editing e Adrian per la sua esperta composizione tipografica. Adoro avervi tutti al mio fianco e non potrei farcela senza di voi. Grazie anche a tutti i blogger e ai lettori che hanno mostrato entusiasmo per questo libro prima del lancio. Spero che vi piaccia!

Un sacco di gratitudine e tanto amore a mia moglie, Yvonne, per essere venuta a tutte le partite con me. Soprattutto quelle degli Spurs, dove continuavamo a perdere e io continuavo a tenere il broncio. Lei segue il calcio femminile da molto prima di me, quindi è stata un'ispirazione fondamentale anche per scrivere questo libro, anche se il suo primo amore è l'Arsenal (a quanto si dice, il club dell'Arsenal è perfetto per guardare una partita. I bagni sono epici! Peccato per la birra a marchio Arsenal).

Grazie anche a Sam, la mia prima compagna di calcio. Cosa sarebbe successo se non ci avessero vietato di giocare, a 11 anni? Grazie a Emma per avermi assecondata nella nostra squadra di calcio dell'università. Una volta segnai un goal fantastico, ma era in fuorigioco. Fui l'ultima a saperlo, mentre correvo via a braccia alzate. Tempi tristi. E alla mia famiglia, in particolare al mio defunto papà, per avermi inculcato l'amore per il calcio e per avermi portata alla mia prima partita con gli Spurs nel 1988. Abbiamo battuto il Blackburn in Coppa di Lega. Giocava Gazza. Giorni di gloria.

Infine, alle Lionesses. L'estate del 2022 è stata così speciale che, quando ci penso, mi viene ancora la pelle d'oca. Io e mia moglie eravamo presenti alla vittoria 8-0 sulla Norvegia a Brighton. Eravamo presenti anche all'emozionante finale di Wembley, quando hanno battuto la Germania 2-1 in casa. Sono un'appassionata di calcio da sempre, ho assistito a centinaia di partite. Quella finale europea è stata onestamente la migliore esperienza calcistica di tutta la mia vita. E porca miseria, abbiamo vinto! A molti altri giorni di calcio femminile di grande ispirazione. A molti altri giorni in cui ispirerete il mondo con il vostro coraggio.

Spero che questo libro vi intrattenga e vi ispiri in egual misura.

È un augurio che viene dal cuore.

Grazie per aver letto.

Se desiderate mettervi in contatto con me, potete farlo utilizzando uno dei metodi indicati di seguito.

Twitter: @ClareLydon
Facebook: www.facebook.com/clare.lydon
Instagram: @clarefic
Per saperne di più: www.clarelydon.co.uk
Email: mail@clarelydon.co.uk

*Per Emma, che avrebbe potuto
essere una concorrente.*

Capitolo 1

Un vento frizzante scompigliava i capelli biondi e corti di Sloane Patterson mentre usciva dal Boeing 777 e saliva sulla traballante scala di metallo. Guardò il cielo malinconico, punteggiato di nuvole scure. Almeno non pioveva. Tutti le avevano detto che in Inghilterra non faceva altro che piovere, soprattutto al nord. Il primo segno di spunta nella colonna della sua nuova vita, anche se quella era l'idea di estate del Regno Unito.

Salì a bordo dell'autobus VIP (essenzialmente un autobus con la scritta VIP stampata su un foglio attaccato al finestrino), poi cercò di trattenere le emozioni che le si agitavano dentro. Emozione. Trepidazione. Un senso di *che cazzo ho fatto*?

Ma ormai era lì, non si poteva tornare indietro. I nervi le si accesero in corpo. Si aggrappò a un palo mentre l'autobus si metteva in moto, perché cadere dopo pochi minuti dall'arrivo non le avrebbe fatto bene, soprattutto non con la sua caviglia malandata.

Cosa le aveva detto il suo terapista di Los Angeles, Jackson? "Se pensi che sia una caviglia malata, lo diventerà davvero. Pensa a una caviglia forte. Ripeti il mantra ogni mattina. Fai in modo di pensare che la tua caviglia sia più forte possibile, è la tua migliore risorsa".

Sloane abbassò lo sguardo. *Sei la mia caviglia migliore.* Poi alzò gli occhi al cielo.

Jackson non sarebbe stato contento.

"Sei sicura di volerlo fare? Almeno lì conoscono il calcio femminile?", aveva chiesto sua madre, come se fosse un'esperta mondiale di calcio, o addirittura un'esperta di Sloane. Non era né l'una né l'altra cosa.

Quando Sloane aveva risposto che il Regno Unito era la patria del calcio, sua madre aveva mitigato la sua argomentazione.

"Il calcio *maschile* viene da lì. Sono un po' indietro quando si tratta di calcio femminile, no?"

Sloane le aveva assicurato che la Super League femminile si era ben consolidata e che sarebbe andata.

Sua madre non era convinta. "Dico solo che è un grosso impegno. Non puoi salire in macchina e tornare a casa se ti senti giù di morale".

Sloane lo sapeva, ma quando era stata l'ultima volta che era salita in macchina per andare a trovare la sua famiglia? Nell'ultimo anno era stata spesso giù di morale, ma i suoi genitori non erano mai stati il suo primo punto di riferimento. Erano i suoi genitori, non i suoi amici. Spesso non erano nemmeno genitori molto amichevoli.

Inoltre, Sloane era sicura della sua scelta. Aveva bisogno di allontanarsi, di una nuova prospettiva. Voleva una nuova cultura in cui ambientarsi, un nuovo club che le desse qualcosa per cui lottare. Un posto abbastanza diverso, ma dove si parlasse la stessa lingua. Aveva ricevuto offerte dalla Spagna e dalla Germania, ma l'Inghilterra aveva avuto la meglio.

Nelle ultime due stagioni a Los Angeles aveva giocato

con il pilota automatico. Trasferirsi al Salchester Rovers era qualcosa di completamente nuovo e stimolante, e la distrazione dal caos della sua vita sentimentale era un ulteriore vantaggio. Aveva trascorso la prima ora di volo chiedendosi cosa stesse facendo Jess, se stesse pensando a lei, finché non si era rimproverata duramente e aveva messo su *Wonder Woman*. Due ore di Gal Gadot erano sufficienti a distrarre anche i cuori più duri. Poi aveva bevuto tre bicchieri di champagne e si era addormentata. Sloane non era una grande bevitrice. La sua mente glielo stava ricordando ora, mentre cercava ancora di avviarsi come un vecchio computer impolverato.

L'autobus si fermò davanti all'edificio principale e Sloane attraversò la porta e il corridoio bianco e lucido. Era completamente sola. C'erano state altre persone in prima classe sul suo volo, ma erano state accompagnate altrove.

Un nuovo paese, dove non conosceva nessuno. C'erano solo lei e i suoi pensieri.

Fece un respiro profondo.

Era in grado di farlo. Aveva segnato il goal della vittoria per gli Stati Uniti nella finale della Coppa del Mondo. Ma era stato facile, solo memoria muscolare e ripetizione; al contrario, non aveva mai sradicato la sua vita prima di allora. Diavolo, non aveva quasi mai volato da sola. Di solito era circondata da compagne di squadra e staff, al sicuro nel bozzolo del suo club. Fuori dal campo, Sloane si era abituata a non pensare da sola. Le cose stavano per cambiare. Da quando aveva detto sì alla sua agente, non aveva pensato ad altro.

Il rumore dei tacchi sul pavimento lucido interruppe i suoi pensieri. Era più abituata a sentire il click-clack degli scarpini sul cemento che circondava i campi da calcio. Una donna in jeans e felpa verde menta le andò incontro, rivolgendole un sorriso di benvenuto.

Sloane si raddrizzò. Guardò in basso per controllare di non aver versato nulla sulla felpa e si passò una mano tra i capelli.

"Sloane, è un piacere conoscerti".

Conosceva il suo nome. La donna allungò la mano e Sloane la prese. La sua emozione crepitò lungo il braccio di Sloane.

"Mi chiamo Sara e lavoro per il servizio VIP dell'aeroporto di Lancashire". Aveva una voce talmente forte che avrebbe potuto far cadere la schiuma dal cappuccino a tre tavoli di distanza.

Sloane si dondolò sui talloni e resistette all'impulso di strofinarsi le orecchie.

Sara fece una pausa, guardò il pavimento e poi di nuovo lei. "Sinceramente, è un onore conoscerti e sono molto contenta che tu abbia firmato il contratto con i Rovers. È proprio quello di cui la squadra ha bisogno in questa stagione, soprattutto perché stiamo lottando per il campionato, per le coppe e per un posto in Champions League". Sara scosse la testa, riprendendo la sua espressione da professionista. "Ma non voglio caricarti di aspettative. So che hai fatto un lungo volo e probabilmente sarai stanca".

Sloane sorrise. Incontrava fan come Sara ovunque andasse, ma ne era sempre grata. "Sicuramente ho un po' di sete", disse. "Ma è sempre bello incontrare qualcuno che segue il gioco. Farò del mio meglio per aiutare il club su tutti i fronti".

"Ottimo, ottimo", rispose Sara, annuendo come uno di quei gatti cinesi portafortuna. "Passiamo i controlli di sicurezza. C'è qualcuno che sta smistando le tue valigie e poi una delegazione del club ti aspetta nel parcheggio. Inoltre, naturalmente, ci sono alcuni fan che ti attendono per salutarti lungo il tragitto".

Sentì il calore invaderla. Aveva dei fan ad aspettarla. Succedeva ovunque andasse negli Stati Uniti, ma non pensava che sarebbe successo anche lì. Il suo umore si risollevò all'istante.

"È fantastico, grazie, Sara".

Sara sorrise quando pronunciò il suo nome.

Sloane conosceva tutti i trucchi. Sapeva come impressionare le donne in generale, sia che si trattasse di affascinare una potenziale fidanzata, sia che si trattasse di fregare una giornalista o di compiacere una fan. Rivolgeva loro la sua attenzione più completa, ricordava il loro nome e lo ripeteva. Era un modo infallibile per far sentire la donna di turno al centro del mondo. Per Sloane aveva sempre funzionato alla grande, fino a quando non aveva funzionato più, almeno. Ma non aveva intenzione di pensare a lei.

Sloane esibì il suo passaporto americano blu e lo consegnò all'uomo che si occupava dei controlli di frontiera. Avrebbe presto dovuto rinnovare il passaporto: la sua foto risaliva a quasi nove anni prima, quando per lei chiunque avesse 28 anni era vecchio. Eppure era lì, aveva 28 anni e non era ancora sulla soglia della morte. Se qualcuno avesse detto alla Sloane diciannovenne cosa sarebbe successo nella sua vita e nella sua carriera nel decennio successivo, sarebbe stata piuttosto soddisfatta.

"Benvenuta nel Regno Unito, signora Patterson", disse il doganiere, con un sorriso che metteva in risalto la fossetta sulla guancia. "Spero che le piacerà il suo nuovo lavoro". Fece una pausa e si chinò in avanti. "Ma non troppo, perché a casa mia tifiamo il Salchester United". Le fece l'occhiolino.

Sloane si lasciò sfuggire una risata e le sue spalle si sciolsero. Non si era resa conto di quanto fossero tese fino a quel momento. Sbirciò il cartellino dell'uomo per vedere il nome. Simon.

"Grazie, Simon, avevo bisogno di ridere. Ma mi dispiace portare cattive notizie: i nostri Rovers vi daranno una lezione di calcio questa stagione, e io ho intenzione di essere proprio al centro dell'azione". Ricambiò l'occhiolino di Simon e poteva ancora sentirlo ridere mentre Sara spingeva una serie di doppie porte nella lucida sala degli arrivi VIP.

Sloane sbatté le palpebre mentre i flash delle telecamere scattavano e le voci esplodevano. Sorrise. Se solo sua madre l'avesse vista ora.

Forse, dopo tutto, andare nel Regno Unito era stata la mossa giusta.

Capitolo 2

Ella era in piedi e fissava la sede degli allenamenti dei Salchester Rovers di fronte a lei. L'imponente nuovo edificio era sorto negli ultimi cinque anni, fornendo campi di allenamento, palestre, alloggi e centri medici all'avanguardia per le squadre maschili e femminili, oltre che per le formazioni giovanili. Ora era il suo posto di lavoro. Strinse la mano a pugno. Respira profondamente, inspira dal naso ed espira dalla bocca.

Era la volta buona. Dopo due lauree e quasi dieci anni di lavoro con i propri clienti, aveva finalmente trovato il lavoro dei suoi sogni. Non era lì per giocare a calcio, come aveva desiderato da bambina. Tuttavia, quando quel sogno non si era avverato, la voce successiva sulla lista di Ella era quella di lavorare in qualche modo al Salchester Rovers. Ed eccola lì, pronta a iniziare il suo lavoro come performance coach della squadra femminile, cioè allenatrice per le prestazioni e lo stile di vita. Era il primo lavoro del genere nella Super League femminile.

Quanto sarebbe stata orgogliosa sua madre. Quanto erano entusiasti la sua famiglia e i suoi amici. Si era persino concessa un momento per essere orgogliosa di se stessa.

Fece un altro respiro profondo e prese la sua nuova,

elegante borsa nera dal sedile posteriore della sua Mini verde metallizzata. Il primo giorno era importante apparire come si deve. Era passato un po' di tempo dall'ultimo primo giorno di Ella. Era successo subito dopo la morte di sua madre: quel giorno aveva finto molto bene e, se era riuscita a fare quello, poteva fare qualsiasi cosa.

Un'auto nera dall'aspetto imponente e dai vetri oscurati si fermò a pochi metri di distanza.

Ella si chinò per vedere chi c'era dentro, ma non aveva ancora aggiunto la vista a raggi X alla lista dei suoi superpoteri. Si raddrizzò. Le serviva davvero il blazer blu che aveva sul sedile posteriore? Il sole di luglio era abbastanza caldo, ma questa era Salchester. Poteva cambiare in un attimo. Esitò, poi lo prese. Forse era troppo vestita, ma era meglio avere un aspetto professionale il primo giorno. Il resto lo avrebbe capito strada facendo.

"Pensa di essere in grado di gestire il lavoro, signora Carmichael?", le aveva chiesto il manager di People durante il colloquio. "Si tratta di stelle della Super League femminile. Giocatrici che vengono riconosciute quando camminano per strada. Alcune di loro sono volti noti in tutto il mondo. Il gioco si è diffuso in modi che dieci anni fa non avremmo mai pensato possibili. Ora le donne, proprio come gli uomini, sono calciatrici famose. Come pensa di cavarsela lavorando al loro fianco?"

Ella era consapevole che le cose erano cambiate dall'ultima volta che aveva allacciato le scarpette da calcio. Tuttavia, la domanda non l'aveva spaventata. Era abituata a trattare con atleti professionisti. Era una performance coach esperta e qualificata, che aveva aiutato sportivi di ogni estrazione sociale. Avrebbe trattato ogni persona nello stesso modo in cui trattava qualsiasi cliente: con attenzione, rispetto e un atteggiamento professionale.

Aveva anche detto all'intervistatore che si aspettava lo stesso in cambio. "Siamo tutti dalla stessa parte, abbiamo l'obiettivo finale di portare in campo giocatori sani e in forma, nel corpo e nella mente, perché il Salchester Rovers dia sempre il meglio".

Quella, ovviamente, era la risposta professionale, quella che aveva provato allo specchio prima del colloquio. Ma in quel momento la realtà del suo nuovo lavoro cominciava a farsi sentire. Stava lavorando proprio nella squadra della sua infanzia. Le farfalle le si agitavano nel petto e lei cercava di fermarle. Era la squadra che era venuta a vedere con la sua famiglia da bambina, quella per cui ancora tifava, solo che ora aveva un posto in prima fila per ogni partita, un pass per il backstage ogni giorno.

Era stata assunta innanzitutto per occuparsi della squadra femminile, per assicurarsi che la loro mentalità e il loro stile di vita fossero perfettamente sintonizzati con i loro corpi. Non era una psicologa, il club ne aveva già una; il Salchester l'aveva assunta per lavorare part-time in un ruolo nuovo di zecca per aiutare la squadra a crescere. Doveva fare per loro quello che aveva fatto per altri atleti: farli diventare i migliori.

Infatti, quell'anno, il Salchester Rovers era pronto a lottare non solo per il campionato con i suoi acerrimi rivali, il Salchester United, ma anche per la FA Cup e per il secondo piazzamento consecutivo tra i primi quattro. Avevano speso molto nel calciomercato, e avevano assunto Ella e una serie di altri collaboratori. Il Salchester Rovers prendeva la squadra femminile con la stessa serietà di quella maschile.

La portiera di un'auto sbatté dietro di lei. Quando si voltò, una figura incappucciata scese dall'auto nera e lucida, portando una borsa sulla spalla sinistra. La borsa sembrava costosa. Ella era ignorante quando si trattava di roba di marca, ma sua cugina Marina le aveva fatto un corso accelerato quando aveva saputo del suo nuovo lavoro. "Se vuoi entrare in sintonia con i giocatori, soprattutto quelli importanti, devi conoscere le loro vite. Questo significa essere aggiornati sulla moda". Le sue sopracciglia si erano quasi unite mentre parlava, tanto il suo cipiglio era serio. La borsa di questa persona era marrone e dorata. Louis Vuitton? Ella ne era sicura al 90%.

Si mise il blazer, si caricò la borsa in spalla e chiuse l'auto con un bip. Camminava lungo il marciapiede e stava per aggirare la figura incappucciata, quando la persona spinse giù il cappuccio e fece un passo indietro, proprio sulle scarpe nere lucide di Ella.

Il dolore le risalì lungo la gamba ed emise un gemito.

"Merda! Mi dispiace!"

Un accento americano.

Ella sbatté le palpebre, poi si concentrò. Prese un'enorme boccata d'aria.

Porca puttana.

La donna che teneva in spalla la borsa griffata e che le aveva appena pestato un piede non era altro che la migliore attaccante di calcio femminile del momento. Il nuovo acquisto del Salchester Rovers, Sloane Patterson. Una pin-up molto gay, e molto out. E maledettamente brava a giocare a calcio. Per il suo ingaggio, il Salchester Rovers aveva pagato davvero tanto, battendo il record mondiale per il trasferimento di una donna. Sloane era un punto fermo dei media, una beniamina dei tabloid insieme alla sua fidanzata Jess Calder, dinamo del centrocampo inglese, e aveva un ruolo molto importante. Il suo compito era quello di portare il club al livello successivo. Il nuovo lavoro di Ella consisteva nell'assicurarsi che fosse nella giusta posizione mentale per farlo. Per questo motivo, non le avrebbe urlato contro per averle pestato il piede.

Si limitò a scuotere la testa. "Nessun problema", rispose, sdrammatizzando. "Sono solo contenta di non aver io pestato un piede a te. Sarebbe stato molto peggio".

Sloane si lasciò scappare una risata. "Dipende. Se mi avessi rotto il metatarso allora sarebbero iniziate le inchieste, no?"

"Non ho intenzione di romperti il piede né ora né mai". Ella si schiarì la gola. Stava facendo una normale chiacchierata e una risata con la migliore attaccante del mondo. Questa era la sua vita ora. Niente di grave.

Tuttavia, una cosa era avere a che fare con una giocatrice di basket di fama mondiale, o con un corridore o un tuffatore vincitori di una medaglia d'oro. Ella sapeva cosa ci voleva per arrivare ai vertici di qualsiasi sport e chiunque ce l'avesse fatta aveva la sua totale ammirazione. Ma non era mai stata colpita da una star prima d'ora.

Fino a quel momento.

Ella aveva visto Sloane giocare un paio di volte, ed era all'altezza delle aspettative. Talentuosa, ultra-competitiva e sempre la prima ad arrivare sulla palla, a prescindere da tutto. I suoi risultati parlavano da soli. Si presentava sempre nelle partite di rilievo e segnava goal importanti. Ora si trovava di fronte a Ella, con un sorriso americano e giocherellone sul viso.

"È il tuo primo giorno?" *Fai finta di niente*. Ella aveva detto al suo capo che trattare con le giocatrici non sarebbe stato un problema, ma avrebbe dovuto avere il tempo di prepararsi mentalmente, con le domande da fare e le ricerche su cui basarsi. Non aveva ancora approfondito il background delle calciatrici. Non sarebbero entrate nel campo di allenamento prima della settimana successiva e lei non voleva presentarsi agli incontri con idee preconcette. Di Sloane sapeva solo che aveva gambe favolose, braccia toniche, che era letale con entrambi i piedi, e che aveva una fidanzata stupenda.

Sloane scosse la testa, con la fronte corrucciata. "Sì e no. Cioè, sì, è la prima volta che vengo al campo di allenamento. Mi ha accompagnata la macchina del club. Servizio molto professionale e gentile. Sono qui per salutare la manager della squadra, credo che voglia assicurarsi che io sia arrivata e che non abbia intenzione di scappare prima che il resto delle giocatrici si presenti la prossima settimana".

"E tu?"

Un'altra dolce risata. Sloane non era affatto come in campo. Lì era una forza della natura; nella vita reale, appariva rilassata. La combinazione ideale.

"Non lo so ancora". Tese una mano. "Sono Sloane Patterson. Ma ho la sensazione che tu lo sappia già".

Ora era il turno di Ella di sorridere. Non riusciva a fermarsi, non quando Sloane stava aspettando che le stringesse la mano. Ella esitò, ma riuscì a spingere la mano in avanti e ad afferrare quella di Sloane. La sua stretta era calda e morbida. Fece del suo meglio per ignorare la sensazione. Doveva davvero superare la sua cotta infantile.

Ma porca miseria, stava toccando Sloane Patterson!

"Ella Carmichael. Piacere di conoscerti, Sloane". Si inclino un po' in avanti. "Lo sapevo. Anche per me è il primo giorno. Sono la nuova performance coach, quindi credo che ci vedremo spesso".

"Grazie al cielo, lavori davvero qui. Il blazer mi aveva fatto venire il dubbio". Fece scorrere lo sguardo su Ella. "Hai un aspetto molto professionale".

Ella fece un finto inchino. "Grazie".

Ma che cazzo, Ella?

Sloane aprì la cerniera della felpa nera e inclinò la testa verso l'edificio. I suoi capelli dorati scintillavano al sole del mattino. "Entriamo insieme?"

Non riusciva a credere che stesse accadendo, ma Ella lo accettò. Combatté l'impulso di tirare fuori il telefono e di raccontare quel momento al mondo intero su Instagram.

Si mise al fianco di Sloane. Oltre alla borsa elegante, indossava anche scarpe da ginnastica Nike che Ella non aveva mai visto prima. Probabilmente erano state fatte apposta per lei. Ella seguiva Sloane sui social media quando si ricordava di guardarli: era sempre all'ultima moda, con le ultime scarpe da ginnastica da abbinare.

"Hai lavorato con altre squadre di calcio? Sono impressionata dal fatto che ti abbiano presa in considerazione. I performance coach non sono la norma".

"Mi hanno detto che il Salchester Rovers è la prima squadra ad averne una, stiamo battendo una nuova strada. Di solito lavoro come libera professionista. Ho anche un mio studio, che si occupa di diversi sport. Ma il club mi ha assunta per tre giorni alla settimana per lavorare con le squadre, con la possibilità di aumentare se necessario. Farò anche parte della squadra femminile durante le partite. Non vedo l'ora di affrontare questa sfida". Non mentiva. "Sono anche molto emozionata, perché sono una tifosa da sempre".

"Sarà meglio che io sia in forma, allora, giusto?" Sloane sorrise. "Mio fratello era proprio così quando giocavo nella squadra di Houston. Adora quella squadra senza alcun motivo apparente, visto che siamo di Detroit. Ma, ogni volta che avevo una brutta partita, mi chiamava e mi rompeva le scatole". Alzò lo sguardo su Ella.

Ella fu colpita da quanto fossero azzurri gli occhi di Sloane. Li aveva già notati in TV, ma nella vita reale ti tenevano inchiodata e non ti lasciavano andare. Ella scommetteva che erano stati la ragione di molti cuori infranti nel corso degli anni.

"Sono sicura che andrai alla grande e che darai il massimo per la squadra. Ti ho vista giocare, hai delle capacità pazzesche".

Raggiunsero la porta d'ingresso del campo di allenamento e Sloane si fece avanti. "Hai preparato il tuo sorriso da primo giorno di lavoro? Vuoi provarlo prima su di me? Ecco il mio". Sloane fece una faccia esagerata.

Ella ridacchiò. Non poteva farne a meno, era affascinata. "Davvero non male. Lucy Harris ci cascherà sicuramente". Lucy era la manager della squadra femminile.

"Lo immaginavo". Diede una gomitata a Ella. "Sono nervosa. Tu sei nervosa? La gente pensa che io non sia nervosa, ma mi sento bene a confessartelo. Sei una psicologa, no? Sarebbe strano non essere nervosi".

"Non sono una psicologa in senso stretto, solo un'umile coach di performance e di stile di vita". Ella sorrise. "Ma sono d'accordo, sarebbe strano. Tutti sono nervosi e vogliono fare una buona prima impressione".

"Soprattutto quando si ha una reputazione come la mia.

Non mi sottraggo mai a un confronto, sono una schietta". Si portò una mano al petto. "Però in campo. Sotto sotto, sono una tenerona. Ci credi, vero?"

"Non ascolto mai i pettegolezzi, prendo tutto con le pinze. So cosa si dice di alcuni giocatori, ma mi astengo dal giudicare finché non li incontro e non conosco i fatti".

Sloane sollevò un solo sopracciglio. Folto, come era di moda di quei tempi.

"Donna intelligente. Mi piaci".

Ella segnò a mente quel commento in modo da poterlo raccontare alla cugina quando le avrebbe parlato. Marina avrebbe dato di matto.

Sloane premette il campanello di ingresso, poi aprì la porta principale quando l'addetto alla reception le fece entrare. Quando la porta di vetro si chiuse, due figure si alzarono dai divani blu della reception. Entrambe si avvicinarono a Sloane e guardarono Ella con aria interrogativa.

"Sloane", esordì uno degli uomini. Afferrò la mano di Sloane, che lasciò cadere la sua borsa elegante sul pavimento lucido e levigato. "Come stai? Siamo assolutamente entusiasti che tu sia riuscita a venire. È bene che ti metta a tuo agio prima che arrivino tutte le altre. Un tocco personale per la nostra nuova stella".

Continuava a pompare la mano di Sloane, facendo flettere i muscoli dell'avambraccio. Indossava una polo nera attillata, jeans neri e una sorprendente cintura color limone.

"Sono felice di far parte della squadra, Paulo, grazie per il benvenuto", rispose Sloane. Sorrise a Ella, come se fossero insieme.

Ella ricambiò il sorriso. Doveva rimanere lì o andare oltre, dalla manager? Probabilmente la seconda, ma ormai aveva aspettato lì troppo a lungo perché il passaggio fosse facile.

"Scusa, è una tua amica?" chiese quello con la cintura gialla, alias Paulo Martinez, presidente del Salchester. Il suo accento spagnolo danzava sulle parole.

"Questa è Ella Carmichael, la tua nuova allenatrice d'élite per le prestazioni e lo stile di vita, detta anche performance coach", gli disse Sloane. "Anche lei inizia oggi".

Paulo rivolse a Ella un sorriso caloroso e una rapida stretta di mano. "Benvenuta, Ella. Sono sicuro che Beth può darti indicazioni". Fece un cenno con la mano in direzione della reception, ma la sua attenzione rimase unicamente su Sloane, la star.

Ella capì l'antifona. "Buon primo giorno, Sloane. Ci vediamo in giro".

"Sicuramente", rispose Sloane.

Ella si concesse un piccolo sorriso, poi si diresse verso la reception.

Sloane Patterson non era affatto come si aspettava.

Capitolo 3

"Che ne pensi del nuovo appartamento?" Lucy Harris mise entrambe le mani dietro la nuca e si concentrò esclusivamente sul suo nuovo incarico. Indossava un top da allenamento blu del Salchester con le iniziali LH sul davanti. Ogni volta che Sloane vedeva Lucy a bordo campo in TV, indossava la tuta da ginnastica, come se fosse pronta a entrare in campo e cambiare la partita. A 40 anni, era una delle più giovani manager del campionato, avendo appeso gli scarpini al chiodo solo sei anni prima.

"Mi piace, ha una bella vista sulla città. Mi fa piacere avere l'attico". Aveva trascorso le prime due notti a respirare la sua nuova città guardando il paesaggio notturno che si stendeva davanti a lei. Aveva bisogno di un maglione, però. Era lì da un mese e la situazione non faceva che peggiorare, anche in agosto. A Los Angeles, le notti d'agosto non richiedevano certo abbigliamento pesante.

"Te lo sei guadagnato. Continua a segnare goal per noi in questa stagione e potrai rimanere lì". Lucy batté la matita sulla scrivania e fece un ampio sorriso a Sloane. "Scherzo, era una battuta".

"Non ero preoccupata. Sono gli obiettivi a pagare".

Lucy le fece un cenno di apprezzamento, poi si inclinò in avanti. "Hai cominciato a capire il meteo?"

"È un'abilità che devo ancora acquisire, ma sono sicura che arriverà col tempo".

La manager rispose con una risata. "Sei la prima grande giocatrice statunitense a partecipare a questo campionato, e credo che molte di loro siano scoraggiate dal clima. Ma non dovrebbero esserlo, in realtà è migliore per giocare, quando ci si abitua".

"Ti credo sulla parola". Sloane aveva già ordinato una coperta elettrica.

Lucy era una leggenda del gioco femminile. Aveva vinto tutto a livello di club e ora era una delle manager più rispettate del campionato. Aveva preso in mano il Salchester quando avevano messo insieme la loro squadra femminile solo cinque anni prima. A poco a poco, la squadra si era rafforzata e ora era pronta a sfidare il campionato. Sloane sapeva bene che Lucy non avrebbe accettato niente di meno che un impegno totale per la causa. Era pronta a farlo.

"Conosci già alcune delle ragazze, ma volevo chiederti: vorresti che qualcuno ti mostrasse la città? Posso chiedere a qualcuno dello staff, se vuoi".

Sloane scosse la testa. "Sono a posto. Conosco Layla, sono sicura che mi mostrerà le attrazioni principali. Inoltre, sono già stata paparazzata, il che mi ha sorpresa. Non ho nemmeno vinto i campionati europei, non sono una Lioness".

Lucy si sedette sulla sua poltrona di pelle nera. "Sì, ma sei fidanzata con una Lioness".

Un brivido attraversò il corpo di Sloane. Lo era? Secondo il resto del mondo, sì.

"Inoltre, l'ultima volta che ho controllato, eri ancora una vincitrice della Coppa del Mondo, ancora vicina al record del maggior numero di goal internazionali segnati da un'americana".

Sloane agitò una mano. "Non faccio caso ai record. Sono solo sorpresa che la gente sappia chi sono, non ho ancora giocato una partita".

"Sei finita sulle prime pagine. Sei una star, Sloane".

"Speravo di volare sotto i radar, qui".

Lucy strinse gli occhi, poi scrollò le spalle. "Se può servire, là fuori sarai anche una star", indicò la finestra del suo ufficio, "ma qui dentro", fece un cerchio con il dito, "in questi campi di allenamento, sei solo un elemento della squadra".

"Come piace a me, sono d'accordo". Sloane rispose.

"Bene. Il mio piano per questa stagione è di modellare la squadra intorno a te. So che con la tua ultima squadra ti sei mossa ampiamente sul campo per ricevere la palla, e questa è una grande sfaccettatura della tua tecnica. Ma voglio che tu sia la nostra punta di diamante. Abbiamo un'ottima giovane attaccante, Nat Tyler, che non vede l'ora di imparare da te. Prendila sotto la tua ala, condividi la tua esperienza. Ha già un talento fantastico ed è un'attaccante nata, ma affiancarla a te è un sogno". Lucy fissò Sloane con il suo sguardo intenso. "Inoltre, abbiamo un centrocampo formidabile con Millie Welsh e il capitano della squadra, Layla Hansen, che tu conosci. Ma, soprattutto, voglio che tu sia felice qui. Te l'ho detto al telefono, voglio conoscere le mie giocatrici dentro e fuori dal campo".

Sloane ricordava una conversazione del genere con la sua vecchia allenatrice in California. All'epoca era l'attaccante giovane e sexy, in coppia con la compagna di squadra più adulta e matura. In squadra c'era anche Jess Calder, una promettente centrocampista. Quando si erano incontrate, era scoccata la scintilla e la loro passione dentro e fuori dal campo si era tradotta in goal a bizzeffe. Sloane sapeva bene che la vita fuori dal campo si infiltra sempre in quella in campo. Tuttavia, aveva fatto un patto con se stessa quando si era trasferita: voleva essere felice e contenta e concentrarsi su se stessa e sul suo gioco. Nient'altro. Soprattutto, non voleva pensare a Jess.

Dopo aver ascoltato il piano di gioco, Sloane sfoderò il miglior sorriso possibile. "Sono qui per una nuova esperienza, e parte di essa è giocare al meglio delle mie capacità in un nuovo paese e in un nuovo campionato. Sono entusiasta di essere qui, e spero che la mia vita fuori dal campo sia così noiosa da dover riversare tutto il mio entusiasmo nel gioco. Mi impegnerò al cento per cento".

La manager inclinò la testa, poi fece un cenno deciso a Sloane. "So che ti impegni, ti ho vista in azione". Fece una pausa, analizzando Sloane ancora una volta con lo sguardo. "So anche che un trasferimento comporta delle sfide, anche per una professionista esperta come te. La mia porta è sempre aperta per questioni che riguardano il campo o meno. Inoltre, abbiamo assunto una coach per le prestazioni e lo stile di vita, quindi puoi fare riferimento anche a lei".

Sloane abbozzò un sorriso. Ella. Immaginò il suo viso ridente nella sua mente, la sua massa di capelli castani. Le era piaciuta subito, pensava che potesse essere una buona amica. Le era consentito fare amicizia con una coach? Forse non aveva scelta. Avere amici fuori dal campo era importante quanto averne in campo. Si erano incontrate una volta nei primi giorni di permanenza lì, e poi niente. Quando Sloane aveva chiesto di lei, le era stato detto che Ella aveva una pausa di lavoro programmata per allenare dei clienti altrove. Era richiesta, era un buon segno.

"Lo farò. Non vedo l'ora di iniziare". Sloane era una vincitrice, Lucy era una vincitrice: si prospettava una collaborazione fantastica.

Lucy batté ancora una volta la matita sul tavolo. "Un'altra cosa. Vorrei introdurre una sessione di storie personali prima di ogni partita, in cui i giocatori e lo staff condividono qualcosa che gli altri non conoscono del loro percorso. Ostacoli che avete superato, o qualcosa con cui state ancora facendo i conti. Io vado per prima, ti andrebbe di parlare per seconda?"

Sloane annuì. "Certo, non c'è problema".

"Ottimo. Un'ultima cosa, come va la caviglia?"

Sloane sfoggiò il suo sorriso più luminoso. "Mi sento bene, davvero alla grande. Sono pronta per la nuova stagione e per tutto ciò che comporta".

Capitolo 4

"Entra, entra". Ella si alzò dalla poltrona e accompagnò Sloane nella prima fila della sala cinematografica. Tuttavia, non si trattava di un cinema per vedere gli ultimi film di successo: era piuttosto il luogo in cui i giocatori venivano a rivedere le loro prestazioni e quelle delle altre squadre. Lì si analizzava ciò che si era fatto e ciò che si poteva fare meglio; inoltre, Ella impartiva anche sessioni individuali di benessere.

Era molto diverso rispetto a quando Ella aveva iniziato a giocare, quando le strutture erano inesistenti e l'allenatrice le sgridava quando sbagliavano. Il mondo era cambiato da allora, così come le tecniche di allenamento. Nessuno rispondeva bene alle critiche taglienti che venivano rivolte come uno schiaffo in faccia. Lucy esigeva standard elevati e si assicurava che i giocatori venissero accolti con un braccio sulla spalla e con una leggera spinta nella giusta direzione, quando era necessario.

Nel frattempo, il compito di Ella era quello di accentuare gli aspetti positivi, trovare il modo di progredire e avvolgere le eventuali carenze in uno strato di speranza e possibilità. Il suo compito era quello di andare in profondità e vedere dove i giocatori potevano migliorare fuori dal campo, cosa che poi si trasferiva anche nel gioco.

Anche giocatrici come Sloane Patterson, che aveva un

aspetto fastidiosamente elegante, anche con una normale tuta da ginnastica da club.

"È bello rivederti. Ti ho cercata fin dal nostro primo giorno, ma sei stata sfuggente". Sloane sfoggiò il suo sorriso più affascinante, gettò la buccia di banana nel cestino alla sua sinistra con un colpo secco, poi allungò le lunghe gambe mentre si accomodava sulla poltrona di velluto rosso. "Scusami, ho appena finito di pranzare". Bevve un sorso di caffè, trasalì e lo posò. "Questa roba è letale. Sa di pneumatici caldi e fusi".

Ella si sedette a due posti da Sloane. "Sono d'accordo, è per questo che mi porto il mio al lavoro". Si toccò il lato del naso. "Ti consiglio di fare lo stesso".

"Ne prendo nota".

"Anche per me è un piacere rivederti", continuò Ella. "Avevo un paio di clienti al campionato europeo di sport acquatici e avevo già accettato di andare con la squadra, quindi questo è il mio secondo primo giorno".

Sloane sollevò un sopracciglio e finì di masticare prima di parlare. "Come sono andati? Immagino che, con il tuo aiuto, abbiano superato tutti i record".

Di nuovo quel fascino. Ma questa volta Ella era preparata. La prima volta che si erano incontrate, era stata colpita come una normale fan davanti a una star; questa volta aveva il controllo e sapeva le domande da fare.

"Sono andati bene, ma non siamo qui per parlare di loro. Siamo qui per parlare di te. Sei qui da tre settimane, come ti stai ambientando?"

Sloane annuì. "Bene, mi trovo bene. Sto diventando più forte e più lucida fisicamente, e la squadra è fantastica".

"Lucy mi dice che ti stai allenando bene. Non è una sorpresa, sei una delle migliori calciatrici del mondo".

"Mah, se lo dici tu".

"La migliore attaccante in circolazione. E anche con un bel caratterino. Un pezzo grosso, letteralmente".

Sloane sgranò gli occhi per un attimo. "Un pezzo grosso? Spero nel modo più gentile possibile".

Ella contorse il viso nel tentativo di mantenerlo neutro. Quella frase le era uscita dalla bocca in modo strano. "Certo. Ho sentito parlare solo bene di te, sei più che brava in campo. Ma che mi dici di quando non ti alleni? Sei uscita con qualche compagna di squadra?"

Un altro cenno affermativo.

Ella voleva approfondire, ma era improbabile che ciò accadesse durante la prima seduta. I clienti erano sempre molto chiusi fisicamente ed emotivamente quando parlavano per la prima volta.

A conferma di ciò, Sloane si sedette più composta e incrociò le braccia sul petto prima di parlare.

Tipico.

"Niente di che. Dopo l'allenamento siamo uscite per andare allo Shot Of The Day, la caffetteria che Michelle gestisce con sua moglie".

Ella doveva ancora andarci, ma sapeva che era una destinazione molto popolare. Michelle Howard era una colonna portante della squadra, giunta alla fine della sua carriera. Lei e sua moglie avevano aperto la loro caffetteria l'anno precedente, molto vicino al campo di allenamento. Visto che non potevano bere alcol quasi mai, la droga scelta dalla maggior parte dei giocatori era la caffeina. Ella doveva trovare una caffetteria tutta sua da frequentare, ora che lavorava lì regolarmente. Lì poteva andarci, ma era un ritrovo di giocatori.

"E la sera? Io mi sono appena trasferita in un appartamento tutto mio e non conosco nessuno in zona. So che ci si può sentire soli". Era nata lì, ma la sua famiglia si era trasferita a due ore a est, sulla costa, quando aveva nove anni. Salchester era ancora la grande città più vicina, il centro del nord, a poco più di due ore di treno da Londra.

Sloane si abbracciò il corpo un po' più strettamente e aggrottò le sopracciglia. "Ci sono abituata, mi piace la mia compagnia. Ho Netflix, parlo con mio fratello e con Jess". La sua bocca si contrasse.

Ah, sì. La fidanzata che Sloane aveva lasciato negli Stati Uniti. Non era una cosa insolita nel loro lavoro, ma Ella voleva sapere perché.

"Come sta Jess?"

"Bene, è impegnata con la sua squadra. Entrambe ci stiamo concentrando sulle nostre carriere al momento. Il successo di un calciatore è breve, quindi non potevo dire di no al trasferimento in questo momento".

Ella strinse le labbra e fece un cenno rassicurante a Sloane.

Un lampo di vulnerabilità attraversò il volto di Sloane, ma lei lo coprì schiarendosi la gola. Ella lasciò cadere lo sguardo.

"Ma non sarà qui per gli internazionali a ottobre? Lucy mi ha detto che tu rimarrai e non tornerai in America".

Sloane trasalì.

Era quasi impercettibile.

Ma Ella se ne accorse.

"Se viene scelta. Comunque giocano nel Surrey, non qui".

"E non la andrai a vedere?"

"Non so ancora, i tempi sono molto stretti".

Quella risposta le disse tutto quello che aveva bisogno di sapere. Sloane e Jess erano in crisi e questo poteva influire sul rendimento calcistico di Sloane nella stagione.

"Ti stai ambientando in città, però, mi fa piacere sentirlo. La prima partita si avvicina, andremo in Germania per la tournée pre-campionato. Quali pensi che saranno le tue maggiori difficoltà?"

Sloane fece un respiro profondo, poi rivolse a Ella uno sguardo di sfida. "Inserirsi in una squadra consolidata è fondamentale, ma l'ho già fatto in passato, quindi sono pronta". Abbassò la testa, si inclinò in avanti e si rivolse a Ella. "Non devi psicanalizzarmi, sono un libro aperto sul campo. Ho letto molti libri sulle prestazioni e avevo un allenatore apposito. So cosa fare. Ci saranno degli ostacoli, ma sono pronta ad affrontarli di petto. Mi piacciono le sfide, mi piace rischiare. Ho avuto successi e fallimenti e so che sono entrambi importanti. Vivo per la pressione, non vedo l'ora che arrivi la prima partita".

Ora era il turno di Ella di alzare un sopracciglio: Sloane parlava per luoghi comuni. "Se mi rendi superflua, sono entusiasta". Stava mentendo. La pelle di Ella pizzicava sotto lo sguardo di Sloane. "Capisco che hai già fatto questo lavoro e che hai letto tutti i libri. Ma se sei così esperta, sai che non si può mai capire tutto: si tratta di un viaggio costante di apprendimento e ri-apprendimento, di rendersi vulnerabili e imparare ancora e ancora. Puoi farlo da sola o con me come cheerleader". Fece una pausa. "Non so te, ma io sono sempre stata una fan delle cheerleader. Qualcuno al tuo fianco, disposto a fare piroette e capriole solo per te? Mi sembra il massimo".

Forse era arrivato il momento di aggiungere una chicca personale per evitare che Sloane rimanesse sulla difensiva? Di solito non lo faceva così in fretta, ma Sloane era un caso diverso.

"Mia madre era la mia cheerleader. Non ha mai avuto un bell'aspetto con la gonna corta e i suoi pon-pon erano un po' consumati, ma averla al mio fianco mi ha aiutata tantissimo. Mi dava quel qualcosa in più ogni volta che affrontavo una sfida. Ecco a cosa serve il team di gestione qui. Lucy, gli allenatori, i fisioterapisti, i nutrizionisti e gli psicologi. Io sono un'aggiunta a margine. Siamo qui per combattere le vostre battaglie di fondo e assicurarci che il vostro percorso sia chiaro, in modo che quando siete in campo dobbiate pensare solo a voi e alla partita".

Ella aspettò di vedere se il suo trucco psicologico aveva funzionato.

Sloane espirò e le sue spalle si rilassarono. Se il linguaggio del corpo era affidabile, aveva funzionato.

"Hai detto che tua madre *era* la tua cheerleader? Non lo è più?"

Ella sussultò. Aveva aperto la porta a quella domanda, ora doveva attraversarla. Scosse leggermente la testa. "È morta otto anni fa. So cosa significa affrontare il mondo senza la tua cheerleader al tuo fianco. Si può fare, ma è più difficile. Ecco perché, quando mi viene offerto supporto, lo accetto. La vita è già abbastanza dura".

"Mi dispiace". Sloane si morse il labbro. "E non volevo essere antipatica, ho bisogno di cheerleader come chiunque altro". Fissò Ella.

"Buono a sapersi, perché sono pagata per stare qui, quindi lo farò comunque, che ti piaccia o no".

Finalmente un sorriso sincero.

Ella lo ricambiò. "Vogliamo riprovare con questa domanda? Quali pensi che saranno le tue sfide più grandi?"

Sloane considerò la domanda prima di rispondere. "L'affiatamento con una squadra già consolidata. Conoscere le mie compagne di squadra sia fuori che in campo. Imparare gli schemi di gioco. Azzeccare le transizioni. Stare in campo come vuole Lucy. Ma questo verrà col tempo". Fece una pausa. "Questa settimana, il mio ostacolo più grande è sorridere alla macchina fotografica come se fossi davvero felice per il mio servizio fotografico con la Nike. Mi sento sempre un po' in imbarazzo in queste occasioni, non potrei mai essere una modella. È più difficile di quanto sembri".

Sloane abbassò lo sguardo sul pavimento, poi tornò a guardare Ella. Mentiva: poteva benissimo essere una modella. Ma aveva anche abbassato la guardia, stava finalmente ammettendo una debolezza.

"E non possono mangiare altro che polvere. Non vorrei mai fare la loro vita", rispose Ella.

"Preferisco di gran lunga fare goal".

"Anch'io". Ella trasalì. Non succedeva mai quando parlava con tuffatori e ostacolisti, vero?

Ma a Sloane non era sfuggito. "Anche tu? Hai giocato?"

Ella si morse il labbro. "Molto tempo fa. Ma non parliamo di me, questa chiacchierata riguarda solo te".

"E se volessi sapere di te? Questa conversazione non è a doppio senso?" Sloane catturò lo sguardo di Ella e lo mantenne.

Le viscere di Ella si agitarono instabili sotto il suo calore. Le sarebbe piaciuto condividere la sua storia con Sloane, ma non era il momento né il luogo adatto. Fece un respiro profondo e scosse la testa. "Forse un giorno, quando mi avrai parlato un po' di più di te. Questa *è* una conversazione a doppio senso, ma ho bisogno di qualcosa su cui lavorare".

Sloane non abbassò lo sguardo. "Forse nella seconda seduta scopriremo entrambe qualcosa di più. Tu potrai parlarmi della tua carriera di calciatrice, io posso raccontarti qualcosa di più su come mi sono sentita sola qualche sera". Si succhiò il labbro superiore e alzò una mano. "Ma non è un problema. Fa parte del lavoro, è una cosa a cui sono abituata".

Ella sapeva che era vero. Stava quasi per proporle di andare a prendere un caffè, ma non sarebbe stato professionale. Ella era lì per lavorare per la squadra, proprio come Sloane.

Alla fine sarebbe riuscita a farla parlare.

Capitolo 5

Le facevano male i muscoli delle cosce e sapeva che il sedere le avrebbe fatto male il giorno dopo, ma era un dolore di tipo positivo, quello che avrebbe sopportato ogni giorno. Sapeva di aver fatto lavorare il suo corpo e che i suoi muscoli diventavano ogni giorno più forti. Sloane ricordava ancora la stagione che aveva passato in panchina per un infortunio alla caviglia che non era mai guarito del tutto. Due settimane si erano trasformate in quattro mesi di crescente frustrazione, mentre guardava le sue compagne di squadra vincere il titolo senza il suo aiuto. Aveva comunque ottenuto una medaglia, ma non se l'era guadagnata. In quella stagione voleva guadagnarsi tutto quello che aveva, e portare la squadra al livello successivo. Questo includeva i suoi famosi rigori, che aveva appena finito di provare.

"Grazie, Becca, sei fantastica!"

Il portiere del Salchester le diede il cinque, poi si affrettò a uscire dal campo con la coda di cavallo rossa che le ondeggiava dietro. "Non posso fermarmi, devo andare da mia madre per il suo compleanno!"

Sloane la scacciò dal campo con le mani. "Vai, allora". Becca scomparve negli spogliatoi.

"Bei colpi oggi, superstar".

Sloane sorrise a Layla mentre si metteva al suo fianco. Era rimasta fuori con lei mentre si esercitava con i rigori, come faceva Sloane a ogni sessione. L'accento norvegese di Layla era ancora presente in sottofondo, se si ascoltava con attenzione. Tuttavia, gli anni trascorsi fuori dal suo paese, sia negli Stati Uniti che nel Regno Unito, avevano fatto sì che il suo accento fosse un mix di tutto. In parte texano, in parte del Lancashire, in parte di Oslo.

Lei e Layla avevano giocato insieme al college, si erano affrontate nel campionato statunitense e si erano ritrovate in squadre avversarie anche nei tornei internazionali con i rispettivi paesi. Layla era un generale creativo in centrocampo, la sua specialità era scardinare le difese tirando palle micidiali agli attaccanti. Sloane amava quel tipo di giocatrici: disinteressate, che giocavano per la squadra. Inoltre, facevano sempre fare bella figura a una come lei. Le attaccanti erano sempre intrinsecamente egoiste, era nel loro DNA.

"Quarantasette rigori su cinquanta, non male. Ma credo che oggi tu sia stata il pezzo forte dell'allenamento". Sloane diede una gomitata a Layla mentre camminavano.

Layla respinse il complimento con un gesto della mano.

"Come ti sei sistemata, Patts? Ho sentito che hai preso un appartamento piuttosto centrale. Quando sono arrivata, mi hanno messo nel solito blocco che riservano ai nuovi giocatori, ma evidentemente tu sei un caso speciale".

Sloane alzò le mani. "Io non c'entro nulla, credo però che c'entri qualcosa la mia agente".

Scosse la testa incredula. "Io sono sposata e tu sei fidanzata. Chi l'avrebbe mai detto, quando ai tempi stracciavamo le altre squadre del campionato e baciavamo tutte le ragazze che ci volevano?"

"Infatti".

I loro scarponi fecero clic sul cemento quando scesero dal prato e attraversarono le porte di vetro dello spogliatoio. Sloane aveva sentito dire che le strutture erano buone a Salchester, ma in realtà erano migliori di qualsiasi altro posto in cui fosse stata prima. L'allenamento si svolgeva su un tappeto di velluto d'erba verde tagliata alla perfezione. Alla sua destra, una parete di vetro ospitava una palestra all'avanguardia; oltre a quella, enormi sale per trattamenti e riunioni, dove sapeva di trovare Ella. Era tutto un passo avanti rispetto a dove era stata. Uomini e donne si allenavano nelle stesse strutture, erano considerati alla pari.

"La storia che Lucy ci ha raccontato oggi era interessante. Sarai tu a parlare quando arriveremo in Germania per le pre-qualifiche, sai già cosa dire?"

Sloane scosse la testa. "Non ancora, ma ci penserò su".

Lucy aveva iniziato l'allenamento di quel giorno raccontando della sua carriera, e di come aveva sognato di giocare in stadi più grandi quando era giovane. All'epoca, però, il calcio femminile non era ancora seguito e le squadre giocavano su campi terribili e senza strutture. "A un certo punto, poiché i miei genitori non accettavano che fossi lesbica e il calcio non pagava nulla, ho dormito in macchina per alcuni mesi", aveva raccontato.

Tutti erano rimasti sbigottiti, anche Sloane, ma per fortuna la sua storia aveva avuto un lieto fine e ora stava guidando la squadra in quegli stadi più grandi in cui aveva sognato di giocare. "La Football Association è ancora gestita da uomini.

Il diritto di giocare è stato revocato una volta, quindi ricordate sempre chi ha lottato per riaverlo. Siamo qui grazie a loro. Godetevela, vivete la vostra vita nel modo migliore possibile, ma non datela mai per scontata".

Sloane non aveva pensato molto a quello che avrebbe detto prima della prima partita in Germania, ma voleva che fosse qualcosa di personale, per dimostrare che si fidava pienamente di loro, proprio come aveva fatto Lucy. Forse poteva raccontare la storia dei suoi genitori? Non l'aveva mai fatto prima, soprattutto perché era *estremamente* personale e la faceva sentire vulnerabile, però era perfettamente in linea con la situazione.

"Come sta Jess?"

Sloane sentì la pelle prudere. Cosa aveva sentito Layla? Il gioco femminile poteva anche essere diventato globale e raccogliere una marea di nuovi fan, ma il mondo era ancora piccolo. Quando le relazioni iniziavano o si interrompevano, una volta che la notizia era circolata, era di dominio pubblico. Tuttavia, visto che nemmeno Sloane sapeva cosa stesse succedendo alla sua relazione, sarebbe stata sorpresa se lo avesse saputo Layla.

"Bene". Risposte brevi. Era quello che aveva deciso di dare se glielo avessero chiesto. Sapeva che l'avrebbero fatto, ovviamente: lei e Jess erano una coppia potente dentro e fuori dal campo. Segnavano gol, ma anche sponsorizzazioni e contratti di alto livello. Erano due delle persone che guadagnavano di più a livello mondiale, ma erano ancora solo due donne che stavano vivendo una relazione a distanza. Sloane sapeva che erano stati scritti molti articoli sulle loro vite da quando aveva accettato di trasferirsi nel Regno Unito, e gli YouTubers si erano scatenati. Twitter era andato in tilt. La permanenza di

Jess negli Stati Uniti non aveva aiutato le voci. Tuttavia, non avevano detto una parola a nessuno dei loro amici o colleghi; per quanto ne sapevano gli altri, Sloane e Jess stavano ancora insieme e si impegnavano ancora nella loro relazione.

"Viene qui per gli internazionali a ottobre? Se sì, mi piacerebbe rivederla".

Se Jess fosse stata scelta, sarebbe stata in territorio britannico. Sloane aveva cercato di non pensare alla questione. "Ti faccio sapere, le parlerò più tardi. Dobbiamo vedere come si svolgeranno i nostri programmi. Sai com'è, quando si è in paesi diversi e si gioca in campionati diversi".

Arrivarono ai loro armadietti e Layla si tolse il top, rivelando la sua tartaruga. Ogni mattina si alzava e faceva 200 addominali; Sloane lo sapeva perché Layla non si stancava mai di dirglielo.

"Sai cosa è successo quando io e Courtney abbiamo provato a vivere in paesi diversi, le cose sono andate subito male. Il mio consiglio? Rimanete in contatto, imparate a farvi piacere il sesso al telefono e in videochiamata, e non state troppo tempo senza parlare. Altrimenti, le cose potrebbero precipitare". Si accarezzò l'addome sodo. "Ora, andiamo a prendere un caffè allo Shot Of The Day? Michelle mi ha detto stamattina che Suzy ha fatto una torta Guinness straordinaria".

Sloane lanciò un'occhiata a Layla. "A patto che prima mi accompagni in città, così posso comprare una macchina del caffè per il mio appartamento. Poi passiamo al bar".

***

Al loro arrivo, come spesso accadeva, nella caffetteria c'era un gruppo di ragazzine emozionate. Il bar era di proprietà di una leggenda del Salchester e di sua moglie, quindi i fan spesso si attardavano nella speranza di avvistare una giocatrice. Sloane posò per le foto e firmò autografi prima di sedersi. Bevve un primo sorso. Accidenti, era buono. La torta Guinness era esaurita, ma il caffè valeva comunque il viaggio. Quel *flat white* le ricordava le tazze che aveva bevuto sotto il sole californiano con Jess. Forse sarebbe dovuta venire più spesso allo Shot Of The Day.

La mente di Sloane tornò a Ella. Era già passata a provare il *flat white*? Le sarebbe piaciuta anche la roba di Los Angeles. Lì si sarebbe trovata bene, l'energia dinamica e incisiva di Ella era molto californiana, a differenza del suo accento, che a volte Sloane faticava a capire. Forse derivava dalla sua determinazione a essere la migliore e a far sì che anche gli altri intorno a lei fossero i migliori. Era quello che facevano tutti sulla West Coast: studiavano, mangiavano bene, cercavano di migliorare la propria vita.

La squadra del Salchester era buona, ma non era sicura che avessero quel *qualcosa* in più. Eppure, lei poteva aiutarli a migliorare. Anche Ella poteva farlo. Sloane era sicura che Ella avesse dato il massimo in campo. A che livello aveva giocato? E perché aveva smesso? Sloane era curiosa: avrebbe voluto conoscerla meglio. La squadra era ottima e c'erano dei bravi allenatori, ma aveva già incontrato persone del genere nei club precedenti. Persone studiose, tattiche. Fisiche. Esordienti.

Al contrario, non aveva mai incontrato una Ella prima di allora.

Dopo 45 minuti si congedò, dirigendosi verso casa con la sua nuova macchina del caffè.

Sloane entrò dalla porta di casa, posò la macchina e gettò

le chiavi sull'isola della cucina. Quel posto sembrava ancora un guscio freddo e vuoto, aveva bisogno di riscaldarlo. Fuori, la pioggerellina macchiava le finestre a tutta altezza. Anche questa era una parola nuova che aveva imparato da quando era arrivata qui: pioggerella, pioggerellina. Sloane era abbastanza sicura che a Los Angeles non esistesse.

Si tolse le scarpe da ginnastica, poi si sdraiò sul divano grigio, strappandosi via i calzini e muovendo le dita dei piedi. Era stato un buon allenamento, aveva eseguito i suoi rigori a regola d'arte. Dovevano essere perfetti: era il suo lavoro in quella stagione e, come aveva sempre detto, il momento migliore per iniziare a prepararsi era adesso.

Tirò fuori il telefono dalla tasca e andò su Instagram. Scorse il suo profilo fino all'anno precedente. Si fermò quando arrivò alla foto di lei in ginocchio che chiedeva a Jess di sposarla su una spiaggia hawaiana. Doveva essere la proposta romantica per eccellenza, immortalata da un fotografo al tramonto, solo che il cielo si era chiuso e aveva piovuto a dirotto. Per Sloane, questo aveva reso la scena più reale, più speciale; Jess, invece, non era stata entusiasta di bagnarsi. Quello che la telecamera non aveva mostrato è che il suo malumore era durato tutta la sera.

Sloane appoggiò la testa sul bracciolo del divano e chiuse gli occhi. Alla fine aveva detto a Ella che si sentiva sola, ma non aveva detto perché. Le mancava Los Angeles, le mancavano i suoi amici e suo fratello. Ma non le mancava Jess. Questo diceva molto.

Il suo telefono si illuminò tra le mani.
Videochiamata in arrivo da Jess.
Cazzo.

Sloane lasciò cadere il telefono come se stesse andando a fuoco. Aveva attratto quella chiamata con il pensiero? Cercò di controllare il respiro e si passò una mano tra i capelli. Non ebbe il tempo di controllare il suo aspetto. Aveva importanza? Jess era andata a letto con un'altra, quindi le importava davvero?

Sloane si schiarì la gola e si alzò. Ogni muscolo che aveva si bloccò mentre rispondeva.

Jess apparve sullo schermo, con il volto pixelato, prima di essere messa a fuoco. Sembrava stanca.

"Ciao". Tentò di sorridere, ma non le arrivò agli occhi. "Ho pensato di chiamare visto che mi sto rigirando i pollici sul divano". Fece una pausa. "Come vanno le cose al nord?"

Sloane sbatté le palpebre. Era al *nord*. Nel Lancashire. Quando era atterrata, voleva chiamarlo Midwest, ma a quanto pare nel Regno Unito non esisteva. "Le cose vanno bene. L'idea di estate di questo paese è un po' strana, ma finora non posso lamentarmi".

"Un bell'appartamento?"

"Un *attico*", disse Sloane con un sorriso. "È ben illuminato. Faccio feste tutte le sere, ovviamente".

"Ci scommetto. Ho visto alcune foto di te online con Layla che prendevate un caffè allo Shot Of The Day".

"Sono stati veloci a pubblicarle, è successo solo due ore fa".

"I fan si chiedono se siete una coppia". Jess le lanciò un'occhiata acuta.

Sloane sgranò gli occhi. "La gente ha troppo tempo a disposizione". Fece una pausa. "Comunque, per quanto riguarda il mondo, siamo ancora fidanzate, no?"

"Solo il mondo?" Jess ebbe almeno la grazia di gettare lo sguardo verso il basso.

"Dimmelo tu, Jess. Sei tu quella che è andata a letto con un'altra e poi non ha voluto parlarmi prima che me ne andassi".

Jess trasalì. Non era mai stata brava a dire la verità.

Il silenzio si allungò, sembrava non finire mai.

"Come va l'allenamento? Stai azzeccando i rigori?"

Calcio. Ogni volta che Jess era nervosa, riportava sempre la conversazione sul calcio. Era il suo linguaggio d'amore.

"Non cambiare argomento. Ne parleremo mai?"

Jess sospirò. "Volevo venire a trovarti prima che partissi, ma sai che i nostri orari non coincidono mai".

Non era mai stata brava a stabilire le sue priorità.

"Non voglio farlo al telefono, lo sai", continuò Jess.

"Non abbiamo molta scelta. Si tratta di noi, del nostro futuro. Mi hai detto che Brit è stata un 'errore di breve durata'". Ancora non le credeva veramente, ma Jess era la sua fidanzata e lei l'amava. O almeno, l'aveva amata fino a poco tempo prima, non era così facile chiudere la relazione. "Eravamo d'accordo che avremmo pensato a quello che volevamo durante l'estate. L'estate è quasi finita".

"Non a Los Angeles".

Sloane fissò la telecamera. Non era in vena di scherzi, dovevano risolvere la questione per il bene di entrambe.

"Tra me e Brit è finita, è stata una stupida avventura in tournée che ci è sfuggita di mano. Te l'ho detto".

"Siete ancora compagne di squadra".

"E questo è tutto ciò che siamo". Sospirò. "Io ti voglio, Sloane, ma tu ti sei trasferita dall'altra parte dell'oceano, quindi cosa ci rimane? Sai che sei sempre stata tu l'unica per me. Da quando ci siamo conosciute". I suoi occhi scintillavano mentre si schiariva la gola.

"Mi dici che sono l'unica per te e poi mi tradisci? Questo non è amore, Jess. È una stronzata. Qualcosa di cui non credo di aver più bisogno nella mia vita".

"Indossi ancora il tuo anello?"

Sloane si guardò il dito. Lo indossava, sì, non era sicura del perché. Forse perché una volta tolto sarebbe davvero finita. Non voleva fallire. Sloane non falliva, né nel calcio, né nella vita, né nell'amore. Sentiva già sua madre che le diceva che glielo aveva detto, che le relazioni gay non durano.

Lei annuì.

"Continua a tenerlo, per favore. Non è finita tra di noi. Ti chiamo la prossima settimana. Ti amo".

Sentì le lacrime pungerle gli occhi. Anche se una parte di lei avrebbe sempre amato Jess, era certa al 90% che non fosse più sufficiente.

Capitolo 6

"Non posso credere che tu abbia aspettato quasi un mese per darmi qualche pettegolezzo sulla deliziosa Sloane Patterson. Ti ha detto cosa sta succedendo tra lei e Jess? Se si sono lasciate vado fuori di testa. Sono una coppia pazzesca, quella che amo di più. Un mix perfetto di calore statunitense e britannico, mescolato con abilità, carineria e tanta scopabilità". Marina prese fiato all'altro capo del filo, poi riprese a parlare. "Le seguo entrambe su Insta. Jess ha un sacco di foto con Britney Navas e Wanda Rutherford sulla sua pagina. Se lei e Sloane si sono lasciate, pensi che stia con una di loro due?"

"Non posso darti nessuna informazione tanto interessante come quelle che ti stai già inventando". Ella si fermò nel parcheggio, spense il motore e premette il capo contro il poggiatesta. Era stata una lunga giornata e prima di partire aveva avuto una riunione di squadra con Lucy, i fisioterapisti e gli altri addetti all'allenamento. Sloane aveva preso una leggera botta alla caviglia e per precauzione aveva saltato l'allenamento completo, ma Ella non aveva intenzione di condividere questo con la cugina chiacchierona. Marina non avrebbe resistito a diffondere la notizia su tutti i social media, anche se le aveva promesso di non farlo. Ella sapeva già di dover limitare ciò che diceva a chiunque riguardo alla squadra. Non poteva permettere che si venissero a sapere cose che avrebbero potuto favorire gli avversari. Marina non ci avrebbe pensato due volte, sarebbe stata solo entusiasta dei pettegolezzi.

"Posso solo dire che è una persona abbastanza normale. Abbiamo parlato del suo trasferimento in città e l'ho vista agli allenamenti. Vive in un attico nel mio isolato, ma non ci siamo ancora incontrate. È una persona con i piedi per terra, quindi se vuoi che ti dica che pretende che la sua tuta venga lavata con un detersivo al profumo di gelsomino e che beve l'acqua solo a temperatura ambiente, rimarrai delusa".

Marina emise un sospiro udibile. "Sei la persona peggiore in assoluto per questo lavoro. Almeno inventati qualcosa per me. Ricordati che verrò a trovarti tra qualche settimana e mi aspetto un tour del tuo posto di lavoro, e magari anche una presentazione della tua giocatrice preferita".

Ella sbuffò, si slacciò la cintura di sicurezza, poi saltò fuori dall'auto, tenendo il telefono incollato a un orecchio. "Neanche in un milione di anni, ma bel tentativo".

"Devi ammetterlo", rispose la cugina. "Ma, a parte gli scherzi, com'è andato il primo mese? Ti stai ambientando? La mamma mi ha detto che hai fatto un discorso e sono stati contenti".

Zia Ursula aveva chiamato all'inizio della settimana. "Sì, tutto il personale è molto soddisfatto, il che è fantastico. Ma non era questo l'obiettivo principale della nostra chiacchierata".

Marina gemette. "Fammi indovinare, ti ha chiesto se avessi trovato una donna. Se ti consola, ha avuto la stessa conversazione con me ieri sera. Vuole dei nipoti. Se vengono da te, va bene, anche se non è tecnicamente corretto".

Ella sorrise. "Non ha lanciato la bomba dei nipoti. Mi stava allisciando perché vuole che torni a casa per Natale, cosa che non sono sicura di poter fare".

"Scommetto che ne è stata contenta".

"Entusiasta". Ella fece una pausa. "Ma torniamo alle donne. Se vieni da me, dovrai mostrarmi come si usa l'app di appuntamenti che mi hai fatto scaricare".

"Sei una persona adulta, sicuramente saprai fare *swipe* a destra".

"Evidentemente no, visto che è sul mio telefono da due mesi".

"Sei troppo occupata, questo è il tuo problema".

Ella prese la borsa e la spesa dal sedile posteriore, chiuse l'auto con un bip e si avvicinò al suo palazzo. Cercò le chiavi di casa nella tasca della giacca, ma le sue dita non toccarono nulla. Si accigliò. Controllò la tasca opposta. Stesso problema.

"Devo andare, Marina. Sono davanti al portone di casa mia e sto cercando le chiavi, e non posso fare il giocoliere con il telefono allo stesso tempo".

"Tutte scuse. Chiamami se ti va di pranzare insieme questo fine settimana, ok?"

"Certo. Ti voglio bene". Ella attaccò, cercò di mettere in tasca il telefono, ma nel farlo fece cadere il manico di una delle sue buste della spesa. Il cartone di latte da due litri cadde, così come una confezione multipla di barrette al cioccolato Wispa, uova e assorbenti. Naturalmente si trattava proprio di quegli articoli.

Ella sospirò, posò le buste a terra e si mise in ginocchio per raccogliere la spesa. Nel parcheggio, un motore si fermò e, pochi istanti dopo, un paio di scarpe da ginnastica familiari apparvero accanto a lei. Alzò lo sguardo e vide Sloane.

In pochi secondi, anche lei era accovacciata e aiutava Ella a raccogliere la spesa. Ella riuscì ad afferrare gli assorbenti e il latte, ma un rossore si fece strada sulle sue guance quando Sloane si alzò in piedi, tenendo in mano le barrette di cioccolato e le uova ormai leggermente rotte.

"Penso che dovrai eseguire un intervento chirurgico d'emergenza su queste uova strapazzate se vuoi salvarle".

"Credo che tu abbia ragione".

Sloane si chinò e raccolse una delle buste della spesa di Ella. "Mi chiedevo se ci saremmo incontrate presto. Lascia che ti dia una mano fino al tuo appartamento, così non avrai altri contrattempi".

Ella pensò di dire di no, ma la probabilità di altri incidenti era elevata. Annuì. "Grazie, sarebbe fantastico". Sloane si era chiesta se l'avrebbe incontrata? La sua mente era su di giri.

Entrarono in ascensore e la vicinanza forzata fece venire a Ella la pelle d'oca. Sorrise con disagio a Sloane quando le porte si chiusero e il suo sguardo sfrecciò nello spazio della cabina. Stavano cercando di diventare amiche al di fuori del lavoro? Le porte dell'ascensore si chiusero mentre cercava di capirlo, poi si schiaffeggiò mentalmente. Era solo una collega che stava facendo una buona azione, doveva essere più rilassata.

Però aveva seguito Sloane sui social fin dall'inizio della sua carriera. Aveva apprezzato numerosi post, aveva visto migliorare il suo gioco e la sua vita, e ora era in ascensore con lei.

Era comunque strano.

Ella si avvicinò per toccare il pulsante del piano.

Sloane si mosse per fare la stessa cosa.

Le loro dita si scontrarono sul pulsante ed Ella sobbalzò.

Accanto a lei, Sloane arrossì.

Come faceva a sapere a che piano abitava? Ella premette il quinto piano e l'ascensore si mosse. Evitò di guardare di nuovo Sloane.

La punta del suo dito sul bottone era illuminata di luce calda.

Quando arrivarono al suo piano, Ella si gettò fuori dall'ascensore come se stesse prendendo fuoco.

E in un certo senso era così.

***

"Probabilmente non è elegante come il tuo attico". Ella si schiarì la gola e tirò indietro le spalle, decisa a prendere il controllo della situazione.

Sloane la seguì in cucina e mise le uova appiccicose sul bancone. "Più accogliente, però". Indicò la parete in fondo. "Hai un quadro appeso, è più di quanto sia riuscita a fare io nelle mie poche settimane qui".

"Sono riuscita a recuperare alcuni oggetti dal mio magazzino". Ella sorrise. "È bello avere delle cose intorno a sé, ti fa sentire a casa". Fece una pausa. "Se vuoi andare all'Ikea e fare scorta di quadri, sarò felice di accompagnarti".

Dopo aver poggiato le uova sul bancone della cucina, Sloane passò la mano sotto il rubinetto e si asciugò con lo strofinaccio, prima di ripiegarlo ordinatamente e rimetterlo nella maniglia del forno. "Potrei accettare".

Ella annuì, cercando di non farsi prendere dal panico al pensiero di scegliere cornici e foto con Sloane. Marina sarebbe andata fuori di testa. Ma doveva ricordarsi che Sloane era solo una persona normale, straordinariamente bella e talentuosa, ma anche normale. Probabilmente amava le polpette e il purè dell'Ikea come chiunque altro: anche le superstar dello sport mondiale dovevano mangiare. Magari però le barrette Wispa non rientravano nella sua dieta.

Come se le avesse letto nel pensiero, Sloane le prese dal bancone. "Sono buone? Mi piace provare nuovi snack in tutti i paesi che visito". Alzò una mano. "Non che io sia qui per turismo, ma sai cosa intendo".

"Dovresti assolutamente provarle", rispose Ella. "Le Wispa sono il mio punto debole. Ma se me lo chiedi gentilmente, potrei dartene un morso".

Stava flirtando? Non era previsto. *Smettila, Carmichael.* "Vuoi qualcosa? Un caffè, magari?" Bella salvata.

Lei scosse la testa. "È un po' tardi, ma apprezzerei dell'acqua".

Ella indicò il suo divano. "Accomodati, te la porto".

"Posso prenderla da sola, basta che mi indichi lo scaffale dei bicchieri".

"Sopra il lavandino". Ella prese gli oggetti della spesa da mettere frigorifero e li ripose. Avrebbe affrontato le uova una volta che Sloane se ne fosse andata, non c'era bisogno che la vedesse mentre le strapazzava.

Quando Ella alzò lo sguardo, Sloane fissò la foto attaccata con un magnete sul frigorifero.

Ella strinse un po' più forte il pacco di pasta che teneva in mano. Stava scoprendo più cose su di lei di quante lei ne avesse scoperte su Sloane, ed era il suo lavoro. Non era così che doveva andare.

"Sei tu?"

La foto ritraeva Ella a quattro anni. Aveva un'enorme chioma spettinata ed era vestita con l'intero set dei Salchester Rovers, con un piede su un pallone da calcio ed entrambe le braccia flesse in segno di forza. Quella foto faceva sempre ridere tutti, compresa Ella.

"Sì, sono io, futura stella del calcio, a quattro anni".

"C'era tua madre dietro la macchina fotografica?"

Ella annuì. "Sempre, mi incoraggiava a essere ciò che volevo". Indicò la foto sotto, dove sua madre era eternamente quarantenne, sempre sorridente e amorevole. "È lei".

Sloane si avvicinò. "Hai i suoi occhi, e i suoi capelli".

"Lo so". Lo dicevano tutti.

"E tuo padre, è ancora vivo?"

Ella scosse la testa. "Non è mai stato presente".

Sloane annuì, poi studiò di nuovo la foto di sua madre. "Mi piace la sua collana d'argento".

"Era uno dei miei gioielli preferiti, sul ciondolo era incisa una bussola. La mamma credeva molto nel destino, nel seguire il corso della vita. Quella collana lo rappresentava bene. Purtroppo l'ho persa quando ho venduto casa sua e abbiamo sgomberato tutto, non so come. Mi dispiace ancora oggi". Nutriva ancora una vaga speranza che un giorno potesse essere ritrovata.

Sloane girò la testa, con uno sguardo intenso e pieno di empatia. Ella di solito evitava quegli sguardi, ma con lei non voleva farlo.

"Mi dispiace, ma almeno hai ancora il ricordo e la foto.

I ricordi sono la cosa più importante". Sloane fece una pausa. "Anch'io avevo un anello che ho perso durante il trasloco. Mi manca ancora". Fece un sorriso triste a Ella. "Deve mancarti tua madre".

"Ogni giorno. Dicono che diventi più facile, ma non sono sicura che sia vero". Ella strinse gli occhi per evitare le lacrime, poi mise via la pasta. Prese il salmone e lo yogurt e li mise in frigorifero. Non aveva voglia di parlarne adesso. Per fortuna Sloane cambiò argomento, e ne fu grata.

"La famiglia è uno dei motivi per cui sono venuta nel Regno Unito. Uno dei pochi motivi, insomma. Voglio scoprire di più sulle mie radici: i miei bisnonni si sono conosciuti e innamorati qui. Lui giocava in una squadra locale non di serie A, il Kilminster United, a una decina di chilometri da qui. Voglio fare qualche ricerca, perché i miei genitori non sanno nulla e non sono interessati, ma credo che sia importante sapere da dove vieni. È parte della tua identità".

Ella annuì. "Non sarei quella che sono senza il sostegno e l'amore di mia madre. Sono sicura che lo stesso si può dire per te. Quello che ha legato i tuoi nonni è stato probabilmente tramandato di generazione in generazione".

Sloane sostenne il suo sguardo, poi si diresse verso il salotto, con l'acqua in mano. Continuò la conversazione. "In realtà, speravo di andare a vedere la vecchia squadra del mio bisnonno questo fine settimana per una partita speciale che stanno organizzando, una raccolta fondi prima che inizi la stagione". Fece una pausa. "Se sei libera, ti piacerebbe venire con me?" Il suo volto esprimeva esitazione. "Preferirei non andare da sola, e sarebbe utile avere un'autista, visto che non mi sento ancora a mio agio sul lato sbagliato della strada.

Pagherò la benzina e posso offrirti caffè e torta. O una torta a metà partita, perché mi hanno detto che è una cosa che si fa negli stadi inglesi". Un lampo di vulnerabilità attraversò il volto di Sloane.

Ella voleva allungare una mano e dirle che sarebbe andato tutto bene. Invece, disse: "Un pasticcio di pollo?"

Il corpo di Sloane si rilassò. "Se è quello che mangiate, allora sì".

"Si mangia quello, per tradizione. È una cosa disgustosa che probabilmente il tuo nutrizionista ti sconsiglierebbe, ma è tradizione". Ella inclinò la testa. "Non vuoi andare con Layla? Siete amiche".

Sloane posò l'acqua sul tavolino e scosse la testa. "Vuole passare tutto il tempo possibile con sua moglie e suo figlio prima dell'inizio della stagione, mentre noi siamo entrambe nuove qui, e non c'è nulla nel regolamento che dica che non possiamo essere amiche".

Ella scosse la testa. "Assolutamente no. Inoltre, sono libera e ho bisogno di compagnia. Kilminster, hai detto?"

Un sorriso illuminò il viso di Sloane. "Grazie. La partita inizia alle 15, quindi passo a prenderti verso le 13.30?"

Qualcosa si agitò nel petto di Ella. Lo ignorò.

"Non vedo l'ora".

Capitolo 7

"È quello che ti aspettavi?"

Sloane si grattò la nuca e fece una piccola alzata di spalle. "Non lo so, ma è quello con cui sono cresciuta. Mi piace anche il loro abbigliamento: vecchia scuola, senza sponsor. Molto retrò. Solo l'odore dell'erba, linee bianche e spezzate. Sei così vicino che puoi vedere le escoriazioni sulle ginocchia dei giocatori. Mi piace andare negli stadi e guardare le grandi partite, ma mi piace anche questo tipo di calcio". Fissò il centinaio di spettatori riuniti per la raccolta fondi. "Ti avevo promesso anche una torta, ma non c'è nemmeno un chiosco".

Ella estrasse un Wispa dalla borsa. "La mancanza di torte è vergognosa, sono d'accordo. Ma posso offrirti questa da condividere, se ti va".

Un sorriso si aprì sul volto di Sloane. "Addirittura! So quanto ami le tue Wispa. Mi piacerebbe molto, grazie". Il vento si alzò e i folti capelli di Ella le avvolsero il viso mentre guardava il vento in faccia. I capelli lunghi avrebbero fatto impazzire Sloane, ma Ella ci stava bene.

A Sloane non era sfuggito quanto fosse facile stare con lei. Almeno, quando era lontana dal campo di allenamento. Lì, Ella faceva parte dello staff: era stata mandata a valutare e ad aiutare, ecco perché Sloane non aveva rivelato molto durante il loro primo incontro. Aveva protetto i suoi sentimenti esattamente nello stesso modo in cui le piaceva proteggere la palla. Non conosceva Ella durante la prima seduta, ma ora la conosceva un po' meglio. Erano lì, a condividere un sabato. Avevano guidato fino al campo condividendo frammenti delle loro vite; passare del tempo con Ella al di fuori del lavoro era come aprire il suo diario.

Forse Sloane aveva bisogno di parlare di Jess con qualcuno. Non poteva chiamare la sua famiglia: suo fratello era ancora in Marina, i suoi genitori erano disinteressati. Inoltre, tutti gli altri suoi amici erano impegnati nel calcio. Conoscevano Jess, avrebbero potuto parlarci. Anche la sua amica Alex era la compagna di centrocampo di Jess in North Carolina. Tutte le sue conoscenze erano state tagliate fuori, Ella sarebbe stata la candidata più ovvia.

Un pallone che volava alto nell'aria poco distante la distolse dai suoi pensieri. Un difensore della squadra ospite e un centrocampista della squadra di casa si avventarono sul pallone e le loro teste sbatterono in aria con un tonfo spaventoso, mentre il pallone si schiantava contro i pannelli pubblicitari vicini e rimbalzava sul campo.

Sloane trasalì e strinse la ringhiera di ferro che le arrivava alla vita nel terreno sgangherato. Anche lei era stata protagonista di alcuni di quegli incidenti, che nel migliore dei casi ti procuravano un mal di testa assordante, nel peggiore una commozione cerebrale. Sperava che non fosse questo il caso.

Al fischio finale, 15 minuti dopo, Sloane applaudì ed esultò per la vittoria per 2-1 del Kilminster United. Nel frattempo, uno dei giocatori che avevano subito il colpo si strofinava la testa mentre usciva dal campo.

"Ti va bene se andiamo al circolo per vedere se posso scoprire qualcosa di più sulla mia famiglia? Ho chiamato all'inizio della settimana e mi hanno detto che sono aperti".

Ella le fece un cenno deciso di assenso. "Certo. Abbiamo visto la partita, ma questo è solo metà del lavoro, no? Sei qui per indagare".

Sloane sorrise. Le piaceva l'accento britannico di Ella.

Camminarono sull'erba morbida e scivolosa – aveva piovuto durante la notte – poi salirono sul portico di legno coperto e aprirono con uno strattone la porta bianca del club.

Sloane sbatté le palpebre. Non si trattava di una grande *club house* come quelle strutture lussuose con divani morbidi e bar raffinati dei quartieri residenziali in Florida. Questo circolo aveva un pavimento grigio e scrostato, tavoli bianchi pieghevoli con sedie di plastica rosse e, in fondo, un piccolo bar quasi sconsolato. Tuttavia, era pieno di tifosi, rincuorati dalla vittoria, con le pinte in mano. Magari era uno spazio triste, ma le persone all'interno erano tutt'altro.

"Vado a prendere da bere o vuoi parlare con qualcuno?"

Sloane non aveva organizzato nulla di specifico. Indicò le foto di calcio sulla parete di fondo. "Diamo prima un'occhiata a quelle".

Quando furono davanti al muro, Sloane fu attratta da quelle più vecchie in bianco e nero. Se fosse stato vivo, suo nonno avrebbe avuto 81 anni. I suoi bisnonni erano nati entrambi nel 1920 e lui aveva giocato lì alla fine degli anni Trenta. Avevano delle foto di quei tempi? Era abbastanza sicura che ne avessero una o due.

Una mano sul braccio le fece alzare lo sguardo verso Ella. "Come si chiamava il tuo bisnonno?"

"Robert Patterson".

"Bingo!" Ella puntò una foto incorniciata davanti a sé. "Questa è una foto di lui che sta per segnare in una partita di campionato del 1938. Poco prima dello scoppio della guerra". Scosse la testa. "Mi sento un po' emozionata, e non si tratta nemmeno della mia famiglia". Fece avvicinare Sloane.

Sloane sbirciò dentro e vide che Ella aveva ragione. C'era il bisnonno, con i capelli ordinati e la palla ai piedi. Un fremito d'orgoglio la attraversò e le lacrime di felicità minacciarono di uscire, ma lei le inghiottì. Aveva sperato di trovare delle prove che avesse giocato lì, ma non avrebbe mai pensato che sarebbe stato così facile.

Accanto alle foto c'era un avviso che chiedeva la sponsorizzazione del club. Forse era per questo che le maglie erano prive di sponsor: non riuscivano a trovare un'azienda disposta a farlo. Spiegava anche perché il circolo era così dismesso, erano a corto di soldi.

Una sedia che raschiava per terra dietro di lei la fece voltare. Su di essa era seduto l'uomo che aveva dato la capocciata all'avversario ospite. Sloane fece un passo di lato e gli rivolse una smorfia.

"Come va la testa? Hai preso una bella botta in campo".

L'uomo, con un taglio da pugile sopra l'occhio destro, pesantemente ricoperto di crema cicatrizzante, le rivolse un mezzo sorriso stanco. "Sono stato peggio, ma forse stasera non berrò dieci pinte. Non ho bisogno di un mal di testa più forte di quello che ho già". Si toccò la tempia destra, come per controllare che fosse ancora lì, poi indicò la foto. "Ho visto che la stavi guardando. In quella foto c'è il mio prozio".

Il cuore di Sloane quasi si fermò nel petto. Indicò di nuovo. "Questo ragazzo?"

L'uomo le rivolse un sorriso. "Lui".

"Beh, accidenti!" Raccolse il fiato e i pensieri. "Quell'uomo è il mio bisnonno, quindi credo che questo ci renda parenti, in qualche strano modo".

L'uomo inclinò la testa verso destra. "Davvero? Ma tu ha un accento americano". Fece una pausa, come se stesse valutando le sue parole. "Aspetta. Sei parente di Robert?"

Si indicò il petto con l'indice. "È il mio bisnonno".

"Cazzo".

Sloane si avvicinò e tese la mano. "Sono Sloane".

Le strinse lentamente la mano. "Ryan". Fece di nuovo una smorfia. "Mi dispiace, non è il mio momento migliore".

"Hai fatto un bel gol, però".

Sorrise. "Grazie".

L'allenatore della squadra si avvicinò, portando una pinta d'acqua. La mise sul tavolo davanti a Ryan. "Buttala giù, ragazzo. Rimani sempre idratato. Niente birra per te stasera". Guardò Sloane, poi le tese la mano. "Matt Cook, allenatore della squadra".

"Piacere di conoscerti, Matt". Gli strinse la mano. Il colletto della camicia era mezzo dentro e mezzo fuori dal maglione nero; Sloane immaginava che quello fosse lo stile tipico di Matt. "Sloane Patterson, nuova fan".

Matt si fermò a metà della stretta di mano quando sentì il suo nome. "Sloane Patterson? Cioè, la star del calcio statunitense, Sloane Patterson?" Disse con gli occhi sbarrati.

Oh, merda, non si aspettava di essere riconosciuta anche lì. Sloane esitò, poi annuì. "Non direi proprio star, ma sì, gioco".

"*Giochi*?" La voce di Matt salì di un'ottava. "Hai firmato per i Rovers e sei un pezzo grosso". Ancora col pezzo grosso. Scambiò uno sguardo con Ella, poi si mise a ridere. "Che ci fai qui?"

Ryan intervenne e spiegò, e Matt mise le mani sui fianchi. "Non me lo sarei mai aspettato. Se sei alla ricerca di storie, devi parlare con Barry, laggiù", indicò Matt. "È lo storico ufficiale del club. Non c'è niente che gli piacerebbe di più che aggiornarti".

"Ti annoierà a morte", intervenne Ryan.

"Sì, ma quando gli dai un argomento specifico, è meno… incline a vagare. Ok, forse no, ma quello che Barry non sa, non è necessario che tu lo sappia. Parla con Barry". Matt lanciò un'occhiata a Ryan. "Tua madre non viene oggi?"

Il cuore di Sloane accelerò. "Tua madre sarebbe mia, cosa? Una lontana cugina?"

Ryan sbatté le palpebre. "Non lo so, ma sicuramente le piacerebbe conoscerti. Soprattutto se sei una calciatrice famosa. Sei famosa?" Fece una pausa. "Anche la mia ragazza vorrebbe conoscerti. È una grande fan del gioco femminile".

Matt annuì. "Ha appena firmato per i Rovers nel trasferimento più dispendioso mai avvenuto nel calcio femminile. Giocherà allo stadio ufficiale nella sua prima partita casalinga della stagione".

Ryan la guardò sorpreso. "Accidenti. Piacere di conoscerti, allora, famosa cugina alla lontana".

Matt prese il suo telefono. "Ti dispiace se scattiamo una foto per i social media? Magari, se i tuoi fan vedono che sei nel nostro circolo, verranno anche da noi. Tornerai quando inizierà la nuova stagione?"

"Quando gli impegni lo permetteranno". Si spostò per far scattare un selfie a Matt. Sembrava molto soddisfatto mentre digitava una didascalia.

"Sloane Patterson tifa il Kilminster United. Che ne dite?" Fece una pausa. "Se Robert era il tuo bisnonno, c'è una storia sui tuoi nonni che dovresti sentire. Soprattutto visto chi sei". Scosse la testa. "Ma non sta a me raccontarla. Credo che Cathy vorrebbe fare gli onori di casa".

"Cathy?"

"Mia madre", disse Ryan.

"Devi essere un po' più entusiasta del fatto che sei parente di Sloane", disse Matt a Ryan. "Ha vinto la Coppa del Mondo".

"Mia madre andrà fuori di testa. È la prima partita che si perde da secoli e succede questo". Ryan si strofinò la spalla. "Verremo a vederti alla tua prima partita, solidarietà familiare".

Questo riscaldò il cuore di Sloane. Non le era mai successo prima. Suo fratello era sempre stato lontano, e poteva contare sulle dita le partite a cui i suoi genitori avevano assistito nel corso della sua vita. Se fosse stata sposata con un uomo, forse le cose sarebbero state diverse. O forse aveva sempre cercato la famiglia nel posto sbagliato.

"Ma cos'è che devo sapere?"

Ryan scosse la testa. "Ho solo informazioni vaghe. Devi parlare con mia madre, ti aggiornerà". Fece una pausa. "Anche tu sei una mia lontana cugina?", chiese a Ella.

Era rimasta in disparte mentre Sloane chiacchierava, ma ora Sloane la fece rientrare nel gruppo. "Questa è Ella, una collega di Salchester. Mi ha gentilmente accompagnata qui oggi". Le strinsero tutti la mano.

"Non sono una cugina americana, sono nata e cresciuta nel Lancashire". La donna rivolse al gruppo un sorriso orgoglioso.

Matt mostrò il suo telefono, dove lo scatto che li ritraeva stava già fruttando like. "Sta ricevendo più attenzione di qualsiasi altra cosa io abbia mai postato prima. Il potere delle celebrità".

"Posso avere il tuo numero, così mia madre può contattarti?" Chiese Ryan.

Sloane si sentì improvvisamente a disagio. Non dava facilmente il suo numero, nemmeno ai potenziali familiari. Era già stata fregata in passato.

"Va bene se mi segno io il tuo numero o quello di tua madre? Non do il mio numero, spero che tu capisca".

Matt diede una pacca sulla spalla a Ryan. "Abbi un po' di rispetto. È come chiedere il numero a David Beckham, idiota".

Ryan arrossì e dettò a Sloane il numero di sua madre. "Le dirò di aspettarsi una tua chiamata".

"Assolutamente. Soprattutto ora che so che c'è un segreto che devo conoscere".

* * *

"È andata meglio di quanto mi aspettassi". Sloane si allacciò la cintura di sicurezza mentre Ella usciva in retromarcia dal parcheggio del club. Ryan era in piedi davanti alla porta e la salutava. Lei ricambiò il saluto. "Pensi che si sia offeso se non gli ho dato il mio numero?"

Ella scosse la testa. "Ci ha accompagnate fino alla macchina, quindi penso che tu sia a posto. Se ci è rimasto male, capirà presto perché. Sei popolare".

"A volte lo odio".

Ella lanciò un'occhiata. "Ma sono sicura che ci sono anche dei lati positivi, no? Fa parte del gioco. Se diventi molto bravo in qualcosa, la gente è attratta da te, vogliono sapere come ci sei arrivato e come lo fai. In fondo è anche il mio lavoro: capire cosa ti fa andare avanti e aiutarti a comprendere come sfruttare appieno il tuo potenziale".

"Non hai nemmeno tu il mio numero". Sloane sorrise a Ella mentre si immetteva sulla strada principale.

"Meglio così, ti manderei solo fastidiose emoji in momenti inopportuni".

"Melanzane?"

"Nah, troppo ovvio. Preferisco le donne che ballano e i gatti".

Sloane sorrise. Era contenta di essersi imbattuta in Ella il primo giorno, si era creato tra loro uno strano cameratismo che, altrimenti, non era sicura ci sarebbe stato.

"Grazie per avermi accompagnata. A Jess non è mai piaciuto venire a vedere le partite locali con me, tantomeno quelle maschili. Apprezzava solo le donne e le piaceva un certo tipo di stadio, anche se era vuoto. Per una persona che ama così tanto il calcio, non l'ho mai capito. Ci litigavamo sempre".

Ella tamburellò le dita sul volante mentre si fermava al semaforo rosso. "Parli al passato?"

Sloane sentì le guance arrossire. Voleva parlare con qualcuno ed Ella era proprio lì. "Non credo che ti sorprenda sapere che tra noi le cose non vanno benissimo".

"Me lo sentivo, visto che c'è un oceano tra di voi. Ma non volevo fare supposizioni, perché molte persone hanno relazioni a distanza".

"Non ci siamo lasciate pubblicamente perché siamo fidanzate ufficialmente. Se non fosse successo, sarebbe stato più facile andarsene". Sloane fece una pausa. Doveva raccontare tutta la storia? Era già in piena crisi. "Ovviamente è un'informazione riservata".

Ella annuì, tenendo gli occhi sulla strada. "Ovviamente".

Sloane espirò. "Mi ha tradita quando vivevamo distanti, negli Stati Uniti. Tre mesi dopo la mia proposta di matrimonio. L'ho scoperto solo un paio di mesi fa ed ero pronta a chiuderla, ma lei vuole riprovarci. Però mi ha tradita con una sua compagna di squadra. Dice che è durata poco, ma sono ancora nella stessa squadra e nella stessa città. Quello che so è che andava a letto con lei *e* a letto con me allo stesso tempo. È difficile tornare indietro". L'eufemismo dell'anno.

"Immagino." Ella si leccò le labbra. "E mi dispiace molto. Ricordo di aver visto la foto della tua proposta su tutti i miei social. Era molto romantica".

Sloane sbuffò. "Per me sì, ma evidentemente non significava molto per lei. Abbiamo avuto una conversazione questa settimana, ma non vuole parlare di cose importanti al telefono. Ho cercato di vederla prima di partire, ma non aveva mai tempo. O non voleva". Le prudeva la pelle solo a pensarci. "Non sono sicura della situazione al momento, o forse sì, ma siamo ancora ufficialmente fidanzate, quindi sono in un limbo. Vorrei un taglio netto, ma non è così facile quando si ama una persona da tanto tempo come l'ho amata io". A Sloane si seccò la gola. Era molto di più di quanto avesse condiviso con qualcuno da secoli, e conosceva appena Ella.

Si tappò la bocca. Forse aveva già detto troppo.

"Sembra che pensi molto a quello che vuole Jess e poco

a quello che vuoi tu". Le nocche di Ella si flessero mentre stringeva il volante. "Parlo da amica e non da coach, anche se questa roba può davvero influire sulle tue prestazioni". Ella schioccò la lingua. "Ma scusa, forse non dovrei intromettermi".

Forse sì, invece. Era bello sentire l'opinione di qualcun altro, qualcuno con una prospettiva nuova. Forse anche Ella aveva ragione: era stata Jess a sbagliare, ma ora era lei a resistere. Sloane si era arrabbiata, poi Jess l'aveva convinta. Forse avrebbe dovuto arrabbiarsi di nuovo.

"E tu? Hai una relazione?"

Ella rise. "Con me stessa, sì. Con chiunque altro, no".

"Almeno tu sei felice". Sloane si agitò sul sedile quando la verità di quell'affermazione la colpì. Non era felice, non lo era da tempo. Doveva prendere la situazione in mano con Jess, fare quello che voleva della sua vita, proprio come Ella.

"Io sono felice, ma la mia famiglia no. I miei zii vorrebbero che incontrassi qualcuno, ma penso che succederà quando sarà il momento. Non voglio forzare le cose". Ella guardò a sinistra e riprese a stringere il volante. "Quando sarà il momento giusto, lo saprò. La mia famiglia pensa che io non sia romantica, ma lo sono". Le sue guance si colorarono di un rosa acceso. "Per questo mi è piaciuta la tua proposta, e mi dispiace che sia andata male".

Male. Sloane si soffermò su quella parola per un minuto. Era un buon modo per descrivere il suo anno di fidanzamento. "È bello che tua zia si prenda cura di te, però". Anche se la mamma di Ella era morta, lei aveva ancora una famiglia vicina. Più di Sloane.

"Sì, anche se a volte le nostre idee sulla mia vita si scontrano. Lei pensa che non si possa essere felici da soli, ma io lo sono. Questo non vuol dire che non mi piacerebbe incontrare qualcuno, ma deve essere la persona giusta per me. Non mi accontenterò di qualcuno solo perché il tempo stringe per sposarsi o avere figli, o perché la società pensa che dovrei farlo".

Sloane strinse i pugni. Ella stava dicendo cose molto condivisibili.

"Se penso a Jess, ci sono state alcuni segnali di allarme che sono emersi da quando ci siamo lasciate. Il fatto di essere andata a letto con un'altra è stata una cosa enorme, ma ce ne sono state anche altre che ho ignorato". Non aveva preso in considerazione l'idea di trasferirsi con Sloane quando aveva ricevuto l'offerta che non poteva rifiutare mentre era a Los Angeles, anche se la squadra era interessata a ingaggiare anche lei. Inoltre, aveva una passione di troppo per le birre e l'abitudine di mandare messaggi nel cuore della notte mentre era ubriaca o brilla.

"A volte ci vuole distanza per vedere queste cose, e tempo. Sono sicura che anche voi avete avuto dei bei momenti".

Sloane annuì. "È vero". Anche se stava diventando meno facile ricordarli. "Quando è stata la tua ultima relazione?" Era una domanda troppo personale? Aveva parlato della sua vita, quindi Sloane sperava che andasse bene.

Ella esitò prima di parlare. "Quattro anni fa, siamo state insieme un anno. Reba era una finanziera della città e le nostre vite non andavano bene. Avevamo problemi di soldi, e lei era dipendente dal lavoro. Alla fine qualcosa doveva cedere, ed è stata la nostra relazione". Scrollò le spalle. "Da allora non c'è più stato nessuno, per questo mia zia si è preoccupata. Mia madre era una madre single e io sono figlia unica. Inoltre non ha mai avuto molta fortuna nelle relazioni, e mia zia teme che anche per me sia così. Che mi aspetti il peggio. Non vuole che mi trasformi in una solitaria, che credo che sia un codice familiare per dire "una stramba"".

Sloane rise. "Dammi il numero di tua zia, la chiamerò per dirle che sei tutt'altro che stramba. Direi che sei una grande ascoltatrice e forse la prima nuova amica che mi sono fatta da quando sono arrivata nel Regno Unito, cosa che apprezzo molto. Inoltre, ora hai conosciuto anche la mia famiglia. È più di quanto abbia mai fatto Jess".

"Sono onorata", rispose Ella. "Per quello che vale, dovresti risolvere le cose con Jess, in un modo o nell'altro. La vita è sempre migliore quando la si vive in modo autentico, scegliendo ciò che si vuole veramente. Lo stai già facendo dal punto di vista della carriera, devi solo mettere ordine nella tua vita sentimentale". Scosse la testa. "E stamattina non mi sono svegliata pensando di dare a Sloane Patterson consigli sulle relazioni".

Si portò una mano al petto e continuò. "Dovresti ignorarmi. Non ho mai avuto una relazione più lunga di un paio d'anni, quindi cosa ne so? Le prestazioni di eccellenza negli sport d'élite sono la mia area di competenza. Le relazioni sono un mistero".

"Credo che tu sia più saggia di quanto pensi".

Il palazzo si intravedeva in lontananza. Accanto ad esso, il sole estivo che si abbassava sparava fiamme calde nell'acqua del fiume. Sembrava un'opera d'arte moderna.

"È bello", disse Sloane. "Mi mancano i tramonti californiani sull'oceano, ma la vista sul fiume ha un fascino tutto suo".

Ella rallentò, poi girò a destra.

Automaticamente Sloane si ritrasse, temendo per la sua vita. Non si era ancora abituata a stare dalla parte sbagliata della strada. "Sono felice che sia tu a guidare. Giuro che avrei girato dritta nel traffico in arrivo".

"Devi solo allenarti un po'".

Ella appoggiò il gomito sulla portiera. Sloane pensò che avesse un'aria disinvolta, come se fosse in un film di viaggio, in procinto di rilasciare una perla di saggezza che cambia la vita.

Non l'aveva mai pensato nemmeno con Jess.

"Ho guidato a destra nell'Europa continentale e ci sono sempre momenti da infarto, ma poi ci si abitua". Ella portò l'auto nel parcheggiò e si infilò nel posto a lei assegnato. Poi spense il motore e rivolse a Sloane un timido sorriso. "Se vuoi, posso farti fare un po' di pratica in spazi ampi dove è improbabile che tu vada a sbattere contro qualcosa. Poi potremmo passare alle strade".

"Sarebbe fantastico". Doveva superare il blocco di guidare lì. Voleva la sua indipendenza. "Sei sicura di potercela fare?"

"Sono una persona molto paziente, è una caratteristica del mio lavoro. Inoltre, se sai guidare, non ci vorrà molto. Un paio di sedute per curare il nervosismo".

Sloane si girò sul sedile. Quando Ella fece lo stesso, colse un soffio del suo profumo floreale. Era perfetto per quella donna, che sembrava una rosa inglese. Sentì una sensazione di pulsazione nel basso ventre. Sloane sbatté forte le palpebre ascoltando i propri pensieri. Non capiva bene dove venissero generati, ma non provenivano dal suo cervello normale.

Si schiarì la gola. "Affare fatto, grazie". Fece una pausa. "Per quello che vale, sono d'accordo con tua zia. Dovresti uscire e incontrare qualcuno, se ti va".

Dichiarazione interessante.

Ella sgranò gli occhi. "Non cominciare anche tu. Mia cugina

mi ha fatto iscrivere all'app di incontri Honey Pot, ma non ne sono entusiasta".

"Non quando stiamo per partire per una tournée pre-campionato. Ma quando torneremo, dovresti uscire con qualcuna. Ne riparliamo", disse Sloane agitando il dito. "Puoi farlo, quindi dovresti. Per ovvie ragioni non ho donne in questo momento, ma immagina se andassi su Honey Pot, tutte le attenzioni che riceverei". Sloane rabbrividì. "È per questo che tendo a frequentare le persone che incontro sul campo. Sono persone conosciute. Non sai mai se gli altri sono genuini quando sei famoso, anche solo un po', come me".

"Credo che tu sia più famosa di quanto pensi, ti hanno riconosciuta persino al Kilminster United".

Sloane rise. "Un colpo di fortuna, Ryan non ne aveva idea. Facciamo un patto? Rifletterò seriamente sulla mia relazione se ti impegni a dare almeno un'occhiata a Honey Pot".

"Persino il nome mi fa rabbrividire". Ella fece una pausa. "Ma la mia famiglia sarebbe contenta".

"Un appuntamento potrebbe toglierteli di torno".

"Forse".

"Quindi siamo d'accordo? Per la cronaca, tu stai ottenendo la parte più facile dell'affare".

Ella prese la borsa dal sedile posteriore, poi tese la mano.

Sloane la prese, cercando di contenere la scossa che le attraversò il corpo al contatto. Lo sguardo si spostò su Ella. L'aveva sentito anche lei? L'aria nell'auto divenne molto calda e il suo cuore cominciò a battere forte.

"Siamo d'accordo". La voce di Ella era ferma, ma le sue guance erano diventate scarlatte.

Capitolo 8

Ella non era mai stata in Germania, ma le era piaciuto quello che aveva visto fino a quel momento. La squadra alloggiava in un hotel del centro di Francoforte con una fantastica sauna, un centro benessere e un bagno turco all'ultimo piano che Ella si era prefissata di utilizzare più tardi. Un punto a favore dell'essere dello staff era che aveva anche una stanza tutta per sé, a differenza delle giocatrici che dovevano condividerla. Anche quelle importanti come Sloane. Ella sorrise a quel pensiero. Era tutt'altro che la stella irraggiungibile che i media dipingevano. Era una persona normale, che viveva la vita come tutti gli altri.

L'altra parte che le era piaciuta era l'aereo privato su cui avevano volato. Stava vivendo un sogno. Aveva inviato a sua cugina un selfie dall'aereo, con la squadra dietro di lei.

Spero che tu abbia preso un paio di bottiglie di bollicine sul tuo aereo privato! Marina le aveva scritto per messaggio.

Ella aveva sorriso e aveva digitato: "*Siamo una squadra sportiva d'élite, non stiamo facendo un viaggio a Ibiza.*

Sei cambiata. Marina aveva aggiunto, seguita da una serie di emoji di disappunto.

Ella scese dal pullman sul marciapiede scintillante e pulito fuori dall'hotel. Lucy era subito dietro di lei, con la valigia di marca del suo club.

Il team si registrò alla lussuosa reception, con le loro tute blu e le scarpe da ginnastica Nike che sembravano fuori luogo nell'opulenta hall. L'ambiente era pieno di pilastri bianchi scintillanti, insieme a vasi giganteschi di fiori rosa intenso e viola. Dal soffitto pendevano lampadari di cristallo, mentre profumi costosi e stratificati infondevano calma nell'aria.

Ella ricordava il viaggio in aereo per andare a giocare con una squadra in Francia quando anche lei si allenava. Si erano pagate il biglietto da sole, avevano viaggiato con le ginocchia appoggiate al petto in un aereo stretto, avevano portato le proprie valigie e avevano alloggiato quattro per stanza in un hotel economico. Il salto di qualità era sconcertante.

Alla sua sinistra, un ragazzo della reception con un berretto si stava facendo un selfie con Sloane e poi le chiese un autografo. Ella rimase indietro, meravigliandosi ancora una volta della fama della sua amica. Lei e Sloane si sarebbero incrociate per un breve momento della loro vita, ma la fama di Sloane era radicata e non l'avrebbe mai abbandonata. Ella non sarebbe mai riuscita a capirlo.

"Riunione di squadra tra un'ora nella sala conferenze A. Sistematevi, poi siate lì per le 17.00. Sloane condividerà una storia della sua carriera". Quando Lucy parlava, tutta la squadra si fermava ad ascoltare, come se fosse l'insegnante più temuta della scuola. Se avesse avuto il suo fischietto, Ella immaginava che tutti nell'atrio si sarebbero fermati a metà del lavoro per prestare attenzione, come Von Trapp ben istruiti. Tutti, compresi gli impiegati e i fattorini.

Ella attese che la squadra si disperdesse, lanciando solo

un breve sguardo in direzione di Sloane. Divideva la stanza con Layla, mentre quella di Ella era accanto a quella di Lucy. Entrarono insieme in ascensore.

"Ho osservato la squadra sull'aereo, volevo vedere chi era seduto accanto a chi, chi parlava con chi". Lucy parlò direttamente a Ella e non guardò nemmeno una volta la propria immagine riflessa negli specchi a tutta altezza dell'ascensore. Aveva vero e proprio autocontrollo. "Le ragazze sembrano essersi ambientate bene".

Ella sorrise. "Sì, ma alcune sono così ingenue che mi fanno sorridere. Sono sicura di non essere mai stata così bambina quando avevo 19 anni". La musica dell'ascensore le avvolgeva come un balsamo rilassante. Quell'hotel prendeva sul serio il relax.

"Prendi Nat. Un'attaccante così dolce, un cervello calcistico favoloso. Una tale prospettiva che fa paura. Ma martedì, quando ho fatto una seduta con lei, le ho chiesto se le mancava qualcosa di casa. La sua risposta? Le uova strapazzate speziate con pane tostato di sua madre. Le ho detto che avrebbe potuto farle da sola, visto che ha un appartamento con una cucina. Ma ha detto che non avrebbe saputo da dove cominciare. Può segnare un goal davanti a migliaia di tifosi, prendere le decisioni giuste in una frazione di secondo. Ma se le si chiede di fare qualcosa per se stessa, rimane spiazzata".

Lucy si passò una mano tra i capelli corti e scuri e sorrise. "Non dirlo a me. L'altro giorno ho dovuto mostrare a Brie come allacciarsi gli stivali. Ha detto che sapeva fare l'intreccio incrociato, ma non dritto. Le ho mostrato che non è così difficile".

"Ma a parte le competenze di vita, credo che se la

stiano cavando bene, e anche le nuove arrivate si stanno ambientando".

Lucy infilò la mano destra nella tasca del suo abito blu e valutò Ella. "Ti ho vista anche chiacchierare con Sloane nella sala d'aspetto dell'aeroporto. Tutti pensiamo che sia brava, ma pure lei è una novellina, anche se è più grande e ha vinto tutto quello che c'era da vincere".

"Non un titolo di Super League femminile, una FA Cup o una Champions League".

"Questo è ancora da vedere". Lucy agitò l'indice mentre parlava. "Ma sul serio, sta bene? Gliel'ho chiesto e non so se crederle".

Ella premette la lingua sul palato e si impose di non far arrossare le guance. "Sta bene. Vive nel mio quartiere, quindi ci siamo conosciute un po' al di fuori del lavoro. Per ora le piace il Regno Unito. Inoltre, l'altro giorno ha comprato una nuova macchina del caffè, quindi credo che abbia intenzione di restare".

L'ascensore raggiunse il loro piano, entrambe camminarono sulla moquette e si diressero verso le loro stanze.

"I giocatori vanno avanti a caffè, poi arrivano a 40 anni e non riescono a chiudere occhio dopo averne bevuto uno". Lucy sorrise mentre camminava. "Mi fa molto piacere che parli con te, comunque. Al di là del tuo lavoro, è un bene per lei avere un'amica su cui contare che non sia un'altra giocatrice. Quando giocavo, ero sempre amica del personale e apprezzavo molto questi rapporti". Fece una pausa. "So che le nostre strade non si sono incrociate molto ai tempi, ma sei ancora in contatto con qualcuno dei tuoi vecchi compagni di squadra?"

Ella scosse la testa. Era una cosa di cui si pentiva, ma

quando aveva preso la decisione di abbandonare il calcio, aveva tagliato tutti i ponti. "Non proprio. Per questo è bello conoscere i giocatori ora, vedere come sono cambiate le cose. Compresi gli esordienti e persino le campionesse come Sloane. Non vedo l'ora di assistere alla sua sessione di oggi".

Lucy annuì. "Pensi che queste sessioni siano una buona idea?"

"Penso che siano più che una buona idea. Fanno sì che tutti si fidino di più gli uni degli altri, sono un colpo di genio".

Capitolo 9

La sala conferenze dell'hotel era come tutte le altre che Sloane aveva sperimentato in vita sua. Lavagna a fogli mobili, un ferro di cavallo di sedie e scrivanie, finestre ombreggiate, caffè, tè, biscotti. Era sicura che erano stati conclusi molti affari a quelle scrivanie, ma in quel momento Sloane si trovava in cima al ferro di cavallo, con la mano destra nella tasca della tuta da ginnastica, il labbro inferiore stretto sotto i due incisivi. Cercava di mantenere la calma, ma non aveva mai condiviso tutta la sua storia prima di allora. Aveva deciso che quello era il giorno giusto.

"Ok, tutti quanti". Lucy batté le mani. "Facciamo un po' di silenzio per la storia di Sloane. Si è coraggiosamente fatta avanti per condividere il primo racconto dopo il mio. Il prossimo sarà Dan, il nostro fisioterapista, e poi sceglierò un'altra giocatrice. Ascoltate, imparate, rispettate il coraggio di chi parla, perché ci vuole coraggio per dire la propria verità. Via i telefoni, per favore, e orecchie aperte. E ricordate che tutto ciò che viene condiviso in queste sessioni non deve uscire da questa stanza. È un cerchio di fiducia". Sorrise. "O meglio, un ferro di cavallo".

Tutti risero e l'atmosfera si rilassò.

Sloane le fece un cenno, poi si schiarì la gola.

"Grazie, Lucy, e grazie anche per aver raccontato la tua storia l'ultima volta, ci ho pensato molto da allora. Ora credo che sia giunto il momento di condividere la mia". Tirò indietro le spalle e si portò un palmo al petto. Il battito del suo cuore si fece sentire sotto i polpastrelli. Era un territorio nuovo.

"Mi conoscete come Sloane Patterson. Probabilmente avete un'idea definita di chi sono, basata su come gioco, su quanto sono competitiva, sui miei risultati e sulle vittorie ottenute. Ma quello che non sapete sono le difficoltà che ho dovuto affrontare per arrivare a giocare a calcio, perché i miei genitori non volevano che lo facessi".

Si guardò intorno, vedendo la sorpresa che si leggeva sui volti di tutti. Aveva raccontato quella storia solo agli amici più stretti, a un paio di sue vecchie compagne di squadra a Los Angeles, a Jess. Nemmeno Layla ne conosceva la portata. Ma se Lucy voleva che fossero vulnerabili, che si aprissero l'una all'altra e che si fidassero l'una dell'altra, questo era ciò che doveva fare. L'unica persona con cui evitava il contatto visivo era Ella, perché avrebbe potuto farla inciampare.

"Sono cresciuta a Detroit in un buon quartiere. Eravamo io, i miei genitori e mio fratello. All'esterno, probabilmente, sembrava che fossimo una famiglia affiatata. Andavamo sempre bene a scuola, eravamo ben nutriti, avevamo una bella casa e frequentavamo sempre la chiesa. Religiosamente, si potrebbe dire".

Qualche sorriso.

"Ma i miei genitori hanno portato la religione all'estremo. Credevano che i ragazzi e le ragazze dovessero comportarsi in determinati modi, e avere una figlia che voleva giocare a calcio non rientrava nei loro piani. Hanno cercato di costringermi a suonare il violino e a fare danza, ma l'unico ballo che volevo fare era quello sul campo. Tutta la mia infanzia è stata una lunga battaglia per convincere i miei genitori a portarmi a calcio. Loro si rifiutavano, ma un vicino di casa molto gentile si fece avanti. Portava sua figlia e iniziò a portare anche me. Senza di lui, oggi non sarei qui".

Sloane fece una pausa, poi prese un respiro regolare prima di continuare.

"Man mano che crescevo, potevo prendere l'autobus da sola e farmi accompagnare dai compagni di squadra. Per un breve periodo, quando ho iniziato a farmi notare, i miei genitori erano interessati, ma non è durata. Non potevano sopportare che io avessi una carriera da calciatrice. Mia madre mi disse che avrebbe portato vergogna alla famiglia". Fece una pausa. "Una ragazzina che calcia un pallone in un campo. Questo le procurava vergogna".

Sloane scosse di nuovo la testa. Ricordava ancora il dolore che aveva provato a quel commento. Ancora oggi non lo capiva.

"Ho cercato di far cambiare idea a mia madre tante volte, ma ho imparato a lasciar perdere. Probabilmente potete immaginare che non era entusiasta quando ho fatto coming out. Una giocatrice di calcio lesbica come figlia non era quello che avevano preventivato. Ma eccomi qui. Vivo i miei sogni, pratico lo sport che amo con persone che lo amano quanto me.

"Il calcio mi ha dato la famiglia di cui avevo bisogno quando la mia mi ha deluso. Mi ha dato una casa e uno scopo, e mi ha permesso di dare vita alla migliore versione di me che potessi essere. Sarò sempre grata a questo sport, ma anche a tutti voi, perché il calcio è uno sport di squadra e io sono una che gioca di squadra. Quello che voglio dire è che se volete davvero qualcosa, se ce l'avete nel cuore, troverete sempre un modo. Anche se all'inizio è doloroso, le cose diventano più facili".

Le cicatrici potevano essere guarite, ma erano comunque sempre lì.

"La mia storia non è sotto gli occhi di tutti. Ho sempre potuto festeggiare le mie vittorie con i compagni di squadra, gli allenatori, le fidanzate e, a volte, con mio fratello. Nessuno si accorge che i miei genitori non sono presenti. È una loro scelta, una loro perdita. Non vengono comunque mai alle mie partite, non riconoscono mai le due parti più importanti della mia vita: la mia carriera e la mia identità sessuale. Si ha una sola vita, e l'esperienza mi ha insegnato a viverla alle mie condizioni e a quelle di nessun altro".

Nella stanza scese un silenzio attonito, si poteva sentire cadere uno spillo.

"È tutto, questa è la mia storia. Spero che vi aiuti a capirmi un po' di più". Sloane si succhiò l'interno della guancia, poi scoppiò in un sorriso esitante.

L'applauso che seguì fu assordante.

Lei gettò gli occhi sul pavimento, imbarazzata dall'attenzione. Quando rialzò lo sguardo si scontrò con quello di Ella, che strinse la mano a pugno e la portò al petto.

Il cuore di Sloane s'infiammò di rosso.

***

Dopo un'intera giornata di allenamento in condizioni di sole splendente, il pomeriggio seguente la squadra aveva una partita contro l'Eintracht Francoforte, che la stagione precedente era arrivato terzo nel campionato tedesco. Quando scesero in campo, Sloane ingoiò il nervosismo come sempre, poi inclinò la testa all'indietro mentre l'adrenalina e l'emozione le inondavano il sistema nervoso.

Un paio di migliaia di tifosi, la maggior parte dei quali vestiti con le maglie nere del Francoforte, fecero un po' di rumore sugli spalti di cemento che fiancheggiavano un lato e un'estremità del campo. Questo era il primo test importante per il Salchester con nuove giocatrici nella formazione iniziale, compresa la nuova coppia d'attacco composta da lei e Nat. Era determinata a iniziare bene.

Ella aveva organizzato una sessione di cucina con entrambe all'inizio della settimana per costruire il loro rapporto dentro e fuori dal campo. Avevano preparato dei pancake da zero, con limone e zucchero, e alcuni salati con funghi, spinaci e formaggio. Entrambi erano deliziosi, ma avevano confermato a Sloane che avrebbe dovuto rifiutare qualsiasi offerta di partecipare a MasterChef. Aveva già sudato abbastanza per combinare farina, latte e uova.

All'inizio Nat era silenziosa, ma poi si era aperta un po'. I pancake non erano un piatto familiare per lei, non come negli Stati Uniti. Sua madre era pakistana, quindi Nat aveva mostrato loro come fare il chapati. Confessò che era l'unica cosa che sua madre le aveva fatto imparare prima di lasciare casa. Erano altrettanto buoni con il condimento salato.

Sloane sapeva che sotto la superficie c'era molto di più, così come Ella. Quando Sloane aveva condiviso la sua storia personale con la squadra, Nat si era avvicinata e l'aveva abbracciata. Senza parole, solo un abbraccio. Forse anche lei aveva avuto un'esperienza del genere, non lo sapeva. Dopo tutto, c'erano genitori bigotti in ogni paese, non solo in America. Aveva sentito un paio di ragazze parlare con Nat del film *Sognando Beckham*, paragonando la protagonista a lei. Era sicura che fosse una battuta ormai troppo usata. Non c'erano abbastanza donne asiatiche coinvolte nel calcio britannico, Nat poteva essere un'apripista, quindi Sloane sperava che avesse il sostegno di tutti.

Magari c'entrava il legame con Ella, la storia personale di Sloane o il fatto che si fossero allenate bene sul campo, ma una volta che il fischio d'inizio venne dato, scattarono. Il tocco di Sloane era come la seta, ogni passaggio era efficace, ogni colpo di scena era una poesia. Ogni volta che toccava il pallone emetteva un ronzio di soddisfazione. Era uno di quei giorni in cui la palla le si attaccava ai piedi, in cui i suoi tiri andavano a segno. Viveva per quei giorni.

Dopo un'apertura cauta, la centrocampista dei Rovers, Welshy, si lanciò in avanti, lasciandosi alle spalle una scia di difensori storditi. Sloane la seguì, ma Welshy indugiò un po' troppo prima di tirare il pallone e l'ultimo difensore bloccò il suo passaggio.

Tuttavia, la palla arrivò a Sloane, che la prese in pieno sul collo del piede. La giocatrice guardò con attenzione per capire cosa stesse succedendo: alla sua destra, il terzino Cally le chiedeva la palla, ma aveva un difensore troppo vicino. Davanti a lei, Layla fece una corsa a sinistra e poi a destra, trascinando con sé due difensori. Era una corsa intelligente, che apriva uno spazio in cui Nat si poteva infilare.

Palla veloce, azione decisiva: era così che si vincevano le partite e si vinceva la vita. Con una centrocampista tedesca che la seguiva come un muro di mattoni, Sloane si fiondò a destra, ottenne un metro di spazio in più, quindi passò un pallone sopra la testa di Nat che si avventò su di esso.

Erano sulla stessa lunghezza d'onda.

Nat prese il pallone in area di rigore con la stessa facilità con cui aveva arrotolato il suo chapati, valutò l'angolo in un millisecondo, poi lo fece rotolare elegantemente davanti al portiere con la parte esterna dello scarpino destro. Si girò, con le braccia alzate e la bocca sbalordita. Aveva appena segnato il suo primo goal per i Rovers e sembrava quasi che non ci credesse.

Sloane corse a festeggiare con lei.

"Sei una cazzo di leggenda!", gridò, soffocandola in un abbraccio. Il resto della squadra fece lo stesso e Nat ne uscì con un sorriso enorme. Sloane sapeva che sarebbe durato per giorni.

"Tu sei una cazzo di leggenda", le disse Nat con un sorriso.

Si diedero il cinque mentre tornavano al cerchio centrale. Un lavoro ben iniziato, ma non ancora finito.

Nel secondo tempo, mentre il sole batteva caldo in cielo, avevano quell'esile vantaggio. Quasi subito dopo il calcio d'inizio, Nat si lanciò lungo l'ala sinistra come se avesse i propulsori prima di tirare la palla per Sloane al limite dell'area. Lei la prese al volo e vide il portiere pronto per un tiro da lontano. Sloane modellò il suo corpo per tirare in quella direzione, poi invece dirottò la palla verso il palo interno. Il tiro colpì il fondo della rete prima ancora che il portiere si muovesse. Sloane alzò gli occhi al cielo e fece un sorriso dolcissimo. 2-0 per i Rovers.

Ma non era ancora finita. Dieci minuti dopo, Layla entrò in area e venne atterrata dal loro difensore centrale. Il Francoforte era quindi rimasto in dieci e Sloane si fece avanti per battere il rigore. Era estremamente sicura di sé, a volte lo sapeva e basta. Inoltre, si esercitava ogni giorno per occasioni come quella. Quando l'arbitro fischiò, Sloane studiò il portiere e lo mandò dalla parte sbagliata. La rete si increspò e Sloane ebbe il suo spiraglio per fare gol. Corse a sinistra, fece il suo caratteristico salto e batté i pugni, poi si girò per raccogliere le acclamazioni delle compagne di squadra. Avrebbe vissuto volentieri giorni come quello, ancora e ancora.

Al fischio finale, il Salchester aveva trionfato per 3-1. Le squadre si strinsero la mano, poi Sloane si prese il tempo per firmare autografi e posare per le foto con un gruppo di tifosi vicino alla panchina. Quando si avvicinò a Ella e le rivolse un sorriso soddisfatto, lei le tese le braccia e Sloane accettò l'abbraccio. Quando si tirarono indietro, c'era qualcosa negli occhi di Ella che Sloane non riusciva a definire. Rispetto, forse? Apprezzamento per il suo talento? Forse qualcos'altro?

"Ottimo lavoro oggi, Superstar". Le piaceva il soprannome. Lo sguardo di Ella si abbassò sulle cosce scoperte e sul ginocchio sanguinante di Sloane. Si era scontrata con un difensore verso la fine della partita, ma quella era la vita di una calciatrice.

Sloane seguì il suo sguardo. "Il ginocchio mi fa male, ma la vittoria mi fa stare meglio, anche se non vedo l'ora di farmi una doccia calda".

Ella sbatté le palpebre, poi fece un rapido cenno di assenso. "Certo". Indicò con la testa verso destra. "Vai nello spogliatoio e goditi l'adulazione. Domani lavoreremo ancora un po'".

"Altri pancake?"

Ella le rivolse un sorriso maligno. "Non sarai così fortunata".

Capitolo 10

Il buon umore rimase anche dopo, quando andarono a mangiare coreano. Il posto era stato scelto per sfidare il palato della squadra, ma anche perché aveva una sala privata che offriva il karaoke. Ella non sapeva bene perché le squadre sportive amassero così tanto il karaoke, ma sembrava una passione di molti. Personalmente, pensava che fosse un destino peggiore della morte, e questo solo come ascoltatrice. Aveva sempre evitato il microfono in tutti i karaoke a cui era stata, e aveva intenzione di fare lo stesso lì, anche se tecnicamente era una nuova arrivata. Tuttavia, il fatto di essere del personale le dava sicuramente un lasciapassare. La sua intenzione era di passare in secondo piano e sperare che tutti si dimenticassero di lei, e poi era seduta accanto a Lucy, nessuno l'avrebbe importunata.

Lucy si alzò e batté le mani. Le quaranta persone intorno al lungo tavolo ammutolirono. "Bene, squadra! Oggi è stata una grande partita, che ci ha permesso di ottenere un po' di minuti in campo e nelle gambe. Domani faremo un vero e proprio debriefing prima della prossima partita e parleremo di ciò su cui dobbiamo lavorare, ma per ora godetevi questo banchetto coreano. Assaggiate le varie carni, le verdure e anche il kimchi. Vi garantisco che è più buono di Nando's".

Ella soffocò una risata. Le piaceva Nando's come a chiunque altro, ma la riverenza che gli riservavano alcune delle giocatrici più giovani la faceva sorridere.

"Il microfono sta girando intorno al tavolo, quindi scegliete la vostra canzone. Per prima cosa, i nuovi arrivati devono cantare una canzone". Lucy indicò Sloane dall'altra parte del tavolo e tre posti più in là. "Sei la prima, Patterson. Hai raccontato la tua storia, ora è il momento di condividere i tuoi talenti nascosti".

Sloane rimase a bocca aperta e si portò una mano al petto. "Perché io?" Alzò la forchetta in segno di protesta.

"Perché sei abbastanza vecchia e brutta per sopportarlo". Lucy le fece l'occhiolino.

"Come vuoi tu, capo". Sloane si alzò e indicò il tavolo. "Nomino Nat dopo di me. Scegli una canzone, Tyler".

"Già fatto!", rispose con la sicurezza della gioventù.

Alla fine, Nat andò per prima perché Sloane dovette rispondere a una telefonata proprio quando apparve il microfono. Rientrò mentre Nat si lanciava nella sua versione di "Sweet Caroline". Nat non era la giocatrice più alta, con il suo metro e settanta, ma dalla sua esibizione non si sarebbe detto. Teneva bene le note, coinvolgeva tutti e, quando si lanciò nel ritornello finale, salì in piedi sulla sedia e guidò l'intero gruppo. Anche Ella si unì. Nat concluse con un acuto e saltò a terra tra gli applausi. Poi portò il microfono sul tavolo e si chinò per passarlo a Sloane.

"Tocca a te, socia".

In qualche modo, Ella sapeva che Sloane avrebbe accettato la sfida con gusto. Dopotutto, non si può diventare un'attaccante di punta senza essere competitivi. Sloane si avvicinò alla macchina del karaoke, digitò la sua canzone, poi tornò a sedersi mentre le note iniziali risuonavano negli altoparlanti. 'Can't Take My Eyes Off You'. Un classico del karaoke e un grande successo in generale, Ella avrebbe dovuto saperlo.

Inoltre, il modo in cui Sloane gestiva il microfono e non guardava nemmeno lo schermo fece capire a Ella che non era la prima volta che la cantava. La folla applaudì quando Sloane prese il ritmo, girando a vuoto fino al vistoso ritornello e poi camminando lungo il lato del tavolo di Ella. Ella girò la testa per seguire i progressi di Sloane. Non poteva fare altro, era ipnotizzata.

Sloane passò davanti a Ella, la sua presenza ravvicinata le fece rizzare i peli sulla nuca.

Sloane profumava di bergamotto e di successo. Quando raggiunse il ritornello, l'intero tavolo si unì, come Ella sapeva che avrebbero fatto, cantando a squarciagola. Accanto a lei, Lucy aveva un sorriso stampato in faccia. Alla seconda strofa, Sloane era sul lato opposto del tavolo, al punto di partenza. Arrivò al suo posto, a tre sedie di distanza da Ella, ma non si sedette. Invece, anche lei salì sulla sedia e cantò l'ultima strofa come se fosse una pop star e non un'attaccante. Le somiglianze erano molte: stava dando spettacolo, attirava la folla, creava sogni.

Quando Sloane raggiunse il ritornello finale, lo cantò guardando Viv due posti più in là, poi spostò lo sguardo su Welshy, seduta accanto a Ella. Poi, finalmente, Ella.

Quando i loro sguardi si incrociarono, un fuoco d'artificio esplose nel petto di Ella, con una forza tale da farle emettere un rantolo. Deglutì e cercò di non trasalire mentre fissava Sloane. Che diavolo era successo? Aveva passato abbastanza tempo in compagnia di Sloane ultimamente. Erano amiche, niente di più.

Ma Ella non ricordava l'ultima amica che l'avesse fatta tremare come era appena successo con Sloane. Che le avesse fatto venire il respiro affannoso. Che le avesse fatto dimenticare tutti gli altri nella stanza per concentrarsi solo su di lei. Le luci si abbassarono, il volume scese, finché Ella riuscì a vedere solo Sloane e a sentire solo il suo battito cardiaco accelerato.

Guardò a sinistra verso Lucy, che sorrideva e applaudiva Sloane. Alla sua destra, Welshy stava facendo lo stesso. Nessun altro l'aveva notato.

Tuttavia, quando osò tornare a guardare Sloane, il suo sguardo non si era spostato. La fissava con un'intensità che le faceva contrarre tutti i muscoli. Quando riuscì a muoversi, Ella abbandonò la connessione e lo stesso fece Sloane. Solo allora il volume si alzò e le luci tornarono al loro livello precedente. Ella rimase immobile, senza osare spostarsi o guardare altrove se non il suo piatto quasi vuoto. Bevve un sorso di acqua gassata e sperò che se ne andassero presto.

Non era sicura di quello che era appena successo, ma prima fossero tornate in albergo, prima sarebbero potute andare a dormire e fingere che non fosse successo. Era stato solo un incidente, Sloane non le piaceva in *quel* senso. E anche se le fosse piaciuta, non sarebbe successo nulla. Lavoravano insieme e Sloane aveva ancora una fidanzata nelle Lionesses.

Qualunque sentimento le fosse appena esploso in petto, doveva essere calmato.

*****

La sua bocca ronzava ancora per il sapore dei peperoncini rossi, dell'aglio e dello zenzero mentre entrava nella hall dell'hotel, colpita ancora una volta dalle lussureggianti composizioni floreali. Una mano sulla spalla la costrinse a guardare a destra.

Sloane.

Lo stomaco le cadde. La pelle di Sloane era squisita. Setosa, quasi ultraterrena. Doveva assolutamente darsi una regolata.

"Hai dei bei capelli oggi". Sloane strinse gli occhi. "Sono diversi, in qualche modo".

"Li ho tagliati e il volume si è dimezzato. Torneranno normali in un paio di settimane".

"Giusto". Sloane si guardò i piedi e poi tornò da Ella. "Ho anche notato che non hai cantato nulla a cena, non è stato del tutto corretto. Non vedevo l'ora di sentirti". Inclinò la testa da un lato mentre parlava, poi fece roteare un dito intorno al viso di Ella.

Ella seguì con precisione il polpastrello di Sloane.

"Non riesco a capire bene se tu sceglieresti Taylor o Florence. O forse qualcosa vecchia scuola, come Kate Bush o gli Abba".

"Non riesco a tenere una nota, quindi ho deciso di risparmiare al gruppo il mio pessimo modo di cantare. Se mi sentissi, capiresti che è meglio così".

Un gruppo numeroso con decine di valigie entrò nell'atrio, Sloane ed Ella si spostarono a sinistra per farli passare.

"Bel tentativo, ma ci devi una canzone. Magari sull'aereo di ritorno". Il suo viso si illuminò con un sorriso sbilenco.

Il sorriso di Sloane era sempre stato così magnetico?

"Spero che condividerai la tua storia quando sarà il tuo turno, e che non ti sottrarrai anche a questo".

"Tutti dobbiamo raccontare la nostra storia, quindi lo farò con piacere quando sarà il mio turno". Ella fece una pausa. "A proposito, ieri hai detto cose molto forti, è stata una storia molto personale da condividere. Mi è piaciuto vedere questo tuo lato. Spero di vederlo di più anche nelle nostre sedute".

Sloane si leccò le labbra e scrollò le spalle come se nulla fosse.

Ella sapeva che era solo scena.

"So essere vulnerabile. Sono americana, ricordi? Inoltre, con il mio background, sono in terapia da anni. È quello che so fare meglio: guardare in faccia la realtà".

"Non trattarla come una cosa da poco". Era un meccanismo di difesa che Ella conosceva bene, lo aveva usato per anni dopo la morte della madre.

"Non lo sto facendo". Sloane si fermò, poi si succhiò il labbro superiore prima di continuare. "Ti va di prendere un caffè al bar prima di andare a letto? Potrei condividere con te altre cose su cui riflettere".

Sloane che le parlava di andare a letto non era d'aiuto. Ella doveva andarsene da lì, tornare nella solitudine della sua stanza. Lontano da Sloane.

Scosse la testa. "Dopo oggi sono stanca morta, quindi passo". Inclinò la testa verso l'ascensore. "Ci vediamo domani".

Sloane le fece un lento cenno, fece per dire qualcos'altro, poi scosse la testa. "Ci vediamo, allora".

Quando Ella arrivò all'ascensore, si voltò. "Sloane?"

Quando lo sguardo di Sloane incontrò quello di Ella, la sua espressione era di attesa. "Sì?"

"Avrei scelto Taylor. Ogni volta. Chi altro?"

Ella tornò in camera sua, chiuse la porta e tirò un respiro. Appoggiò la schiena al legno.

Sì, aveva sempre ammirato Sloane da lontano, prima di conoscerla. Per le sue capacità, la sua passione e i suoi muscoli tonici. Ma conoscerla le aveva fatto capire che Sloane era tutte quelle cose e molto di più. A volte, quando si incontrano le star che si ammirano, si rimane delusi. Non era successo con Sloane Patterson: era fragile, aperta, divertente, sexy. E, accidenti, quella donna sapeva anche cantare.

Ella si spogliò, si tolse con gratitudine il reggiseno, si lavò i denti e si mise a letto. In momenti come quelli avrebbe voluto che sua madre fosse lì a chiamarla. Sua zia era un'ottima sostituta, ma non era la stessa cosa. Lei e sua madre erano solite parlare di tutto, ma avrebbe dovuto affrontare questo problema da sola. Ricordava di aver sviluppato un'attrazione per la sua terapista una volta, cosa altamente inappropriata, ma si era dissuasa. Inoltre, alla fine aveva cambiato terapista per semplificarsi la vita. Non aveva intenzione di lasciare quel lavoro, quindi doveva aggirare la situazione, usando tutti i trucchi psicologici che conosceva.

I suoi pensieri erano solo quello, pensieri.

Poteva ignorarli.

Capitolo 11

Quando Sloane si svegliò, il cuscino era umido della sua bava. Se i suoi fan adoranti avessero potuto vederla ora… Si pulì la bocca con l'avambraccio, poi rotolò dall'altra parte del cuscino. Accanto a lei, il letto di Layla era sfatto, ma la sua compagna di stanza non si vedeva da nessuna parte.

Il telefono di Sloane giaceva sopra il materasso dove l'aveva lasciato la sera prima, dopo aver scrutato le foto della partita che il club aveva pubblicato sui social. Era soddisfatta della sua prestazione, della connessione con Nat e anche del fatto che Ella fosse a bordo campo a guardare. Certo, Sloane voleva impressionare le sue nuove compagne di squadra e la sua manager, ma quello era legato al lavoro. Ora che aveva conosciuto Ella, voleva fare colpo per altri motivi che non riusciva a definire. Amicizia? Forse. Ma niente di più.

Sloane era ancora fidanzata, anche solo formalmente, e non era affatto disponibile, anche se era quasi single. Il pensiero le faceva male allo stomaco, non poteva affrontare di nuovo una conoscenza da zero. Forse era anche per quello che stava resistendo. Era come aveva detto Ella: una volta raggiunta una certa età, rimettersi in gioco era noioso, oltre che maledettamente spaventoso.

Si strofinò un po' gli occhi e prese il telefono. Una volta

sbloccato, la notifica dei messaggi sulla parte superiore dello schermo attirò la sua attenzione. Quando vide di chi erano, lo stomaco di Sloane si contorse un po' di più. Tre messaggi di Jess. Ma che cazzo?

Sembra che tu ti sia divertita ieri sera. So cosa significa cantare quella canzone a qualcuno in pubblico. Chi diavolo è? Non ti stai scopando l'allenatrice, vero? Perché questo è un colpo basso, persino per te.

Nessuna faccina, nessun bacio.

La sensazione di allarme attraversò Sloane come un serpente a sonagli. Si rotolò sulla schiena e tenne il telefono in aria, scrutando Instagram per vedere se conteneva le risposte al messaggio criptico di Jess. Era stata taggata in tre storie. Cliccò di nuovo, ma perse il controllo del telefono, che cadde e la colpì sul naso.

"Ahi!" Le succedeva almeno due volte alla settimana, era sorpresa di non essersi ancora rotta il naso. Le faceva male quando prese il telefono, ma ignorò il dolore.

Nella squadra c'era l'accordo di non postare nulla di incriminante su nessun social. Si tenne forte mentre cliccava sulla prima storia. Era la canzone di Nat, con Sloane che cantava il ritornello a braccia alzate. Niente di che.

Ma fu la storia successiva che le fece fare un balzo fuori dal letto. Era lei che cantava il ritornello finale della sua canzone, in piedi su una sedia.

Sloane inspirò profondamente. "Porca puttana".

Arrivò al ritornello e trasalì. Non era una pessima cantante, ma non era nemmeno Adele.

Tuttavia, non era sul canto che si concentrava. Chiunque avesse girato quel video si trovava dietro Ella e Lucy. Durante la parte finale del ritornello, lo sguardo di Sloane era concentrato esclusivamente in quella direzione.

Sloane esultò. La maggior parte delle persone non avrebbe capito nulla da quel video, ma Jess non era *la maggior parte delle persone*. Aveva visto qualcosa. Solo ora che Sloane si guardava, riusciva a vederlo anche lei.

Prese una boccata d'aria e mise il telefono in grembo. Lo stomaco le tremava.

Le piaceva passare il tempo con Ella, ma non aveva energie o spazio per fare altro. Ella provava la stessa cosa. Entrambe erano concentrate sul lavoro, non era successo nulla. Allora perché si sentiva così in colpa? Perché la sua mente si stava già scervellando per trovare qualcosa da dire a Jess? Non aveva nulla da confutare, eppure non sembrava affatto così. Mentre guardava la storia un'altra volta, poi un'altra volta, poi un'altra volta ancora, qualcosa che aveva il sapore del senso di colpa si insinuò nella sua bocca.

Non le piacevano quelli che tradivano.

Non le piaceva essere tradita.

Non aveva tradito.

Aveva bisogno di ricordarlo.

E se le altre giocatrici avessero visto quello che aveva visto Jess? E se Lucy avesse pensato che le piaceva?

Sloane si coprì gli occhi con la mano.

Ancora peggio: e se Ella fosse stata proprio in quel momento a guardare quella storia e a rendersi conto dello sguardo di Sloane? E se l'avesse notato la sera prima? Era per questo che aveva detto no al caffè e si era affrettata ad andarsene?

Si mordicchiò l'interno della guancia. Non aveva fatto nulla di male, aveva solo cantato una canzone. Si affrettò a rispondere.

Certo che non mi scopo l'allenatrice, cazzo. Sono ancora fidanzata, e ho degli standard.

Era un colpo basso, ma Jess se l'era cercata. Aveva una bella faccia tosta ad accusarla di certe cose. Sloane non aveva fatto nulla di male e Jess non aveva il diritto di monitorare quello che faceva. Avrebbe dovuto concentrarsi su se stessa, ma Sloane sapeva com'era la vita dei calciatori: avevano un sacco di tempo libero, un'età in cui si potevano guardare i social ancora e ancora, e si potevano agitare per piccole cose. Era chiaro che Jess si stava agitando.

Sloane cliccò sull'Instagram di Jess e vide i filmati del suo allenamento per la squadra del North Carolina. C'era anche un filmato che Sloane non aveva visto la settimana prima, con Jess che giocava a golf con Britney, la donna con cui aveva avuto una relazione.

Sloane digrignò i denti e cercò di ricomporsi. Jess era un'ipocrita senza peli sulla lingua. Il modo in cui guardava Britney mentre brandiva la mazza, come se volesse mangiarla? Sloane avrebbe potuto cantare a Ella per giorni e non avrebbe mai eguagliato quel modo di fare, soprattutto perché Jess postava foto con qualcuno con cui era effettivamente andata a letto. C'era una differenza abissale. Sloane cliccò sulla pagina Instagram di Britney, cosa che non faceva da qualche settimana, e vide i filmati di lei e Jess abbracciate dopo il gol.

Qualcosa scattò dentro di lei. Sloane era una persona

razionale, ma quella storia era finita, no? Jess l'aveva rimproverata per aver cantato una canzone, quando probabilmente andava ancora a letto con Britney? Il respiro di Sloane accelerò. Era davvero finita. Cliccò di nuovo sulla casella dei messaggi. Il raccapricciante copione della loro rottura l'aveva tenuta sveglia molte notti, riproponendole i punti più bassi, e le si accapponava ancora la pelle per le conseguenze. L'estate appena trascorsa era stata all'insegna di ciò che Jess voleva. Non c'era stato posto per Sloane, proprio come aveva detto Ella.

La situazione stava per cambiare.

Mi scrivi facendo la vittima? Vaffanculo, Jess. Ho visto le foto di te che giochi a golf con Britney. Di voi che festeggiate sul campo. È chiaro come il sole che non hai chiuso la storia con lei come avevi detto. So cosa ci siamo dette l'altro giorno, ma perché non cresciamo e non vediamo cosa c'è davanti a noi? Rendiamo definitiva questa rottura e annulliamo il nostro fidanzamento. Non sto facendo niente di male, ma tu sei paranoica. Non dovrebbe essere il contrario?

Jess sta scrivendo…
Sloane controllò l'orologio, nel luogo in cui si trovava Jess era notte fonda. Che diavolo ci faceva in piedi?
Jess sta scrivendo…
Jess sta scrivendo…
Poi niente.
Sloane premette la testa contro la testiera del letto ed espirò. Wow. Quattro anni e migliaia di promesse si erano ridotti a

quel momento di nulla. Aspettò altri due minuti, poi inviò un messaggio perché Jess era chiaramente troppo spaventata per chiamarla.

Prendi questo messaggio come una chiusura definitiva. Il nostro fidanzamento è ufficialmente annullato. Sentiti libera di scopare con chi vuoi.

Premette invio, tirò il sospiro più pesante della sua vita, poi saltò giù dal letto. Uno sciame di api si insediò nella sua testa, ma cercò di ignorarle. Si vestì con il pilota automatico, indossando i pantaloni della tuta e il top da allenamento, e scese nella sala privata dove c'era il buffet della colazione.

C'erano solo altre cinque persone, tra cui l'assistente allenatore Jonas, le compagne di squadra Cally, Nat e Layla, oltre a uno dei fisioterapisti. Non riusciva a ricordare il suo nome. Ken? Kai? Sloane li salutò, poi si diresse al buffet e si servì di uova strapazzate, fagioli e pane tostato. Aveva imparato che le piacevano i fagioli cotti da quando era nel Regno Unito. Li versò nel piatto e alcuni schizzarono sul suo top.

"Merda". Mise giù il piatto, ma solo quando andò a pulire la macchia si accorse che le tremava la mano. Si morse il labbro e prese fiato. Aveva fatto la cosa giusta? Aveva appena chiuso la sua relazione, mandato all'aria il suo fidanzamento. O forse era stata Jess a farlo mesi prima?

Raccolse il piatto e lo posò su un tavolo vicino. Poi si avvicinò alla macchina del caffè, premette alcuni pulsanti, prese una tazza di liquido nero, aggiunse il latte, anche se voleva la panna. Le piaceva l'Europa, ma la mancanza di panna nel caffè era un problema. Mentre tornava verso il suo cibo, inciampò su qualcosa e rovesciò metà del caffè sul pavimento davanti a lei.

Si fermò. Era un bene che non avessero una partita quel giorno, perché sarebbe stata inutile.

"Sloane?"

Alzò lo sguardo. Nat. Sembrava molto insicura e stava guardando ovunque tranne che Sloane.

"Mi chiedevo se avessi cinque minuti per fare una chiacchierata veloce? In un posto privato?"

Sloane tese il top, ancora macchiato di caffè, e scosse la testa.

"Possiamo parlare più tardi? Mi dispiace, stamattina sono un po'distratta, non è un buon momento".

Nat la fissò per un attimo, poi le fece un cenno deciso. "Certo, nessun problema". Si affrettò a uscire dalla sala da pranzo.

Sloane aggrottò le sopracciglia, mentre la preoccupazione le attanagliava lo stomaco. Avrebbe dovuto trovare il tempo, ma non era un buon giorno.

Una mano sulla schiena la fermò. Si girò con cautela per non rovesciare il resto del caffè su chi era dietro di lei.

Quando vide lo sguardo preoccupato di Ella, le venne voglia di posare il caffè e cadere tra le sue braccia.

Ma che diavolo? Non si conoscevano nemmeno così bene, però in quel momento Sloane avrebbe avuto bisogno di un'amica. Non poteva crollare nella sala della colazione, era un luogo troppo pubblico.

"Tutto bene? Ti ho vista inciampare...". Ella lanciò un'occhiata al pavimento. "Sul niente?" Studiò il viso di Sloane. "Inoltre, sembri un po' turbata".

Sloane osservò la bocca perfettamente ovale di Ella, come

se la vedesse per la prima volta. La sua pelle incredibilmente liscia. Si chinò per inalare l'odore del suo profumo floreale.

Non era un comportamento normale.

Si raddrizzò, poi scosse la testa. "Avevo fretta di andare a fare il massaggio con il fisioterapista e ho accidentalmente buttato caffè e fagioli dappertutto".

Ella indossava pantaloni sartoriali blu e una camicia celeste. La cintura rosa dava un tocco di colore e metteva in risalto la vita sottile e i fianchi definiti.

Sloane non riusciva a smettere di fissarla. "Hai un bell'aspetto oggi. Molto professionale".

Sorrise e il suo viso si illuminò. "Più tardi devo fare un discorso al personale, quindi ho pensato di vestirmi bene". Ella fece una pausa. "Sei sicura di stare bene? Mi sembri un po' fuori forma".

"Sto bene". Sloane sorseggiò ciò che restava del suo caffè, diede un'occhiata al piatto abbandonato e poi tornò da Ella. "Anzi, devo scappare. Prendo un croissant, ma non dire a Lucy che non ho mangiato proteine, ok?"

Ella mimò di chiudersi le labbra e di gettare via la chiave.

* * *

"Come va la caviglia? Ti senti bene?"

Sloane trasalì quando Dan, il fisioterapista, fece pressione proprio dove lei non voleva, ma era quello che facevano i fisioterapisti, era il loro lavoro. Annuì, cercando di mantenere il viso neutro. Non era facile.

"È ancora un po' dolorante, ma faccio gli esercizi di mantenimento ed è gestibile. Posso ancora giocare a calcio, questo è l'importante".

"Stai quasi prendendo un accento inglese", scherzò.

Sloane forzò un sorriso. "Sarò sempre americana".

La sua caviglia non era più la stessa dall'unico grande infortunio della sua carriera, due anni prima, e doveva prendersene cura in modo particolare. Aveva detto a tutti che non era un problema, ma lo era, anche dopo tutto il lavoro di fisioterapia e di performance che aveva fatto. Forse Ella poteva aiutarla a superare i dubbi legati all'infortunio.

Però non era sicura che vedere Ella in quel momento fosse la cosa migliore per la sua salute, mentale o fisica.

Quel pensiero la fece accigliare.

"Perché quella faccia triste?" Dan sembrava uno dei ragazzi con cui il fratello di Sloane giocava a basket e che non le era particolarmente simpatico, ma Dan non mostrava nessuno dei suoi tratti, per fortuna.

Sloane scosse la testa e sorrise. Non aveva intenzione di confessare al fisioterapista le sue pene interiori: non era il suo lavoro, anche se era sicura che qualcuno lo faceva comunque. La seduta di quel giorno riguardava il suo corpo e nient'altro.

"Stavo pensando alla mia colazione di stamattina e al fatto che me la sono rovesciata addosso".

Rise. "Sei brava con i piedi, non puoi essere sempre brava anche con le mani. Sarebbe troppo per un'unica persona". Risalì lungo la gamba e le massaggiò la coscia.

Sloane chiuse gli occhi e cercò di spegnere i pensieri che le ronzavano in testa, ma la sua mente era come un film tremolante, che proponeva immagini di Jess, di lei e Jess in tempi più felici, di Jess e Britney e, infine, di Ella.

Perché Ella era entrata in questo film della sua vita?

"Ieri è stata una bella partita. Sembra che tu e Nat abbiate già instaurato un buon rapporto, fa ben sperare per la stagione".

Ottimo, chiacchierata sul calcio. Grazie al cielo potevano parlare di calcio. "È vero", rispose. "È brava, e credo che in questa stagione potremmo fare dei bei danni alle altre squadre".

Dan annuì. "Tu sei fantastica ai rigori, però". Scosse la testa in segno di ammirazione. "Non hai paura di essere coraggiosa e vulnerabile, ed è così che dev'essere chi calcia i rigori. Lo stesso vale per la tua straordinaria storia personale che hai condiviso l'altro giorno, ma quel rigore è stato il punto chiave della partita. Stavano per rimontare, se avessi sbagliato quel rigore, sarebbe cambiato tutto. A 2-1 possono ancora recuperare, ma se segni e si va sul 3-1, l'atmosfera è diversa".

Sloane annuì. "C'è un motivo se mi esercito tanto".

"Lo so", rispose Dan. "E c'è un motivo per cui facciamo lavorare i tuoi muscoli ogni giorno, in modo che tu possa fare proprio questo". Le sorrise. "Il lavoro di squadra aiuta a raggiungere i propri sogni, giusto?"

Se solo tutto fosse così semplice come il calcio. Lei e Jess erano state una squadra, ora non più. Ora era da sola.

Era una sensazione strana.

* * *

Ella guardò il telefono: mancavano 30 minuti al discorso di squadra. Quel giorno avrebbero ricevuto una storia personale dall'assistente allenatore Jonas. Stavano imparando molto l'uno sull'altro attraverso quelle storie ed Ella non vedeva l'ora che arrivasse la prossima. Sorseggiò il caffè nella hall dell'hotel e controllò le e-mail sul telefono: doveva rispondere a un paio di nuove richieste di lavoro e a un messaggio di zia Ursula che le chiedeva del suo viaggio. Forse avrebbe risposto adesso.

Aprì WhatsApp e cliccò sulla casella di risposta, ma una presenza nelle vicinanze le fece alzare lo sguardo. Nat era accanto a lei e si mordeva le labbra.

"Nat, ciao! Stai bene?"

Annuì, guardò il pavimento e poi tornò a Ella.

"Bene". Spostò il peso sulla gamba sinistra. Era già vestita per l'allenamento, con i calzini bianchi tirati su fino alle caviglie. Avrebbe aggiunto parastinchi, calzini più lunghi e scarpini poco prima di entrare in campo. "Mi chiedevo se avessi un minuto".

Ella annuì, poi posò il telefono sul tavolino di legno davanti a lei. "Naturalmente". I suoi messaggi potevano aspettare. Fece un gesto verso lo spazio sul divano accanto a lei.

Nat si sedette.

"Stavo parlando con Sloane l'altro giorno e mi ha detto che giocavi a calcio a livello professionale".

Ella dovette concentrarsi, perché l'accento della zona di Liverpool di Nat era forte, visto che era di Bootle.

"È vero". Non era sicura di dove stesse andando a parare. "Un infortunio ha stroncato la mia carriera".

"Mi dispiace".

Nat lanciò un'occhiata alla reception, dove un uomo stava tentando di fare il check-in con il maggior numero di bagagli che Ella avesse mai visto.

"È solo... bello sapere che capisci le pressioni che subiamo".

"Sono contenta". Non aveva ancora idea di cosa volesse Nat, ma avrebbe lasciato che la cosa andasse avanti. Voleva chiaramente parlare.

"Poco fa ho cercato di parlare con Sloane, ma si era appena rovesciata il caffè addosso e sembrava distratta. Poi ho pensato a te".

"Giusto".

"È solo… quello che ha detto Sloane nel suo discorso alla squadra, è più o meno il punto in cui mi trovo ora". Nat fece un respiro profondo. Poi le parole le uscirono, come se le avesse tenute dentro troppo tempo, e probabilmente era così.

"I miei genitori sono favorevoli al fatto che io giochi a calcio, fino a un certo punto. Non capiscono, non sono appassionati di calcio – essendo pakistani, la mamma preferisce di gran lunga il cricket – ma vogliono che io sia felice. Tuttavia, ho fatto coming out poco prima che il Rovers mi ingaggiasse, e non ne sono contenti. Sapevo che mia madre non sarebbe stata contenta, perché le persone gay non sono solitamente accettate nella cultura asiatica, ma anche papà l'ha presa male".

Espirò a lungo un'altra volta, poi alzò lo sguardo. "Non so perché te lo sto dicendo, ma la storia di Sloane mi ha fatta sentire come se qualcuno potesse capirmi. Mi sembra che le famiglie delle altre ragazze gay nella squadra siano solidali. A volte mi sembra che…". Scrollò le spalle, poi si passò i palmi delle mani sul viso.

Il cuore di Ella si strinse di tristezza. Alcuni genitori sapevano essere davvero crudeli, soprattutto quando si trattava di una persona giovane come Nat. La mamma di Ella l'aveva sempre sostenuta, ma Sloane aveva avuto un'esperienza negativa. Era la prova vivente che le cose miglioravano, anche se dovevi farle migliorare da sola. Era qualcosa che non si superava mai, ma con cui si imparava a convivere.

Tuttavia, il dolore del rifiuto dei genitori era ancora crudo per Nat. Ella voleva tanto che la situazione migliorasse all'istante, e avrebbe fatto del suo meglio.

"Mia madre ha sempre accettato la mia sessualità e le mie scelte di carriera, quindi non pretendo di aver provato quello che avete vissuto tu e Sloane. Ma ho conosciuto molte star dello sport che hanno avuto problemi in famiglia, con la sessualità e con le aspettative dei genitori. È dura, non posso mentire. Soprattutto all'inizio. Ma i tuoi genitori potrebbero essere sotto shock. Potrebbero riprendersi. La maggior parte si riprende, tieni a mente questo. Come ammetterebbe Sloane, lei è stata sfortunata". Fece a Nat un sorriso teso. "Ma devi ricordare che questa è la tua vita e il tuo sogno. Stai già andando meglio di molti altri, hai segnato il tuo primo goal e cantato la tua prima canzone. Stai vivendo un sogno".

Nat ricambiò con un sorriso sincero. "È vero, ma è questo che fa un po› più male. Perché non riescono a vederlo? Perché non possono essere felici per me? Pensano che il calcio mi abbia fatta diventare gay, ma io sono sempre stata gay". Scosse la testa. "Voglio che vengano alle partite, voglio che mi vedano giocare. Voglio renderli orgogliosi". Quando alzò lo sguardo, i suoi occhi erano lucidi.

Ella allungò la mano, la prese e la strinse. "Sono sicura che vogliono farlo, diamo loro tempo. Nel frattempo, gioca al meglio delle tue possibilità, perché rendere orgogliosa te stessa, i tuoi compagni di squadra e i tifosi è la cosa per cui giochi davvero. Non puoi controllare le reazioni degli altri a qualsiasi cosa tu faccia o a qualsiasi cosa tu sia. Concentrati su ciò che puoi controllare: puoi diventare la calciatrice migliore possibile ed essere un modello per altre ragazze queer".

Nat sbuffò. "Non credo di essere un modello per nessuno".

"Ne saresti sorpresa. Non solo hai fatto coming out e ne sei orgogliosa, sei una delle poche giocatrici asiatiche del campionato. Stai facendo la differenza, anche se non te ne accorgi. È importante sentirsi rappresentati". Ella le strinse di nuovo le dita, poi le lasciò andare. "Hai parlato con i tuoi genitori da quando sei arrivata?"

"Un paio di volte, ma non mi chiamano mai. Sono sempre io a chiamare loro. Ho paura di non poter tornare a casa quando ci saranno le vacanze di Natale". Le sue labbra fremevano mentre parlava.

Ella si inclinò in avanti e sostenne il suo sguardo. "So che sembra difficile, ma è davvero un gioco di attesa. Siamo solo a settembre, dicembre è lontano. Sicuramente per allora ti accoglieranno a casa. Tieni duro e continua a fare quello che sai fare meglio. Sono certa che stiano seguendo la tua carriera, che lo ammettano o meno".

Capitolo 12

Erano passate sette settimane di campionato e la squadra era rimasta imbattuta, con cinque vittorie e due pareggi. Non avrebbero potuto chiedere di più. I nuovi acquisti si erano ambientati, Sloane in particolare stava segnando goal per divertimento.

Ella aspettava Sloane nel suo ufficio: per la seconda volta quella settimana, sarebbe stata Sloane a guidare fino a casa. La prima volta era stata lenta, rigida e super nervosa, non come Ella aveva immaginato. Oggi voleva che si rilassasse, che prendesse le cose con più calma.

Fin dalla pre-stagione in Germania, Sloane aveva mantenuto un rapporto prevalentemente professionale con Ella, concentrandosi esclusivamente sul suo allenamento e sulle sue prestazioni. Avevano chiacchierato qualche volta, ma durante il viaggio qualcosa era cambiato e Sloane aveva mantenuto le distanze. Non c'erano stati caffè o bussate alla sua porta, solo la promessa di una lezione di guida, che sarebbe avvenuta quel giorno.

Sloane non voleva parlare della sua vita sentimentale durante le loro sessioni di allenamento. A quanto aveva capito dai social di Jess, lei era già andata avanti, ma Sloane non voleva parlarne. Tuttavia, si era aperta sulla sua mentalità e sulle sue paure per gli infortuni, che Ella sapeva essere ben fondate. Anche lei aveva dovuto affrontare un infortunio, e non era finita bene. Non avrebbe augurato la stessa sorte a nessuno, tanto meno alla migliore attaccante del mondo.

Il suo telefono si illuminò con un messaggio di Sloane, che diceva che la stava aspettando fuori. Ella chiuse il portatile e salutò Lucy attraverso la parete trasparente dell'ufficio. Le fece cenno di entrare. Ella fece la borsa e poi entrò nell'ufficio di Lucy. Mentre Ella condivideva il suo spazio con altre tre persone, Lucy aveva il suo tutto per sé.

"Come sono andate le sedute di oggi? Non ci sei nei prossimi due giorni, vero?"

Ella scosse la testa. "No. Le sedute sono andate bene: ho aiutato Nat ad essere più sicura nelle decisioni, Amy ha detto che la ricetta che le ho passato per fare una torta era straordinaria, e sono tutti pronti per questo fine settimana. Una partita importante contro le prime in classifica. Tutte hanno la testa a posto, hanno solo bisogno di essere guidate dalle tue parole di saggezza, ora".

Lucy annuì. "Mi chiedevo se ti andrebbe di fare con me il discorso pre-partita del prossimo fine settimana. Questa settimana è importante, ma la prossima è contro i nostri acerrimi rivali".

Ella sbatté le palpebre. "Io? Per la partita più importante della stagione finora?" Si indicò il petto e poi diede un'occhiata alle spalle, solo per controllare che Lucy non stesse parlando con qualcun altro.

C'era solo lei.

"Sì, non sarebbe la tua prima volta. Io ho già raccontato la mia storia". Lucy si metteva sempre in prima linea e si aspettava che la sua squadra la seguisse. "Mi hai raccontato la tua storia, ora raccontala alle ragazze. Di' loro cosa significa avere un sogno e vederselo portare via. Di' loro di uscire e di cogliere l'attimo, di essere vulnerabili, di rischiare". Fece una pausa. "Oppure puoi dire qualsiasi cosa tu voglia. Te la senti?"

Se la sentiva? Ella aveva già parlato a delle conferenze, era salita su un palco di fronte a centinaia di delegati e lo aveva fatto con facilità, però i gruppi più piccoli erano sempre più pressanti. Ascoltavano di più, poteva vedere i pensieri dietro i loro occhi. Ma lei aveva accettato quel lavoro per fare la differenza: se questo era ciò che serviva, allora l'avrebbe fatto.

"Conta su di me", rispose Ella.

* * *

Ella non riusciva ancora a credere alle fantastiche strutture del club, né al fatto che fossero condivise con gli uomini. Tutti quelli che aveva incontrato finora erano amichevoli e aperti, il che era fantastico. Le piaceva l'atmosfera che entrambe le squadre creavano insieme e avrebbe voluto che più club ne tenessero conto. Quando uomini e donne lavoravano insieme, condividendo strutture e storie, era meglio per tutti. Forse avrebbe potuto suggerire a Lucy di organizzare regolarmente una sessione di condivisione sociale per entrambe le squadre, sarebbe stata una buona idea.

Mentre Ella si dirigeva verso la sua auto, notò Sloane appoggiata a uno degli alberi piantati con cura nel parcheggio. Era vestita con una tuta, scarpe da ginnastica e un cappello di lana – "Questa non è la California!", ripeteva sempre a Ella – ma lo indossava meglio di chiunque altro. Sloane era una di quelle persone che potevano indossare un sacchetto dell'immondizia e avere un aspetto fantastico, mentre Ella doveva impegnarsi di più. Forse avrebbe potuto chiedere aiuto a Marina quando sarebbe venuta a vedere il suo nuovo appartamento. Sua cugina era molto più brava di lei in fatto di stile.

"Quella è la famosissima attaccante Sloane Patterson appoggiata a un albero come se stesse facendo un servizio per la sua linea sportiva 'In The Style'?" Ella sbatté le palpebre. Il suo tono scherzoso era nuovo.

Sloane le rivolse un lento sorriso mentre si raddrizzava, infilandosi in tasca un involucro.

"Perché non me l'hanno ancora chiesto? Dovrei essere arrabbiata, no?" Si avvicinò al lato passeggero dell'auto. "Dovrebbero farmi fare una collezione. La farei gay da morire, e le signore di tutto il mondo la adorerebbero".

"Sono d'accordo", rispose Ella. "Stavo pensando che ho bisogno di rinfrescare il mio guardaroba, tu potresti ispirarmi". Si mise accanto a Sloane. "A proposito, credo che tu sia dalla parte sbagliata". Era successo anche la prima volta che Sloane aveva guidato.

Lei chiuse gli occhi e scosse la testa. "Non è colpa mia se ti ostini a mettere il sedile del guidatore sul lato sbagliato, vero?" Prese il portachiavi dalle mani di Ella e aprì la portiera. Una volta sistemata all'interno, Sloane regolò il sedile e gli specchietti, poi accarezzò il volante.

Ella cercò di non prestare troppa attenzione.

"A proposito, ti ho già detto che adoro la tua auto? È piccola, ma dalla forma perfetta. E il colore è acceso".

Ella era raggiante. "La mia macchina ti ringrazia. Immagino che tu abbia guidato qualcosa di più grande a Los Angeles".

"Sì, mi hanno regalato una Subaru. Più grande di una Mini".

"Ma non così carina".

Sloane le lanciò un'occhiata che Ella non riuscì a decifrare, poi toccò il display digitale sul cruscotto. "Stavo per scusarmi per il ritardo, ma tu puoi lavorare fino a quando vuoi, credo. Invece, una volta che ho fatto i miei 50 rigori, ho finito".

"Ci sono sempre prestazioni da migliorare: voi in campo, io nella mente e nel corpo. Quanti ne hai segnati oggi?" Ella si allacciò la cintura di sicurezza.

"Quarantadue. Non male, ma nemmeno eccezionale".

"Sei molto dura con te stessa, quarantadue è un ottimo risultato. Chi era in porta?"

"Miira e le sue mani enormi, quindi non è male". Sloane si sedette di nuovo al suo posto, con il palmo della mano sul petto. "Ma se arrivo al punto in cui 'un ottimo risultato' va bene, per favore schiaffeggiami. Voglio solo la perfezione, e 50 è il numero perfetto. Tutto il resto è un fallimento".

Ella scosse la testa. Miira era il portiere di riserva della prima squadra e poteva prendere in braccio un bambino con una mano sola, senza problemi. "Sai che la perfezione è rara, vero? Soprattutto contro Miira".

"Lo so, ma mi rifiuto di crederci".

La loro disinvoltura reciproca le era mancata nelle ultime settimane. Aveva bisogno di un'amica come Sloane nella sua vita.

Sloane avviò il motore, poi aggiustò la posizione e si sedette a testa alta. "Ok, basta parlare, ho bisogno che tu stia di guardia per evitare che ci uccida mentre torniamo a casa".

"Grazie, non mi metti per niente ansia". Tuttavia, dato

che erano passate le 16 e il parcheggio era quasi vuoto, Ella era fiduciosa che sarebbero almeno uscite da lì senza gravi danni. "Hai mai fatto un incidente?"

"Mai".

"Smettila di pensare alle catastrofi, allora. Ricordi quello che abbiamo detto sul vivere il momento, senza preoccuparsi del passato o del futuro?"

Sloane le sorrise. "Sissignora".

Quelle parole le mandarono una serie di formicolii lungo la schiena. Li ignorò e si concentrò sull'orologio lucido al polso di Sloane. "È nuovo?" Lo indicò. "Non credo di averti mai vista sfoggiare un gioiello prima d'ora. È piuttosto bello".

"Me l'ha mandato un nuovo sponsor, è arrivato nel fine settimana".

"Dev'essere bello vedersi arrivare le cose belle davanti alla porta di casa". Ella non riusciva a immaginarlo. Era ancora entusiasta della sua tuta da ginnastica del club, del top da allenamento e della giacca con le sue iniziali. Questo la rendeva un membro ufficiale del personale più di ogni altra cosa al mondo.

"Credo di esserci abituata".

"Dovresti ricordare che non succede alla maggior parte delle persone". Questo ricordava anche a Ella quanto fossero diverse le loro vite, nonostante i punti in comune. Dal punto di vista finanziario, erano due mondi a parte.

Sloane le lanciò un'occhiata, poi annuì. "È vero. Devo indossarlo un certo numero di volte in pubblico perché mi paghino. Sto cercando di abituarmi". Mosse il polso. "È piuttosto pesante. E poi, chi porta gli orologi al giorno d'oggi? Non usano tutti il telefono?"

Ella alzò il polso, mettendo in mostra il suo orologio non proprio alla moda. "Io lo porto, ma in fondo sono una donna all'antica".

"È una cosa che mi piace di te". Sloane portò l'auto sulla strada principale, senza intoppi. "Sei di un'altra epoca, come una rosa inglese".

Ella non sapeva bene cosa rispondere. Era un complimento? O Sloane stava dicendo che lei era un'appiccicosa che non era al passo con il mondo moderno? Forse la seconda. Ciò non impedì alle guance di Ella di riscaldarsi fino a raggiungere il livello dell'inferno.

Stava giusto preparando una risposta, quando Sloane cercò di svoltare nella corsia sbagliata al primo incrocio.

"Attenta!" Ella gridò mentre il suo battito cardiaco accelerava a rotta di collo.

Sloane sobbalzò, imprecò e poi corresse la rotta. "Cazzo!"

"Non è successo niente, stai tranquilla". Ella si avvicinò e mise involontariamente una mano sul ginocchio di Sloane.

Entrambe sobbalzarono. Il calore turbinava intorno all'auto che traballava, prima che Ella mettesse una mano sul volante.

"Torneremo a casa tutte intere".

"Se lo dici tu". Sloane tenne lo sguardo fisso sulla strada.

"Al prossimo incrocio gira a destra. È la seconda corsia, ok?"

Sloane annuì e ci riuscì.

Andava bene quando guidava in rettilineo, era solo agli incroci che si bloccava. Una volta affrontato correttamente l'incrocio successivo, senza alcuna assistenza, il battito cardiaco di Ella rallentò leggermente.

"Dovresti venire a vedere se vuoi alcuni dei miei vestiti".

Sloane la guardò brevemente, poi tornò a concentrarsi sulla strada. Si fermò a un semaforo rosso. "Se vuoi davvero avere dei vestiti nuovi, intendo. Me ne mandano in continuazione e non ho intenzione di indossarli tutti. Abbiamo più o meno la stessa taglia, qualche centimetro in più o in meno".

"Sarebbe fantastico". Ella stava ancora cercando di togliersi dalla testa il fatto di aver afferrato il ginocchio di Sloane. "A proposito, hai sentito tua cugina, la mamma di Ryan? Avevi detto che l'avresti chiamata qualche settimana fa".

"Stiamo pensando di incontrarci presto, ma dall'inizio della stagione non ho avuto tempo e spazio per farlo. Volevo concentrarmi prima sul calcio, per iniziare bene. Ho già abbastanza influenze esterne nella mia vita, quindi ho pensato che non ci fosse fretta. Ho già aspettato tutta la vita. Ma al telefono sembrava tranquilla". Sloane fece una pausa mentre si allontanava. "A proposito, una di queste influenze esterne è Jess. Ci siamo lasciate ufficialmente quando eravamo in Germania". Fece un respiro profondo. "Forse l'hai vista con Brit sui suoi social, sembra che ora stiano mostrando al mondo che stanno ufficialmente insieme".

Ella non si aspettava una confessione. Si tolse un pezzo di lanugine dai pantaloni. "Mi dispiace molto. Tu stai bene?"

Sloane annuì. "L'ho lasciata io. Avrei dovuto farlo mesi prima, sono solo sorpresa che si sia trattenuta così a lungo". Espirò a lungo. "Ma è meglio così. Solo dopo ho capito che l'avevo già superata completamente, avevo solo bisogno che fosse ufficiale". Lanciò un'occhiata a Ella. "Sono seria per quanto riguarda i vestiti, ok? Vieni a vedere cosa ti piace".

"Ok". Era molto brava a cambiare argomento, ma Ella non aveva intenzione di insistere oltre.

Guidarono per il resto del tragitto verso casa in silenzio, salvo qualche "usa l'altra corsia" e "segui l'auto blu" pronunciati da Ella per sostenere Sloane. Tuttavia, proprio come la prima volta, una volta presa la mano, trovò la sua modalità di guida. Si fermò nel parcheggio riservato di Ella e rimase seduta sorridendo.

"È stato meno spaventoso della prima volta, tipo il 60% in meno. Tra qualche settimana potrò pensare di prendere una macchina mia".

"È un grande passo, assicurati di essere pronta", scherzò Ella. La leggera tensione che era rimasta nell'aria dopo la confessione di Sloane svanì. Ella ne fu felice, non voleva che ci fossero stranezze tra loro. Scese dall'auto e Sloane la seguì. La chiuse a chiave, poi diede le chiavi a Ella. Le loro dita si toccarono ed Ella combatté il brivido che le attraversava tutto il corpo. Per quanto cercasse di negarlo, era lì.

Quando Sloane si mise al suo fianco, rabbrividì leggermente. Forse a novembre faceva più freddo di quanto pensasse. Quando guardò Sloane, aveva un'espressione che non riusciva a leggere.

"Ora che ho spiattellato la mia vita sentimentale di merda – o meglio, la sua totale assenza – che mi dici di te? Hai già fatto *swipe* a destra su qualcuna?"

Ella scosse la testa. "Stasera viene mia cugina e so che mi *tartasserà*". Ella controllò l'orologio, Marina sarebbe arrivata entro mezz'ora.

"Suona come *tasso*" Sloane inclinò la testa. "Spero che nessuna fauna selvatica si faccia male nel tuo appartamento stasera".

Ella emise uno sbuffo di risa. "Nessuna crudeltà sugli

animali, lo prometto. Sono quasi vegetariana, se si escludono il pollo e il pesce che mangio. In più, ogni tanto, una bistecca".

"Vegetariana dell'anno". Sloane le rivolse un lento sorriso. "Vuoi salire per un caffè veloce, o per guardare qualche vestito?"

Ella scosse la testa. "Mia cugina arriverà a momenti per il suo tè e un bicchiere di vino".

"Tè e vino? Un po' troppi liquidi".

"Tè significa cena, al nord".

Sloane fece una smorfia. "Non riuscirò mai a capire gli inglesi, lo giuro".

"Se rimarrai qui lo imparerai in men che non si dica". Ella fece una pausa. "Ho anche del lavoro da fare per una riunione con un cliente domattina presto, quindi stasera non posso".

Sloane sorrise. "Mi dimentico sempre che hai un altro lavoro, che sei molto richiesta". Il suo respiro le turbinava intorno nell'aria fredda della sera. "Non che mi sorprenda, perché sei fantastica". Il timbro della sua voce si abbassò.

Ella sussultò. Non era sicura di quello che Sloane stava o non stava dicendo e non aveva tempo per capirlo. "Non lo do mai per scontato e do il massimo per tutti quelli con cui lavoro. Siete tutti speciali per me". Ella guardò l'orologio e poi di nuovo Sloane. "Devo andare".

I loro sguardi si unirono. Ella fissò gli occhi azzurri di Sloane, c'era così tanto dietro di loro. Stavano accadendo tante cose, rischiava seriamente di annegare.

"Mi dispiace di essere stata sfuggente nelle ultime settimane. Ho avuto molte cose da risolvere, con Jess e tutto il resto, ma ora sono qui. Mi sono mancate le nostre chiacchierate, ma è stato un periodo strano".

Ella mise una mano sul braccio di Sloane, anche a lei era mancato il loro legame. "Non mi devi una spiegazione".

"Non sono d'accordo", rispose Sloane. "Voglio solo che tu sappia che anche tu sei molto speciale per me". Ma non appena le parole le sfuggirono di bocca, sembrò che Sloane volesse riprenderle e ingoiarle tutte.

Un forte gong risuonò nel cuore di Ella, ma lei lo zittì internamente e si agitò in cerca di parole con cui rispondere. Qualsiasi cosa. Qualcosa! Non servì a nulla. Non riusciva a trovare la frase successiva. Alla fine ci riuscì: "Non ci sono giovedì e venerdì, quindi ci vediamo domenica per la partita, se non prima?"

Una risposta del tutto inappropriata, vabbè.

Sloane le fece un cenno esagerato. "Domenica, certo", mormorò.

Proprio in quel momento, l'Opel Corsa celeste di Marina entrò nel parcheggio e si fermò di botto. Marina non aveva mai fatto nulla in silenzio da quando era nata.

"E questa, con perfetto tempismo, è mia cugina".

Marina sbatté la portiera dell'auto e salutò Ella.

Ella ricambiò il saluto, con il panico che le attraversava il corpo. Aveva detto qualcosa di inappropriato su Sloane a Marina? Pensava di no, soprattutto perché non c'era stato nulla di importante da dire fino a quel momento.

I sentimenti turbinavano intorno a loro nell'aria della sera. Sloane Patterson aveva appena detto a Ella che le era mancata, che era speciale. Ella non sapeva bene cosa fare con quelle informazioni. Voleva trattenere il respiro, fermare il momento, lasciare che quel brivido frizzante vibrasse ancora in lei. Ma non era possibile, visto che Marina stava avanzando lungo la strada su cui si trovavano, completamente ignara.

Quando si avvicinò a Ella, si stropicciò il viso e saltellò da un piede all'altro. "Devo assolutamente andare in bagno! Puoi aprire la porta così posso arrivare al tuo appartamento prima di farmi la pipì addosso?"

Era piccola come una bambola, con i capelli color liquirizia e una personalità vorticosa che faceva impazzire chiunque entrasse in contatto con lei, soprattutto in senso positivo.

Solo quando Marina si concentrò completamente su Ella, e poi sulla persona che le stava accanto, smise di parlare.

"Porca puttana!"

Ella chiuse gli occhi e sospirò. Si era chiesta se Marina l'avrebbe messa in imbarazzo, e ora aveva la sua risposta.

Tuttavia, Sloane lo aveva chiaramente previsto, a giudicare dal sorriso ironico sul suo volto. Tese una mano a Marina. "Sloane Patterson. Tu devi essere la cugina di Ella, Marina. Mi ha parlato molto di te".

Era un'ammaliatrice, Ella doveva riconoscerlo.

Marina aprì e chiuse la bocca come un pesce rosso. "Sono io!", disse, chiaramente felice di essere diventata un argomento di conversazione. "Ma qualunque cosa ti abbia detto, di persona sono migliore almeno del 50%".

Sloane sbuffò. "Non ho dubbi, ho conosciuto tua cugina". Fece a Ella un rapido occhiolino che la fece sciogliere sul posto, poi strinse la mano a Marina.

Quando riuscì a staccare la mano, Marina guardò la propria pelle e poi tornò a guardare Sloane. "Ti unisci a noi per il tè?"

Sloane scosse subito la testa. "Ella mi ha lasciata guidare fino a casa, così posso fare un po' di pratica. Guidare sul lato sbagliato della strada mi sta uccidendo. Almeno giocate a calcio allo stesso modo, quindi ve ne sono grata. Ogni volta che mi metto al volante, temo che possa essere l'ultima".

Marina gettò indietro la testa come se fosse la cosa più esilarante del mondo. "Sono sicura che non sei così male".

"No, ci ha quasi uccise mentre tornavamo a casa". Ella lanciò un'occhiata a Sloane. I loro sguardi si bloccarono l'uno nell'altro e in quel momento Marina scomparve. Rimasero solo Ella, Sloane, il battito dei lori cuori e il freddo soffio del loro respiro nell'aria della sera.

Finché Marina non si dimenò ancora una volta. "Pensi che possiamo entrare prima che mi faccia la pipì addosso?"

Le tre attraversarono la porta ed entrarono nell'ascensore. Sloane premette i pulsanti per il suo piano e per quello di Ella.

La porta dell'ascensore si chiuse ed Ella non sapeva dove guardare. Di certo non verso Sloane.

Si fermarono al piano di Ella, che diede alla cugina la sua chiave, e Marina si lanciò nel corridoio.

"Numero 24, il bagno è la prima stanza a destra!" Ella gridò.

Marina le rivolse un pollice in su.

Quando Ella si voltò, il piede sinistro di Sloane teneva aperta la porta dell'ascensore. Ella tardò a sollevare lo sguardo. "Ci vediamo domenica per la partita, allora?"

Ella annuì. Calcio. Quello era un terreno sicuro.

Non aveva idea di cosa fosse il resto.

Capitolo 13

Sloane si alzò e si avvicinò per la riunione negli spogliatoi prima della partita. Ogni partita era uguale: ci si metteva in cerchio, abbracciate l'un l'altra, e poi c'era un discorso motivazionale di Lucy. Era brava, Sloane doveva riconoscerlo. Aveva lavorato con molti allenatori nella sua vita, e Lucy Harris era tra i migliori. Come al solito, Lucy si mise al centro della squadra, aspettando che calasse il silenzio. Non ci voleva mai molto, era rispettata.

"Lo sentite?" Lucy inclinò la testa verso l'alto. "È il ronzio dell'attesa. Oggi c'è il tutto esaurito e siamo in casa dei nostri acerrimi rivali, il Salchester United. Se vi serve una motivazione in più per scendere in campo e mostrare ai tifosi cosa sapete fare su un campo da calcio, allora non dovreste essere qui. C'è qualcuno che ha bisogno di una motivazione maggiore di questa per rendere orgogliosi i nostri tifosi nella partita più importante della stagione?" Lucy lanciò uno sguardo al gruppo.

Sloane diede l'esempio, scuotendo la testa con vigore.

"Bene", disse Lucy. "Ma se avete bisogno di motivazione, ho chiesto a Ella di dire qualche parola". Lanciò un'occhiata alla sua sinistra. "A te la parola".

La pelle di Sloane si scaldò quando la sua amica si mise al

centro del cerchio della squadra e Lucy fece un passo indietro. Sloane non riusciva a pensare a nessuno di più adatto. Ella era una studiosa del gioco ed era più saggia dei suoi anni. Era anche calma, e rendeva Sloane calma. Aveva lo stesso effetto su tutti quelli che incontrava.

"Voglio raccontarvi una storia". Ella lanciò lo sguardo intorno al cerchio. Quando i suoi ricchi occhi nocciola incontrarono quelli di Sloane, si fermò per un millisecondo, ma poi continuò.

Sloane prese fiato. Apprezzava quell'attenzione in più, per quanto piccola, e voleva che Ella fosse presente ogni volta che ne avesse la possibilità.

"Mi conoscete come la vostra performance coach, una mentore, ma nella mia vita passata ero una calciatrice, proprio come voi. Anche brava. Il mio ruolo era quello di centrocampista, proprio come Welshy e Layla". Indicò i numeri sette e otto dei Rovers, le tuttofare della squadra. Millie Welsh ricambiò il sorriso.

"Quando avevo 19 anni, stavo giocando una partita e sono andata a fermare un'avversaria, proprio come avevo fatto migliaia di volte prima. Solo che quel giorno il mio ginocchio ha vacillato, è scoppiato qualcosa e sono caduta a terra contorcendomi dal dolore. Sapevo che era grave, ma non sapevo quanto. Mi ero lacerata il crociato anteriore". Ella si prese un momento per lasciar cadere le sue parole.

Il respiro di Sloane si bloccò. Come era possibile che lei non lo sapesse? Forse, dopo tutto, non era stata una buona amica fino a quel momento. Si segnò di chiedere maggiori dettagli.

"All'epoca il sostegno alla squadra femminile era scarso o nullo. Avevo a disposizione il servizio sanitario nazionale per le cure, ma niente di più: non c'erano specialisti a disposizione, né medici da consultare. Le squadre femminili non avevano fisioterapisti o strutture per la riabilitazione come oggi. Mi sono operata, ma non è andata bene. Infatti, sono dovuta tornare un paio di mesi dopo. Poi ho dovuto fare la riabilitazione da sola". Agitò una mano. "Sono stata abbandonata a me stessa. A causa dell'operazione sbagliata, il mio ginocchio non si è ripreso nei tempi previsti e sono stata licenziata dal Rushton City".

Nello spogliatoio si sentì un sussulto da parte di tutti, compresa Sloane. Che incubo per Ella. Si sentiva ancora derubata della sua carriera? Sloane sapeva che certe cose non venivano dimenticate.

"Ma non mi sono arresa. Ho lavorato sulla mia forma fisica, ho trovato un lavoro in un call center per pagare l'affitto e ho firmato per l'East Hampton. Avevo grandi speranze. Prima dell'infortunio ero una prospettiva per l'Inghilterra, ed ero determinata a tornare lì".

"Tuttavia, il mio ginocchio aveva altre idee. Non mi sentivo mai a posto. Mi sono fatta strada tra le riserve, ho giocato qualche partita con una squadra maggiore, ma sempre come sostituta. Inoltre, sapevo di essere troppo nervosa mentre giocavo: non avevo più lo stesso coraggio e la stessa grinta di un tempo".

"A metà stagione il ginocchio ha ceduto e ho dovuto smettere di giocare. Quando sono tornata in ospedale, mi hanno detto che avevo danneggiato di nuovo i tendini e i legamenti intorno al crociato anteriore e che il ginocchio sarebbe sempre stato debole e soggetto a lesioni. Mi consigliarono di non praticare più sport a livello professionale. Il mio infortunio successivo – e ce ne sarebbe stato uno – sarebbe stato peggiore, e quello dopo ancora di più. Potevo ancora calciare un pallone e allenarmi, ma lo sport a livello professionistico non era più nel mio futuro".

Sloane non riusciva a credere a quello che stava sentendo. Ella aveva l'attenzione di tutte.

"Ve lo dico non per ottenere la vostra compassione. Gli infortuni capitano, i problemi medici capitano. Ora ho una grande carriera alternativa, e in più capisco cosa ci vuole per essere un calciatore. So quanti sacrifici e quanto lavoro servono, ma tutto questo può essere portato via in un secondo. Sì, oggi ci sono strutture migliori, allenatori a tempo pieno per gli aspetti fisici e mentali del gioco, ma i corpi non sono cambiati. Soprattutto quelli femminili, quando si tratta di infortuni al crociato.

Quindi, qual è il mio consiglio? Vivere ogni momento come se fosse l'ultimo, inseguire ogni palla, dribblare ogni giocatore. Fare un metro in più, farsi in quattro per mandare a segno il pallone, perché domani potreste non giocare più. Questo vale soprattutto quando si gioca in un derby. Andate in campo e giocate questa partita come se non poteste più giocare. Lasciate in campo tutto quello che avete. Vincete questa cazzo di partita per i tifosi, ma soprattutto per voi stesse. Siete pronte?"

Ella non attese la risposta.

"Allora andiamo a vincere, cazzo!"

Un boato dell'intero gruppo e tutti batterono le mani e i piedi. Le parole di Ella erano state perfette e avevano fornito la motivazione necessaria.

"Facciamolo per Ella!" Sloane gridò e tutta la squadra applaudì di nuovo.

Ella, con le guance arrossate per il discorso, incrociò il suo sguardo e rivolse a Sloane il più tenero dei sorrisi. Un sorriso che non le aveva mai rivolto prima. L'effetto si propagò dalla punta delle dita di Sloane fino alla suola degli scarpini. Sperò di non essere arrossita anche lei.

"Grazie", mimò Ella con le labbra.

"Grazie a te", ribatté Sloane.

* * *

Sloane poteva sentire l'energia che si sprigionava dalla superficie del campo e dalla folla. Dopo la vittoria agli europei in estate, l'entusiasmo iniziale per il calcio femminile era perdurato. Inoltre, con il Salchester Rovers in lizza per il primo posto in campionato, le presenze erano promettenti: entrambe le tribune ai lati del campo erano piene di maglie rosse della squadra di casa e blu dei Rovers, e il rumore più grande proveniva dagli strenui tifosi dietro la porta, che incitavano le loro squadre quando uscivano. Per questo derby erano stati venduti oltre 20.000 biglietti, un dato impressionante. Un motivo in più per vincere, per i tifosi.

Le loro rivali stavano in piedi, con le mani sui fianchi, respirando fumi gelidi nell'aria tagliente di novembre. Sloane registrava a malapena la temperatura, nei giorni di gioco era impenetrabile. Gettò uno sguardo a bordo campo, dove Ella incoraggiava Welshy con un pollice in su. Sloane voleva vincere per i tifosi, per se stessa, ma soprattutto per Ella, e per tutte le Ella prima e dopo di lei.

Diedero il fischio d'inizio e partirono tutte.

I primi dieci minuti volarono via in un'ondata di passaggi combattuti, la palla rimase principalmente a centrocampo. Sloane ebbe solo pochi tocchi, le avversarie stavano mettendo in atto il loro piano di gioco, non volevano lasciare a lei e a Nat alcuno spazio nella loro parte di campo.

In quel momento, la palla si trovava sulla fascia destra e Sloane era vicina al suo marcatore, una ragazza alta di nome Katy Dempsey che non aveva mai incontrato prima, ma che non sembrava affatto intimidita da lei. Sloane era impressionata, la Dempsey non poteva avere più di 21 anni. Se la situazione fosse stata diversa, Sloane non era sicura che sarebbe stata così disinvolta.

All'improvviso, la palla arrivò a Welshy, che si staccò dal suo marcatore con un'esplosione di velocità. Era una caratteristica del suo gioco. Sloane si mosse da una parte, poi dall'altra, poi di nuovo indietro per mettere Dempsey in difficoltà. Lo fece una, due, tre volte. Poi, proprio quando Dempsey pensava che l'avrebbe fatto di nuovo, andò dall'altra parte e fece uno straordinario scatto, immaginando di essere Bip Bip nel cartone animato. *Bip Bip!* Mentre correva, si guardò alle spalle, sperando che Welshy avesse notato la sua corsa. Lo aveva fatto.

In pochi secondi, la palla passò sopra la spalla destra di Sloane e rimbalzò sulla sua traiettoria con un peso perfetto. Welshy sapeva infilare la palla come una professionista. Sloane sentì gli scarpini del suo marcatore rimbombare sull'erba da qualche parte vicino a lei, ma prese la palla al volo, la bloccò, poi alzò lo sguardo per valutare le sue opzioni. Era appena fuori dall'area di rigore. Nat alla sua destra. Il portiere le chiudeva gli angoli. Aveva una frazione di secondo per decidere cosa fare.

Mentre il portiere avanzava, Sloane colpì la palla con l'esterno dello scarpino destro sulla traiettoria di Nat, poi si diresse a sinistra nel caso ci fosse qualche imperfezione da pulire. Vide il portiere sbarrare gli occhi e sentì l'imprecazione che le uscì dalle labbra mentre affondava a sinistra per prendere la palla dai piedi di Nat, ma era troppo tardi. Nat portò indietro il piede destro e il dolce suono del suo scarpino che si connetteva con la palla riempì le orecchie di Sloane. Quando guardò davanti a sé, la rete si allargò e lei lanciò entrambe le mani in aria, mentre gli spalti tutt'intorno esplodevano in un applauso. Sloane fu la prima giocatrice che Nat raggiunse e le saltò in braccio.

"Sì, cazzo!" Nat urlò nelle orecchie di Sloane, il che la fece sorridere. C'erano molti modi per descrivere l'euforia di segnare un gol, soprattutto quando era il tuo scarpino a toccarlo per ultimo prima che colpisse la rete. Anche dopo quasi dieci anni di attività professionale, Sloane non aveva ancora trovato nulla che la descrivesse meglio di "sì, cazzo!"

In pochi secondi, l'intera squadra le sommerse, con i pugni alzati. Pochi istanti dopo, Sloane riprese fiato e riprese la sua posizione mentre al centro le avversarie davano il calcio d'inizio. Quando diede un'occhiata alla panchina, Ella la stava osservando.

Le fece un pollice in su.

Sloane si sentì scintillare di calore.

Ella era dalla sua parte.

Sentì il fischio. Era ora di ricominciare.

Il resto del primo tempo fu un susseguirsi di emozioni, lo United colpì un palo e Nat sprecò un'altra buona occasione. Proprio quando Sloane iniziava ad aspettare il fischio finale – aveva davvero bisogno di andare in bagno – l'arbitro fece alzare il cartellone. Tre minuti di recupero, poteva sopportarli.

Il pallone si spostò sulla linea laterale verso di lei, ma Dempsey era proprio sulla sua spalla, come per tutto il primo tempo. Complimenti alla ragazza, che si era attenuta al suo compito. Sloane raccolse la palla e alzò lo sguardo. Welshy era oltre il suo marcatore. Poteva sfrecciare a destra e farla scivolare verso di lei. Cercò di passare il pallone con la parte esterna dello scarpino, ma Dempsey mise un piede proprio quando lei era a metà del movimento. La palla lasciò il piede di Sloane, ma lo scarpino di Dempsey le schiacciò la caviglia. Il piede di Sloane andò da una parte, la caviglia dall'altra.

Un fulmineo dolore le percorse la gamba mentre si accasciava sull'erba, atterrando con un tonfo sul fianco. Rotolò in posizione fetale e tutto tacque per qualche secondo, la sua mente era bianca. Nel giro di pochi istanti, la realtà tornò a farsi sentire e la caviglia le pulsò come non aveva mai fatto prima.

O meglio, esattamente come prima.

La sua caviglia malandata.

Il destino le era scivolato addosso.

"Stai bene, Sloane?"

Aprì gli occhi e vide i volti preoccupati di Nat e Welshy sopra di lei.

A giudicare dal dolore che partiva dalla caviglia e che ora si insinuava nei bulbi oculari, poteva tranquillamente affermare di non stare bene.

* * *

Sloane giaceva sul lettino del fisioterapista nell'area infortuni dello United. Il fisioterapista stava ripetendo frasi di circostanza per farla sentire meglio, mentre le metteva il ghiaccio intorno alla caviglia. Nessuna di queste funzionava. Forse, se avesse avuto l'età di Dempsey, avrebbero funzionato.

Per quanto riguarda le ferite, Sloane era stata fortunata, molto più di Ella. Tuttavia, la caviglia sarebbe stata la sua rovina. Dopo il precedente infortunio, il suo vecchio allenatore le aveva detto che era fatta di vetro e che doveva essere trattata con i guanti. Purtroppo, caviglie di vetro e calcio non andavano d'accordo. Non che Sloane incolpasse Dempsey: la difesa faceva parte del gioco e Dempsey non aveva fatto nulla di sbagliato.

Un bussare alla porta le fece alzare lo sguardo.

Ella.

La sola vista di lei fece sì che Sloane socchiudesse i pugni. "Ti stai perdendo la partita". Proprio in quel momento, la folla fuori emise un gemito. Era un tiro sbagliato della squadra di casa o un goal della squadra ospite? Ascoltò meglio, ma non ci fu nessuna esultanza. Sospettò la prima ipotesi.

"Ho pensato di venire a controllarti". Entrò e indicò la caviglia di Sloane. "Come ti senti?"

"Il ghiaccio è freddo".

Ella rise. "Immagino". Fece una pausa, poi tornò a guardare Sloane. "So che hai avuto problemi alla caviglia in passato, ma non ti avrebbero ingaggiata se fosse stato cronico. Quello che voglio dirti è di non saltare alle conclusioni".

"È facile per te dirlo".

"Ne sono ben consapevole, ma la mia osservazione vale lo stesso".

Sloane si mordicchiò l'interno della guancia. "Dimmi qualcosa che mi distragga dal fatto che mi sembra che il piede possa rompersi da un momento all'altro. Qualsiasi cosa".

Ella assunse una faccia pensierosa. "Qualunque cosa?"

Sloane schioccò le dita. "Parlami del goal più bello che

hai segnato nella tua carriera. Dove è stato, contro chi era. E hai vinto?"

Uno sguardo sognante attraversò il volto di Ella mentre cercava di raccogliere la risposta. Ci vollero alcuni istanti, il tempo sufficiente a Sloane per osservare le sue guance rosa, il modo carino in cui i suoi folti capelli spuntavano dai lati del suo cappello a pompon. Inoltre, anche se non poteva vederla, sapeva che i pantaloni da ginnastica le incorniciavano il sedere alla perfezione. Sloane lasciò che le palpebre si chiudessero per un attimo. I suoi pensieri stavano peggiorando.

"La finale di FA Cup femminile, 15 anni fa. Tre mesi prima del mio infortunio. Avevo 19 anni, giocavo per il Rushton City ed ero abbastanza quotata. Ho preso la palla da sopra la spalla, un po' come hai fatto tu oggi, tra l'altro con un bell'assist". Sloane chinò la testa in segno di riconoscimento. "Poi ho fatto uno slalom alla Ricky Villa in area di rigore, ho fatto una finta, ho messo in difficoltà il portiere e ho infilato il pallone nell'angolo in basso a destra. Il pubblico, circa diecimila persone in una piccola arena appena fuori Doncaster, è impazzito ed è stato il momento più bello della mia vita. Ho vinto la FA Cup, e non sono in molti a poterlo dire".

Per la seconda volta quel giorno, Sloane rimase senza parole per quello che le aveva raccontato Ella. "Perché non me l'hai mai detto prima? E perché non mi hai parlato della tua carriera?"

"Non me l'hai mai chiesto". Ella sorrise. "E poi, il mio lavoro è parlare di voi, non di me. Ma oggi Lucy mi ha chiesto di farlo, così l'ho fatto".

"Sono contenta". La caviglia di Sloane pulsava così tanto che era come se tutto il suo corpo fosse in fiamme.

"Aiuta a sopportare il dolore?"

"Assolutamente sì".

"Bugiarda".

Sloane sorrise, Ella la capiva. Le piaceva molto.

"Ma sai una cosa? Mi piacerebbe calciare un pallone in uno stadio grande come questo. Abbiamo sempre giocato in campi piccoli, e anche quando ho vinto la FA Cup, non abbiamo fatto il tutto esaurito in uno stadio da 15.000 posti. Mi piacerebbe segnare un goal in un grande stadio. Non in una partita, perché il mio ginocchio potrebbe avere altre idee. Solo per divertirmi. E vorrei festeggiare come se avessi appena vinto la FA Cup".

"Non si può fare nei Rovers?"

Ella alzò le spalle e scosse la testa. "Non proprio. Sono l'allenatrice delle prestazioni. So calciare un pallone, ma non posso partecipare agli allenamenti. Non è il mio lavoro".

Sloane memorizzò questo fatto.

"Ma intendevo davvero quello che ho detto: potrebbe non essere così male. Dubito che sia rotta". Ella indicò la caviglia di Sloane. "Inoltre, mentre sei in riabilitazione, hai me come coach e come vicina di casa. Posso portarti il caffè se sei con le stampelle. Mi assicurerò che tu non finisca mai i Digestive al cioccolato".

"Danno dipendenza come il crack". Ella aveva distolto la mente dai suoi problemi, anche se solo per un momento.

Fuori, la folla applaudì in massa. Lo United aveva pareggiato? "Dovresti tornare là fuori. C'è bisogno di te a bordo campo, devi incoraggiare le altre".

"Potrei dover iniziare a gridare se hanno appena pareggiato". Ella si girò, poi tornò a guardare Sloane. "A proposito, oggi hai giocato bene. Come una vera fuoriclasse".

"A quanto pare sono un pezzo grosso, o una superstar, così mi ha detto una volta una persona saggia". Sloane si aggrappò allo sguardo di Ella come se la sua vita dipendesse da questo. E in quel momento sembrava proprio così.

Ella fece per dire qualcosa, si fermò, poi si chinò e posò tre dita sul braccio nudo di Sloane. L'aria uscì di colpo dal corpo di Sloane al tocco.

I loro sguardi erano ancora intrecciati.

Il cuore di Sloane batteva forte nel petto, e il dolore alla caviglia fu temporaneamente dimenticato.

"Andrà tutto bene".

Sloane voleva disperatamente crederle.

Un altro ruggito dall'esterno.

Il momento si spezzò in due.

Ella abbassò lo sguardo e fece un passo indietro. Si fissò la punta delle dita, tornò a guardare Sloane, poi fece segno con il pollice sopra la spalla. "È meglio che vada".

Sloane annuì. Voleva dire "Non andare!", ma non lo fece. "Mandami un messaggio con il punteggio", fu quello che uscì.

Più adatto al lavoro.

Non era affatto la verità.

Cosa diavolo era appena successo?

Capitolo 14

Ella non andava a fare shopping dal suo primo fine settimana in città e non si aspettava che fosse così festoso.

"Mancano cinque settimane a Natale, cosa ti aspettavi?" Marina le lanciò un'occhiata folle mentre spingeva la porta di Selfridges, lottando con un uomo che teneva in mano cinque borse, quindi era largo quanto un camioncino. Perse.

"Mancano cinque settimane al grande giorno", continuò mentre spingeva la pesante porta di vetro e cromo. Il rossetto era ancora perfetto quando si girò verso Ella e le fece cenno di entrare. Aveva sempre il rossetto messo in modo perfetto. "Tra 5 settimane è possibile che passeremo un altro anno senza fidanzati o fidanzate, quindi un altro anno senza un regalo gigantesco e impegnativo. Onestamente, le nostre parti intime potrebbero raggrinzirsi e morire".

"Parla per te, io mantengo le mie attive e aggiornate con tanto amor proprio".

Sua cugina fece un gesto come per scacciarla. "Troppe informazioni".

Ella sorrise, ma la sua mente era già saltata a Sloane e a come si sarebbe sentita ad essere la *sua* fidanzata. Poteva solo immaginare i sontuosi regali che Sloane avrebbe fatto alla sua ragazza. Non era certo a corto di denaro. D'altra parte, forse non avrebbe nemmeno dovuto *comprare* i regali: poteva semplicemente sceglierli tra tutti gli oggetti gratuiti che le venivano inviati.

Ella seguì Marina nel grande magazzino, pensando alle sue dita sul braccio di Sloane durante l'ultima partita. Il sangue le si scaldò nelle vene. Sloane era ancora arrabbiata per essere stata messa da parte. Ella sperava di poterla distrarre, perché lei più di tutti conosceva la paura di non tornare mai più in campo. Nel fine settimana sarebbe andata a vedere come stava, *magari* avrebbe anche approfittato della sua offerta e avrebbe preso qualche vestito gratuito.

Pochi istanti dopo, con la mente altrove, Ella andò a sbattere contro un abete Nordmann, poi rimbalzò sull'albero di Natale. Ella sputò alcuni aghi di pino dalla bocca, poi si portò una mano al viso per pulire i residui.

"Ho qualche ago di pino attaccato al viso?" Spostò la mano e mise il volto nel campo visivo di Marina. Doveva concentrarsi sul presente, c'erano troppi ostacoli in quel grande magazzino che potevano farla cadere, e lei aveva un programma frenetico di feste da rispettare.

La cugina le afferrò il cappotto e la tirò verso un angolo di muro libero, fuori dalla folla fitta e non proprio allegra. "Nessun ago di pino", confermò, con il viso rivolto verso Ella. "Ma perché sei cascata nell'albero? Non era mica difficile da vedere".

Ella gonfiò le guance. Non avrebbe detto a Marina che era preoccupata per Sloane, sua cugina non aveva bisogno di ulteriore incoraggiamento a farsi film mentali. "Pensavo fosse un riflesso". Ella indicò l'interno marmorizzato e scintillante del grande magazzino. Era una scusa debole, ma Marina se la bevve.

Respirò il profumo di cannella e spezie. In alto, gigantesche palle di Natale e altri addobbi giravano su enormi catene di metallo. Proprio il tipo che, se si spezzano, ti uccidono sul colpo. "Dovrai proteggermi dagli altri alberi e da quelle decorazioni assassine". Indicò in alto. "Ho molto da fare nelle prossime settimane. Partite importanti. Non posso permettermi di essere messa al tappeto prima di Natale".

Marina sgranò gli ampi occhi nocciola, così simili a quelli di Ella. "Prometto che farò del mio meglio. Per i Rovers e anche perché devi essere in forma per avere un appuntamento su Honey Pot".

Marina le aveva mandato un messaggio la sera prima per dirle che aveva pubblicato il profilo di Ella. La risposta di Ella era stata quella di collegarsi, trasalire e poi ignorare l'applicazione per tutto il giorno. Si chiedeva se ne valesse la pena, soprattutto perché forse c'era un'opzione migliore più vicina a casa, anche se si trattava di un'opzione complicata e soggetta a infortuni. Forse aveva bisogno di uscire con un'utente di Honey Pot per togliersi di dosso l'ossessione per Sloane.

"Ma sia che tu abbia o meno un'infelice scontro natalizio con gli alberi, sia che tu abbia o meno una fidanzata, hai comunque bisogno di regali". Marina sollevò un sopracciglio. "Ne parleremo meglio se tornerai a casa per il grande giorno, ma so bene che hai un problema a comprare regali di Natale, quindi considerami la piccola aiutante di Babbo Natale. Capito?"

Sua cugina la prese sottobraccio e la trascinò verso la scala mobile. Una donna vestita da elfo fermava i passanti in fondo alla scala, offrendo a mezza voce una spruzzata di un nuovo profumo in una bottiglia a forma di albero di Natale.

Ella era già stata aggredita dal Natale, così mise Marina sulla strada della donna e riuscirono ad arrivare indenni alla scala mobile. Le due salirono verso il reparto abbigliamento femminile, dove Marina si avvicinò alle sciarpe e ne indicò una con le tonalità di un ricco tramonto, proprio come quelle californiane descritte da Sloane.

"Mia madre vorrebbe davvero una sciarpa così". Marina sollevò la sciarpa. "Ma è di cachemire, quindi non la compra. Tu sai tutto dei suoi problemi economici, visto che anche tua madre li aveva. Ma credo che, con il tuo nuovo lavoro da pezzo grosso, tu possa realizzare i suoi sogni".

La parola "pezzo grosso" portò alla mente di Ella l'immagine di Sloane e lei sorrise. Come se la cavava? Le era stato ordinato di mettere la testa a posto, o meglio, i piedi a posto. Se ne stava a casa a scoprire le gioie di *This Morning* nella sua prima settimana di ferie? Se Ella era brava a valutare le persone, sarebbe durata forse per un'ora. Poi Sloane non avrebbe visto l'ora di tornare in palestra. Il loro palazzo ne aveva una, oltre a una piscina. Marina, schioccando le dita davanti agli occhi, attirò di nuovo la sua attenzione.

"Mi dispiace, sono un po' distratta oggi". Afferrò la sciarpa. "Sì, è perfetta, grazie". Fece una pausa. "Tu invece cosa le regali?"

"Un abbonamento alla sua rivista di cucina preferita, e le ho già comprato una collana. Me ne ha parlato la settimana scorsa".

"Sarò per sempre in debito con te".

"Ricordatelo". Marina le urtò il fianco mentre camminavano. "Cosa mi regali con il tuo grosso stipendio?"

Ella sorrise. La sua famiglia sembrava pensare che,

ora che lavorava al Salchester Rovers, si stesse divertendo. Evidentemente non sapevano come funzionava il calcio femminile. Prese la cosa più vicina a portata di mano, una confezione di due collant verde giada, taglia media. "Che ne dici di questi? Penso che ti starebbero molto bene".

Marina rivolse a Ella lo stesso sguardo che le aveva rivolto quando Ella aveva rotto la sua Polly Pocket, a sei anni.

"Facciamo un giro in negozio e ti compro tutto quello che vuoi, nei limiti del ragionevole. E poi un cocktail al bar sul tetto. Affare fatto?"

Il volto della cugina si addolcì. "Affare fatto". Fece una pausa mentre si facevano strada nel reparto degli utensili da cucina. "A proposito, non voglio una padella". Continuarono a camminare verso una serie di macchine da caffè luccicanti. "Una di queste, invece…". Marina sbatté le palpebre quando si fermò davanti a una di quelle che Ella aveva riconosciuto.

"Questa è abbastanza buona. Sloane ce l'ha nel suo appartamento".

"Sei stata nel suo appartamento? Non me l'avevi mai detto prima". Marina allargò gli occhi, stupita. "Hai preso un caffè con lei, in casa sua?" La sua voce salì di un'ottava e scese di volume.

"Siamo amiche, viviamo nello stesso isolato, quindi sì, ho preso un caffè con lei".

Marina sembrò vibrare un po' sul posto mentre ne prendeva atto. "E com'era l'appartamento? Essere lì? Il caffè?" Quasi si mangiava le parole. "Sai cosa? Fanculo il caffè, non mi interessa il caffè". Fece una pausa per riprendere fiato. "Com'era stare nel suo appartamento?" Diede un pugno al braccio di Ella.

Faceva male. Ella lo strofinò.

Marina non ci fece caso.

"Non mi hai mai detto che hai preso un caffè con Sloane!"

"Ti ho detto che la stavo aiutando. Ci hai viste insieme!"

"Professionalmente! E la stavi aiutando a guidare!" Marina strillò, con una mano sulla macchina del caffè ormai dimenticata. "Non hai detto che uscivate insieme. Che avete preso un *caffè*".

Ella scrollò le spalle come se non fosse importante. E non lo era, Sloane era solo una persona normale.

Ma in fondo *era* importante. Sloane era una Rolls Royce. Una Ferrari. Brillava.

"Come sta affrontando il fatto di essere single?" Lo sguardo di Marina sembrava trapanare il cervello di Ella. Le ci erano voluti solo pochi secondi per saltare alla conclusione a cui Ella sapeva sarebbe arrivata. "Non c'è niente che non mi stai dicendo, vero? Perché voi due sembravate molto amiche quando vi ho viste l'altra settimana. Credo di averti detto qualcosa a riguardo e tu mi hai azzittita, dicendomi che era solo una cosa professionale. Ma ora mi dici che avete preso un caffè…".

Ella immaginò la sua mano sul braccio di Sloane, l'elettricità nella stanza, il calore tra le sue gambe, sia ora che allora.

Doveva stroncare quella situazione sul nascere, per sé e per Marina.

"Non c'è niente di strano, sono la sua collega e vicina di casa". Non c'era bisogno di dire a Marina che aveva accompagnato Sloane a cercare la sua famiglia. Non avrebbe fatto altro che alimentare il fuoco. "Viviamo nello stesso palazzo, andiamo d'accordo, lavoriamo insieme. Ora che è infortunata la aiuto un po' di più, tutto qui". Le parole di Ella uscivano sicure e veritiere. Batté la mano su quella di Marina, appoggiata alla macchina del caffè. "Ma posso garantire che questa macchina è buona".

Marina mise una mano sul fianco e valutò Ella.

Stava valutando se fosse il caso di insistere ulteriormente.

Ella le lanciò un'occhiata tagliente.

Marina sollevò un solo sopracciglio. "Ok", rispose, continuando a fissarla. "Comunque, come sta la sua caviglia? Meglio o peggio di quanto dicono i giornali?"

"Più o meno lo stesso, è ancora presto. Potrebbe significare due mesi di assenza, forse meno. O se non guarisce come vogliono i medici, chi lo sa?"

"Avrà bisogno di un'operazione?"

"Dicono di no. Solo di un po' di tempo per recuperare, cosa che è molto difficile da accettare, per qualsiasi atleta".

"Davvero non vieni da noi a Natale? Sloane ha qualcosa a che fare con questa decisione?"

"Certo che no!" Ella rispose, forse un po' troppo energicamente. "È solo che ho molte cose da fare e ho bisogno di un po' di tempo libero. Sono un'introversa, mi conosci". Non sarebbe stata la prima volta che non andava a trovare la sua famiglia. Era solita trascorrere il Natale con la mamma, la zia, lo zio e i cugini, oppure verso la fine erano solo Ella e sua madre. A volte preferiva un Natale tranquillo.

"Un Natale lontano dai figli di Brad?" Brad era il fratello di Marina e aveva tre figli sotto i sei anni.

"Non ho mai detto questo". Ma le fece lo stesso un sorriso di conferma. "Vedrò i tuoi genitori prima, se non il giorno stesso, quindi non preoccuparti". Accarezzò la macchina del caffè. "Allora, compriamo questa bimba o no?" Qualsiasi cosa per distogliere l'attenzione di Marina da Sloane. Sembrò funzionare.

"Devi avere un bel po' di soldi se me la compri davvero". Marina baciò la guancia di Ella. "Ricordati che ti conoscevo quando facevi schifo".

Ora era il turno di Ella di ridere forte. Sua cugina ci sapeva fare con le parole.

* * *

Ella tornò dal suo sabato di shopping un po' ubriaca per i suoi due cocktail e con l'adrenalina alle stelle. Ecco come la faceva sentire passare il tempo con sua cugina. Viveva a sole due ore di distanza, sulla costa. Marina aveva ragione su una cosa: Ella doveva trovare più tempo per la sua famiglia, che fosse Natale o meno.

Guardò la cima del suo palazzo mentre il taxi la faceva scendere: le luci di Sloane erano accese. Doveva andare a controllare come stava? La squadra aveva una partita importante il giorno dopo ed era la seconda che Sloane avrebbe perso. Una volta nel suo appartamento, Ella mandò un messaggio a Sloane per vedere se aveva bisogno di qualcosa. Il messaggio di risposta arrivò all'istante: *Panna per fare il caffè!*

Ella si avvicinò al frigorifero. Aveva una confezione di panna che intendeva usare per una ricetta, Sloane era fortunata.

Cinque minuti dopo era in piedi sulla soglia di casa di Sloane, a valutare il triste, splendido viso della calciatrice. Quello era il lato che non molte persone riuscivano a vedere, il volto dell'atleta sconfitta. Per fortuna, Ella era una professionista e sapeva affrontarlo.

"Hai un buon profumo". Sloane chiuse la porta e seguì Ella nel suo salotto, mentre il rumore delle stampelle e dello stivale ortopedico risuonava sul pavimento laminato.

Entrò nel suo salotto, ignorando il modo in cui il suo corpo si era acceso alle parole di Sloane. Pensarci troppo avrebbe portato solo complicazioni.

"È il profumo che si ha quando si fanno tutti i regali di Natale e si prendono due cocktail a base di gin. A proposito, Marina ti saluta".

"Dolce libertà. Dille che la saluto". Sloane si abbassò con cautela sul divano, poi appoggiò la gamba ferita su alcuni cuscini. "Invece, io sono stata seduta qui a pensare alla mia vita alla deriva. Infortunata. Single. Mi chiedo se questo nuovo inizio sia finito prima ancora di cominciare. Se la mia caviglia è distrutta, non riuscirò a partecipare al ritiro internazionale di aprile, e allora potrò dire addio alla Coppa del Mondo".

Le parole di Sloane rimbalzarono e riecheggiarono nella stanza, che era ancora priva di tocchi personali e di arredamenti morbidi.

Ella sollevò un sopracciglio e mise una mano sul fianco. "Beh, non essere troppo positiva, eh". Fece una pausa. "Preparo il caffè, così possiamo usare la panna e magari mi fai un sorriso?"

Funzionò. "Sì, grazie. Il lato positivo è che ho appena divorato due pacchetti di Monster Munch al gusto di cipolla sottaceto e mi sono chiesta come ho fatto a passare tutta la vita senza".

Ella poteva vedere i danni sul pavimento accanto a Sloane. "Come hai fatto a prendere le Monster Munch alla cipolla sottaceto se riesci a malapena a camminare?"

"Nat e Welshy sono venute a trovarmi e hanno portato dei regali".

"Regali di alto valore nutrizionale", sorrise Ella.

"Ecco perché conviene avere amiche più giovani".

Ella riempì la macchina del caffè come aveva visto fare a Sloane alcune volte da quando era arrivata e si appoggiò all'isola della cucina. Il suo sguardo fu subito attratto dalla fredda e frizzante serata esterna e dalla vista di Salchester dalla terrazza sul tetto, illuminata come mille alberi di Natale. Non mancava mai di impressionare. "Non puoi deprimerti quando hai una vista come questa". Ella fece un cenno verso di essa.

"Posso, se la mia carriera è finita. Resterò qui solo per un anno, non posso passarlo in panchina".

Ella trasalì all'ammissione. Lo stomaco le si strinse e la temperatura della stanza precipitò. Sloane sarebbe rimasta lì solo per un anno, e lei si era già affezionata. Forse era un bene che non fosse successo nulla tra loro. "Hai parlato con qualcuno oggi? Non puoi stare qui a deprimerti. Non c'è da stupirsi che tu sia giù di morale". Accese la macchina del caffè che prese vita, sputando caffè nero nella tazza bianca di Sloane.

"Ho parlato con Nat e Welshy".

"Di come ti senti?"

"Abbiamo parlato di calcio e di quanto siano buone le Monster Munch. E del nuovo hummus all'aglio che hanno da Marks & Spencer, che a quanto pare è una bomba. Conta?

Ella rise, prese il caffè, aggiunse la panna e lo portò a Sloane.

"Mi fa piacere sapere che avete parlato di argomenti profondi. Deve essere stato difficile aprirsi".

"Non ne hai idea". Un sorriso genuino le sfiorò il volto.

Sloane sostenne il suo sguardo e per un momento qualcosa brillò tra loro. Poi sbatté le palpebre, portò il caffè alle labbra ed emise un piccolo gemito. "Oh mio Dio, grazie grazie grazie! Ecco cosa mi mancava. Perché voi non avete il caffè con panna, o l'equivalente britannico?"

"Chiederò a Sainsbury di tenerlo in magazzino. Se diciamo che è per te, la filiale di Salchester potrebbe accontentarti".

"A meno che il manager non sia un tifoso dello United".

Si sorrisero a vicenda. Le veniva proprio facile parlare con Sloane. Anche se fosse partita l'anno seguente, Ella poteva godersi il momento.

"Le cose stanno già migliorando. Hai la panna per il caffè e hai imparato a guidare dal lato giusto della strada".

"Lato *sbagliato*".

"Farò finta di essere d'accordo".

"E ora potrei non essere in grado di guidare per anni". Fece un gesto alla caviglia. "Non potrò nemmeno vedere i miei parenti. Dovevo andare a casa loro la settimana prossima".

Ella passò alla modalità professionale. "È solo una battuta d'arresto, hai già avuto contrattempi e infortuni in passato. Chiama i tuoi parenti e falli venire qui, il problema è risolto. Hai perso partite, ti sei infortunata. Tornerai più forte di prima. Dov'è il tuo spirito da combattente?"

"In vacanza".

Ogni volta che Sloane parlava, Ella era colpita da quanto fosse forte il suo accento. Questa era una di quelle volte.

"È una situazione temporanea, quindi considerala come tale".

Sloane socchiuse gli occhi. "Sai cosa mi tirerebbe su di morale?"

Ella scosse la testa. "Dimmi".

"Se ti provassi dei vestiti. Sono secoli che ti chiedo di venire a fare incetta del mio guardaroba, ma non lo fai mai. È il desiderio di una donna morente".

"Stai morendo, addirittura?"

"Stiamo tutti morendo, ogni secondo di ogni singolo giorno". Sorseggiò il caffè e rivolse a Ella un'espressione ridicola e supplichevole. "Per favore? Per me? Non ti sto chiedendo di fare qualcosa di terribile".

Doveva ammettere che era vero. E poi, che male poteva fare? Ella sbuffò leggermente. "Ok, fammi strada". Si alzò di scatto. "Hai bisogno di una mano?"

Ma Sloane scosse la testa, come Ella sapeva avrebbe fatto.

"Dove stiamo andando?"

"In camera mia".

Ella sentì il cuore stringersi nel suo petto. Poteva assolutamente farcela. Se solo l'avesse potuto dire a Marina… ma anche se il pensiero era divertente, sapeva che non l'avrebbe mai fatto. Non aveva condiviso molto della sua amicizia con Sloane con nessuno. Aspettò che Sloane posizionasse le stampelle e la seguì in camera da letto.

Non era sicura di cosa si aspettasse, ma era simile al salone, priva di tocchi personali. Come se Sloane non credesse che sarebbe rimasta a lungo. Forse era vero, forse aveva il presentimento che le cose non avrebbero funzionato. Ella cancellò quel pensiero dalla sua mente mentre le dita dei piedi affondavano nella soffice moquette beige. Mentre in tutto il resto della casa il pavimento era in laminato, la camera da letto era più gentile con i suoi piedi e con la sua acustica.

Sloane si sedette su un'ampia poltrona rosa Barbie e lasciò cadere le stampelle sul tappeto. Non fecero rumore. "Qui devi darmi una mano. Normalmente prenderei io i vestiti, ma ora sarei piuttosto inutile". Indicò gli armadi a muro davanti a sé. "Nella porta scorrevole a sinistra c'è tutta la roba che mi è stata spedita ancora imballata. Prendi tutto quello che vuoi".

Ella fece scorrere l'anta dell'armadio e si lasciò sfuggire un suono di sorpresa: la sbarra si piegava sotto il peso dei vestiti appesi. "C'è più roba in questo armadio che in una svendita del Next Boxing Day, e questo è tutto dire".

Sloane rise. "Non capisco se sia un bene o un male. Ce ne sono altri in un altro armadio, ma cominciamo da qui. Prendi tutto quello che riesci e mettilo sul letto. Poi potrai fare una cernita, vedere cosa ti piace, scartare quello che non ti piace e provare le tue scelte".

Ella traghettò bracciate di vestiti e li gettò sul letto. "Pensavo che fossero abiti sportivi, non di moda".

"Non solo moda, ma moda di alto livello". Sloane sollevò un sopracciglio e alzò alcuni risvolti immaginari della sua semplice maglietta bianca. "Sono conosciuta per il mio stile e il mio estro. Gli stilisti e i grandi marchi vogliono che li indossi quando esco".

"Potrebbero non essere così entusiasti se li indossassi io".

Sloane scrollò le spalle. "Loro mi mandano i vestiti, ma posso farne quello che voglio".

"Davvero, non sono sicura di poterli accettare. Alcune di queste cose valgono così tanto…" Ella pensò a sua madre e a sua zia Ursula, che avevano risparmiato per tutta la vita per comprare le cose necessarie. E persone come Sloane ricevevano così tanta roba? Era osceno.

"Puoi farlo e lo farai. Altrimenti, rimarranno nel mio guardaroba, e questo è un vero e proprio spreco, no?"

Era vero. "Credo che mi impedirebbe di comprare altre cose che non mi servono".

"E puoi salvare il pianeta, quindi è l'accordo perfetto. Inoltre, mi fa piacere darti qualcosa per ringraziarti. Sei stata fondamentale per il mio trasferimento qui, sia dal punto di vista professionale che personale. E mi hai portato la panna per il caffè, il che significa che ho un grosso debito da saldare".

Ella la fissò. A volte, doveva darsi un pizzicotto per capire che quella era la sua vita.

"Ti pare. È stato bello vivere nello stesso isolato e conoscerti, anche se non sarò qui ancora per molto".

Sloane inclinò la testa. "Cosa vuoi dire?"

"Il club mi ha pagato l'appartamento solo per sei mesi. Dopodiché, devo trovare una casa mia. Il contratto scade a gennaio, quindi tra due mesi".

"Non puoi continuare ad affittarlo?"

Scosse la testa. "È già stato riaffittato".

"Beh, merda. Non lo sapevo". Sloane si accigliò.

"Perché dovresti? Sicuramente il club ti pagherà questo appartamento finché lo vorrai". Fece un gesto verso i vestiti. "Tu non vivi nel mondo reale". Ella trasalì. Aveva esagerato?

"Credo di no", rispose Sloane, con la voce piatta e il viso scuro. Ella non riusciva a capire se l'avesse offesa.

"Mi sono espressa in modo più duro di quanto volessi. Non era un'accusa, erano solo fatti".

Sloane annuì. "Ho capito. Ma se hai bisogno di aiuto a cercare un appartamento, forse posso venire con te e dare un'occhiata a questo mondo reale". Trattenne lo sguardo di

Ella. "Per ora puoi entrare nel mio. Diamo inizio a questa sfilata".

Ella sfogliò e scelse i vestiti che le piacevano. L'atmosfera era un po' gelida dopo le sue parole, ma mentre teneva i capi e si metteva in posa allo specchio con Sloane seduta dietro di lei, si rilassò e lo stesso fece la sua ospite.

"Hai intenzione di provare qualcosa?"

Ella scosse la testa. Il pensiero di spogliarsi con Sloane che la guardava la faceva quasi sudare freddo. "Li porto di là da me. Tutto ciò che non va bene, te lo riporto indietro".

"Prova almeno un paio di cose. Soprattutto quei pantaloni verde scuro e quel top rosso e bianco. Per me?" Sloane fece il labbruccio.

Ella cedette. "Come posso dire di no a quella faccia?"

"Funziona sempre", sorrise Sloane. "Il mio bagno è lì, se vuoi un po' di privacy".

Le sarebbe assolutamente servita.

Ella chiuse la porta con un certo sollievo e si rivestì. Anche se c'era una spessa porta di legno tra loro, liberarsi dei vestiti nel bagno di Sloane le dava comunque una sensazione di intimità. Come se stessero superando un limite da cui non si poteva tornare indietro, il che era ridicolo. Si guardò allo specchio. Aveva bisogno di tagliarsi i capelli, ma quando mai non ne aveva avuto bisogno? Si lisciò il top, così morbido da accarezzarle la pelle. Tutto le calzava a pennello. Ora aveva solo bisogno di uno specchio. Aprì la porta ed entrò in camera da letto.

Quando Sloane alzò lo sguardo dal telefono, la sua bocca si aprì leggermente e i suoi occhi si allargarono. Il suo sguardo corse in basso e poi risalì sul corpo di Ella, fermandosi sulla sua bocca. Almeno così sembrava.

"Cosa c'è?" Ella abbassò lo sguardo. "Mi sta bene o no?"

Sloane annuì rapidamente. "Molto bene. Sei assolutamente splendida. Questo colore ti dona molto". Indicò gli armadi. "Fai scorrere l'anta accanto. Ci sono un mucchio di scarpe da ginnastica bianche nelle scatole. Che taglia porti?"

"Sette".

"Sette? Non ho idea di che taglia sia negli Stati Uniti, ma porti più o meno quanto me". Fece di nuovo un gesto verso le scatole. "Provale. Le scarpe da ginnastica bianche ci starebbero benissimo".

Ella fece come le era stato detto, prendendo delle scarpe da ginnastica nuove di zecca da una scatola Adidas. Ci fece scivolare il piede e si mise davanti allo specchio. Sloane aveva ragione. Anche lei doveva ammettere di avere un aspetto incredibile. "Mi piace".

"Anche a me". La voce di Sloane si incrinò quando parlò.

Qualcosa nell'aria era cambiato. La mano di Ella tremò mentre se la passava nei capelli.

"Prova qualcos'altro. Quel completo blu starebbe bene con la camicia a sbuffo color limone". Sloane indicò in basso. "E le scarpe da ginnastica ci starebbero comunque bene". Il suo viso si arrossò, e lei alzò il collo e distolse lo sguardo.

Ella annuì, prese i capi e andò in bagno. Notò cose che non aveva notato la prima volta. Il dentifricio gel blu Colgate di Sloane, lo stesso che usava lei. La sua cipria fissante Charlotte Tilbury. Il suo profumo Hugo Boss. Si tolse i primi vestiti, li piegò e li mise sulla tavoletta del water chiusa. Poi indossò la camicia di seta, quindi il completo e le scarpe da ginnastica. Si sentiva già come se valesse un milione di dollari. Non aveva bisogno di guardarsi allo specchio. Sapeva come questi vestiti la facevano sentire: la facevano sentire se stessa. Era sempre stata lì, solo che non aveva mai saputo dove cercare. Ma con l'aiuto di Sloane, le cose stavano cambiando. Chi avrebbe mai immaginato che il suo nuovo lavoro l'avrebbe portata a questo momento?

Uscì dal bagno. Questa volta Sloane era pronta e in attesa.

"Accidenti, signora Carmichael. Le sta bene quel vestito". Lo sguardo di Sloane analizzò il corpo come un laser.

Ella cercò di rendere regolare il suo respiro mentre si trovava davanti allo specchio. Anche lei doveva ammettere di non essere mai stata vestita così bene. "Sembro una cazzo di star del cinema".

"O una rockstar".

Si girò, senza curarsi di come si presentava. Chi avrebbe mai detto che i vestiti avrebbero potuto farla sentire così leggera? Non lei. Fece una pausa, riprese fiato e guardò Sloane.

"Mi dispiace di averti risposto male prima. Ma grazie per avermi fatto dare un'occhiata al tuo mondo, potrei abituarmici".

"Se non avessi le stampelle, sarei in piedi a ballare con te". Sloane sostenne il suo sguardo. "Sono davvero felice che ci siamo incontrate, sai, quel primo giorno fuori dall'orario di lavoro. Ci ha rese… qualcosa che altrimenti non saremmo state". Sloane si spinse verso l'alto, afferrò le stampelle e si avvicinò a Ella zoppicando. "Dico sul serio". Era così vicina che Ella poteva sentire il suo respiro sul viso. "Anche se l'infortunio è stato un brutto colpo, sono contenta di essermi trasferita e di aver trovato questa nuova squadra. Ma, soprattutto, sono contenta di aver incontrato te".

Un senso di felicità si avviluppò e si accartocciò dentro Ella, seguito a ruota dal desiderio.

Afferrò la mano di Sloane e la guardò negli occhi blu. "Anch'io sono felice di averti conosciuta".

Sloane si leccò le labbra.

Ella cercò disperatamente di non seguire la sua lingua, senza riuscirci. Non le importava. Il cuore le batteva nel petto e non aveva idea di come sarebbe andata a finire. L'unica cosa che sapeva con certezza era che non voleva allontanarsi. Nemmeno un po'.

"Posso chiederti un favore prima che tu te ne vada?"

"Qualsiasi cosa". Fissando il viso perfetto di Sloane, con il calore che le circondava, lo pensava davvero. Qualsiasi cosa Sloane avesse chiesto, Ella l'avrebbe fatta in un batter d'occhio.

"Posso avere un abbraccio? Essere infortunate e lontane da casa significa sentirsi sole".

Il cuore di Ella si spezzò in piccoli frammenti. Se fosse stata lei quella infortunata, sua cugina sarebbe stata lì, così come sua zia. Ma Sloane non aveva una famiglia su cui contare. Il Salchester era la sua famiglia. Forse Ella era una delle amiche più care che aveva.

"Certo".

Poi Ella fece ciò che le sembrava giusto: si avvicinò in modo che i loro corpi si toccassero e poi avvolse le braccia intorno a Sloane, in un modo da farle capire che era protetta. Che quello che stava facendo avrebbe funzionato a lungo termine. Che era amata. Spostò ancora un po' il corpo in avanti e inspirò il profumo di shampoo e di Monster Munch di Sloane.

Sloane posò la testa sulla spalla di Ella ed emise un sospiro soddisfatto mentre Ella stringeva la presa sulla sua vita.

Sloane fece lo stesso.

Rimasero lì, con gli occhi chiusi, per quella che sembrò

un'eternità, a godere semplicemente di essere così vicine. Almeno, era così che si sentiva Ella. Ma sapeva, dai suoni soddisfatti che uscivano dalle labbra di Sloane, che anche lei le stava dando il conforto che cercava, e questo le faceva piacere. Trasferirsi e ricominciare da capo significava sentirsi soli. Sloane aveva fatto buon viso a cattivo gioco fino a quel momento; tuttavia, lentamente ma inesorabilmente, le sue difese stavano cadendo.

Capitolo 15

Le tre settimane successive all'infortunio furono lunghe e Sloane le trascorse concentrandosi sul ritorno alla perfetta forma fisica, con lunghe ore in bicicletta, allenamenti di forza e una regolare routine di trattamenti con ghiaccio. Alla fine, il mese di dicembre era sempre più vicino, Ella consegnò un piccolo albero decorato a Sloane in modo che lo mettesse nel suo appartamento e finalmente le sembrò di aver raggiunto un equilibrio nella sua vita. Una ricaduta alla caviglia non era il modo in cui avrebbe voluto celebrare il suo primo Natale lontano da casa.

Tuttavia, le avevano detto che sarebbe potuta tornare in campo già a gennaio se avesse fatto esattamente ciò che le era stato detto, il suo umore era migliorato ed era moderatamente ottimista, se non considerava il fatto che il Salchester aveva perso l'ultima partita del girone di Champions League. Se la settimana seguente avessero perso di nuovo, sarebbero state fuori dalla competizione. Sloane non poteva farci nulla, ma si sentiva responsabile.

Quando l'aveva detto a Ella, aveva ricevuto in cambio un sopracciglio alzato. Come aveva sottolineato Ella, avrebbero potuto perdere anche se Sloane fosse stata in campo. Non era scontato vincere. "Inoltre, sai come funziona: smetti di preoccuparti di cose che non puoi controllare".

Sloane conosceva bene la procedura, era solo più facile a dirsi che a farsi.

Non c'era dubbio, però, che Ella fosse un punto di riferimento costante nella sua vita. Ormai veniva regolarmente a prendere il caffè e a fare discorsi di incoraggiamento e, nelle due settimane successive a quell'abbraccio, entrambe ci avevano riflettuto e avevano capito cosa significasse. Ma a volte, a tarda notte, quando Sloane era sul divano da sola, chiudeva gli occhi e riusciva ancora a ricordare ogni dettaglio intimo. Il calore della coscia di Ella contro la sua. Il modo in cui Ella l'aveva stretta a sé. La sua morbidezza.

Sloane aveva resistito troppo a lungo, eppure non era sembrato abbastanza. Quando alla fine si erano lasciate, Sloane aveva fissato gli occhi nocciola di Ella con tante cose da dire, ma non era uscito nulla. Invece, Ella aveva impacchettato frettolosamente i vestiti che aveva scelto con infiniti ringraziamenti ed era uscita di corsa dalla porta.

Da allora non c'era stato più nulla. Avevano preso qualche caffè, le aveva consegnato l'albero di Natale, ma non c'erano stati più abbracci. C'erano state un paio di occasioni in cui Sloane aveva pensato che Ella la stesse per abbracciare, ma si era tirata indietro all'ultimo minuto. Probabilmente era meglio così. Sloane non era certo un buon partito, no? Era single da poco, quasi zoppa, senza famiglia. Ella conosceva tutta la sua storia, il suo background spezzato, le sue relazioni fallite. Probabilmente voleva che le cose rimanessero così com'erano: erano amiche.

Tuttavia, ogni volta che Sloane lo pensava, tornava con la

mente al giorno dell'infortunio, a come Ella l'aveva guardata e toccata. Alla sera in cui aveva provato i suoi vestiti. A quell'abbraccio. C'era stato qualcosa, ma una delle due sarebbe stata abbastanza coraggiosa da scoprire cosa fosse?

Sloane non poteva pensarci adesso: quel giorno avrebbe incontrato per la prima volta sua cugina Cathy. Il solo pensiero le faceva ardere la pelle per l'emozione, ma non voleva lasciarsi trasportare. Il figlio di sua cugina, Ryan, sembrava una persona perbene, però l'apparenza inganna e magari la sua fama sarebbe stata un problema. Tutto ciò significava che Sloane avrebbe affrontato l'incontro un po' alla volta. Se fosse andato bene, sarebbe stato fantastico. In caso contrario, avrebbe fatto tesoro dell'esperienza, e capito che magari non era destino. Tuttavia, prima di tutto questo, aveva una telefonata con la sua agente.

Sloane si avvicinò all'isola della cucina e aprì il portatile per prepararsi. Aveva evitato di parlare con Adrianne dopo l'infortunio. In realtà, aveva evitato di parlare con la maggior parte delle persone, cosa che faceva spesso. Ma non poteva rimandare più di tanto la chiamata alla sua agente. Adrianne aveva a cuore gli interessi di Sloane, ma voleva anche controllare il suo patrimonio, per vedere se stava per perderne il 15%. La sua agente non era stata contenta quando Sloane aveva deciso di trasferirsi all'estero, ma non era una sua decisione. Era la prima volta che Sloane andava contro il suo parere e questo aveva reso il loro rapporto gelido.

Il suo schermo si illuminò con una chiamata in arrivo. Sloane prese una bottiglia d'acqua e si sedette su uno sgabello in cucina, cliccò sul pulsante verde e apparve il volto di Adrianne.

"Ecco la mia campionessa!" Il tono stanco di Adrianne

non corrispondeva alle sue parole. Si sfregava l'occhio destro mentre parlava, direttamente dal tavolo della cucina del suo appartamento di Tribeca, non dal suo solito ufficio. Sullo sfondo, il bancone della cucina era pieno di piatti e Sloane aveva notato una bottiglia di vino rosso mezza vuota. Adrianne le diceva sempre che viveva in un 'caos organizzato', e non mentiva.

"Non essere troppo entusiasta".

"Sono le 8 del mattino e non ho ancora bevuto la prima tazza di caffè, questo è il meglio che possa fare", rispose con un rantolo gutturale. Sloane scherzava sempre sul fatto che Adrianne era proprio la caricatura di una newyorkese tipica: una quarantenne esuberante e sbruffona che faceva *sempre* a modo suo. Quella mattina i suoi capelli corti e rossi spuntavano da tutte le parti e aveva un segno evidente del cuscino sulla guancia destra. Adrianne portava con sé gli aromi del caffè e delle Marlboro ovunque andasse. Sloane era quasi certa di poterli annusare attraverso lo schermo solo chinandosi in avanti.

"Come va la caviglia?"

"Sta migliorando. Il fisioterapista dice che potrei tornare in campo a metà gennaio, se non la sforzo. Quindi, più o meno sei settimane per un recupero completo. Poteva andare peggio".

"Non puoi calciare nulla finché non sarai guarita. Sei la mia cliente più preziosa, ricorda".

"Scommetto che lo dici a tutti i tuoi clienti".

"Vero, cazzo". Adrianne le rivolse un ampio sorriso. "Ma stai seguendo gli ordini del medico? So che normalmente hai problemi a farlo".

Sloane sorrise. "Li sto seguendo davvero. Sto andando fuori di testa ad allenarmi da sola, trascorro ore in bicicletta, facendo pesi, in piscina. So che funziona, l'ho già fatto in passato, ma questo non significa che non faccia schifo".

"Continua a fare quello che stai facendo e le cose torneranno alla normalità". Adrianne fece una pausa. "A proposito, come va la vita per il resto? Che cosa hai fatto dopo aver finito di deprimerti, cosa per la quale sono sicura tu abbia dato il massimo? Ricordo il tuo primo grande infortunio: pensavi che fosse la fine del mondo. Questa volta non sono lì a tenerti la mano, e non hai nemmeno risposto alle mie telefonate". Chiuse il pugno, fece il broncio e si portò il pugno al petto. "Anch'io ho dei sentimenti, sai. Ma dimmi: chi ti ha fatta uscire dal tunnel questa volta? Perché so che è stato qualcuno, non puoi averlo fatto da sola. Non ti piace mostrarti debole".

Sloane rise della precisione. Era quello il problema di avere un'agente che la seguiva da oltre dieci anni: non accettava stronzate e la conosceva a fondo.

"Mi hanno dato una mano alcune persone, il mio fisioterapista, la mia manager. E la mia performance coach, Ella, è stata fantastica. Non ce l'avrei fatta senza di lei. Mi ha fatto da cheerleader fin dall'inizio e abita nel mio stesso palazzo, quindi mi ha sempre rifornita di caffè. E, soprattutto, di panna da metterci sopra".

Sloane sorrise quando disse "cheerleader". Era un termine così americano, ma anche il termine che Ella usava spesso. Si accorse troppo tardi che un sorriso aveva preso dimora sul suo volto. Adrianne se ne sarebbe accorta. Sloane cercò di ridisporre i suoi lineamenti in una parvenza di normalità, ma temeva di essere arrivata troppo tardi. "Sapevi che in questo paese non si beve il caffè con la panna? È uno scandalo assoluto". Blaterò per coprirsi le spalle.

Adrianne non rispose subito, limitandosi a fissare la telecamera. Sloane pensò di aver detto decisamente troppo. L'agente si sistemò meglio prima di parlare. "È un albero di Natale quello dietro di te?"

Sloane si voltò, poi annuì. "Me l'ha comprato Ella. Pensava che mi avrebbe tirato su il morale".

Un cenno consapevole. "Sembra che sia davvero presente per ogni tua esigenza". Un'altra pausa. "È presente per *ogni* tua esigenza?"

"Per tutto ciò che il suo lavoro impone, sì", rispose Sloane, nascondendo le domande implicite della sua agente sotto un metaforico tappeto. Era ora di cambiare argomento. "Hai visto l'e-mail in cui mi dicevi che avrei fatto attività di sensibilizzazione nelle scuole mentre non potevo allenarmi? Ho fatto la prima lezione questa settimana ed è andata molto bene. Temevo che i bambini non sapessero chi fossi, ma lo sapevano tutti".

"Questo perché sei famosa, tesoro". Adrianne si alzò e uscì dall'inquadratura. "Spero che tu abbia sorriso per i selfie e non abbia calciato nemmeno una palla!" Pochi secondi dopo tornò con quello che Sloane immaginò fosse un caffè appena fatto.

"Certo. Sorrido sempre, mi conosci".

"A meno che non si parli di Jess. Cosa sta succedendo? Ho visto sui suoi social che ora sta con Brit. Nemmeno il tempo di riprendere fiato".

"Conosci Jess, non sopporta di essere sola o lontana dai riflettori. Per quanto mi riguarda, può fare quello che vuole". Sloane si sorprese nel rendersi conto che lo pensava davvero. "Quello che so per certo è che sono felice di esserne uscita".

"Su questo punto sono assolutamente d'accordo. Jess non è mai riuscita a decidere quello che voleva, presto si libererà anche di Brit". L'agente sorseggiò il caffè e fissò Sloane intensamente. Era brava a farlo a distanza come nella vita reale. "Immagino che con l'infortunio e la depressione tu non abbia ancora conosciuto nessun'altra".

Ella, con quei pantaloni verdi e il top bianco e rosso, attraversò per un attimo la mente di Sloane. Scacciò l'immagine e scosse la testa. "Sono concentrata sulla mia guarigione, nient'altro".

"Ci crederei se tu fossi un robot, ma non mi risulta che tu lo sia". Adrianne agitò un dito verso Sloane. "Dimmelo quando sei pronta. So che c'è qualcosa che non stai dicendo".

Maledetta.

"Ma nel frattempo, continua a fare promo e continua a guarire". Adrianne strinse la mano sul bordo del tavolo della cucina. "Un'altra cosa: tornerai per le vacanze? So che inizialmente non volevi, ma ora che non devi giocare una partita ogni pochi giorni, potresti tornare? Se vuoi, inizio a far sapere alla stampa che sei disponibile".

Sloane non ci aveva pensato. Tuttavia, la prospettiva di passare il Natale con i suoi genitori e di essere torchiata dalla stampa sulla sua vita sentimentale non la riempiva di gioia. Anche se in Inghilterra la gente si preoccupava di ciò che faceva fuori dal campo, non era così importante come nel suo paese. Non voleva tornare ad essere controllata così intensamente.

"Non credo, faccio ancora parte della squadra e vado ancora a vedere tutte le partite in casa". Non si era mai concessa di pensare troppo alle vacanze. Se lo avesse fatto, si sarebbe sentita terribilmente sola.

Parlarono per un'altra mezz'ora degli impegni e dei contratti di Sloane e di come il figlio di Adrianne, Todd, stava andando al college. No, Sloane non voleva sponsorizzare un noto marchio di cibo per cani. Sì, avrebbe preso in considerazione una nuova azienda etica per la cura della pelle. Sì a interviste con *Vogue* e *All Out Goals*, ma solo quando si fosse ripresa. "Non mi farò fotografare con le stampelle". Todd, a quanto pare, aveva il suo primo fidanzato in assoluto. Conoscendolo da quando aveva dieci anni, Sloane era raggiante come una zia orgogliosa. Adrianne invece dichiarò che il giovane non era ebreo, "ma è carino. Poteva andare peggio".

Sloane alzò lo sguardo dal forno per controllare l'ora. Doveva andare. "Tra 15 minuti ho una riunione per la quale devo prepararmi".

"Non è sabato da te? Che riunione hai che io non so? Sono ancora la tua agente, giusto?"

"Sì, lo sei, ma devo mantenere un po' di mistero". Sloane fece ad Adrianne un occhiolino che sapeva l'avrebbe fatta infuriare.

"Ti sta succedendo qualcosa, Sloane. L'ho capito appena ti ho vista con quella camicia abbottonata. Non la indossi mai nel fine settimana. Ricordati le mie parole: la prossima volta te la faccio pagare".

"Ciao, Adrianne!"

Adrianne alzò una mano. "Prima che ti precipiti a incontrare la tua donna misteriosa, ho qualcos'altro per te. Una macchina, per essere precisi. Non ne hai ancora una, vero?"

Sloane sbatté le palpebre. "No".

"Non è da te. Amavi la tua Subaru, che è ancora nel mio vialetto. Todd la tiene in funzione, comunque. Ti ringrazia!"

Sloane aveva dato la sua auto in prestito a tempo indeterminato a Todd fino al suo ritorno negli Stati Uniti.

"Ero un po' diffidente nel guidare sul lato sbagliato della strada, ma Ella mi ha accompagnata qualche volta e mi ha fatto passare il nervosismo".

Un sorriso si insinuò sul volto di Adrianne. "Ora so che c'è qualcosa sotto. Hai lasciato che qualcun altro ti dicesse cosa fare di tua spontanea volontà e hai ammesso le tue paure?"

"Sono una sportiva professionista, Adrianne. Accetto istruzioni e critiche ogni giorno, e lo faccio bene".

"Ah-ah". Un sorriso sgualcì il suo viso. "Torniamo al punto. Vorresti una macchina? Perché ho uno sponsor che vorrebbe regalartela".

"Sì, grazie, anche se ovviamente ora non posso guidare. Ma presto. È una bella macchina e posso scegliere il colore?"

"Già fatto per te. Una Jeep grigio argento. Ho la tua benedizione?"

"Sempre, e ti adoro". Sloane poteva solo immaginare cosa avrebbe detto Ella di quel regalo. Un altro esempio del fatto che Sloane non viveva nel mondo reale. Una minuscola scheggia di senso di colpa le si annidò nello stomaco.

"Sì, sì. Ti mando i dettagli per email. Conosci le regole. Devi mostrarla sui social, ti mando il contratto".

"Sei la migliore, Adrianne!"

Sloane le lanciò un bacio prima di chiudere la chiamata.

* * *

Adrianne aveva ragione: Sloane si era vestita bene per incontrare Cathy. Era anche tremendamente nervosa. Il suo stomaco si stava agitando così tanto che il suo caffè con panna, rischiava di riapparire. Di certo non era stata così nervosa per il suo debutto con i Rovers. Conosceva il calcio a menadito, ma conosceva meno gli incontri con membri della famiglia che nemmeno si sapeva esistessero fino a poco tempo prima.

Quando suonarono al citofono, Sloane entrò e attese l'arrivo dell'ascensore. Pochi istanti dopo la porta si aprì, e la donna che si trovava lì aveva un aspetto straordinariamente familiare. Non che assomigliasse molto a qualcuno dei parenti di Sloane; piuttosto, aveva una familiarità che Sloane non riusciva a definire. Sua cugina indossava un cappotto invernale verde pisello imbottito che poteva essere scambiato per un copriletto, aveva le guance rosee per il freddo di dicembre.

"Cathy?"

Cathy era raggiante e stringeva un mazzo di fiori colorati. "Sloane". Lanciò un'occhiata al gesso alla caviglia. "Non stavi scherzando quando hai detto di essere stata in guerra". Il suo accento era così marcato che si poteva tagliare.

"Lo potrò togliere tra qualche settimana, si spera. Ma grazie mille per essere venuta a trovarmi". Sloane avrebbe potuto farsi accompagnare da Ella o addirittura dall'auto del club, ma il pensiero di zoppicare in casa di un'estranea non le piaceva. Nel suo appartamento c'erano molti meno mobili da urtare.

"Questi sono per te". Diede i fiori a Sloane.

"Grazie mille". Sloane non aveva un vaso, avrebbe dovuto chiederlo a Ella. Per il momento riempì il lavandino e vi appoggiò i fiori. Poi fece accomodare Cathy sul divano, nonostante le sue richieste di poter essere d'aiuto. Sloane le permise di versare il caffè una volta pronto e poi si sedettero a distanza di sicurezza. Non si erano ancora toccate.

Potevano essere parenti, ma in quel momento erano relativamente estranee.

"È un po' strano, vero?" Cathy sorseggiò il suo caffè e fece un sorriso a Sloane.

Si era tolta il cappello e aveva arruffato i capelli, del colore del gelato alla vaniglia che Sloane preferiva. Un ciuffo si alzava creando un angolo. Sloane sorrise internamente.

"Quando Ryan è tornato a casa e mi ha detto di averti incontrata, ho pensato che la botta in testa presa durante la partita gli avesse fatto più male di quanto pensasse. Tuttavia, Matt mi ha confermato che eri reale e poi ho ricevuto il tuo messaggio". Scosse la testa. "Mi dispiace che ci sia voluto così tanto tempo per incontrarci, per via del mio lavoro e del tuo infortunio. Comunque, sto ancora cercando di capire esattamente come siamo parenti. Voglio dire, sei una stella del calcio mondiale e sei americana!"

Sloane sorrise. "Colpevole di tutto".

"Quello che so è che tuo nonno era il fratello di mia madre. Credo che questo ci renda probabilmente cugine di qualche tipo?"

Sembrava confusa quanto Sloane. "Penso di sì, ma se ci rifletto troppo a lungo inizia a farmi male la testa. Diciamo che siamo cugine". Fissò Cathy. "Hai un aspetto familiare, forse abbiamo la stessa bocca o il naso?"

"No, sarebbe doloroso".

Questo ruppe il leggero imbarazzo che aleggiava da quando era arrivata Cathy. Aveva il senso dell'umorismo, quindi non sarebbe stato il caffè più lungo della vita di Sloane.

"Posso anche dire che sono contenta di essere venuta io qui e non il contrario, questo appartamento è molto più elegante di casa mia". Cathy si alzò e fissò fuori dalla finestra. "Da qui si vede l'Arndale, vero?"

"Così mi è stato detto".

"Immagino che questo sia ciò che accade quando sei una campionessa di calcio. Ti ritrovi a vivere in un'atmosfera da VIP".

Sloane non poteva negarlo, e non voleva mettere Cathy a disagio. Non si trattava di dividere tra "io e voi". Più di ogni altra cosa, Sloane voleva che Cathy si sentisse a casa.

"Sono fortunata che il club mi abbia ospitata qui". Inoltre, lei poteva rimanere, a differenza di Ella. Non poteva immaginare di vivere lì senza di lei. Una freccia di tristezza trafisse Sloane: da chi avrebbe preso in prestito un vaso quando Ella se ne fosse andata? Non poteva pensarci ora.

"Evidentemente, te lo sei meritato", rispose Cathy. "Devo ammettere che non ero molto informata sul calcio femminile, tendo a guardare di più i miei due figli, ma ho sentito del tuo trasferimento al telegiornale e non riesco a credere di essere parente di una vincitrice della Coppa del Mondo". Scosse la testa e si sedette di nuovo sul divano. "È incredibile che anche tu giochi, però. Ci deve essere un gene del calcio nel nostro sangue, perché la storia della nostra famiglia è piena di giocatori, alcuni dei quali piuttosto bravi. Tu però sei probabilmente la migliore. Nessuno ha mai avuto un trasferimento pagato così tanto, prima d'ora".

"Mi piacerebbe saperne di più, se hai qualche informazione. Ryan e Matt al club mi hanno detto di chiedere a Barry per la storia del club, ma ho avuto l'impressione che ci fosse una storia da raccontare. Matt ha detto qualcosa sulla mia bisnonna".

Cathy le rivolse uno sguardo perplesso. "Sembri *così*

americana che è un miracolo che siamo parenti. Ma lo siamo. E sì, c'è una storia da raccontare sulla tua bisnonna. E anche su mia nonna".

Questo commento fece sì che Sloane si sedesse e scuotesse la testa. "Non sembra una follia? Abbiamo gli stessi nonni". Il petto le si strinse e il calore la attraversò: si trattava di una parente in carne e ossa, qualcuno con cui condivideva la storia e la discendenza. Le lacrime le inumidirono gli occhi. Non se lo aspettava.

Tuttavia, quando guardò Cathy, anche i suoi occhi brillavano.

Sloane sorrise. "È emozionante, vero?" Indicò l'isola della cucina. "Ci sono dei fazzoletti laggiù, ti dispiacerebbe prenderli? Probabilmente è più semplice se lo fai tu".

Cathy la accontentò ed entrambe ne presero uno e si soffiarono il naso. Poi si misero a ridere.

"Sembra un episodio di *Long Lost Family*, ci stavo pensando mentre venivo qui oggi. Piango sempre anche quando vedo gli episodi, ma non mi hanno mai coinvolta così tanto prima".

"Abbiamo quel programma anche negli Stati Uniti. Piango sempre un fiume di lacrime".

"Almeno siamo sulla stessa lunghezza d'onda". Cathy si soffiò di nuovo il naso. "La grande novità di famiglia è che non sei la prima stella del calcio femminile tra noi. Ecco cosa intendo quando dico che abbiamo il gene del calcio".

Le orecchie di Sloane si drizzarono a quella notizia. "Dimmi di più. Tu giocavi?"

La tristezza tremolò sul volto di Cathy, che annuì. "Sì. Ma, come la maggior parte delle bambine, quando sono cresciuta, ho dovuto smettere. Alle ragazze non era permesso giocare a calcio. Quando ti mettono davanti così tanti ostacoli, alla fine la smetti di provarci. Ecco perché sono così entusiasta che tu sia brava. Una campionessa".

"Sono orgogliosa di tenere alta la bandiera della famiglia. Ma, per favore, raccontami la storia".

Cathy annuì. "Il tuo bisnonno, Robert, giocava nella squadra locale, il Kilminster United, come sai. A detta di tutti era un'ottima ala. Ma non è questa la storia. La storia è che anche la tua bisnonna giocava nella squadra".

Sloane socchiuse gli occhi. "Per il Kilminster United?"

Cathy annuì. "Sì. Eliza Power è stata un'attaccante di punta per una stagione e mezza, fino a quando non è stata squalificata".

"Squalificata? Non capisco".

"La tua bisnonna fingeva di essere un uomo per poter giocare a calcio. La FA aveva già vietato alle donne di giocare sui loro campi, ma lei amava il gioco fin dall'adolescenza. Giocava con i suoi due fratelli, e avevano escogitato un piano per farla entrare in squadra, perché era davvero molto brava."

"Non so nel dettaglio come abbia fatto, ma so che si è tagliata i capelli corti per passare per un uomo. Forse si è anche fasciata il seno, chi lo sa? Per quanto ne so, tutti i suoi collaboratori lo sapevano, ma hanno mantenuto il segreto per un bel po'. Mi piace l'idea che volesse così tanto giocare da essere disposta a fingere di essere un uomo".

Sloane non sapeva cosa dire. Avvertiva un senso di orgoglio premerle contro lo sterno. Lo stupore si annidava accanto ad esso. "Non è la storia che mi aspettavo". Quasi rise, perché era davvero un eufemismo. "Anche lei era gay? Il matrimonio era una copertura?"

Cathy scosse la testa. "Me lo sono chiesta anch'io, ma non credo. Per quanto ne so, il loro era un matrimonio molto affettuoso. Poi non si può sapere cosa succede dietro le porte chiuse, e forse avevano un accordo. Non lo sapremo mai. Ma hanno avuto tre figli insieme, comunque. La tua bisnonna ha conosciuto il tuo bisnonno quando era in squadra. Erano una bella coppia: lui l'ala dinamitarda, lei l'attaccante".

Sloane provò un senso bruciante di ammirazione misto a sgomento mentre si puntava il dito sul petto. "Come me". Si ricordò di respirare.

"Esattamente come te", concordò Cathy.

Altre lacrime affiorarono, ma questa volta Sloane non cercò di soffocarle. Lasciò che cadessero. Era una storia monumentale: era la pronipote di una stella del calcio femminile, una stella pionieristica e all'avanguardia. Era la migliore notizia possibile.

"Non posso credere di provenire da una lunga stirpe di talenti del calcio".

Si chinò in avanti e si asciugò di nuovo gli occhi. "Mi piace che sia stata così audace, pronta a fare qualsiasi cosa per giocare. E ha tenuto testa a una squadra di uomini".

"È vero, e ha retto più che bene. Finché non fu scoperta dalle altre squadre e costretta ad andarsene. Ma ormai aveva lasciato il segno e aveva conosciuto suo marito".

Sloane alzò entrambe le braccia sopra la testa e si lasciò sfuggire un guaito. "Mi sentivo un po' triste da quando mi sono infortunata, ma il fatto che tu sia venuta qui a raccontarmi questa storia mi ha ispirata. Tornerò più forte da questo infortunio e segnerò altri goal in onore della mia bisnonna. Perché posso giocare a calcio come lavoro, cosa che lei non avrebbe mai potuto nemmeno sognare. Ho il compito di rendere questa stagione la mia migliore di sempre, per lei".

Cathy indicò il gesso alla caviglia di Sloane. "Prima devi guarire".

"Aspetterò, ma tra qualche settimana, ogni pallone che calcerò sarà per Eliza".

"Lei approverebbe", disse Cathy. "Spero solo che il club possa sopravvivere anche in futuro. Il passato contiene grandi storie e ricordi, ma il club sta lottando per rimanere a galla. Se hai qualche conoscenza che potrebbe sponsorizzare la squadra, sarebbe molto apprezzato. Vogliamo che anche le generazioni future abbiano storie come queste".

Sloane annuì. "Chiederò in giro".

Quando la cugina se ne andò, Sloane aveva troppa energia in corpo. La storia dei suoi bisnonni era davvero straordinaria. Voleva correre per il suo appartamento, gridarlo dal balcone. Era una storia così incredibile che doveva essere condivisa. Ma con chi condividerla? Il primo nome che le venne in mente fu quello di Ella. Sloane prese il telefono e le mandò un messaggio.

Ho appena avuto un incontro incredibile con mia cugina. Mi ha portato dei fiori. Hai un vaso in cui metterli? Ho tante cose da raccontare, se sei libera più tardi.

Premette invio, poi aprì le porte di vetro e si avviò verso la terrazza. Sloane si aggrappò alla ringhiera del suo balcone e respirò la città, la stessa aria che la sua famiglia respirava da secoli. Il suo posto era quello, era il primo giorno in cui lo sentiva davvero. Se il resto della stagione fosse andato bene, avrebbe potuto conoscere anche i suoi cugini. Sentiva l'ottimismo scorrerle nelle vene. Dopo tutto, quello era il nuovo capitolo che desiderava: aveva una nuova squadra, una nuova famiglia, nuovi amici.

Il suo telefono suonò. Un messaggio di Ella. Sloane ci cliccò sopra, sorridendo. Forse sarebbe potuta salire e avrebbero potuto anche cenare, o prendere un tè insieme, mentre lei le raccontava tutto. Forse avrebbero potuto abbracciarsi di nuovo. Anche solo il pensiero le fece scorrere addosso ondate di speranza.

Stasera non posso, ma lascerò un vaso fuori dalla tua porta. Non posso fermarmi, ho un appuntamento. Marina mi ha fatto usare l'app di incontri e ho fatto un match.

L'ottimismo di Sloane prese un pugno in faccia.

Un appuntamento? Ella aveva parlato di appuntamenti di sfuggita. Sloane l'aveva persino incoraggiata. Perché diavolo l'aveva fatto? Ma a quanto pare, quella sera sarebbe uscita.

Non stavano insieme, ma d'altra parte non c'era qualcosa che stava nascendo tra loro? O Ella la considerava solo un'amica? Non ci credeva nemmeno per un secondo. Avevano condiviso troppi momenti, troppi sguardi. Tuttavia, non avevano agito a riguardo. Quello era il problema.

Poteva essere troppo tardi.

Capitolo 16

Ella non sapeva cosa diavolo ci facesse lì. Aveva appoggiato il vaso davanti alla porta di Sloane e poi era scappata via. Era stato strano inviarle quel messaggio e sarebbe stato altrettanto strano parlare con Sloane quando stava per avere un appuntamento, anche se erano solo amiche. Che ogni tanto si abbracciavano e si scambiavano sguardi intensi e mozzafiato.

Ella era amica di una splendida donna, di una superstar, come la chiamava lei. Se Sloane avesse voluto qualcosa di più, avrebbe già agito.

Per questo aveva ceduto e aveva organizzato un appuntamento: se non poteva uscire con Sloane, doveva almeno vedere se poteva uscire con qualcun altro.

Quando arrivò al bar dove aveva organizzato l'incontro con Minnie per un caffè e un pezzo di torta prima di vedere un film al vicino cinema d'essai, le sue preoccupazioni non fecero che aumentare. Avrebbe preferito essere lì con Sloane, per sapere come fosse andato il suo incontro con la cugina. Sembrava che ci fosse molto da raccontare. Tuttavia, Sloane probabilmente se ne sarebbe andata l'anno seguente, il che significava che Ella doveva vivere nel mondo reale e vedere se poteva incontrare qualcuno del posto. Magari qualcuno come Minnie.

Quando entrò – era uno di quei bar con opere d'arte locale alle pareti e un leggero odore di incenso in sottofondo – individuò subito Minnie. Solo quando si sedette al tavolo notò i suoi capelli ingrigiti e le linee definite del suo viso. Quanti anni aveva scritto sull'app? Ella avrebbe detto che quella donna fosse più vicina ai 50 anni che ai 38 dichiarati. Ma aveva intenzione di darle una possibilità, mica lavorava all'anagrafe.

"Minnie?"

La donna si alzò e tese una mano. "Ella. È un piacere conoscerti. I tuoi capelli hanno una bella energia!"

Ella aggrottò le sopracciglia: era una cosa strana da dire.

Minnie fece scorrere lo sguardo su e giù. "Bello anche il top". Se Ella fosse stata in vendita, Minnie avrebbe potuto comprarla.

Appese il cappotto a uno scaffale vicino, poi si sedette di fronte a Minnie, con il senso di colpa che le pesava sulle spalle. Aveva indossato uno dei nuovi top che Sloane le aveva regalato, ma ora quella decisione le sembrava sbagliata, come se stesse usando la generosità di Sloane contro di lei. Spostò quel pensiero in fondo alla mente.

"Vuoi un caffè? Un po' di torta? Ho aspettato che arrivassi per ordinare".

Ella annuì. "Un *flat white* e la torta più bella. Sorprendimi".

Minnie annuì, si lisciò il maglione nero e si avvicinò al bancone.

Il telefono di Ella squillò e lei lo tirò fuori. Una notizia dell'ultima ora sul calcio femminile la fissava dallo schermo. Quando cliccò, il suo cuore si bloccò. Era una foto di Sloane e Jess, seguita da una foto di Jess con una bionda. Ella rimase a bocca aperta. Era una storia su Sloane che tornava con Jess e tornava negli Stati Uniti? Perché, se era così, non era la versione della sua vita che Sloane aveva raccontato a Ella nelle ultime settimane.

Tuttavia, la storia era opposta. La bionda era la nuova ragazza di Jess, Britney Navas, quella con cui aveva tradito Sloane per mesi. La loro relazione era stata ufficializzata in un post su Instagram, il che significava che era tempo di speculazioni selvagge e di rigurgiti di foto di Sloane e Jess in tempi più felici. Ella sperava che Sloane non ricevesse gli stessi avvisi sul suo telefono. Che strano mondo quello in cui viveva, un mondo in cui la sua vita privata veniva analizzata e commentata da estranei.

Qualche settimana prima, poco prima dell'infortunio, Sloane era stata fotografata mentre saliva su un taxi dopo l'allenamento e prendeva di nuovo un caffè con Layla. Non era un mondo in cui Ella viveva. Quel bar in cui si trovava era più simile al suo mondo. Forse avrebbe dovuto dare una possibilità a Minnie: caffè e torta erano più adatti a lei che scandali e paparazzi. Anche se, avendo trascorso del tempo con Sloane, non poteva associarla solo a quello: Sloane era gentile, premurosa e generosa. E anche molto sexy. Non era mai entrata così tanto in sintonia con qualcuno, ma era una storia che non poteva andare da nessuna parte.

"Ecco qua. Ho preso la torta di carote e noci e il tuo caffè". Minnie mise il piatto sul tavolo. "Non sei allergica alle noci, vero?"

Ella scosse la testa. "No". Mise via il telefono e si concentrò sulla donna davanti a lei. Era il minimo che doveva a Minnie.

"È un piacere conoscerti, finalmente. È il mio terzo appuntamento di questa settimana".

Ella si irrigidì. Non conosceva bene il galateo degli appuntamenti, ma era abbastanza sicura che una frase del genere non fosse nelle regole. "Non tutti in questo stesso bar, spero".

Minnie scosse la testa. "Ho portato la prima al bowling. Con la seconda ho preso un tè al negozio di fish and chips. Per la terza, torta e cinema".

Ridotta a un numero entro cinque minuti dall'incontro. Ella si sentiva come se fosse in offerta nel reparto gastronomia, magari nel settore sconti.

"Di cosa ti occupi? Hai detto che hai un ruolo di allenatrice sportiva?"

Ella annuì e spiegò il suo lavoro.

Minnie annuì, con un'aria vagamente impressionata. "Mi piace il fatto che lavori con tutti gli sport, non solo con il calcio. Mi sembra che il calcio sia troppo sotto i riflettori, sai? Prendi le squadre femminili inglesi di cricket, hockey o rugby. Tutte hanno vinto l'oro o un trofeo importante molto prima della squadra di calcio, eppure è la squadra di calcio a ricevere tutti i riconoscimenti". Scosse la testa. "Non sono una grande fan".

Lo stomaco di Ella ebbe un sussulto. Minnie odiava il calcio? Quello poteva essere un problema. "Continuo a pensare che quello che la squadra femminile ha ottenuto quest'estate sia stato fantastico e contro ogni previsione, non credi? Hanno vinto nonostante gli ostacoli che hanno incontrato".

Minnie alzò le spalle. "Preferisco il rugby. Sì, sono d'accordo che è stato un grande risultato, ma è calcio. Io e il calcio non andiamo d'accordo. Prendi quella donna che ha appena firmato per i Rovers quest'estate, l'americana. Sloane come?"

Ella strinse le natiche. "Sloane Patterson".

Minnie arricciò le labbra in segno di disgusto. "Sì, lei. Sono sicura che è brava in quello che fa, ha ricevuto così tanto clamore e stampa per il suo trasferimento. Ma è americana. Perché importiamo campionesse quando ne abbiamo già di grandi qui? Mi lascia l'amaro in bocca".

Minnie non usava mezzi termini.

"Non credi che sia il normale andamento del mercato? Che sia un bene per i nostri giocatori mischiarsi con chi ha vinto la Coppa del Mondo? Perché secondo me sì. Inoltre, Sloane ha fatto un gran lavoro di sensibilizzazione, ha spinto per la parità di retribuzione negli Stati Uniti. Non è solo una star del calcio, è un'attivista per i diritti delle donne".

Minnie sostenne lo sguardo di Ella. "Probabilmente è una persona molto gentile, ma non mi piace ciò che rappresenta. Inoltre, è un po' troppo bella per il suo bene".

Finalmente qualcosa su cui potevano essere d'accordo.

"Tu di cosa ti occupi?"

"Sono un'agente immobiliare".

Forse Ella poteva ottenere qualcosa da questo incontro. "Vendita o affitto? Tra qualche settimana dovrò cercare un appartamento in affitto".

Gli occhi di Minnie si illuminarono. "Forse era destino che ci incontrassimo. Magari diventeremo una coppia e io troverò la casa dei tuoi sogni".

Almeno una delle due cose avrebbe potuto avverarsi. La mente di Ella tornò a quando aveva guardato la partita a Kilminster con Sloane, a quello che aveva detto sul fatto che Jess non aveva mai voluto assistere a una partita maschile. Ella amava il gioco in tutte le sue forme, proprio come Sloane, era felice di guardare una partita a cui teneva. Le importava di Sloane, il che significava che le importava di guardare la squadra per cui giocava la sua famiglia.

Quel pensiero le fece suonare un allarme nella testa. Che Sloane fosse disponibile o meno, Ella non voleva stare lì con Minnie, ma non poteva tagliare la corda prima ancora di aver finito la torta. Quando alzò lo sguardo, Minnie le stava porgendo il suo biglietto da visita. "Siamo una delle migliori agenzie della città. Dai un'occhiata al nostro sito e vedi se qualcosa ti stuzzica".

Ella sapeva già che non sarebbe stata Minnie a stuzzicarla.

* * *

Quando Ella tornò a casa, quella sera, aveva già un messaggio di Minnie che le diceva che si era divertita molto e che le sarebbe piaciuto rivederla. Alla fine erano andate a vedere il film, ma lei non ne aveva recepito nulla. Aveva abilmente evitato qualsiasi contatto fisico con Minnie per non darle l'impressione sbagliata, andandosene con saluti non impegnativi e un bacio su entrambe le guance, come se si trovassero a Venezia e non a Salchester in una fredda sera di dicembre. In allegato al messaggio di Minnie c'erano due appartamenti in affitto da prendere in considerazione. Forse quell'applicazione era il modo in cui Minnie cercava di fare affari.

Ella diede un'occhiata all'ultimo piano prima di entrare nel suo palazzo. La luce di Sloane era ancora accesa. Le sarebbe piaciuto andare a trovarla e scoprire qualcosa su sua cugina, ma erano quasi le 23, quindi era un po' tardi. Sì, erano amiche, ma avevano anche dei limiti.

Tuttavia, quando tirò fuori il telefono, Sloane aveva

inviato una foto dei suoi fiori nel vaso di Ella, con due parole allegate.

Grazie x.

Quelle due parole significarono per Ella più di qualsiasi cosa Minnie le avesse detto per tutta la sera.

Capitolo 17

Era la prima volta che Sloane tornava nella palestra principale dopo l'infortunio ed era agrodolce. Voleva fare gli esercizi che facevano tutti intorno a lei: jump squat, sprint, leg press. Le mancava persino tirare la slitta, cosa che normalmente odiava. Tuttavia, per il momento, quelle erano attività vietate.

L'aspetto positivo era chiacchierare con le sue compagne di squadra. Sì, le avevano fatto visita, ma questo era diverso. Tornare in mezzo agli altri era la cosa migliore per lei. Aveva avuto lunghe conversazioni con gli altri giocatori infortunati – maschi e femmine – quando erano con i fisioterapisti e nella palestra di riabilitazione, ma questa era un'energia diversa. Era positiva. Vibrante.

"Come stai, Patts?" Layla beveva da una bottiglia d'acqua, con le perle di sudore visibili sulla fronte. Era quello che a Sloane mancava di più: sudare, far bruciare i muscoli, dare tutta se stessa alla sessione di allenamento.

"Tengo duro". Sloane aggiunse un sorriso per addolcire le sue parole. "Ma la buona notizia è che dovrei togliere il gesso entro la prossima settimana, e poi potrò passare il Natale e il Capodanno a rimettermi in forma. Il medico ha detto che potrei tornare a giocare entro la prima settimana di gennaio, ma credo che ci vorranno ancora una o due settimane. Le cose stanno andando nella giusta direzione, incrociamo le dita". Indicò Layla. "Ora dovete solo continuare a vincere le nostre partite della Women's Super League, in modo da tenere il passo dello United. Perché loro non ci rinunceranno, vero?"

Layla scosse la testa. "No, ma nemmeno noi". Mise le mani sui fianchi. "Uscire dalla Champions League è stato un brutto colpo, ma ora possiamo concentrarci sul campionato e sulla FA Cup. Se riusciamo a non perdere terreno e a riportare in campo la nostra attaccante titolare, chissà cosa potrebbe succedere".

"Chi lo sa, davvero".

Da quando Sloane si era infortunata, il Salchester Rovers aveva perso solo una volta in campionato, cosa di cui era entusiasta. Ma dicembre era sempre pieno di partite e quell'anno non faceva eccezione. L'uscita dalla Champions League aveva fatto male. Avrebbe potuto cambiare il risultato se avesse giocato? Comunque fosse, dovevano imparare, guardare gli aspetti positivi e ripartire. In questo modo, avrebbe potuto sperare di fare la differenza nella seconda parte della stagione. Questo era il suo obiettivo, almeno.

Nat si avvicinò e la abbracciò. "Mi manchi in campo. Soprattutto quando si tratta di rigori".

Ne avevano ottenuto uno nella partita di Champions League contro il Lione, sullo 0-0. In assenza di Sloane, Nat era intervenuta e aveva sbagliato. Sloane non aveva assistito alla partita perché fuori era ghiacciato e Lucy le aveva detto di restare a casa. Aveva però guardato la partita in TV e aveva sentito il dolore di Nat.

Sloane si alzò e abbracciò Nat. L'attaccante più giovane si sciolse tra le sue braccia.

"Sei stata bravissima. Ricorda che ci vuole coraggio per tirare un rigore: fa la differenza tra la gloria e il fallimento. Non c'è una via di mezzo, ma tu eri pronta a farti avanti e a correre il rischio. La posta in gioco è alta. A volte si vince, a volte si perde, proprio come ti ho detto per messaggio dopo la partita".

"Tu non perdi quasi mai". Nat si tirò indietro e gonfiò le guance.

"Ehm, pronto? Ho sbagliato un rigore nella finale della Coppa del Mondo". Era quello che spingeva Sloane ad allenarsi tanto quanto faceva ora. Se chiudeva gli occhi ed evocava lo stadio, poteva ancora sentire il prurito del fallimento che le bruciava nel cuore.

Nat le rivolse un sorriso. "Nemmeno tu sei perfetta".

"Nessuno lo è. Sei stata bravissima, e imparerai da questa esperienza". Sloane le diede un pugno scherzoso sul braccio. "Perché tu sei Nat Tyler".

Udendo il suo nome, Nat si raddrizzò visibilmente. "Sono io, non è vero?"

Sloane si stupì ancora una volta di quanto fosse giovane e impressionabile. Ricordava quando era stata lei la giovane promessa che arrivava e attirava le luci della ribalta, pronta ad assorbire tutto e a imparare. Ora era quella vecchia, quella che si infortunava più facilmente, ma poteva ancora aiutare Nat da bordo campo.

"Andrà tutto bene". Sloane fece una pausa. "Ricorda solo il tuo movimento nell'area di rigore: arriva alle spalle dei difensori, sorprendili. Hai la gioventù dalla tua parte, soprattutto quando giocherete contro il Leverton questo fine settimana. La loro linea di difesa è pericolante: salta in giro, falle sudare. Spazzale via nel miglior modo possibile".

Nat le fece un cenno deciso. "Lo farò. Vieni alla partita?"

"Lo spero. In quei giorni mi toglieranno il gesso, il che renderà le cose più facili. Ma anche se non sarò lì, vi guarderò in TV. Vi vedrò vincere". Fece una pausa. "Hai già deciso se tornare a casa per Natale?" Nat e i suoi genitori erano in buoni rapporti, ma non avevano ancora parlato a fondo.

Fece un lento e dolente cenno di assenso.

Sloane comprendeva la situazione con precisione, avendola vissuta in technicolor.

"Voglio vedere le mie sorelle. Inoltre, se non parliamo, le cose non andranno mai avanti".

Sloane la abbracciò di nuovo. "Devi sempre essere tu quella coraggiosa. È noioso, ma è così". Anche lei era sempre stata quella coraggiosa, e aveva sempre finito per rimanere delusa. "So che non sono stata molto presente per chiacchierare, ma sei sempre la benvenuta a casa mia se le cose si fanno difficili. La mia porta è sempre aperta".

"Grazie. Ella mi ha detto lo stesso". Nat le fece un timido sorriso e si allontanò.

Sloane lanciò un'occhiata a Layla. "Come vanno le cose? Come stanno Sara e il piccolo Darius?"

Layla le fece il sorriso più largo del mondo. "Bene. Questa settimana siamo usciti e gli abbiamo comprato un outfit carinissimo: jeans, una maglietta bianca e una giacca di finta pelle. Sembra un ometto e sì, sto vivendo l'infanzia che non ho mai avuto attraverso di lui, e sono contentissima".

Sloane rise. "Lo capisco benissimo. Ci sono ragioni peggiori per avere dei figli che volerli vestire con abiti carini".

"Esattamente. La prossima settimana arriveranno anche i miei genitori, quindi non gli compreremo molti regali.

Sarà sommerso dalla sua famiglia norvegese. Mamma mi ha avvertita che porterà una valigia in più".

Una pugnalata di dolore colpì Sloane: per quanto avesse pensato di aver superato la mancanza di amore e di sostegno da parte dei suoi genitori, sentir parlare della famiglia di Layla, che era l'esatto opposto, la feriva ancora. Amava la famiglia di Layla e la invidiava. Layla l'aveva invitata a Natale, ma lei aveva rifiutato. Non voleva intralciare la loro riunione di famiglia.

Sperava che lei ed Ella potessero trascorrerlo insieme, ma forse Ella l'avrebbe passato con la sua nuova ragazza.

Anche solo il pensiero le toglieva il fiato.

Layla si sedette sulla panchina accanto a Sloane. "Come ti senti vedendo che Jess e Brit stanno insieme pubblicamente?"

Ora che viveva in Inghilterra non ne sentiva più parlare così tanto, e ne era grata. "La vita va avanti. Io l'ho fatto. È finita da un po', sono solo i fan a essere scioccati".

"Passerà tutto".

"Lo spero." L'odore del profumo floreale di Ella le aleggiava nel cervello. Sorrise a Layla. "Sono pronta a far iniziare il resto della mia vita".

* * *

Sloane zoppicò fino alla mensa dei giocatori e lo chef Julian le portò gentilmente il pranzo al tavolo. Non avere due mani per reggere le cose era una vera seccatura, e sarebbe stata felice quando avesse riavuto questa capacità. Un vassoio che atterrava sul suo tavolo le fece alzare lo sguardo.

Ella.

"Ti dispiace se mi unisco a te? Hai l'aria di chi ha bisogno di tirarsi un po' su. Immagino che il primo giorno di ritorno in palestra significhi rimettere in discussione i tuoi progressi".

Non solo in palestra, ma Sloane non aveva intenzione di ammetterlo.

"È così evidente?"

Ella si picchiettò il naso. "Solo per chi è informato". Fece una pausa mentre si sfilava la borsa e la riponeva sulla sedia accanto a lei. "Anche se non so perché. Non solo sei una superstar – e questo lo sanno tutti – ma da stamattina sei anche nella top 20 della lista Pink Power. L'hai visto?"

"La mia agente mi ha mandato qualcosa, ma non ho cliccato sul link. Non mi sento molto potente in questo momento, se fa differenza". Sloane era sicura che le increspature sulla sua fronte apparissero molto profonde. Quasi sentiva la voce di sua madre che le diceva di spianare la fronte. Sloane cercò di azzittirla.

"Neanche un po'. Anche se dovrai diventare molto più potente per superare le 16 persone che ti precedono".

"Chi sono? E le ho mai sentite nominare? Non credo di essere mai rientrata nella lista del Pink Power. È una cosa britannica, giusto?"

Ella annuì. "Sei stata battuta da qualcuno che è arrivato terzo a *Great British Bake Off*, da una cantante di reality show diventata star di Instagram e da una YouTuber, solo per citarne tre. Ma sei la prima calciatrice americana a entrare nella top 20, quindi sii orgogliosa".

Sloane si mise a sedere dritta, poi fletté il braccio. "Che te ne pare come potenza?" Studiò i suoi bicipiti. "Sono sicura che si stanno riducendo".

Ella sbuffò. "Ogni volta che ti vedo hai appena finito di

allenarti, quindi ne dubito". Fece una pausa, dando un'occhiata al pranzo di Sloane. "Vedo che hai preso l'insalata, una scelta sana. Io, invece, ho scelto il classico comfort food britannico: uova e fagioli su pane tostato. Andrebbe bene in America?"

"Ma proprio, proprio no". Sloane rise. Era la prima volta che rideva quel giorno, Ella aveva quella straordinaria capacità di farlo accadere. "Come va la mattinata?"

"Meglio della tua?" Ella scrollò le spalle. "Amministrazione, scartoffie, una riunione con il capo. Il solito. È l'ultimo giorno della settimana e ho il pomeriggio libero dopo la tua seduta", controllò l'orologio, "tra mezz'ora".

Era di umore molto allegro. Sloane non voleva sapere perché. Ma forse sì.

"Grazie per il vaso dell'altro giorno. Com'è andato l'appuntamento?" Si rimproverò internamente per aver tirato fuori l'argomento così in fretta, ma le uscì di bocca prima che potesse fare qualcosa. Sloane si preparò a ricevere altri sorrisi e racconti di cene a lume di candela. Non aveva alcun diritto di reclamare Ella, e il suo ruolo di amica era quello di essere felice per lei. Preparò la sua faccia felice.

Tuttavia, non era necessario. Invece, Ella si stropicciò il viso, si sedette meglio e sbuffò.

Era il miglior suono di sempre.

"Niente di che". Fissò Sloane. "Non era proprio quello che stavo cercando. Inoltre, non le piaceva il calcio".

"Ahi". Sloane voleva esultare.

"Lo so. Tuttavia, è un'agente immobiliare, quindi potrebbe essermi utile. Mi ha già inviato un paio di appartamenti decenti". Alzò lo sguardo sul viso di Sloane. "Ma torniamo al lavoro. Sei pronta per la tua seduta con me?"

Sloane si stropicciò il viso. "Sì. No. Non lo so. Ero contenta di venire qui oggi, ma tutto questo mi sta facendo capire cosa mi manca".

Ella masticò il boccone prima di rispondere. "Non c'è nessuna regola che dica che dobbiamo fare qui la seduta, potremmo farla ovunque. Ho un appartamento da vedere subito dopo pranzo. Potremmo andare a prendere un caffè e chiacchierare, e tu potresti venire a vedere l'appartamento con me".

Non essere al campo di allenamento era esattamente ciò che Sloane voleva. "Sarà la donna che hai conosciuto ieri a farci fare un giro?"

Ella scosse la testa. "Credo che nemmeno a lei vada di vedermi".

Già si sentiva più leggera. "Ok, va bene. Andiamo a cercare un appartamento". Sloane sorrise. "Per la cronaca, se non avessi avuto il gesso alla caviglia, avrei potuto anche guidare. Hai visto la Jeep che mi ha procurato la mia agente?"

"L'ho vista sulle tue storie di Instagram". Ella arrossì.

Sloane ripiegò le braccia sul petto. "Mi stai stalkerando?"

Ella non incrociò il suo sguardo. "No, ma Instagram sa che mi piacciono le calciatrici, quindi mi ha propinato la tua macchina". Finalmente alzò gli occhi. "L'ho vista anche nel parcheggio del palazzo e ho pensato: appariscente".

"Io sono così. Appariscente. Una superstar, come dici tu, vero?" Ella fece un sorriso perfetto. "Ma forse mi hai trasformata in una guidatrice del Regno Unito, il che è fantastico. L'ultimo paio di volte che siamo uscite, non ho provato a guidare in mezzo al traffico. Forse sto iniziando a sentirmi a mio agio sulle strade britanniche. Ora, se solo riuscissero a renderle più larghe, sarebbe il massimo".

"Un passo alla volta". Indicò il cibo di Sloane. "Mangia, però. Abbiamo appartamenti da vedere".

***

L'appartamento si trovava in una graziosa palazzina a tre piani in una strada di periferia altrimenti piena di case a schiera. Tuttavia, aveva spazio e luce, anche se non la terrazza e la vista di Sloane. Sloane sapeva di essere fortunata: poteva rimanere dov'era per tutto il tempo che voleva. Voleva sostenere Ella, che stava affrontando la vita da sola. Sloane non l'aveva mai fatto. Aveva sempre avuto il calcio a sostenerla, anche quando la sua famiglia o la sua relazione l'avevano delusa.

L'agente che le fece entrare era una donna sulla cinquantina con un altro forte accento del nord, il che significava che Sloane coglieva una parola ogni otto, se era fortunata. La donna pronunciò una frase molto lunga, punteggiata da quelle che sembravano molte imprecazioni, ma Sloane non poteva esserne certa. Colse le parole "divano" e "saldi", ma niente di più. Per fortuna, Ella sembrava capire tutto. Era quello il vantaggio dell'essere del posto.

"Ho bisogno di tutto. Non ho letteralmente nulla, quindi sarebbe fantastico".

L'agente annuì, poi ricevette una telefonata. Fissò lo schermo e poi tornò a guardare Ella. "Devo rispondere; mi scusate?"

"Naturalmente".

Quando fu fuori dalla portata delle orecchie, Sloane si avvicinò a Ella. Aveva un profumo delizioso di mele e miele, era nuovo.

"Che cosa ha detto?"

Ella rise. "Lo affittano completamente arredato, ed è fantastico, perché io sono un caso triste che quasi non ha mobili". Fece una pausa. "Ho aggiunto io l'ultima parte".

Sloane sbirciò nella cucina, abbastanza grande per un tavolo, il che fece produrre a Ella un piccolo "sììì!" Quando passarono al soggiorno, Ella si sistemò su un divano marrone malconcio.

"Questo Chesterfield non è il divano dei miei sogni, ma per ora va bene così". Indicò in aria. "Ne vedo uno a forma di L in velluto blu, prima o poi. L'ho già scelto. Dovrò risparmiare per comprarlo, ma sento che potrei finalmente mettere radici. Ho il lavoro dei miei sogni, forse è arrivato il momento di comprare il divano dei miei sogni".

Sloane zoppicò e si sedette accanto a Ella. "Anch'io non compro mai niente di grande, perché che senso ha se la prossima stagione potrei trasferirmi?" Desiderava ardentemente il giorno in cui avrebbe potuto comprare un divano che sarebbe rimasto nello stesso posto per un certo periodo di tempo. "Anche se, forse, se scegli questo appartamento, dovresti farlo. Per fare una dichiarazione a te stessa. A volte bisogna prendere prima le decisioni più importanti e poi occuparsi dei dettagli". Sloane non stava più parlando del divano, vero? Continuò. "Riesci a vederti seduta qui? A goderti un bicchiere di vino su questo divano e a guardare Netflix?"

Ella considerò la domanda, poi annuì con decisione. "Certamente". Girò la testa. "Ti vedi seduta accanto a me?" Le sue guance arrossirono mentre parlava. "Non che tu lo faccia spesso. Solo occasionalmente".

A Sloane si rizzarono i peli sulla nuca. I suoi occhi si posarono sulle labbra di Ella e vi rimasero, come calamitati.

Poteva vedersi su quel divano con Ella, a baciare le sue labbra? Assolutamente sì. Più tempo passava con lei, più desiderava farlo. Ma era qualcosa che voleva anche Ella? Non poteva esserne del tutto sicura. Se voleva mantenere l'amicizia più importante che aveva avuto da quando era arrivata nel Paese, doveva procedere con cautela. Avrebbe preferito tenere Ella nella sua vita piuttosto che perderla del tutto. Ma se si fosse avvicinata e l'avesse baciata, ed Ella avesse ricambiato il bacio? Era irrilevante. L'agente sarebbe tornata presto, non era il momento di fare delle avance.

Il problema era che non sembrava mai essere il momento giusto.

Lo sguardo di Ella si posò sulle labbra di Sloane, poi sui suoi occhi, quindi si alzò. "Diamo un'occhiata alla camera da letto?" Ella abbassò la testa e arrossì ancora un po'.

Sloane annuì e la seguì.

Era spaziosa, con armadi, una cassettiera bianca di Ikea e un grande letto.

"Sembra king size, il che è perfetto". Ella girò intorno al letto e si mise vicino alla finestra principale. "Anche la strada sembra tranquilla. Ho una buona sensazione". Si girò, poi si sedette sul letto e si sdraiò, mettendosi comoda. Accarezzò lo spazio accanto a lei. "Vieni a provarlo con me?"

Ma che cazzo? Il cervello di Sloane si sciolse, poi scosse la testa. "E se l'agente torna?" Era così che le foto venivano diffuse nel mondo e le voci iniziavano a circolare.

Ella inclinò la testa. "Non ti sto chiedendo di venire a letto con me, solo di *sdraiarti* sul letto. Ho pensato che il tuo piede avrebbe gradito una pausa".

Era anche premurosa. Sloane fece come voleva Ella e si

sdraiò accanto a lei. Il suo cuore cominciò a battere forte. Quando girò la testa a sinistra, Ella era proprio lì, con tutto il suo fascino, la sua bellezza e i suoi capelli. Aveva davvero un sacco di capelli.

"Cosa ne pensi? Forte, flessibile e in grado di resistere alla pressione, come la migliore difesa calcistica?"

Sloane sbuffò. "Per te tutto si riduce al calcio?"

"La maggior parte delle cose della vita si può equiparare al calcio. Nella vita, per avere successo è necessario avere intorno a sé una squadra forte. Amici, famiglia, colleghi. Si può provare a farlo da soli, ma non si otterrà altrettanto, proprio come nel calcio. Gli sport di squadra sono sempre più divertenti". Fece una pausa. "E non solo per le docce nude che si fanno dopo".

"Sono un bel bonus, però". Sloane immaginò subito Ella nuda nella doccia. Un'ondata di calore percorse il suo corpo e si depositò tra le sue gambe.

Doveva pensare a qualcosa che la distraesse dai suoi pensieri. Di cosa aveva parlato Ella prima della parte della doccia nuda? Alla fine si ricordò.

"Hai la squadra che vuoi nella tua vita?"

Ella prese fiato e si girò verso Sloane. "Ho dei buoni amici e una famiglia, ma non li vedo quanto vorrei. Per fortuna i miei colleghi sono adorabili e compensano". Si leccò le labbra. "Ce n'è una in particolare che ha un accento buffo e continua a seguirmi ovunque vada".

"Sembra un incubo".

"Assolutamente sì". Ella sostenne il suo sguardo. "Ma davvero, mi piace averti nella mia vita. Mi sento sostenuta, come se tu fossi la mia nuova cheerleader. Venire a vedere un appartamento da sola è scoraggiante, è bello avere un secondo parere".

"Sono felice di essere qui, anche se ho ancora un forte accento americano. Ma devi ammettere che non è divertente come quello dell'agente".

Ella rise. "E tu? Hai la giusta squadra di supporto nella tua vita?"

Sloane scorse le istantanee della sua vita. "Come te: tutti quelli che contano sono un po' distanti in questo momento. Ma nuove persone sono entrate nella mia vita, ed è fantastico". Le sue dita toccarono per caso quelle di Ella. Sloane trasalì, poi abbassò lo sguardo ma non le spostò.

Nemmeno Ella.

Lentamente, a tentoni, avvicinò le dita, poi avvolse le punte intorno a quelle di Ella, mentre piccole scintille di calore le salivano lungo il braccio.

Tutte le cose che aveva pensato sul fatto che non era il momento giusto, quando erano in salotto, erano volate via dalla sua testa ora che erano orizzontali su un letto. Sarebbe stato così facile girarsi e posare un bacio sulle labbra di Ella in quel momento. In realtà, non era così facile, visto che indossava uno stivale ortopedico e non riusciva letteralmente a muovere la gamba. Non poté fare a meno di sorridere.

"Ma sai cosa sarebbe bello per completare la mia squadra? Una compagna, qualcuno con cui condividere le cose. Qualcuno che stia al mio fianco, qualcuno su cui poter contare". Ella sospirò. "È un bel po' di tempo che affronto la vita da sola, ed è stancante".

Il cuore di Sloane iniziò a galoppare. "È faticoso anche quando la tua compagna è la persona sbagliata per te". Accarezzò ancora un po' la mano di Ella. Scosse di piacere le scivolavano lungo tutto il corpo, ma mantenne il respiro regolare.

"Forse dovremmo impegnarci entrambe per trovare la persona giusta da inserire nella nostra squadra". Ella incrociò lo sguardo di Sloane. Fece per dire qualcosa, ma le parole le si bloccarono in gola.

Sloane si limitò ad annuire. "Forse dovremmo". Doveva forse avvicinarsi e baciarla? Sarebbe stata la cosa più semplice del mondo. Quello che Ella aveva appena detto era un segnale per farla agire?

Fanculo, lo avrebbe fatto, su quel letto in affitto nella periferia di Salchester. Non era un luogo particolarmente elegante, ma era giusto. Sloane si spinse su un gomito e si girò verso Ella. Le sfiorò la guancia con la punta delle dita. Sentì un brivido lungo la schiena.

Stava per premere le labbra su quelle di Ella quando la porta d'ingresso sbatté.

"Mi dispiace! Era un altro cliente ed era molto urgente. Scusatemi davvero!" Il forte accento del nord del Regno unito scandiva l'aria.

Sloane fece un salto all'indietro e sarebbe caduta dal letto se Ella non fosse saltata anche lei e non l'avesse afferrata per la vita.

Quando l'agente si affacciò alla porta, probabilmente sembrava che avessero appena pomiciato. Magari. Sloane chiuse gli occhi e scosse la testa.

"Vedo che vi siete tenute occupate, bene!"

Non sarebbe stata in grado di guardare l'agente in faccia per il resto della visita, vero?

Capitolo 18

"Non sono sicura che il fish and chips – noi lo chiamiamo *chippy tea* – sia il tipo di pasto che dovrebbero consumare gli atleti agonisti". Ella entrò nell'appartamento di Sloane, cercando ancora di fingere che non fosse successo nulla. Entrambe stavano andando davvero bene, ma con fatica. "Però è molto nordico, quindi complimenti a te perché stai cercando di inserirti".

Sloane chiuse la porta con la stampella, con una mossa pratica, e zoppicò fino alla cucina. "Se sai mantenere il segreto, non lo saprà nessuno. Inoltre, mangerò pochissime patatine e quasi niente pastella. Quasi inalerò il sapore, piuttosto che mangiarlo davvero".

Ella rovesciò il cibo nei piatti, fece scivolare i condimenti sull'isola della cucina e raggiunse Sloane sullo sgabello adiacente. Le loro ginocchia si toccarono sotto il bancone. Ella inspirò. Non era sicura di quanto a lungo sarebbe potuta rimanere amica di Sloane senza dire qualcosa, qualsiasi cosa. Cosa era successo nell'appartamento quando si erano sdraiate sul letto? Era stato *qualcosa*. Si erano quasi baciate. Era rimasta tanto impietrita quanto felice per il fatto che potesse accadere, con una punta di orrore perché non voleva che accadesse *lì*.

Inoltre, se si fossero baciate sarebbero finite a letto insieme, e questo comportava delle complicazioni. Avevano strade diverse e vivevano in mondi diversi. Sloane veniva fotografata quando andava a prendere un caffè. Era sulla lista Pink Power, santo cielo. Ella sperava solo che l'agente non avesse riconosciuto Sloane, altrimenti si sarebbe potuto scatenare un pettegolezzo salace in città. Ma non sembrava averla riconosciuta.

Ella si concentrò sul cibo che aveva davanti. Accanto a lei, Sloane guardava con orrore americano i piselli mollicci di Ella. "Ti piace quella melma grigio-verde?"

"Li hai mai provati?"

Sloane scosse la testa. "Non lascio avvicinare alla mia bocca niente di quel colore. Sono molto esigente".

Ella era all'altezza delle esigenze di Sloane? Riusciva a raggiungere almeno la sufficienza?

Davanti al fish and chips, Sloane raccontò ciò che aveva appreso sul fatto che la sua bisnonna era l'attaccante di punta del Kilminster. Ella era adeguatamente stupita.

"Pensi che sceglierai quell'appartamento?" Sloane inforcò una patatina e la mangiò lentamente. Era a metà del morso quando allungò la mano e afferrò il ketchup e il sale per condire meglio.

"Credo di sì. Il mio istinto mi dice di sì. Mi ci vedrei bene a vivere lì, ed è più o meno nella mia fascia di prezzo. Inoltre, non dovrei passare altre serate e fine settimana a cercare disperatamente altri appartamenti, e questo è un punto a favore". Ella fece una pausa. "Sicuramente tu puoi permetterti qualcosa di più grande e migliore, ma questa è la mia realtà".

Sloane scosse la testa e posò il sale. "Sono fortunata a

rimanere qui in un appartamento pagato dal club, lo so. Ma se stessi cercando casa, quell'appartamento sarebbe perfetto". Lanciò un'occhiata a Ella. "Non siamo così diverse come pensi, quando si tratta di soldi. Io vengo pagata bene, e sì, probabilmente più di te, ma non tanto quanto gli uomini".

Sloane poteva leggerle nella mente? Ella le rivolse un sorriso tirato. "Sicuramente guadagni più di me, ma meriti di essere pagata di più per il tuo impegno e la tua abilità. Meriti anche di essere pagata in modo più equo rispetto agli uomini. Gli sportivi hanno solo una finestra limitata per giocare e guadagnare davvero, non lo nego".

Sloane guardò il suo cibo e poi di nuovo Ella.

Ella voleva far scorrere la punta delle dita sulla guancia di Sloane, baciare il cipiglio sulla sua fronte. Ma non lo fece.

"Sai, posso prestarti anche i soldi per il divano, se lo vuoi avere prima".

Ella strinse i denti: il denaro era sempre stato una nota dolente per lei. Era cresciuta senza nulla, aveva costruito la sua attività da zero. L'autosufficienza era molto importante per lei. Non voleva avere debiti con nessuno, tantomeno non con Sloane.

Lei scosse la testa. "No, grazie. Mi piace fare le cose da sola, a modo mio. Il denaro è stato un problema nella mia ultima relazione, e ha creato casini anche in famiglia. Compro le cose quando ne ho bisogno e quando me le posso permettere". L'aveva detto in modo troppo duro? "Ma grazie".

Sloane sostenne il suo sguardo. "Lo capisco e lo ammiro". Fece una pausa. "E sono d'accordo sulla parità di retribuzione. Sarebbe bello, ma so che prima abbiamo bisogno di attirare più pubblico. Comunque, siamo sulla buona strada".

Dannazione, Sloane in quel momento la stava fissando come se volesse farle mille domande e poi ascoltare ogni risposta come se fosse oro. Ella voleva fermare l'orologio.

Anche un bacio dalle sue labbra perfette e piene sarebbe stato gradito.

Sospirò internamente. Aveva troppi pensieri e troppo confusi.

"Ma se dovessi scegliere tra essere pagata di più o essere apertamente gay, sceglierei la seconda. Più soldi ci sono, più pressione c'è su chi sei fuori dal campo. Il gioco femminile è pieno di giocatrici lesbiche e nessuno batte ciglio, ma non vorrei essere un uomo gay che gioca a calcio. Il fatto di poter essere me stessa vale di più".

"Anche se questo significa essere oggetto di attenzione da parte dei tabloid come tutti gli altri?"

Sloane sorrise. "È la scelta migliore, sono me stessa nella sua forma più autentica ogni giorno. Se la gente vuole fare una foto di me che bevo un caffè, è la benvenuta".

Finita la cena, si spostarono sul grande e lussuoso divano di Sloane. Ella portò entrambi i bicchieri d'acqua e li posò sul tavolino di vetro.

"Comunque sono contenta che quell'agente immobiliare non avesse un telefono per fotografarci". Sloane allargò gli occhi. "Chissà cosa ha pensato quando ci ha beccate".

Chissà, infatti.

"Che siamo due amiche che discutono di un possibile trasloco? Due amiche lesbiche?"

"Due amiche lesbiche, di sicuro". Sloane appoggiò la testa all'indietro sul divano, poi spostò lo sguardo su Ella. "Anche se ultimamente ho iniziato a pensare a te come a qualcosa di più".

Un formicolio percorse la spina dorsale di Ella. Trattenne il respiro per qualche secondo, poi lo trattenne ancora.

"Fammi spiegare meglio. Tutto è iniziato con la comparsa di mia cugina". Sloane si sistemò sul divano, poi si passò una mano tra i capelli. "Quando ho saputo che la mia bisnonna fingeva di essere un uomo. Lei ha rischiato tutto, ha inseguito il suo sogno, cioè giocare a calcio. Nel frattempo, ha trovato l'amore."

"Io sto vivendo la mia storia, ma negli ultimi due anni l'ho dimenticato. Mi sono rilassata, ma trasferirmi qui mi ha risvegliata. Ho trovato nuova linfa vitale quando ho iniziato a giocare per il Salchester e spero di tornare presto a farlo. Non cercavo nient'altro che un nuovo inizio professionale, ma quando l'altro giorno sei andata a quell'appuntamento, sono emerse alcune verità scomode. Non mi è piaciuto. La caviglia ha iniziato a farmi più male, ho avuto dei crampi. Ho dovuto chiedermi perché. Sai cosa mi è venuto in mente?"

La pelle di Ella si scaldò, come se fosse un termosifone appena acceso dopo una lunghissima estate. Scosse la testa. Non si fidava della sua voce.

"Che è perché mi piaci, Ella".

Le parole le fluttuarono nelle orecchie. Ella si girò e si sedette in avanti. Quando le loro ginocchia si toccarono, dovette trattenersi dal tremare. Tuttavia, voleva essere molto chiara su ciò che stava accadendo, che nulla andasse perso nella traduzione. Sì, Sloane parlava inglese, ma inglese americano.

"Ti piaccio? Come amica?" Alzò lo sguardo verso quello blu zaffiro di Sloane. "O ti *piaccio piaccio*?" L'aveva detto davvero? Ti *piaccio piaccio*? Quanti anni aveva, dieci?

Non dovette aspettare molto per la risposta di Sloane. "Mi piaci come amica".

Il cuore di Ella sprofondò tre metri sotto terra.

Almeno non si era resa ridicola cercando di baciare Sloane.

"Ma mi *piaci piaci* anche, come hai detto tu in modo così pittoresco. Più di quanto tu possa immaginare. Non come piace una semplice amica".

Il cuore di Ella si impettì e iniziò a marciare come il generale di un esercito. Piaceva a Sloane nello stesso modo in cui Sloane piaceva a lei. Nel modo che le faceva venire voglia di divorare la sua bocca in quel momento. Erano state ferme per tanto tempo a un semaforo rosso ma ora, improvvisamente, la luce era verde. Ella doveva agire prima che tornasse rosso, o anche giallo. Erano state amiche abbastanza a lungo.

Quando i loro sguardi si incontrarono, tutte le emozioni dentro di lei si scontrarono, vivide e taglienti.

Prima che potesse dissuadersi, Ella si chinò verso Sloane. "In caso non l'avessi capito, anche tu mi piaci".

La bocca di Sloane si arricciò in un sorriso alle sue parole.

Poi, prima che un attimo di esitazione potesse rovinare il momento, Ella coprì la bocca di Sloane con la propria.

Non poteva credere alla situazione di euforia che la attraversò. Fuochi d'artificio si propagarono a zig zag fino al petto; il suo cuore ruggì, i suoi palmi formicolarono, il suo cervello si sciolse.

Aveva immaginato di baciare Sloane da quando si erano incontrate nel parcheggio il primo giorno. In realtà, aveva immaginato di baciarla molto prima di conoscerla, ma non ne aveva mai avuto la possibilità. Ora l'aveva, e la realtà non la deluse. Le calde labbra di Sloane si modellarono intorno alle sue con facilità. All'inizio i suoi baci erano lenti e leggeri, come se volesse verificare se Ella fosse del tutto sicura che questo fosse ciò che voleva.

Non doveva preoccuparsi: Ella era assolutamente sicura. Sicura come l'oro. Sicura in modo spaziale.

I momenti passarono lenti come un valzer. Sloane fece piovere su di lei una processione di baci stuzzicanti, lenti e sensuali, che piroettavano e danzavano lentamente sulle labbra di Ella, facendola lottare per respirare.

Se Ella non fosse stata seduta, avrebbe potuto accasciarsi, come un albero abbattuto alla radice.

Senza spostare le labbra, Sloane fece scivolare una mano intorno alla vita di Ella e la tirò più vicino. Aveva fantasticato anche su questo? Ella avrebbe voluto chiederlo, ma non aveva intenzione di interrompere il momento. Anche lei voleva contribuire. Non voleva stare semplicemente seduta lì, a riempirsi di una gioia lenta e scintillante.

Sollevò la mano destra e fece scivolare i polpastrelli sui delicati zigomi di Sloane, proprio come aveva fatto prima. Le labbra di entrambe scivolarono a sinistra, poi a destra, prima di bloccarsi.

Il calore si diffuse in lei come in un giorno d'estate. Era dicembre, ma con le labbra di Sloane addosso Ella sentiva la sabbia calda tra le dita dei piedi, un cielo azzurro infinito davanti a sé, il crepitio della possibilità nel suo cuore. Le labbra di Sloane Patterson la facevano viaggiare in luoghi in cui non era mai stata.

Questo prima di sentire un calore umido scivolare lungo il suo labbro inferiore. La lingua di Sloane. Gliela stava infilando lentamente in bocca.

Non svenire.

Non svenire.

Non svenire.

La lingua di Sloane entrava e usciva, come un ottimo agente segreto.

Ella cercò, senza riuscirci, di non ansimare.

Sloane lo fece di nuovo, poi un'altra volta, finché i muscoli di Ella si indebolirono e il suo corpo tremò. Poi, proprio mentre Ella prendeva un enorme respiro, Sloane infilò la lingua fino in fondo e suggellò il momento con un bacio da capogiro.

L'anima di Ella si illuminò. Da un inizio lento, Sloane aveva improvvisamente accelerato, e lei l'avrebbe seguita volentieri.

Tutti i suoi sensi erano in allerta: le turbinavano le farfalle nello stomaco e le salivano nelle vene, il suo cuore batteva insistentemente. Le gambe le tremavano. Le sue braccia si strinsero intorno alla vita sottile di Sloane e non vollero più lasciarla.

Sloane la baciava ancora, in uno stato vago, sognante e drogato. Se la polizia avesse fatto irruzione in quel momento, avrebbe arrestato Ella per ubriachezza. Ed era proprio così che si sentiva: ubriaca di un'attaccante di prima categoria. Sloane Patterson. Una superstar, un pezzo grosso del calcio.

Sorrise ai suoi stessi pensieri, poi premette ulteriormente le labbra su quelle di Sloane.

Lei emise un piccolo gemito, direttamente nella bocca di Ella. Il riverbero si snodò lungo tutto il corpo e finì per pulsare proprio tra le sue gambe. Ella sentiva già quanto era bagnata, non ci avrebbe messo molto ad aprire le gambe e accogliere Sloane.

I suoi occhi si aprirono di scatto.

Sloane la fissava.

Quando i loro sguardi si incrociarono, Sloane rallentò il bacio e poi ruppe il legame.

Ella appassì come un girasole in inverno. Voleva che Sloane tornasse vicina. Non aveva mai provato quella sensazione in vita sua; ora che l'aveva provata, non voleva più lasciarla andare.

Gli occhi di Sloane cercarono quelli di Ella prima di parlare. "Tutto bene?" Sembrava timorosa della risposta. A Ella venne voglia di ridere in modo incontrollato.

"Molto più che bene". Si chinò in avanti e baciò Sloane ancora una volta.

Una freccia di lussuria la trapassò. Sì, molto più che bene.

"È stato straordinario, il miglior bacio possibile".

Sloane sorrise, infilò una mano tra i capelli di Ella, poi lasciò cadere un altro bacio leggero sulle sue labbra.

Lei si sentì girare la testa ancora una volta.

"Beh, ok".

Il petto di Ella si alzava e si abbassava in rapida successione, mentre il battito cardiaco continuava ad aumentare. Forse non avrebbe mai rallentato se Sloane fosse rimasta così vicina. Sospettava che quella potesse essere la sua nuova normalità.

Guardò la pelle appena sotto il collo di Sloane. Poteva sporgersi in avanti e leccarla con la punta della lingua come voleva? No, a meno che non volessero che la cosa andasse avanti tutta la notte.

Ma lei voleva *davvero* che questa serata progredisse, ogni singolo punto pulsante del suo corpo glielo diceva.

Tuttavia, aveva un treno da prendere la mattina seguente

sul presto, un cliente da vedere e per il quale prepararsi. Non poteva rimanere sveglia tutta la notte a baciare Sloane, e non poteva *assolutamente* lasciare che la cosa sfociasse in una scopata con Sloane. Il clitoride le pulsò al pensiero e strinse le cosce. Doveva darsi una calmata.

"Ma questo è il massimo che possiamo fare". Ella chiuse gli occhi di fronte alle sue parole. Era arrabbiata? Forse.

Sloane si schiarì la gola.

Ella aprì gli occhi. Lo sguardo di Sloane la fulminava a sua volta. I suoi perfetti occhi blu erano così luminosi che sembravano essere due fari nella notte.

"Così mi uccidi". Sloane passò una mano lungo il fianco di Ella e il suo pollice le sfiorò il seno.

Ella sentì un forte sospiro nella sua mente. Erano la sua mente e il suo corpo che singhiozzavano per il dispiacere? Se non erano già in lutto, lo sarebbero stati presto.

"Se vogliamo andare avanti, voglio fare le cose come si deve". Guardò il piede ingessato di Sloane. "Non voglio rischiare di aggravare la tua caviglia". Ella fece una pausa. "E poi, domani devo prendere un treno molto presto. Se non ci fermiamo, non credo che riuscirei a dormire molto stanotte". Lo sapeva per certo.

Il sorriso che si insinuò sul volto di Sloane non fece che confermarlo. "So che hai ragione". Scosse la testa mentre parlava. "Ma cavolo, non pensavo che questo gesso respingesse le donne".

Ella si chinò e baciò di nuovo Sloane. I loro baci erano perfetti, sapeva già che si sarebbe schiaffeggiata, a letto da sola, più tardi, ma era la decisione giusta.

"Non ti sto rifiutando, tanto per essere chiara". Ella si

spostò di qualche centimetro da Sloane. "Spero che i miei baci te lo abbiano dimostrato".

Sloane annuì. "Sì".

"Ma, tanto per aumentare il tormento, non sarò qui per tutto il fine settimana. Vado a trovare mia zia e mia cugina prima delle feste, starò via per ben cinque giorni".

Sloane si coprì il viso con i palmi delle mani e gemette.

"Consideralo questo come un incentivo a guarire in tempo record e farti togliere il gesso. Ti serviranno caviglie molto flessibili, credimi". In chi diavolo si era trasformata, che parlava in questo modo?

Lo sguardo di Sloane le disse che anche lei era altrettanto confusa. E, sperava, anche eccitata. Ella sapeva di esserlo.

"Quando te lo devi togliere?"

"Questa settimana, spero. Domani ho un'altra radiografia".

"Assicurati di stare bene, allora".

"Credimi, lo farò". Sloane spostò il piede e si sedette. "È da tanto tempo che desidero baciarti". Fissò Ella con un sorriso sognante.

"Siamo in due". Ella fece una pausa. "Ma sai che è una cosa complicata, vero?"

Sloane annuì. "Lo so, ma non mi sono mai piaciute le cose facili".

"Spero che tu non mi crei problemi, Sloane Patterson".

"Lo scoprirai".

Capitolo 19

Irisultati delle scansioni erano arrivati e le notizie erano buone: poteva togliere il gesso. Ora si apriva la fase successiva della riabilitazione, ma Sloane l'aveva già fatto in passato e poteva farlo di nuovo. Tuttavia, questa volta era doppiamente importante per alcuni motivi: primo, perché voleva finire ciò che aveva iniziato al Salchester; secondo, per Ella.

Il loro bacio bruciava ancora fresco nella sua memoria, vedeva luci brillanti illuminare la scena dietro i suoi occhi ogni volta che sbatteva le palpebre. Baciare Ella era stato come la sequenza di un sogno in un film, lento e dolorosamente veloce allo stesso tempo. Ella era tutto ciò che Sloane desiderava in una donna; si era presa il suo tempo per sbloccare Sloane, e c'era ancora molto da fare. Lo sapevano entrambe. La cosa emozionante era che anche Sloane doveva sbloccare Ella, e voleva farlo in tutti i modi possibili.

Percorse il corridoio del centro di allenamento del club ed entrò nell'area lounge vuota, poi prese una bottiglia d'acqua dal frigorifero e si sedette su uno dei divani. Muoveva le dita dei piedi con cautela, ma era contenta di non sentire alcuno scricchiolio. Era strano non avere lo stivale ortopedico addosso. Il piede era finalmente libero, il che significava che anche lei era a un passo dalla libertà totale.

Lanciò un'occhiata alle pareti della sala, ricoperte di poster di formazioni e tattiche di calcio. A volte Lucy teneva lì i suoi briefing sulle partite con gruppi più piccoli, e di recente ne aveva fatto uno per i difensori, informandoli sulle nuove strategie. C'erano anche gli orpelli obbligatori intorno alle porte e un albero di Natale finto in un angolo per dare un po' di allegria.

Sloane tirò fuori il telefono dalla tasca dei pantaloni della tuta, poi si accigliò. Aveva 142 notifiche e aveva controllato il telefono solo 45 minuti prima. Che diavolo stava succedendo? Cliccò, trasalì e si massaggiò il ponte del naso con il pollice e l'indice. Sloane fece scorrere le foto a sinistra, poi di nuovo a sinistra e ancora a sinistra.

Qualcuno aveva seguito lei ed Ella. E lei che pensava che l'avrebbero lasciata in pace lì... forse il periodo da luna di miele era finito. Sul serio, la gente non aveva di meglio da fare? A quanto pare no. C'erano foto di loro a una stazione di servizio, di ritorno dall'allenamento, mentre prendevano un caffè. Foto di loro fuori dal potenziale nuovo appartamento di Ella. Foto di loro che ridevano e sembravano molto intime quando avevano lasciato l'appartamento, in piedi accanto all'auto di Ella. L'articolo diceva: "L'attaccante statunitense del Salchester si sta ancora riprendendo dall'infortunio, ma forse sta ricevendo un piccolo aiuto extra dalla misteriosa donna che si vede qui".

Di solito avrebbe ignorato le foto. Tuttavia, dopo la sera prima, Sloane le guardò sotto una luce diversa. Ora che aveva baciato Ella, per lei quelle foto dimostravano che *c'era* qualcosa tra loro. Qualcosa che saltava fuori dal suo telefono.

Foto come quelle non erano insolite per Sloane, ma lo

erano per Ella, ed era preoccupata per la sua reazione. Le inviò un messaggio veloce per chiederle se le avesse viste. Ella era con un cliente a Londra, quindi non avrebbe controllato il telefono. Sloane sperava che le andasse bene. Essendo coinvolta con un personaggio pubblico, per quanto minore, era qualcosa che Ella doveva considerare.

La porta del salone si aprì ed entrò Lucy. "Ti ho vista passare davanti alla mia porta e ho pensato che potessi essere qui". Agitò una mano quando vide Sloane alzarsi. "Non ti muovere, anche se ti sei rimessa, ed è chiaramente una buona notizia. Parliamo qui, mi fa bene cambiare stanza".

Sloane annuì e tornò a sedersi.

"Come te lo senti?" Lucy indicò il piede di Sloane, finalmente privo di stivale.

"Bene, i fisioterapisti sono soddisfatti. Devo solo fare esercizi durante le vacanze di Natale e Capodanno, e credono che potrò tornare in campo già a metà gennaio".

"È fantastico. È chiaro che stai facendo grandi progressi, ma che piani hai per le vacanze? Tornerai negli Stati Uniti? Non devi giocare, quindi se volessi potresti farlo. A patto che tu ti attenga al programma di fisioterapia".

"Non credo che tornerò". A Sloane non era mai piaciuto tornare a casa per Natale nemmeno quando si trovava nello stesso paese, quindi essere all'estero era un enorme vantaggio. Avrebbe dovuto chiamare sua madre e affrontare la sua delusione, ma ci era abituata. "Resterò qui e mi rimetterò in forma, voglio guarire al cento per cento".

Lucy accettò la motivazione con un cenno del capo. "Se sei sicura".

"Sicurissima".

"Come ti senti per il resto? Ella dice che stai bene, ma volevo controllare di persona".

Sentì il sangue salirle alle guance, non poteva farne a meno. Il suo capo le stava chiedendo della donna che aveva baciato appassionatamente la sera prima e lei doveva far finta di niente. Glielo avrebbe detto, naturalmente, a tempo debito. Ma al momento non c'era nulla da dire. Un solo bacio non era sufficiente per proclamarlo al mondo.

"Sto andando alla grande. Il team di fisioterapia è stato al mio fianco durante tutto il processo, così come Ella. Non posso lamentarmi". Un'immagine delle labbra di Ella che si avvicinavano a lei le si affacciò nel cervello. La cancellò con un battito di ciglia.

Lucy la fissò per qualche secondo prima di annuire con decisione. "Bene, allora. Sembra che siamo sulla buona strada per riavere la nostra attaccante da gennaio, ed è la notizia che volevo sentire. Ma se qualcosa dovesse cambiare, fammelo sapere. Qualsiasi cosa. Fisica, mentale, voglio essere aggiornata".

"Certo, capo".

* * *

Sloane era seduta al tavolo vicino alla finestra del bar Shot Of The Day. Fuori il cielo era grigio roccia e sembrava pronto a esplodere. Sperava che non accadesse prima del suo ritorno a casa, perché indossava ancora le scarpe da ginnastica. Aveva detto a Layla che sarebbe andata volentieri a prendere da bere al bancone, ma Layla aveva insistito, dicendole che doveva riposare il piede.

"Non sono una principessa, non muoio se mi alzo".

Layla ridacchiò. "Magari sì, e Lucy mi metterà in panchina per sempre. Non voglio correre questo rischio".

Sloane sorrideva ancora mentre la sua amica tornava al tavolo. Si fermò quando un paio di fan del Salchester la notarono e le vennero a chiedere dei selfie. Sloane posò con Layla, i fan ringraziarono e se ne andarono. Layla posò sul tavolo il *flat white* di Sloane e il suo latte macchiato.

"Grazie, cara", disse Sloane, accentuando il suo accento americano solo per il gusto di farlo.

"Sei appena arrivata a Salchester direttamente dal profondo sud americano?"

"Sembra di sì".

Layla bevve un sorso di caffè e tirò fuori la lingua. "Troppo caldo". Estrasse il telefono dai pantaloni da allenamento. "Ma mentre aspettiamo che si raffreddi, volevo chiederti di queste foto apparse oggi".

Sloane era improvvisamente terribilmente interessata al suo caffè. Il disegno sulla parte superiore era un'opera d'arte: la barista, Suzy, era orgogliosa delle sue capacità. Era brava nell'arte del caffè quasi quanto sua moglie lo era stata nel fare goal ai Rovers.

"C'è qualcosa che vuoi dirmi in quanto tua amica fidata? O stai evitando il mio sguardo per un altro motivo?"

Maledetta Layla, la conosceva da troppo tempo, e sapeva riconoscere l'attrazione quando la vedeva. Tuttavia, finché Sloane non avesse confermato i suoi sospetti, sarebbero rimasti solo sospetti.

Sloane prese fiato, poi guardò Layla negli occhi. "Le foto mostravano due amiche che andavano a vedere un appartamento insieme. Ella voleva il parere di un'altra persona e io ero libera. Non c'è nient'altro". Si mordicchiò l'interno della guancia per non gesticolare. Gesticolava sempre quando mentiva, anche per una bugia bianca come quella. Jess l'aveva sempre beccata.

Layla socchiuse gli occhi. "Sei sicura? Perché sono molto brava a leggere il linguaggio del corpo". Alzò il telefono, mostrando la foto di loro che salivano in macchina. Subito dopo che l'agente le aveva sorprese sul letto, erano entrambe imbarazzate e ne ridevano. "A me sembra una cosa intima".

Sloane scosse la testa verso le finestre del bar, ricoperte di scene di festa. "Almeno non ci fotograferanno di nuovo, non possono vedere attraverso la neve finta". Stava guadagnando tempo e Layla lo sapeva. Sloane alzò entrambi i palmi delle mani in direzione di Layla. "Siamo solo amiche, onestamente. Non ti mentirò, mi piace e, se ci sarà qualcos'altro da dirti, sarai la prima a saperlo". Ma non sarebbe successo prima che il piede di Sloane fosse guarito, o che Ella fosse tornata a Salchester. La logistica faceva la sua parte. "Inoltre, il mio cuore si sta ancora riprendendo dopo essere stato ferito da Jess".

Layla si appoggiò allo schienale e le rivolse un sorriso smagliante. "Ora so che stai mentendo. Ma fai attenzione: se c'è qualcosa in ballo, assicurati di farlo per le ragioni giuste. Se va male, potrebbe causare attriti nella squadra. Questa è una stagione importante per te e per tutte, quindi assicurati che nulla la faccia deragliare inutilmente. Un piccolo consiglio, da giocatrice a giocatrice".

Sloane bevve un sorso di caffè e sostenne lo sguardo di Layla. Non aveva tutti i torti. Non era una cosa che Sloane prendeva alla leggera.

"Promesso. Non farò nulla che possa influenzare la squadra, ok?"

***

Layla riaccompagnò Sloane al suo appartamento dopo il caffè. Dopo averla salutata, passò davanti alla sua Jeep argentata, ancora ferma nel parcheggio, in attesa che la nuova proprietaria la portasse a fare un giro. Si sperava che ciò avvenisse nel nuovo anno, a patto che la ferita guarisse e che lei ricordasse la fiducia alla guida che Ella le aveva dato.

Sloane sorrise. Non era solo la sicurezza stradale che Ella le aveva dato: le aveva fatto sentire che aveva ancora qualcosa da dare nella sua vita. Sul campo, Sloane sapeva cosa fare. Fuori dal campo, per un po' di tempo era stata un disastro. Ella la stava lentamente aiutando a sistemare le cose. La fine della storia con Jess aveva avuto il suo peso, ma ora Sloane sentiva finalmente di poter andare avanti con la sua vita, ovunque questa la portasse. Sperava che significasse andare da qualche parte con la sua nuova auto, con Ella sul sedile del passeggero. Lo avrebbe scoperto solo vivendo.

Sloane aprì la porta dell'atrio, salutò Gareth, il concierge, e premette la chiave nel pannello dell'ascensore per raggiungere l'attico. Quando entrò nel suo appartamento, aveva iniziato a piovere. Oltre a far entrare la luce del sole, la terrazza sul tetto aveva l'effetto opposto quando il cielo si apriva. Le grasse gocce di pioggia rimbalzavano sulle tegole di cemento e schiaffeggiavano con allegria le porte scorrevoli. Sloane sorrise: la pioggia sapeva che Salchester era il suo posto e voleva farlo sapere a tutti. Si lasciò cadere sul divano e guardò il telefono.

Oltre cento nuove notifiche e quattro messaggi. Cosa stava succedendo ancora? Doveva essere una settimana povera di notizie se le foto di lei ed Ella che salivano su un'auto ricevevano tutta quella attenzione. Tuttavia, quando Sloane cliccò, un volto familiare le balzò agli occhi e la fece tirare a sedere di scatto. L'espressione del suo viso le fece ribollire lo stomaco.

Jess. Certo che era Jess. Anche in un giorno in cui le notizie riguardavano Sloane, e anche se Jess si trovava dall'altra parte del mondo, aveva fatto notizia e Sloane era ancora collegata a lei. In passato, il collegamento era stato chiaro e lei lo aveva accettato; questa volta, però, le dispiaceva, perché anche Ella sarebbe stata trascinata nell'equazione.

Jess Calder sembra scontenta mentre lei e il suo nuovo amore Britney Navas camminano nel parcheggio dell'Ikea, nella loro città natale in North Carolina. Sotto la foto – Jess odiava l'Ikea e Sloane aveva sperimentato troppe volte l'umore post-Ikea – c'era la foto di lei ed Ella. *Nel frattempo, la sua ex, Sloane Patterson, sembra essere molto amica di una nuova donna misteriosa. Jess sta sfogando la sua gelosia sulla sua nuova amante?*

Il fastidio le pungeva la pelle. Voleva chiudere del tutto con Jess, ma le sarebbe mai stato permesso? Il messaggio successivo era di Ella. Sloane si preparò al peggio, ma non fu necessario.

Ciao, spero che la tua TAC sia andata bene e che il piede stia guarendo. Non riesco a smettere di pensare a ieri sera. Non ho visto nessuna foto perché oggi sono troppo impegnata. Sono sicura che andrà bene, non preoccuparti. Non ci siamo sbaciucchiate per strada, vero? L'abbiamo fatto a casa. Ci vediamo quando torno, e tieni alzato il piede.

Sloane sorrise, poi fece come le era stato detto. Il gonfiore del piede era diminuito, ma tenerlo alzato era una parte fondamentale della sua guarigione. Anche quando non era lì, Ella continuava a tenerla d'occhio.

Il terzo messaggio era di sua madre, che le chiedeva come stava, ma con un tono che diceva a Sloane di non volerlo sapere se si trattava di dirle qualcosa sulla sua vita privata. Quando Sloane lo faceva, sua madre rimaneva sempre in silenzio. Tuttavia, da figlia devota qual era, doveva chiamarla.

Il quarto messaggio era di sua cugina Cathy.

Dopo il nostro bell'incontro mi sono messa a pensare. Vuoi vedere qualche foto? Mi piacerebbe farti conoscere il resto della famiglia. Hai detto che non saresti tornata a casa per Natale, quindi ti piacerebbe venire da noi? Pensaci. Qualcuno può venire a prenderti e riportarti a casa se non puoi ancora guidare. Ci farebbe piacere averti con noi.

Sloane sbatté le palpebre e posò il telefono sul divano. Un calore festoso si diffuse in lei. Passare il Natale con la famiglia sembrava un'ottima idea, anche se un po' scoraggiante, ma aveva conosciuto Ryan e Cathy ed erano entrambi super accoglienti. Se fosse stato troppo, sarebbe potuta tornare a casa prima, usando l'infortunio come scusa.

Le passò per la testa un'immagine di lei ed Ella a Natale. Ma Ella sarebbe andata a casa della zia, o sarebbe passata solo quel fine settimana? Digitò un messaggio alla cugina ringraziandola per l'invito, ma dicendo anche che avrebbe parlato con il suo capo perché non era sicura degli impegni di lavoro. Questo le avrebbe fatto guadagnare un po' di tempo.

Poi prese il suo portatile e avviò una chiamata con sua madre. Doveri di famiglia.

"Ciao, come stai?" Sloane poteva vedere solo la metà inferiore del suo viso: sua madre non aveva mai imparato a usare le webcam. Questo era il modo in cui comunicavano sempre, se si poteva chiamare *comunicazione*.

"Sto bene, mamma. E tu come stai?"

"Bene. La schiena mi dà ancora problemi, ma ci sono abituata".

Davvero. "Come sta papà?"

"Uguale".

Sloane cercò di alzare la voce per risollevare il morale della madre. "E come va a lavoro?"

"Bene".

Il trasferimento non aveva reso sua madre più loquace, ma era sicura che un certo argomento l'avrebbe fatta chiacchierare.

"Ancora problemi con la schiena, allora?"

"È terribile, alcuni giorni faccio fatica ad alzarmi dal letto. Siamo riusciti a uscire domenica per andare in chiesa, ma per il resto siamo rimasti a casa". La schiena di sua madre era un problema da sempre, diceva che non era più la stessa da quando aveva partorito. Sloane aveva sempre trovato adeguato il fatto che desse la colpa ai suoi figli, era in linea con il suo personaggio.

"Mi dispiace". Sloane fece un respiro profondo. "Volevo solo farti sapere che non tornerò per Natale".

"Giusto". Il mento di sua madre si mosse a destra e a sinistra. "Non mi aspettavo che tornassi, è da qualche anno che non vieni, nemmeno quando vivevi qui. Spero solo che andrai in chiesa a celebrare la nascita di Nostro Signore Gesù Cristo il giorno di Natale. Il cielo sa che hai bisogno di perdono".

Non le ci era voluto molto per sganciare la prima bomba, ma Sloane sapeva bene che era meglio non rispondere. Non voleva discutere, sapeva come sarebbe finita.

"Anche meglio: vado a casa di tua cugina, Cathy, figlia di Sheila. Mi ha invitata a casa sua e sto pensando di andare". Appena pronunciate le parole, però, Sloane sapeva che sarebbe andata. Non aveva un altro posto dove passare la giornata e quella era un'occasione unica nella vita. Forse avrebbe avuto più cose in comune con la sua famiglia da quella parte dell'oceano. Cathy era come un cucchiaino di zucchero nell'amara e fredda tazza di caffè dei genitori.

"Passi il Natale con dei perfetti sconosciuti e non torni a casa per vedere la tua famiglia?" Brontolò sua madre. Sloane era contenta di non poterla vedere per intero, sapeva che quella strigliata era accompagnata dagli occhi al cielo. Due al prezzo di uno.

"Penso che sarà fantastico scoprire da dove vengo, incontrare i miei lontani parenti".

"Assicurati di dire loro tutto di noi. Spero che siano persone timorate di Dio".

Sloane sperava con tutto il cuore che non lo fossero. In base alla sua esperienza, non erano mai persone molto gentili.

Capitolo 20

"Buongiorno, Ella!" Il fisioterapista Dan le rivolse un sorriso mentre varcava la porta principale. "Ci sei mancata nel fine settimana. Ti sei persa un bel tiro da parte di Nat".

"Ho visto il goal durante il Women's Football Show. Sembrava una bella partita. Peccato non aver vinto, ma un pareggio fuori casa non è da buttare".

"Avremmo dovuto vincere". Dan scrollò le spalle. "Ma almeno nessuna si è infortunata". Fece una pausa. "Devi vedere qualche giocatrice oggi?"

Ella annuì. Per prima cosa, aveva due giovani della difesa che erano state promosse da riserve alla prima squadra. Ella ci aveva già lavorato un po' nelle ultime due settimane, ma quel giorno avrebbe avuto la prima ora intera con loro. Ogni volta che ci parlava, sembravano cervi bloccati davanti ai fari della macchina.

Per quella sessione le avrebbe portate sui campi di allenamento e avrebbe chiacchierato con loro mentre tiravano calci al pallone. Aveva chiesto a Lucy se andava bene e il capo era d'accordo. Ella non vedeva l'ora. Poi aveva una seduta con Sloane, tutto il suo corpo fremeva al pensiero. Tuttavia, erano al lavoro e dovevano mantenere un atteggiamento professionale. E poi non si erano più viste da quella sera, da quel bacio.

"Devo vedere Cleo e Wren".

Sul volto di Dan si aprì un sorriso. "Le adoro! Buona fortuna a farle parlare, però".

Ella ricambiò il sorriso. "Grazie. Ho un piano astuto".

* * *

Ella aveva i piedi su una sedia di fronte e stava scrutando i suoi appunti quando la porta della sala cinematografica si aprì.

Girò la testa.

Sloane.

Il cuore le tremò come una pallina da flipper solitaria nel petto. Fece un respiro profondo e si alzò in piedi. Era determinata a mantenere la professionalità, anche se il respiro le si era già bloccato in gola.

"Ciao, vicina di casa".

L'accento americano di Sloane era più forte, o forse era solo il modo in cui Ella lo riceveva. Si aggirava per la stanza come un lazo, attirandola a sé. Ella si alzò e fece cenno a Sloane di sedersi in prima fila. L'illuminazione era proprio come le piaceva per quelle sedute, soffusa, ma ora che ci pensava era quasi romantico. Scosse la testa e scacciò quel pensiero. Era così che faceva tutte le sue sedute, non era nulla di insolito. Ma se fosse entrato qualcuno?

Era normale.

Ella fece un respiro profondo e rivolse a Sloane un sorriso che le diceva che aveva il controllo. Indicò il piede. "Niente gesso. Ottimo".

Sloane si sedette sulla poltrona più vicina a quella di Ella. "Te l'ho scritto per messaggio, no? Dan dice ancora un paio di settimane e potrò calciare di nuovo un pallone. Ora riesco già a indossare una scarpa, dopo qualche giorno di ciabatte. Le cose stanno migliorando". Sostenne lo sguardo di Ella e le fece un sorriso sghembo.

Ella si schiarì la gola e mescolò i suoi appunti. "È fantastico. Sei tornata nella squadra adesso?"

"Com'è andato il weekend?"

Le luci della stanza si abbassarono un po' di più, o forse era solo una sua impressione. "Hai l'abitudine di rigirare le cose, vero? Non siamo qui per parlare di me, ma di te".

"Capito". Un sorriso complice si posò sulle labbra di Sloane. "Ti ho vista sul campo di allenamento con Cleo e Wren, calci bene".

L'aveva vista? Sentì il sangue affluirle al viso. Quelle sedute dovevano essere private, e non aveva mai voluto che il suo modo di giocare fosse al centro dell'attenzione. Tuttavia, non poteva negare di essere contenta degli elogi di Sloane.

"Grazie. Era solo per cambiare, per farle rilassare e parlare. E ha funzionato".

"E hai giocato anche tu".

"Sì, è stato bello flettere di nuovo i polpacci. E il mio ginocchio ha retto". Ella cliccò la penna sui suoi appunti. "Ma torniamo a te. So che il piede sta guarendo, è ottimo. Come va per il resto? Non ci sono più paparazzi che ti pedinano mentre vai a prendere il caffè?"

Sloane si alzò a sedere. "Mi dispiace che ti abbiano trascinata in questa storia".

Ella scosse la testa. "Marina mi fatto vedere le foto, ma

si vedeva a malapena il mio viso. Inoltre, non sono mai stata chiamata *misteriosa* prima d'ora. Potrei abituarmici".

"Credo che alla fine si siano stufati. Mi collegano ancora a Jess che fa i capricci nel parcheggio dell'Ikea, è fastidioso. Ma a parte questo, sono stata un modello di riabilitazione mentre tu eri via. Sabato ho bevuto solo un bicchiere di vino a cena".

"Sei andata in un bel posto?"

Sloane era andata in un posto carino con qualcun'altra? L'irritazione le salì lungo la schiena ed Ella si controllò. Non aveva alcun diritto di sindacare su quello che faceva Sloane, per ora almeno. Ma se fosse uscita con qualcun'altra, sarebbe stata tentata di battere i piedi.

Sloane scosse la testa. "Deliveroo e la finale di Strictly, anche se non ho guardato nessun'altra puntata del programma prima. La bottiglia è ancora aperta se ti va un bicchiere più tardi".

Ella si sentiva sollevata. "Probabilmente non è la mossa migliore".

"Pensavo che volessimo vedere come procedeva la cosa". Sloane accompagnò le sue parole con un cipiglio interrogativo.

"Non voglio fare nulla che possa influire sulla sua guarigione. Devi concentrarti completamente su quello durante le vacanze, nient'altro".

"E se potessi fare entrambe le cose? Sono bravissima nel multi-tasking".

"Sloane". La voce di Ella conteneva un avvertimento. Sperava che Sloane lo capisse.

"Ella".

"Sai cosa voglio dire".

Sloane espirò. "So esattamente cosa stai dicendo, ma tu

mi hai aiutata immensamente con questo infortunio. Mi hai fatta rimanere positiva, concentrata, tranquilla. Ora voglio rivolgere una piccola parte della mia attenzione a te. A noi. A quello che possiamo essere. Dico solo che non voglio smettere di passare del tempo con te a causa di quello che è successo. Voglio equilibrio nella mia vita, e voglio che tu faccia parte della mia vita". Fece una pausa, poi si chinò in avanti. "Non solo in questa stanza. Nella vita reale, fuori da questo complesso".

Ella si morse il labbro. Poteva prevedere un milione di complicazioni, ma sapeva anche cosa provava quando era vicino a Sloane. Era euforica. Illuminata. Come se potesse affrontare il mondo intero. "Anch'io ti voglio nella mia vita".

"Se non vuoi fare nulla fino a quando non mi sarò ripresa completamente dall'infortunio, allora va bene. Layla mi ha chiesto se c'era qualcosa tra noi l'altro giorno, dopo aver visto quelle foto".

Ella chiuse gli occhi, quella era esattamente la situazione che stava cercando di evitare. "Capisci cosa intendo? Se iniziamo a fare qualcosa, distogliamo l'attenzione dal tuo gioco. Non voglio essere il motivo per cui mandi all'aria il tuo tempo limitato qui".

"Ella, ascoltami".

"Non è questo che dovrei dirti?"

"Queste non sono circostanze normali".

Ella lo sapeva fin troppo bene.

"Il punto è che posso guarire e baciare te, allo stesso tempo". La fissò.

Ella sentiva il suo sguardo ovunque.

"Non vuoi baciarmi di nuovo? Non ci hai pensato da

quando è successo? Ti prego, dimmi di sì, altrimenti potrei iniziare a dubitare dei miei ricordi e delle mie capacità".

Un lento sorriso si allargò sul volto di Ella. "Certo che sì". Fece una pausa. "E sì, ci ho pensato".

"Sì, davvero?" Sloane sorrise. "La mia parola preferita". Si rilassò un po' sulla sedia. "Com'è andato il fine settimana?"

Ella esitò mentre la fissava. Era in preda a uno stordimento e ora l'unica cosa che voleva fare era baciarla. Ma a quanto pare anche Ella doveva partecipare alla conversazione. "È stato bello vedere la mia famiglia". Sapeva essere multitasking, proprio come Sloane.

"Andrai da loro a Natale?"

Scosse la testa.

"In questo caso, ho una proposta da farti".

"Non è così che siamo finite in questo casino?"

"Si dà il caso che mi piaccia questo casino. Amo il caos. Ci prospero". Sloane fece una pausa. "Ti piacerebbe venire con me dalla mia famiglia per Natale?" Alzò una mano. "Prima che tu dica di no o che sembri una cosa da coppia, mi farebbe davvero comodo un po' di sostegno. Mia cugina mi ha invitata, ma se venissi anche tu mi sentirei molto più sicura. Inoltre, potresti guidare tu, il che significherebbe che potrei andarmene quando voglio".

La parte logica del suo cervello urlava di no. La parte romantica del suo cervello si entusiasmava all'idea che Sloane le chiedesse di passare insieme il giorno di Natale. Sloane Patterson la riduceva a un'adolescente ogni volta che le stava vicino.

"Dimmi di sì! Non sono una grande fan di Capodanno, ma se sei qui a Natale, potremmo passarlo insieme".

Aveva senso.

"Ci penserò".

"Fantastico. Vieni alla partita più tardi?"

Il Salchester aveva una partita di FA Cup quella sera.

"Naturalmente".

"Ottimo".

"E, Sloane?"

"Sì?"

"Mi piace fare con te attività di coppia".

I lati della bocca di Sloane si incurvarono verso l'alto. "Anche a me".

* * *

Giocare a calcio nelle fredde e umide notti di dicembre era assolutamente fattibile. Sì, la prima volta che il pallone ti colpisce la gamba fa un male cane, ma presto ti riscaldi.

Non è lo stesso quando si è in panchina, però: lì, su sedie di plastica troppo piccole e senza riparo dal vento pungente, Ella aveva i piedi intorpiditi quando arrivarono all'intervallo. Era anche insensibile alla prestazione, fino a quel momento tra le peggiori della stagione. Nessun pressing, nessuna urgenza e una netta mancanza di impegno da parte di tutte le giocatrici in campo. Il campionato stava andando a gonfie vele, ma la coppa stava per volare dalla finestra. Ella sapeva che Lucy voleva davvero lottare per la FA Cup quest'anno, però, visto che stavano perdendo per 3-1 contro una squadra che si trovava sei posizioni sotto di loro in campionato, avevano solo 45 minuti per ribaltare la situazione.

Le giocatrici erano in silenzio, sedute sulle sottili panche di legno che fiancheggiavano le fredde pareti di mattoni bianchi dello spogliatoio. L'odore di terra umida e di delusione permeava le vie respiratorie di Ella. Appoggiò la schiena al muro, con le braccia conserte sul petto, una caviglia sopra l'altra. Lucy e Sloane furono le ultime a entrare, intente a conversare. Con una mossa inaspettata, Lucy si sedette e Sloane batté le mani per parlare. A Ella si accese un brivido lungo la schiena.

"Ok, ascoltate". La sua voce era come una frusta, ed Ella si chinò sotto di essa come tutte le altre.

"Siamo sotto di due gol, 3-1. Non è stato un gran tempo, ma non si può cambiare la situazione". Sloane guardò lentamente il gruppo, una per una. Non parlò di nuovo finché non fu sicura di avere l'attenzione di tutte. "Il fatto è che siete migliori di loro, ma non giocate con coraggio. Non arrivate per prime alla palla. Non rischiate, non rubate la palla, non siete veloci nei passaggi. Mi uccide il fatto di non poter correre ad aiutarvi, ma creerei un danno a me e alla squadra per il resto della stagione".

La sua piccola battuta alleggerì l'atmosfera, ma Sloane non aveva finito.

"Però non dovreste avere bisogno di me: sono una persona sola. Sono una delle giocatrici della squadra, che può funzionare bene anche senza di me, come avete dimostrato nell'ultimo mese. Non deludetemi ora. Quando tornerò, tra qualche settimana, voglio giocare la FA Cup. Siamo già fuori dalla Champions League e voglio sollevare un trofeo con voi in questa stagione. Voglio giocare a Wembley. Qual è l'unico modo per farlo? Dovete svegliarvi, smettere di sognare Babbo Natale o qualsiasi cosa abbiate pensato nel primo tempo, perché non era certo calcio, e mettere un piede in campo. Giocate come una squadra. Vincete le battaglie a centrocampo. Guardate avanti, giocate con passione".

"Ricordate cosa ho detto nella mia sessione personale? Niente è facile, bisogna lottare duramente per ottenere ciò che si vuole. Questa è la FA Cup. Questa è la storia. È l'ultima partita prima di Natale. Fatelo per voi stesse, fatelo per me, fatelo per le vostre compagne di squadra, ma soprattutto fatelo per i tifosi. Perché sapete una cosa? A bordo campo fa un freddo cane. Potrebbero essere a casa a guardare uno di quei bei film di Natale invece di congelarsi le chiappe là fuori". Batté le mani. "Siete d'accordo con me?"

Tutta la squadra rispose con un applauso: "Sì!"

"Non vi sento. Alzatevi!" Sloane aspettò che lo facessero. "Voglio tutti nel cerchio, compreso il personale di supporto. Anche tu, Lucy!"

Ella mise un braccio intorno a Dan e l'altro intorno a Layla.

"Ho detto, siete d'accordo con me?"

Questa volta, il boato fu assordante. L'entusiasmo era così grande da far venire voglia a Ella di infilarsi gli scarpini, uscire e fare la differenza.

"Allora scendete in campo, segnate qualche gol, non subitene altri e vinciamo questa cazzo di partita!"

Altri applausi, poi le giocatrici bevvero un po' d'acqua, fecero pipì e tornarono al campo. Sloane diede il cinque a ognuna di loro sulla porta mentre passavano. Ella fu l'ultima a uscire.

Sloane alzò la mano. "Non mi scappi. Batti il cinque!"

Ella fece come le era stato detto. "Bel discorso. Potresti rubarmi il lavoro".

"È meglio che tu stia attenta allora", rispose Sloane.

Ella si avvicinò e le diede un bacio breve, scattante e

frizzante. "È meglio che *tu* stia attenta". Poi le strizzò il sedere e se ne andò con il massimo dell'entusiasmo.

Quando si guardò alle spalle, Sloane era rimasta a bocca aperta.

L'espressione sul suo viso era impagabile.

* * *

La squadra eseguì alla lettera le istruzioni di Sloane e, alla fine della partita, aveva vinto per 4-3. Layla aveva segnato il pareggio, per la gioia dei suoi genitori che erano in tribuna. Quando Nat segnò il goal della vittoria, le prime persone che abbracciò furono Sloane, Lucy ed Ella, in fila, esultanti a bordo campo.

"Non ce l'avrei mai fatta senza di voi!", esclamò, stringendosi forte a Lucy alla fine. "Siete tutte fantastiche!" Si sentiva il suo accento scozzese.

Quando arrivò il fischio finale, Ella non riusciva a crederci. Erano state le parole di Sloane a farle vincere o qualcos'altro? Non poteva esserne certa, ma quella squadra non era in grado di perdere. Erano proprio come lei. Quando Sloane incrociò il suo sguardo, entrambe si bloccarono ed Ella indietreggiò di un passo. Perché avevano un legame così forte? Era davvero inopportuno, eppure c'era, e non era sicura di poterlo contrastare a lungo. Né sapeva per quanto tempo lo volesse davvero contrastare.

Ogni volta che guardava Sloane, voleva conoscerla meglio.

Voleva anche divorarla tutta.

Pochi minuti dopo, Sloane finì di chiacchierare con i genitori di Layla e li abbracciò entrambi, prima di andare verso Ella, a braccia aperte. Di solito abbracciava le giocatrici senza pensarci, così lo fece anche con lei, ma quell'abbraccio aveva molto di più. Per ora lo sapevano solo loro due.

Quando Sloane si tirò indietro, tenne i loro volti vicini. "Ottimo secondo tempo".

"Ottimo discorso ispiratore nell'intervallo".

"Non è stato niente".

"È stato tutto". Proprio come quell'energia che vorticava intorno a loro. Ella non poteva evitarla, e sapeva che nemmeno Sloane poteva sfuggirvi. Fece un passo indietro, sapendo che non era il momento di parlarne. Cercò di regolare il respiro, ma non era facile. "A proposito, la risposta è sì. Per il giorno di Natale, intendo. Mia zia è d'accordo, purché vada a trovarla prima di Capodanno".

Il sorriso sul viso di Sloane andava da un orecchio all'altro. Con il suo cappellino del club con un pon pon in cima, sembrava che avesse circa 12 anni e avesse appena ricevuto il regalo perfetto. "Vieni con me da mia cugina?"

"Non posso lasciarti ad aspettare un taxi il giorno di Natale, vero?"

"Non te ne pentirai. E grazie".

Ella sostenne il suo sguardo. "Non c'è di che". Fece una pausa. "A una condizione, però: niente grandi regali. Non ho tempo per fare acquisti. Se mi devi regalare qualcosa, solo qualcosa di piccolo. Me lo prometti?"

Sloane annuì. "Parola di scout".

Capitolo 21

Sloane cambiò la biancheria da letto con le sue lenzuola preferite di cotone egiziano a 400 fili, insieme al suo nuovo piumino verde giada. Anche se Ella non fosse tornata a casa con lei quella sera, almeno avrebbe avuto delle lenzuola pulite come regalo di Natale per se stessa. Ma se fosse venuta, Sloane voleva fare colpo.

Aveva anche passato mezz'ora a cambiarsi e, guardando il telefono, sarebbe dovuta andare da Ella entro 15 minuti. Doveva prendere una decisione. Un tailleur nero con una camicia bianca e pulita per un look classico, o pantaloni beige a vita alta con una camicia casual e un blazer? Forse un completo era troppo elegante, non voleva presentarsi a casa della sua nuova famiglia vestita troppo bene. La scelta perfetta era quella smart-casual.

Una volta pronta, si guardò allo specchio con un cenno del capo. Sperava che il suo abbigliamento dicesse "amichevole e avvicinabile". Fare una buona impressione era fondamentale. Sloane si ritoccò il trucco, aggiunse un po' di gel ai capelli e poi prese i fiori, il vino e il sacchetto dei regali che aveva incartato con cura. Avrebbe dato a Ella il suo regalo al ritorno.

Scese con l'ascensore, flettendo la caviglia nelle sue scarpe da ginnastica bianche. Ora la caviglia era quasi tornata normale. Non stava ancora abbastanza bene per calciare un pallone, ma ci sarebbe arrivata presto. Non vedeva l'ora di tornare in campo. Accidenti, le era mancato.

Pensò a Nat: sperava che le cose con la sua famiglia andassero bene. Nat ne aveva parlato con Sloane ed Ella un paio di volte negli ultimi mesi e sperava che le avessero dato la fiducia necessaria per affrontare qualsiasi cosa accadesse. La vita poteva essere cattiva.

Arrivò alla porta di Ella, fece un respiro profondo e bussò. Il cuore le batteva contro il petto mentre allungava il collo e si concentrava per avere l'aspetto più fresco e festoso possibile. Se fosse tornata a negli States, l'avrebbero costretta ad andare in chiesa. Lì non c'era nulla di tutto ciò. Un altro punto a favore per il Regno Unito.

Un altro, fondamentale, punto a favore apparve davanti a lei mentre Ella apriva la porta di casa.

Sloane prese un enorme respiro.

"Sei…" Cercò la parola successiva, ma tutta la sua attenzione fu inghiottita dalla bellezza di Ella. La vita non era certo stata scortese con Sloane. "Sei bellissima", chiarì Sloane alla fine. Era la verità e non si pentì di averla detta. I pantaloni color prugna aderenti di Ella e la semplice camicia bianca erano perfetti, così come la giacca grigia che li completava. I bottoni della camicia erano abbastanza stretti da indurre a guardare. Sloane voleva allungare la mano, aprirne un paio e leccare la scollatura di Ella.

Sbatté le palpebre.

Quei pensieri non erano terreno sicuro, non ancora, comunque.

Tuttavia, i vestiti di Ella erano solo l'involucro esterno. Il suo viso brillava di qualcosa che Sloane non riusciva a definire. I suoi orecchini catturavano la luce, come se Ella fosse una sorta di angelo mandato dal cielo. I suoi occhi brillavano, belli e castani.

Le toglievano il fiato.

Ella fece scorrere lo sguardo su e giù per il corpo di Sloane. "Anche tu non sei vestita male".

Era la prima volta che, dopo il loro bacio, si trovavano a stretto contatto, non al lavoro, solo loro due. Qualunque cosa le avesse unite era ancora presente. Quella scintilla di magnetismo. Sloane dovette trattenersi per non avvolgere le braccia intorno a Ella e proclamarla *off limits* per tutti gli altri.

Ella sollevò un sacchetto di regali. "Ho portato vino e cioccolatini, ho pensato che fossero bei regali di Natale".

"Credo che siano esattamente ciò che Babbo Natale regala quando non sa bene cosa lasciare", rispose Sloane. "Anche se purtroppo stamattina si è dimenticato di visitare il mio appartamento". Fece un'espressione triste a Ella.

"Dovremo rimediare più tardi". Le guance di Ella divennero di un colore che un artista avrebbe potuto descrivere come rosso Tiziano. Scosse la testa. "Voglio dire, ho un regalo per te, ma non lo porterò. Puoi prenderlo più tardi". Le sue guance si colorarono ancora. Stavolta rosso lava. "Il regalo, intendo!" Scosse la testa. "Adesso smetto di parlare. Vogliamo salire sull'ascensore e andare a Natale con la tua famiglia?"

* * *

Sloane non era sicura di cosa aspettarsi da un Natale con un gruppo di parenti estranei, ma si rivelò migliore di qualsiasi cosa avesse osato sognare. Nella sua vera casa di famiglia, a

Detroit, c'erano troppe regole, troppa neve e troppi dogmi religiosi che li opprimevano. Sloane non si era mai adattata, per quanto ci avesse provato. Non era la figlia che i suoi genitori avevano desiderato; d'altra parte, non era sicura di chi potesse esserlo. Sloane si era sempre affidata più alla famiglia ritrovata che a quella di sangue. Ora che aveva conosciuto quel lato della sua famiglia, forse avrebbe dovuto ripensarci.

Dieci minuti nella casa di Cathy e lei era parte della famiglia, così come Ella. Era straordinario e così liberatorio. Lì poteva essere completamente se stessa: calciatrice, lesbica, amante del caffè e delle Monster Munch. E qualsiasi altra cosa volesse. Per di più, veniva persino festeggiata per la sua identità: quella famiglia era accogliente ed entusiasta di vederla. Non era una cosa che Sloane avesse mai provato prima. Sarebbe stato lo stesso con i suoi bisnonni, Eliza e Robert? Le piaceva pensarlo. Una donna che aveva finto di essere un uomo per giocare a calcio conosceva bene le difficoltà di essere un'emarginata. Ogni volta che pensava a Eliza, il suo cuore si gonfiava.

Cathy camminava per la stanza con un top scintillante e delle pantofole con le renne, insistendo perché Sloane ed Ella si sedessero proprio al centro dell'enorme divano angolare color crema. Alla sua destra si ergeva un albero di Natale di due metri, pieno di decorazioni, che custodiva una pila di regali sotto di sé. Nell'aria aleggiava l'odore di arrosto e di tutti i contorni, mentre dal camino in mattoni rossi fuoriuscivano allegre lingue di fuoco dorate.

"Conoscete già mio figlio Ryan, e questa è la sua ragazza, Hayley".

Sloane ed Ella rivolsero a entrambi un caloroso sorriso.

"Sono una tua grande fan!" La coda di cavallo bionda di

Hayley si agitava mentre parlava, con un sorriso così ampio che sembrava fare quasi male. "Non posso credere che passerò il Natale con Sloane Patterson!" Si chinò oltre Ryan e si sedette accanto a Sloane. "Non preoccuparti, però. Cathy mi ha detto che non posso fare foto senza il tuo permesso". Sorrise un po' di più. "A proposito, hai presente quel goal che hai segnato per vincere il campionato a Los Angeles, la scorsa stagione? L'ho guardato un sacco di volte. Ryan non sa più come distogliere la mia attenzione dal calcio, che ne pensi?"

Al suo fianco, Ryan rivolse a Sloane un timido sorriso. Sembrava un po' più colpito, ora che sapeva davvero chi era lei. "È stato un bel gol. L'ho guardato un paio di volte da quando ci siamo conosciuti". E diede un leggero pugno sulla spalla a Sloane.

Rich, il marito di Cathy, entrò portando un bicchiere d'acqua per entrambe. "Siete sicure di non volere nulla da bere? O forse gli atleti professionisti non possono bere? Ryan mi ha detto che anche lui è un professionista, ma il suo recupero da un infortunio normalmente prevede la birra".

"Papà!" Le guance di Ryan si arrossarono.

"Non bevo quasi mai durante la stagione, per questo non vedo l'ora che arrivino le vacanze estive", rispose Sloane. "Di solito bevo un bicchiere a Natale, ma con questo infortunio mi limiterò all'acqua, grazie". Rivolse la sua attenzione a Ryan. "Come sta andando il resto della stagione? Spero che tu possa giocare ancora un po', dopo la commozione cerebrale. Cercherò davvero di venire a vedere un'altra partita quando tutto si sarà sistemato e i miei impegni lo permetteranno".

"Gli ha dato un po' di buon senso, vero?" Disse Cathy, prendendo posto all'estremità del divano. "È stato in panchina per qualche settimana, ma ora è tornato. L'altra settimana ha segnato un bel gol".

Ryan gonfiò il petto. "A quanto pare, il nome Patterson continua a vivere anche attraverso di me. Anche se probabilmente non segnerò mai tanti goal come la mia prozia Eliza o come te".

Sloane bevve un sorso d'acqua, non riuscendo ancora a capacitarsene. In qualche modo, si sentiva già parte di quella famiglia da anni. Non riusciva a spiegarlo, ma una calda sensazione di casa le ronzava in corpo. Sloane si irrigidì e cercò di inghiottire le emozioni. Cavolo, non poteva piangere. Era felice, ma le lacrime l'avrebbero fatta sembrare triste.

Qualche istante dopo, la mano di Ella le sfiorò il ginocchio, dandole una piccola stretta solo per dimostrare che era lì per lei. Questo diede a Sloane la spinta di cui aveva bisogno. Fece un respiro profondo e rivolse alla sua nuova famiglia un ampio sorriso.

"È a lei che pensaro ogni volta che tirero un rigore. Eliza Power e il suo incredibile coraggio. Voglio tornare in piena forma per lei".

"A proposito della tua bisnonna". Cathy saltò in piedi e prese da sotto l'albero un regalo quadrato, sormontato da un fiocco. "Questo è per te". Il suo caldo sorriso era fisso sul viso di Sloane mentre glielo porgeva.

"Anche io ho dei regali per voi". Sloane posò l'acqua sul tavolino di legno e fece per alzarsi.

Ma Cathy scosse la testa e le diede un colpetto sul braccio. "Apri prima il tuo".

L'istruzione fece accelerare il battito di Sloane. Ricordava fin troppo bene i regali dei Natali della sua infanzia in famiglia:

c'è un numero limitato di volte in cui si può scartare una Bibbia e cercare di non sembrare troppo delusi. Ma se Cathy le aveva comprato una Bibbia, avrebbe tirato fuori un po' di entusiasmo da qualche parte. Lanciò un'occhiata a Ella, che le fece un cenno di incoraggiamento.

Con l'intera stanza a guardare, Sloane strappò la carta per rivelare un semplice libro bianco. Ma quando scoprì la solida copertina, vide che si trattava di un album di fotografie messo insieme dalla sua nuova famiglia. Quando Sloane sfogliò le pagine, ebbe un sussulto e dovette trattenere le lacrime. Si portò una mano al petto, poi guardò Rich, Ryan e Hayley e infine Cathy.

"Non so cosa dire". Sloane sfogliò un'altra pagina e guardò le immagini color seppia dei suoi bisnonni che giocavano a calcio per il Kilminster United. Una breve storia delle sue origini e del suo talento calcistico. Era incredibile.

"Ho pensato che ti sarebbe piaciuto, visto che sei venuto al campo in cerca di risposte. Ne ho alcune personali, ma ho scavato un po' negli archivi del club e ho messo insieme più di 20 foto dei tuoi bisnonni, con l'aiuto di Barry. È raro avere così tante foto di qualcuno dell'epoca, ma puoi ringraziare il fotografo del club che è stato chiaramente molto diligente. Una fortuna per te".

Sloane scosse la testa. "Questo è davvero il miglior regalo di sempre". Alzò gli occhi e incrociò lo sguardo di Cathy. "Grazie".

La cugina si rallegrò. "Non c'è di che. Stai portando avanti la loro eredità e non potremmo essere più orgogliosi". Indicò il libro. "Vai a pagina cinque, però. Questa è la foto più bella della tua bisnonna: aveva davvero l'aspetto di un uomo e si capisce perché l'abbia fatta franca. Ma era in grado di reggere il confronto con un mondo di uomini". Cathy scosse la testa. "Che donna".

"Se avessi la metà della sua grinta, sarei felice", rispose Sloane.

Un segnale acustico proveniente dalla cucina fece saltare in piedi Cathy. "È pronto. Torno subito".

* * *

"Potrei dovermi sdraiare e promettere di non mangiare mai più dopo quel pasto. Sono pienissima". Ella si accarezzò lo stomaco mentre si allacciava la cintura di sicurezza. "Tu ti sei controllata molto più di me".

"Ho una carriera e una guarigione a cui pensare. Tu puoi permetterti un pezzo di pasticcio in più".

Ella mise l'auto in moto e iniziò il viaggio di ritorno verso il loro complesso residenziale.

"Non ti è dispiaciuto condividere la giornata con me?" Sloane girò la testa verso di lei. "Lo apprezzo molto. Sarebbe andata bene anche da sola, ma con te è stato molto meglio".

"Sono stata più che bene, hai una famiglia adorabile". Ella fece una pausa. "Com'è stata per te l'esperienza? So che probabilmente era molto diversa da quella a cui sei abituata a casa".

Sloane scosse la testa, ancora intenta a elaborare le ultime sorprendenti ore d'oro. "È stato il Natale perfetto, sai? Quello che sognavo da bambina. Andavo sempre a dormire la vigilia di Natale, stringevo forte gli occhi e speravo che al mio risveglio ci fossero i regali ideali sotto l'albero. Che saremmo andati tutti d'accordo, avremmo giocato e fatto i biscotti di Natale. Questo era quanto di più vicino mi sia mai capitato. La famiglia, tu, il regalo perfetto. Abbiamo persino giocato a Monopoli". Era stato più che travolgente.

Arrivarono all'appartamento di Sloane ed Ella chiamò la sua famiglia. Poi, su sua insistenza, Sloane si mise comoda mentre preparava un caffè. Ella prese la panna dal frigorifero e l'espressione di gratitudine sul volto di Sloane era uno spettacolo. Ella rise quando si sedette accanto a lei sul divano. "Ti accontenti facilmente, lo sai?"

"Dillo a mia madre, per favore". Il volto di Sloane si incupì. "Mi dispiace. Ogni volta che critico mia madre, mi rendo conto che la tua non c'è più". Scosse la testa. "È vero quello che si dice, se ne vanno sempre i migliori".

Ma Ella scosse la testa. "Non preoccuparti, so che è stata con noi tutto il giorno. Non si perderebbe mai una cena di Natale. E per quello che vale, tu meriti di avere tutti i Natali che hai sempre desiderato, e anche di più. Se i tuoi genitori non ti apprezzano per quello che sei, peggio per loro".

Lo sguardo di Sloane si soffermò sulla clavicola di Ella, sull'incavo alla base del collo. Ora che erano solo loro due, quei dettagli tornavano a essere ben visibili.

"Lo so, credimi. Sono stata in terapia per anni. Ma questo non mi impedirà mai di desiderare che sia diverso, anche se accetto la vita così com'è. I miei genitori pensano che le donne non debbano giocare a calcio, che essere gay sia una malattia mentale. La mia nuova famiglia pensa che io abbia un lavoro perfetto, sa che sono gay e non ha battuto ciglio. La differenza tra loro è difficile da accettare".

Sloane si sedette in avanti sul divano. "Ma non voglio rovinare l'atmosfera. Non mi sarei mai aspettata di innamorarmi all'istante della mia nuova famiglia, ed è strano". Rise, poi alzò la tazza di caffè. "Ho tante cose per cui essere grata, e non è forse questo il senso del Natale? Preferisco concentrarmi sugli aspetti positivi. Su Cathy, Rich, Ryan e Hayley". Rivolse lo sguardo a Ella. "Ma soprattutto su di te. Perché hai passato il Natale con me, perché mi hai accompagnata in giro nelle ultime settimane quando ero infortunata, perché sei la migliore amica e vicina di casa che questa americana solitaria potesse desiderare. Perché hai rinunciato al Natale con la tua famiglia con cui vai d'accordo per passarlo con me".

"Non è stata una decisione difficile. Non potevo lasciare che tu fossi triste e sola, no?"

"C'è chi lo ha fatto".

"Non sono loro che hanno passato gli ultimi mesi a conoscere la persona speciale che sei".

"Non sono sicura di essere così speciale".

Ella fissò Sloane con il suo sguardo ardente. Si leccò il labbro inferiore.

Sloane non riusciva a staccare gli occhi. E non voleva nemmeno farlo.

Ella si chinò e le prese la tazza di caffè dalle sue mani. La posò sul pavimento, poi si avvicinò a lei. "Tu non vedi quello che vedo io, ecco perché".

Il battito cardiaco di Sloane cominciò ad accelerare come se stesse correndo su una collina, ma non sembrava uno sforzo. Era una collina che era più che felice di scalare. Una collina chiamata Ella.

Le sue dita tracciarono un percorso lungo il braccio sinistro di Sloane, sulla spalla e sul collo.

Chiuse gli occhi. Stava per arrivare il momento a cui

pensava costantemente da quando avevano condiviso quel bacio dinamitardo una vita fa. Quasi non osava crederci, ma la sua convinzione si rafforzò quando le labbra di Ella si posarono sul suo collo e lo baciarono dolcemente.

Sloane fremeva dappertutto.

"Ti ho preso un regalo. Potrei andare a prenderlo". Le parole di Ella erano vibrazioni calde sulla sua pelle.

Sloane voleva gridare "No!", ma nessun suono le uscì dalle labbra.

"Oppure potrei farti un regalo alternativo per le feste. Uno che ho messo da parte proprio per oggi".

Il sangue le scorreva nelle vene. Era quello che stava aspettando. Eppure, anche se aveva desiderato quel momento per un po', Sloane si trovò impreparata. Come se Ella l'avesse denudata, eppure aveva ancora addosso tutti i suoi vestiti. Ma la vulnerabilità le stava bene addosso, Ella lo aveva detto. Sloane l'aveva praticata abbastanza nella sua carriera, ma non tanto nella sua vita privata. Però con lei si sentiva già al sicuro: essere vulnerabile non sarebbe stato difficile. Era una cosa importante, soprattutto ora che le labbra di Ella erano sulla sua pelle e le sue parole erano ancora sospese nell'aria. Voleva fare a Sloane un regalo di Natale che non avrebbe mai dimenticato. Sloane doveva aprirsi e prepararsi a riceverlo.

Ella si tirò indietro, con gli occhi scuri di desiderio. Era il ritratto della bellezza, le ciglia folte, il collo l'unico posto dove Sloane voleva posare le labbra. Prima aveva pensato di slacciare i bottoni della camicia di Ella, ma ora poteva farlo. La vita era una serie di momenti, di scelte in una frazione di secondo. Aveva questo in comune con il calcio. Decise di rischiare. Aveva sempre giocato a calcio in prima linea, ora avrebbe fatto lo stesso. Tuttavia, quando mosse la mano, Ella la afferrò e strinse le dita intorno al polso di Sloane.

Oooh.

Sloane non avrebbe dovuto essere così eccitata, ma non poteva farne a meno. Le piacevano le donne che prendevano il comando. I suoi sensi fremevano per l'attesa.

"Non ne abbiamo parlato in modo specifico, ma devi fidarti di me se vuoi che questo accada". Ella sollevò un sopracciglio in direzione di Sloane, la sua voce era un basso e stuzzicante brontolio, le sue labbra un invito rovente. Per avvalorare le sue parole, mise una mano sul seno destro di Sloane e lo strinse delicatamente.

Il desiderio scorreva lungo il corpo di Sloane. Ella aveva davvero la sua attenzione.

"Di solito non sono dominante, ma questa volta sì. Tu fai quello che ti dico, perché non voglio che la tua caviglia peggiori. Capito?"

In quel momento, Sloane avrebbe acconsentito a qualsiasi cosa Ella volesse. "Come vuoi tu".

Ella allungò la mano, fermandosi appena prima che le loro labbra si congiungessero. "Promesso?" Il suo respiro caldo solleticò il viso di Sloane.

Sloane emise un leggero gemito. Basta stuzzicare. "Baciami, Ella".

Un sorriso consapevole si fece strada sul volto di Ella, mentre chiudeva la distanza tra loro e premeva le labbra sulla bocca in attesa di Sloane.

Il corpo di Sloane ronzava per l'emozione, era una cosa ancora abbastanza nuova da avere un effetto sismico. Ella sapeva di zucchero e spezie, dolce e inebriante. Sloane emise un basso ringhio mentre la baciava a sua volta, la pressione perfetta che creava la tempesta perfetta.

Le dita di Ella giocarono con il capezzolo di Sloane attraverso il top.

Il clitoride di Sloane si indurì al contatto. Poi una mano scivolò intorno alla sua vita e la tirò più vicino, e la lingua di Ella si infilò senza sforzo nella sua bocca, fuori di nuovo, poi ancora dentro.

La mente di Sloane si bloccò.

Buon Natale a lei.

In pochi istanti, Ella aprì i bottoni della camicia di Sloane, spinse indietro il cotone e il reggiseno, poi lanciò a Sloane uno sguardo sensuale che la fece respirare a pieni polmoni. Ella passò la lingua sul labbro superiore, poi su quello inferiore, prima di abbassare la testa e succhiare in bocca il capezzolo scoperto di Sloane.

Il cervello di Sloane andò in cortocircuito. I seni e i capezzoli erano la sua rovina, erano troppo sensibili. Si inarcò contro Ella con un gemito. Ella colse l'incoraggiamento e fece scivolare una mano tra le gambe di Sloane, premendo proprio dove sapeva che Sloane voleva.

Il corpo di Sloane sussultò.

Ella alzò lo sguardo con un sorriso sornione, ma non mosse la bocca.

Il calore si accumulava nello stomaco di Sloane mentre la lingua di Ella faceva la sua magia. Avrebbe potuto guardarla volentieri per ore, anche se c'era il rischio che potesse morire a metà strada. La lingua di Ella scivolava a destra e a sinistra e lei gemette di nuovo.

Ella si sollevò. "Camera da letto?"

Sloane annuì senza parole.

"Muoviti lentamente", ordinò Ella, con la sua voce morbida e determinata. Camminarono con cautela verso la camera da letto, Ella con una mano sulla schiena di Sloane per guidarla.

Una volta dentro, liberò con cura Sloane della maggior parte dei suoi vestiti. Ad ogni capo che cadeva a terra, posava le labbra sulla parte di pelle appena esposta di Sloane. Il suo tocco leggero la faceva brillare dappertutto. Fuori dalle grandi finestre della sua camera da letto, la sera si avvicinava e la città tremava; all'interno del suo appartamento era tutto il contrario. Sloane poteva anche essere nuda, a parte le mutandine, ma i baci di Ella le davano un calore tropicale.

Quando Ella la spinse delicatamente sul letto, la sua pelle nuda entrò in contatto con le lenzuola fresche. Sloane era contenta di aver scelto quelle migliori. Ella prese un paio di cuscini da una poltrona vicina e vi appoggiò la caviglia di Sloane, che si sentì stordita da quel gesto di cura.

Pochi istanti dopo, quando lo sguardo di Ella si posò sul suo corpo, il desiderio le martellava in petto.

"Sei così bella. Non riesco a credere che sei reale". Gli occhi di Ella sembravano affamati. "Sei proprio figa".

Quel tipo di parole normalmente faceva arrossire Sloane, ma questa volta non fu così. Si limitò a sorridere a Ella e ad allungarsi un po'. "Sarebbe ancora più perfetto con te nuda sopra".

Un rossore si fece strada sulle guance di Ella. "Però non sono un'atleta di livello mondiale, eh?"

"Non significa che tu non sia perfetta. Lo sei". Non voleva che Ella si sentisse inadeguata, perché era tutt'altro.

Ella si mise ai piedi del letto, fece un respiro profondo, fissò la sua attenzione su Sloane, poi si aprì i bottoni della camicia.

Sempre più lentamente.

Uno per uno.

Il tutto muovendo i fianchi a sinistra e poi a destra.

Stava per fare uno strip tease? Sloane non aveva bisogno di toccarsi per capire quanto fosse bagnata. Ella era immersa nel basso bagliore del lampadario di vetro e cromo di Sloane e, con la sua pelle impeccabile, era come se fosse illuminata dagli dei stessi.

Ella si slacciò il reggiseno e lo lasciò cadere a terra, senza mai distogliere lo sguardo intenso da Sloane. Si passò i palmi delle mani sui seni abbondanti e Sloane pensò di poter svenire da un momento all'altro.

Poi le guance di Ella arrossirono di rosso pomodoro e lasciò cadere lo sguardo.

Sloane aggrottò la fronte. "Stai bene?"

Ella si stropicciò gli occhi, poi annuì. "Volevo spogliarmi per te, come se fossi in un club di burlesque. In modo che fossi io a dovermi muovere e tu potessi stare ferma". Portò la mano alla nuca.

La mano che aveva appena massaggiato il seno.

Il seno da cui Sloane era attualmente ipnotizzata.

"Solo che sono troppo timida". Scosse la testa, sollevò le spalle e si accartocciò sul bordo del letto, con l'aria di voler sprofondare.

Sloane sollevò delicatamente la gamba dai cuscini, poi si spostò verso Ella. Le baciò la spalla mentre i cuscini cadevano sul pavimento. "Vieni qui". Era un comando e Sloane non era sicura che Ella l'avrebbe rispettato, ma quando i loro occhi si incrociarono e Sloane abbassò la testa e ripeté le sue parole, Ella si avvicinò. Sloane mantenne il suo sguardo. "Non ho bisogno di uno strip tease, Ella. Ho solo bisogno di te".

Quelle cinque parole finali furono il catalizzatore per Ella, che si liberò di qualsiasi imbarazzo. Qualcosa dietro i suoi occhi divampò mentre si chinava e copriva la bocca di Sloane con la propria. La pressione disse a Sloane che anche lei la voleva, più di ogni altra cosa. I baci di Ella non fecero solo girare la testa a Sloane, ma la mandarono in un lussuoso crollo, nel quale si infilò di sua spontanea volontà. Ella era la prima persona da molto tempo a questa parte a farla sentire così.

Accesa. Aperta. Sicura.

Pochi istanti dopo, Ella si liberò dei pantaloni e delle mutandine e la mente di Sloane si irrigidì. Non era l'unica parte di lei a farlo. *Quella* parte soffriva deliziosamente. Poteva essere paziente, più o meno. Si distese sul letto ed Ella la seguì. Si sdraiò accanto a Sloane, i loro corpi quasi si toccavano.

Quasi.

Sloane allungò la mano per farlo, ma Ella la allontanò con uno schiaffo.

"Sono ancora io che comando". Ella la baciò di nuovo, questa volta con più forza, più urgenza. Mentre lo faceva, fece scivolare un braccio nudo intorno alla vita di Sloane e una coscia tra le sue gambe.

Sloane reagì al contatto.

Dal modo in cui Ella gemeva nella sua bocca, era sicura che avesse sentito quanto fosse bagnata, anche attraverso la biancheria intima. Anche Sloane lo sapeva.

Sloane ricambiò il bacio di Ella con tutta se stessa. Voleva sentirla, perdersi in quel bacio. Il primo era arrivato con una data di scadenza, un punto fermo; questo aveva la promessa di qualcosa di più.

Dopo una serie infinita di baci da cinque stelle, Ella si tirò indietro. Fece scorrere la mano lungo la parte esterna della gamba di Sloane, si fermò all'altezza del fianco e allungò dietro di lei per stringerle il sedere.

Onde di piacere le attraversarono il corpo.

"Ti piace se ti strizzo il sedere?" Ella la spinse sulla schiena e si mise a cavalcioni su Sloane, con le cosce nude che affondavano nella sua pelle, rendendo difficile un pensiero coerente.

"A quanto pare sì". Il cervello di Sloane si agitava e ronzava, mentre Ella si avvicinava, la stringeva tra le gambe e premeva verso il basso.

Sloane chiuse le palpebre.

Ella lo fece di nuovo, prima di prendere l'indice e farlo scorrere dal sedere di Sloane fino al suo clitoride. Si fermò una volta arrivata a quel punto e girò intorno al clitoride di Sloane attraverso il materiale.

Stava sicuramente cercando di ucciderla, ma lo stava facendo in un modo così lento, dolce e sexy che Sloane non riuscì a resistere. Invece, premette i fianchi sulla mano di Ella e lasciò che la sua mente si svuotasse. Non le serviva a nient'altro che a dirigere il suo sangue verso il cuore. Ella se ne occupò.

Alla fine, Ella si chinò e baciò Sloane fino a quando non ebbe più idea di quale fosse la strada per salire e quella per scendere. E non sapeva nemmeno in quale secolo si trovasse. I polpastrelli di Ella percorrevano il corpo di Sloane, mentre lei si strusciava su di lei e le succhiava i capezzoli prima uno poi l'altro. Dalla bocca di Sloane uscì un suono strozzato, ma lei non si oppose, al contrario. Le sue viscere raggiunsero temperature altissime e lei sprofondò nel momento.

Quando Ella posò con cura il suo corpo su di lei, esercitando la pressione e la vicinanza che desiderava, la sua mente si reclinò ulteriormente. Non era il momento di pensare, era il momento di sentire. Una donna si stava strusciando su di lei e questo non accadeva da molto tempo. E non una donna qualsiasi. Ella, architetta dei suoi sogni, desiderio della sua realtà, in procinto di realizzare tutti i suoi pensieri più fantasiosi. E non c'era nessun fotografo nelle vicinanze per immortalarlo.

Pochi minuti dopo, Ella era in ginocchio e mordicchiava il ventre di Sloane. "Cavolo, adoro i corpi degli atleti". Ella alzò la testa. "Il tuo in particolare, ovviamente. Pancia piatta. Muscoli duri". Inarcò un sopracciglio. "È sufficiente per far impazzire noi comuni mortali".

"È l'unico motivo per cui mi alleno", riuscì a dire Sloane.

Ella stuzzicò con i polpastrelli l'interno delle cosce di Sloane, trascinò via la biancheria intima con i denti – c'era qualcosa di più erotico? – e poi tornò a premere le dita dove Sloane ne aveva più bisogno.

"Mi stai uccidendo", ringhiò Sloane.

Si avvicinò come un gatto selvatico, con gli occhi accesi, poi spostò la bocca sull'orecchio di Sloane. "L'idea è quella", rispose, mentre la sua lingua guizzava fuori e accarezzava il lobo di Sloane. Pochi secondi dopo, infilò due dita dentro di lei e le premette con la coscia.

Sloane sussultò, mentre lampi di desiderio la attraversavano. Il suo corpo si strinse di più mentre Ella lavorava a un ritmo lento, deliberato e stuzzicante. Alzò lo sguardo e colse il crudo bisogno dietro gli occhi di Ella, ma anche la tenerezza. Ella era stata cortese con la sua caviglia. Non andava troppo veloce, assicurandosi di non sbatterla. La caviglia, eh. Stava facendo sobbalzare ogni parte di Sloane, quindi quella era una causa persa.

Ma la tenerezza mista alla lussuria era una combinazione intensa. Le viscere di Sloane ondeggiarono. La sua mente si agitava. Sollevò i fianchi per assecondare il delizioso movimento di Ella e quando trovò il suo punto G, schiacciò la testa più a fondo nel cuscino, mentre il momento la inghiottiva completamente.

Il desiderio la attraversò come un treno espresso. Era così vicina, ma Ella non aveva intenzione di rendere le cose così facili. Avvicinò l'altra mano e circondò il clitoride di Sloane, mantenendo il ritmo con le dita.

Sloane cercò di rallentare la sua reazione, ma era inutile. Aveva perso il controllo e non le importava. Quando aprì gli occhi per guardare Ella, il suo sguardo sicuro e castano era su di lei. Stava valutando i suoi bisogni. Sloane non riusciva a parlare, non voleva farlo. Voleva solo che Ella continuasse a fare quello che stava facendo, e che lo facesse di più. Amava ogni parte di Ella da sola e ogni parte di loro insieme. In pochi istanti, le labbra di Ella si strinsero sulle sue. Stuzzicò con la lingua le labbra di Sloane e arricciò le dita all'interno per farla venire. Funzionò a meraviglia.

Sloane si staccò con un gemito basso e rimbombante mentre un piacere luminoso la squassava. Il suo bacino si sollevò dal letto mentre conficcava le unghie in Ella il più profondamente possibile, e non le importava. Inoltre, lo stava facendo con una certa disinvoltura, con il suo lato buono che prendeva tutto il suo peso. Non era solo il ventre piatto il vantaggio di uscire con le atlete, anche la forza dei muscoli era importante. Ma il suo nucleo tremava mentre Ella scivolava dentro e fuori lentamente, facendola scendere prima di farla risalire.

Il sedere di Sloane affondò di nuovo sul materasso e il suo sguardo si incrociò di nuovo con quello di Ella.

Il suo respiro si fece affannoso, ma non distolse lo sguardo.

E nemmeno Ella. "Sei così bella", sussurrò Ella, poi avvicinò le labbra alle sue. "Così bella".

Il cuore di Sloane pulsò, seguito rapidamente da ogni fibra del suo essere, mentre Ella sosteneva il suo sguardo e poi la massaggiava ancora una volta con la punta delle dita. Gira e rigira intorno al clitoride indurito di Sloane, e poi su e giù, avanti e indietro finché Sloane non crollò ancora sotto il suo sguardo ardente.

Era in paradiso. Ella era in paradiso. Il giorno di Natale era il paradiso.

Sapeva già che non ne avrebbe mai avuto un altro all'altezza di questo.

Capitolo 22

Ella si svegliò il mattino seguente con il rumore della pioggia che batteva sulla finestra. Le sue palpebre si aprirono e si rese conto di dove si trovava. C'erano state occasioni in cui, da giovane, si era svegliata chiedendosi dove fosse. Era stato in un periodo, subito dopo la morte della madre, in cui si era lanciata in una specie di maratona di scopate, andando a letto con qualsiasi donna che l'avesse accolta per qualche settimana, e poi uscendo con Reba. Non era durato, proprio come la sua relazione. Da quella separazione, aveva vissuto quasi come una suora, per questo Marina l'aveva iscritta a Honey Pot. Sorrise a se stessa: forse, ora, non era più necessario.

E poi, il giorno prima aveva sedotto Sloane. Perché, non fraintendiamo, era proprio quello che era successo. Ella aveva pensato di trattenersi, ma il piede di Sloane stava guarendo velocemente. Finché non l'avesse sforzato troppo, sarebbe potuta guarire mentre faceva l'amore con Ella. E così aveva fatto: aveva messo fine al suo lungo periodo di astinenza in modo spettacolare.

Lanciò un'occhiata a Sloane. Era a letto con la calciatrice internazionale dell'anno, che aveva i capelli spettinati ed era davvero adorabile, cazzo. Era anche molto scopabile.

Avrebbe creato problemi al lavoro? Forse, ma era anche qualcosa che Ella non poteva nemmeno fingere di controllare. C'era stata un'attrazione tra loro fin da quando si erano incontrate, e quello era solo il culmine di un sacco di tempo trascorso insieme.

Tuttavia, non poteva fingere che non ci fossero problemi. Lavoravano insieme, ma fortunatamente Ella non si occupava del calcio (altrimenti non avrebbe potuto considerare una relazione) e non aveva voce in capitolo nella scelta della squadra. Questo faceva la differenza. C'erano continuamente relazioni tra membri dello staff e giocatori, non pensava che sarebbe stato diverso per il suo ruolo. Dovevano essere sincere, ma non prevedeva alcun problema da parte di Lucy, a patto che mantenessero un atteggiamento professionale, cosa che avrebbero fatto.

Il problema più grande era che Sloane probabilmente non sarebbe rimasta a lungo. Inoltre, lei era una star, mentre Ella era una persona molto riservata. La prima persona con cui andava a letto da tanto doveva essere famosa, no? Non poteva incontrare qualcuno lontano dagli occhi del pubblico? Ma la grinta e la passione di Sloane la rendevano ciò che era. Se si fossero messe insieme e avessero iniziato a frequentarsi – stava correndo troppo – come avrebbe funzionato? Come l'avrebbe gestita?

Si scosse. Una sola notte insieme e già anticipava i problemi. Aveva bisogno di rilassarsi. Respirare. Vivere il momento e lasciare che qualsiasi cosa accadesse, accadesse. Non si possono controllare gli altri o l'universo, Ella lo diceva ogni giorno ai suoi clienti. Poteva solo controllare la sua reazione.

Però non rendeva la cosa più facile da affrontare. Quello che doveva ricordare era che aveva passato una notte incredibile nel letto di Sloane, che avrebbe potuto portare ad altre incredibili notti a venire. Inoltre, Sloane aveva detto che stare con lei rientrava nel suo Natale ideale. Doveva concentrarsi su questo.

Sloane si mosse ed Ella guardò a sinistra. I capelli di Sloane si rizzavano in tutte le direzioni, ma questo non intaccava il suo fascino. Era ancora ammaliante, lucente. Un lento e costante gocciolio di desiderio si accumulò nello stomaco di Ella. Gli orgasmi multipli che aveva avuto la sera prima con le dita e la lingua di Sloane non erano stati sufficienti. Non del tutto.

"Buongiorno". La voce di Sloane graffiò l'aria. "Perché mi guardi come se volessi sculacciarmi, saltarmi addosso o entrambe le cose?"

"Perché sembri un cucciolo adorabile, e sei davvero sexy".

Sloane sollevò entrambe le sopracciglia con un sorriso. "Vuoi che ti lecchi la faccia?"

Ella stropicciò il naso. "Passo".

"Che lecchi qualche altra parte?"

Ella rise mentre il desiderio dentro di lei aumentava. Si chinò per baciare Sloane.

Lei ricambiò il bacio e l'euforia già familiare le corse nelle vene.

Pochi istanti dopo, con le mani di Sloane aggrovigliate nei capelli, le diede un ultimo bacio ardente, poi si alzò dal letto. "Per quanto tu sia splendida, c'è qualcosa che non ti ho dato ieri".

"Credo che tu mi abbia dato parecchio". Ella alzò le braccia in segno di resa e sorrise.

Era così bella e sexy che stentava a credere di essere nel suo letto. "È vero", rispose Sloane frugando nella cassettiera, "ma mi sono distratta così tanto che non ti ho dato il tuo regalo. Sono un pessimo Babbo Natale".

Da dietro, Ella osservò il fisico perfettamente scolpito di Sloane. Ella si teneva in forma, naturalmente, ma non era un'atleta professionista. Avrebbe osservato Sloane il più a lungo possibile.

Sloane si avvicinò al letto con una scatola bianca impacchettata come regalo e si sedette sopra le coperte. Ella dovette concentrarsi sul regalo e non sulle splendide forme nude di Sloane. Non fu facile. "Spero che non sia niente di che. Eravamo d'accordo, no?" Ma anche mentre lo diceva, Ella sgranava gli occhi internamente. Sembrava sua madre. Doveva essere più cortese nel ricevere i regali.

"Non è grande", disse Sloane. "Misura solo otto centimetri di diametro".

Ella sollevò il coperchio della scatola di cartone. Lì, su un letto di raso bianco, c'era una bella collana rotonda d'argento con inciso il quadrante di una bussola. Ai quattro punti – nord, sud, est, ovest – si trovavano quattro pietre lucenti. Erano diamanti? Se lo erano, avrebbe ucciso Sloane. Sentì le lacrime pungerle gli occhi. Sloane si era ricordata: la collana era molto simile a quella che Ella aveva perso, quella che sua madre aveva portato al collo ogni singolo giorno della sua vita.

Quello era, senza dubbio, il regalo più premuroso che le avessero mai fatto. Era anche il contrario del "non comprare qualcosa di grande". Ma forse non era grande per Sloane? Forse comprava diamanti per ogni donna con cui andava a letto. Per Ella era sicuramente grande, in tutti i sensi possibili.

"Ti piace?"

Ella alzò lo sguardo. "Io…" cominciò. "Non so davvero cosa dire. È bellissima e perfetta". Sfiorò il ciondolo con la punta delle dita. "Ma io non ti ho regalato niente di simile". Lo stomaco le si annodò al pensiero del suo regalo. Il suo *piccolo* regalo.

Sloane si avvicinò e le baciò la spalla. "So cosa abbiamo detto, ma quando l'ho vista nella vetrina del gioielliere non ho resistito. Mi pregava di comprarla". Si avvicinò e posò un morbido bacio sulle labbra di Ella. "Ti prego, non arrabbiarti. È stato fatto con le migliori intenzioni".

Lo sapeva. Inoltre, Ella non poteva essere arrabbiata con Sloane per troppo tempo, non quando le sue labbra erano così morbide e trasmettevano tanta gioia. Scosse la testa con un sorriso ironico. "Grazie. Davvero. Mi piace molto".

Alla fine Sloane sorrise. Tirò fuori la collana dalla scatola e la sollevò. "Vuoi mettertela?"

Ella annuì. Si girò, sentendosi come una principessa Disney. Sloane fece scattare la chiusura e poi Ella si girò.

"Bella in modo assurdo, proprio come te".

Era troppo per Ella. "Smettila di guardarmi così".

"Come se tu fossi il modo migliore per iniziare una mattinata?" Sloane le prese il mento e le baciò le labbra. "Non posso farci niente se lo sei, però metto su il caffè mentre tu smetti di arrossire in questo modo adorabile. Seguimi quando sei pronta".

Sloane indossò la vestaglia bianca con le sue iniziali in oro. Tirò la cintura, poi lasciò cadere un'altra vestaglia sul bordo del letto. "Per te".

Ella aspettò che Sloane sparisse, poi si infilò nel bagno e si fissò allo specchio. Non aveva un aspetto spaventoso, ma non era nemmeno un giovane sogno d'amore. Tuttavia, Sloane l'aveva appena baciata con sentimento, quindi forse era quello che voleva. Inoltre, le aveva appena fatto il regalo più spettacolare possibile.

Ella aveva avuto intenzione di comprare un sostituto per la collana che aveva perso, ma negli ultimi mesi era stata troppo impegnata. Sloane era intervenuta, e quel regalo era per Ella *e* per sua madre. Ella guardò la collana allo specchio, adorando il modo in cui le pietre scintillavano alla luce.

"Buon Natale, mamma", disse alla sua immagine riflessa, poi strinse forte il ciondolo. Qualche respiro profondo, un cenno allo specchio ed era pronta. Doveva ancora dare a Sloane il suo regalo, però. Indossò la vestaglia e si diresse verso la cucina, dove Sloane la stava aspettando. Prese la borsa dei regali vicino alla porta d'ingresso e la portò con sé.

Sloane era in piedi al bancone, con una tazza di caffè in mano.

"Ecco il mio regalo per te". Ella sollevò una borsa regalo molto più grande. "È più grande in termini di dimensioni, ma sicuramente non di costo".

"Sarà sicuramente perfetto". Sloane le lanciò un'occhiata tagliente.

"Aprilo e facciamola finita". Se doveva morire per l'imbarazzo, avrebbe voluto che accadesse il prima possibile.

Sloane mise la borsa sulla sua isola, poi sbirciò all'interno. Quando vide cosa c'era, scoppiò a ridere. Si avvicinò e tirò fuori una confezione di 60 monoporzioni di Half Cream a lunga conservazione Lakeland, la cosa più simile all'Half-and-Half che Salchester potesse fornire. La tenne in alto, come se fosse la FA Cup.

L'espressione di puro piacere sul suo volto fece sorridere Ella.

"Non sai nemmeno quanto...".

Ella indicò il sacchetto dei regali. "C'è dell'altro".

Sloane posò la scatola e tirò fuori l'altro regalo. "Set per la preparazione di biscotti natalizi". Alzò lo sguardo verso Ella, si portò una mano al petto e scosse la testa. "Come fai a saperlo?"

"Hai detto un paio di volte che non avevi mai fatto i biscotti di Natale". Alzò le spalle. "Ho pensato: hai tempo a Natale. Forse potremmo farli insieme".

Sloane fece un respiro profondo e i suoi occhi divennero lucidi. Poi si prese un momento, si raccolse, prima di avvicinarsi a Ella.

Poi si sporse in avanti e la baciò con una tale passione da farle girare la testa.

Quando Sloane si tirò indietro, scosse la testa. "Forse io ti ho comprato il regalo perfetto per te, ma tu hai comprato il mio. Half Cream? Non potevo chiedere di più". Accarezzò la scatola con affetto. "Anche il kit per i biscotti è fantastico". Poi strinse Ella tra le braccia. "Grazie. Lo adoro". La baciò di nuovo. "Ora non vedo l'ora di prendere il mio caffè".

"Non c'è di che". Ella prese la sua collana. "Anch'io amo il mio regalo, anche se è troppo". Stare così vicino a Sloane le faceva drizzare ogni pelo del corpo. Quando alzò lo sguardo verso il suo, anche il suo clitoride si indurì. Si morse l'interno della guancia mentre le opzioni per il giorno di Santo Stefano si restringevano davanti ai suoi occhi. Sloane aveva accennato a una sessione di riabilitazione oggi in palestra, ma in questo momento Ella non riusciva a pensare ad altro che a scopare Sloane contro il bancone della cucina.

Non voleva esagerare, l'aveva già tenuta sveglia mezza nottata, ma non credeva alla sensazione che provava quando le era vicina. Voleva strapparle ogni vestito che indossava, anche se non era molto, e prenderla ancora. Era un istinto sconosciuto e snervante. Ella non era così. Era stata così in passato? Se lo era stata, non riusciva a ricordarlo.

Quella connessione.

Quel folle *desiderio*.

Non poté fare a meno di puntare lo sguardo sulle labbra di Sloane. Non voleva apparire invadente e se Sloane voleva lavorare, l'avrebbe lasciata in pace.

Il solo fatto di essere lì con Sloane era sufficiente.

"Questo caffè richiede dieci minuti per l'erogazione. Lento e intenso, ecco come viene fuori".

Ma non se Sloane faceva commenti del genere.

Il cuore di Ella corse un po' più veloce. "Mi ricorda qualcos'altro". Sfiorò il labbro superiore con la lingua.

"Anche a me". Gli occhi color zaffiro di Sloane si illuminarono. Con una mossa che Ella non si aspettava, Sloane tirò la cintura della sua vestaglia finché non si aprì e si avvicinò a lei. Poi prese la mano di Ella e la posò sul bancone dietro di lei, le divaricò le gambe con la coscia, quindi infilò una mano tra di esse. Quando trovarono il punto giusto, Ella gemette e Sloane fece esattamente lo stesso.

"Sei fradicia". La voce di Sloane era dolce come lo sciroppo.

"Mi sono addormentata così. E mi sono svegliata allo stesso modo". Ella non si vergognava, perché era la pura e semplice verità.

"Dieci minuti, allora", aggiunse Sloane. "Forse nove, adesso". Fece scivolare due dita dentro Ella e iniziò a scoparla. Velocemente.

Così velocemente che Ella non ebbe il tempo di pensare. O respirare. O di chiedersi qualsiasi cosa, a parte il fatto che non voleva che quel momento finisse mai. Che cosa aveva detto Sloane sul fatto che i ricordi contano? Sapeva già che questa istantanea della sua vita sarebbe rimasta ferma nella sua mente per giorni.

Ella afferrò il bancone dietro. Sloane aggiunse un altro dito ed Ella spinse il bacino in avanti. Quando andò più a fondo, gettò la testa all'indietro e lanciò un grido. Le sue dita la riempivano deliziosamente. Ella non riusciva quasi a ricordare il suo nome. Gettò un braccio intorno al collo di Sloane.

"Non fermarti", sussurrò in un silenzio pesante. E poi, prima che potesse elaborare ciò che stava accadendo, arrossì e cominciò a tremare mentre l'euforia si scatenava in lei. Ella venne proprio lì, in piedi, con le dita di Sloane sepolte dentro di lei. Cazzo. Si sentiva fantasticamente sgualdrina.

Pochi istanti dopo, Sloane tormentava la bocca di Ella con le sue labbra, poi con la mano libera le palpava il sedere. "Sei eccezionale, lo sai?"

Ella non poteva rispondere. Non aveva il controllo su nulla in quel momento, tantomeno sulle parole. Poi Sloane le mordicchiò il collo, estrasse delicatamente le dita e si inginocchiò. Le palpebre di Ella si aprirono di scatto.

"La caviglia", disse.

"Sta bene", rispose Sloane, mentre con i polpastrelli risaliva le sue cosce nude.

Ella allargò le gambe il più possibile, poi affondò le dita

nei morbidi capelli di Sloane. Perché si era negata quel tipo di piacere per tanto tempo? Per testardaggine, mista a puro e semplice blocco mentale. Ma ora, con gli occhi chiusi e gli arcobaleni che le danzavano sul retro delle palpebre, ci affondava dentro come nelle sabbie mobili. Quando la lingua di Sloane si fece strada dentro di lei, il momento si fece più nitido. La presa di Ella sui capelli di Sloane divenne più salda, per spingerla a continuare. Stava per lasciarsi andare per la seconda volta, ed Ella non lo faceva quasi *mai*. Altre ondate di desiderio si accesero dentro di lei. Aspirò profondamente, mentre un soffio di caffè riempiva l'aria.

La lingua di Sloane vorticava intorno a lei, mandando una vertiginosa beatitudine in ogni parte del suo corpo. Ella amava il modo in cui Sloane aveva decifrato il suo codice nel giro di 24 ore. La sera prima aveva ascoltato ciò che Ella voleva e aveva ricordato ogni dettaglio, ogni cerchio sicuro della sua lingua indicava che l'aveva capita. Quando Sloane fece pressione, Ella quasi urlò.

Era contenta di aver indossato la vestaglia, dava accesso facile. Negli ultimi anni era stata tutt'altro che una persona facile, ma con il suo sorriso spensierato e la sua natura generosa, Sloane aveva sbloccato qualcosa dentro di lei. Ora Ella voleva solo di più. Voleva che ogni mattina iniziasse così; svegliarsi felice, andare in cucina, farsi scopare alla grande sul bancone.

Mentre la lingua di Sloane compiva la sua magia, il suo sangue fluiva verso sud, dove era più necessario. Quando Sloane fece scivolare di nuovo le dita dentro, Ella accolse ogni spinta con una del bacino, con il cuore che le ballava nel petto.

Ella era persa in qualche orizzonte lontano, quando un segnale acustico acuto interruppe il momento.

Che diavolo era? Il calore le si gonfiò dentro mentre le palpebre si aprivano.

La lingua di Sloane si bloccò. Alzò gli occhi e incontrò lo sguardo di Ella. Sloane sorrise.

"Se ti fermi adesso, ti uccido", ansimò Ella.

Un sorriso sensuale invase il volto di Sloane. "Non sono così crudele".

E così, al ritmo dei bip della macchina del caffè, Sloane passò ancora una volta la lingua verso l'alto e colpì di nuovo il punto più sensibile di Ella. I sensi di Ella si scossero e lei raggiunse l'apice con un forte gemito. Le ginocchia le cedettero e il suo cervello si trasformò in gelatina. Sloane lasciò che la cosa si ripetesse, poi continuò ancora. Ella era così eccitata che venne di nuovo quasi istantaneamente, prima di abbassarsi e spingere via la testa di Sloane.

Sloane diede un altro bacio delicato, poi si alzò con molta cautela e si avvicinò per spegnere l'allarme della macchina del caffè. Tornata all'altezza di Ella, le baciò ancora una volta le labbra.

Ella assaggiò se stessa sulle labbra di Sloane, il che la rese ancora più bagnata.

"Complimenti per la resistenza. C'è chi si fa scoraggiare dal caffè pronto, ma tu sei una professionista".

"Non per vantarmi, ma non è stato difficile".

Sloane rise.

Ella amava quel suono. La risata di Sloane era leggera e dorata e si avvolgeva intorno a lei, riempiendola. La sua vista era ancora annebbiata, ma si sporse in avanti e baciò lo stesso le splendide labbra rosse di Sloane. "Mi rendi facile".

Detta così sembrava una cosa strana. Si irrigidì in volto. "Ignora tutto quello che dico i dieci minuti dopo essere venuta, per favore. Alcune frasi mi escono molto male".

Un altro bacio alle sue labbra, poi Sloane fece scorrere un dito tra il calore liquido di Ella.

Ella si sciolse sul posto.

"Al contrario, credo che ti escano bene", rispose.

Capitolo 23

Il giorno seguente erano di nuovo accanto al bancone della cucina, ma questa volta aspettarono che la macchina emettesse un segnale acustico senza fare sesso. Sloane non sapeva bene se questo fosse un miglioramento o meno, ma era soddisfatta della lingua di Ella nella sua bocca e della mano di Ella sulla sua chiappa nuda.

In passato, Sloane aveva sempre considerato il Natale come un'interruzione della sua vita normale, un fastidio che doveva tollerare. Quest'anno, però, era entusiasta di avere due interi giorni liberi. Ne aveva fatto buon uso, incontrando la sua famiglia da tempo perduta e assicurandosi che Ella sapesse esattamente come si sentiva.

La macchina del caffè emise un segnale acustico e Sloane staccò con riluttanza le labbra da quelle di Ella. "Potrei baciarti per sempre". Suonava sdolcinato? Non le importava.

"Moriresti per carenza di caffeina. È molto pericoloso per una donna come te".

Spinse le sue labbra di nuovo dove volevano essere, sopra quelle di Ella. Poi infilò le dita nelle sue mutandine. La sua mente tremolò quando le dita entrarono in contatto con il clitoride di Ella.

Il cicalino della porta suonò.

Ella si spostò in avanti e le dita di Sloane entrarono in lei.

Sloane chiuse gli occhi con Ella proprio mentre il suo cicalino suonava di nuovo. Arricciò le dita all'interno.

Ella lasciò cadere la testa sulla spalla di Sloane. "Sei tremenda".

"Tu sei irresistibile".

Il cicalino suonò di nuovo. Sloane fece una pausa.

"Merda." Baciò il lato del collo di Ella. "Sto aspettando un pacco da una mia amica negli Stati Uniti, quindi potrei doverlo prendere". Sloane trasalì. "Mi dispiace." Con riluttanza staccò la mano da Ella, le baciò le labbra, poi si passò frettolosamente un po' d'acqua sulla mano e la asciugò sullo strofinaccio festivo. "Resta lì". Gli occhi di Sloane valutarono avidamente Ella. "Sei perfetta. Voglio tornare subito da te". Guardò la camicia oversize che Ella indossava e che le arrivava a metà coscia, insieme alle sue gambe toniche e nude.

"Se sei fortunata, torno subito".

Sloane aprì la porta in maglietta e pantaloncini, ma non era il fattorino che si aspettava. Si trattava piuttosto di Nat, vestita in jeans, Nike immacolate e felpa con cappuccio, con i capelli corti e scuri che le ricadevano davanti agli occhi. Sloane non l'aveva quasi mai vista senza tuta o set della squadra. In qualche modo sembrava ancora più giovane.

Sloane sbatté le palpebre due volte prima di riuscire a far uscire le parole dalla bocca. Aveva salutato Nat quattro giorni prima e non sarebbe dovuta tornare a Salchester prima del 29. Era in anticipo di due giorni.

Merda.

Doveva esserle successo qualcosa con la famiglia.

Ma si trattava di un tempismo davvero sbagliato. La paura si fece strada nel corpo di Sloane. Doveva prendere tempo con Nat, non voleva che si venisse a sapere prima che lei ed Ella sapessero di cosa si trattava. Non avevano parlato di nulla, si erano perse nella loro bolla sessuale.

Nat era un bel problema al momento.

"Sei tu". Pessimo inizio. "Cosa ci fai qui?" Terribile seguito.

Si sentiva la persona peggiore di tutto il mondo in assoluto. Ella aveva detto a Nat che la sua porta era sempre aperta, così come quella di Sloane, ed ecco che Nat aveva accettato la sua offerta. Sloane non aveva stabilito orari precisi in cui la porta poteva essere meno aperta.

Come quella mattina.

Nat aggrottò le sopracciglia e Sloane fu certa che anche il suo labbro tremò.

Sì, Sloane sarebbe andata all'inferno con un treno espresso.

"Stavo tornando al mio appartamento e mi sono fermata per parlare con Ella, ma non c'era. Così ho pensato di vedere se avevi tempo per un caffè. Ma magari è un brutto momento". Il suo volto si accartocciò, ma cercò di trattenersi. Durò almeno dieci secondi. "Sono tornata prima da Liverpool, era tutto un po' *troppo*". Gli occhi di Nat divennero lucidi. "E ho pensato…" Scosse la testa. "Non so cosa ho pensato".

Per evitare che Nat crollasse sulla soglia di casa e che Sloane vincesse il premio di amica più stronza dell'anno, le mise un braccio intorno alle spalle e la tirò dentro. "Quello che ho detto era vero. Scusa, ma non ti aspettavo".

Evidentemente sapeva mentire a sproposito.

Ma questo non cambiava il fatto che Ella era ancora nella sua cucina, in mutandine e camicia lunga, dopo aver fatto sesso.

Doveva mantenere la calma. Infilò il braccio in quello di Nat per controllarne la velocità e la accompagnò molto lentamente lungo il corridoio.

"Ho appena fatto il caffè, quindi hai fatto centro, Nat!" Sloane urlò le sue parole, come se stesse recitando nella pantomima locale. A quanto pare, era una cosa importante nel Regno Unito. Aveva visto manifesti in tutta la città e c'era il tutto esaurito.

Nat la guardò come se fosse impazzita.

Ma Sloane doveva avvertire Ella. O forse avrebbe dovuto far aspettare Nat all'ingresso? Troppo tardi, ormai era qui.

"Hai passato bene le vacanze?" Stava ancora facendo la voce da teatro.

Voleva spararsi in testa.

Nat sembrò ancora più confusa quando Sloane rallentò il passo.

"Va tutto bene?" Nat aggrottò le sopracciglia. "Ti ho appena detto che me ne sono andata prima, dopo che tutto era andato a rotoli".

Sloane resistette all'impulso di sbattere la testa contro la cornice della porta del soggiorno. Doveva attraversarla, ma sperava che Ella avesse sentito che Nat era lì. Se era al bancone, con la camicia slacciata, ad aspettare Sloane, stavano per morire entrambe di una morte molto lenta.

A quel pensiero, Sloane staccò il braccio da Nat e si precipitò nella camera principale.

Ella era in piedi davanti alla macchina del caffè. Per

fortuna, la camicia era completamente abbottonata e aveva lo strofinaccio festivo davanti alle ginocchia, il che fece sciogliere Sloane ancora di più.

"Oh cazzo, non mi ero accorta…". Nat lasciò le parole in sospeso mentre spostava lo sguardo da Sloane a Ella e viceversa. "… che avessi compagnia", concluse alla fine. Poi si schiarì la gola mentre le sue guance diventavano dello stesso colore di quelle di Ella. "Ecco perché non hai risposto alla porta quando ti ho cercata per la prima volta", disse a Ella. "Perché sei qui". Ella trasalì. "Cazzo, dovrei andare". Poi Nat scoppiò a piangere.

Ella lasciò cadere lo strofinaccio, si avvicinò e la abbracciò. "Non essere stupida, non devi andare via".

Nat sprofondò nell'abbraccio e Sloane si meravigliò di quanto Ella fosse diventata una confidente per le giovani giocatrici. Tutte si fidavano ciecamente di lei, era un'abilità non da poco.

Dopo qualche istante, Nat tirò su con il naso e si staccò da Ella, poi si pulì il naso sulla manica.

Ella fece discretamente un passo indietro e le prese un fazzoletto.

Nat lo prese ringraziando frettolosamente, poi si soffiò il naso per bene. "Mi dispiace di avervi interrotte, volevo solo parlare con qualcuno. Come ho detto, ho provato prima nel tuo appartamento, Ella. Non sapevo di voi due".

"Questo perché fino a due giorni fa non c'era nulla da sapere".

Nat aggrottò le sopracciglia e Sloane non era sicura se le credesse o meno. In questo momento, non aveva molta importanza.

"Vado solo…". Ella fece un cenno verso la camera da letto. "Mi metto dei jeans, così non mi sento così poco vestita. Torno tra due secondi".

Sloane si fece avanti e mise un braccio sulla spalla di Nat. "Sembra che tu abbia avuto dei giorni movimentati a casa". Fece un cenno verso il divano. "Siediti, preparo un caffè e puoi parlare con Ella quando torna".

Ma Nat raddrizzò le spalle e scosse la testa. "Me ne vado, vi lascio un po' di spazio. Se la cosa va avanti solo da due giorni, non voglio fare da terzo incomodo".

Sloane scosse la testa, ma Nat era decisa. "Ho voglia di chiacchierare, ma posso andare a casa, disfare le valigie, fare un po' di ginnastica e tornare più tardi. Vi do un po' di tempo".

Sarebbe stato meglio. "Se sei sicura? Non voglio buttarti fuori".

"Non preoccuparti". Un mezzo sorriso le si attorcigliò sul viso.

"Va bene". Ma c'era una cosa che Sloane voleva chiarire prima che Nat se ne andasse.

"Posso chiederti un favore, però? È una cosa molto nuova e non so dove andrà a parare. Potrebbe essere qualcosa, potrebbe non essere niente. Ti sarei grata se lo tenessi per te, per ora".

Nat fece un cenno deciso a Sloane. "Certo. Lo porterò nella tomba".

"Non ce n'è bisogno, solo un po' di discrezione per ora andrebbe bene". Non voleva che venisse comunicato alla squadra prima che lei fosse pronta.

Sloane seguì Nat lungo il corridoio fino alla porta d'ingresso. "Vai ad allenarti e libera tutta l'energia in eccesso accumulata dentro di te. Mandami un messaggio quando sei pronta e ci mettiamo d'accordo sull'orario, sono qui tutto il giorno".

Nat annuì quando Sloane aprì la porta. Una pugnalata di senso di colpa la trafisse. "Sei sicura di stare bene? Non vuoi rimanere per un caffè?"

"Sicura. Questo mi ha distratta". Fece una pausa. "A proposito, come va la caviglia?"

"Meglio. Sono quasi pronta a tirare di nuovo cannonate".

Sloane chiuse la porta, premette il palmo della mano contro di essa ed espirò. Cazzo. Forse avrebbe dovuto chiamare Lucy, solo per farle sapere come stavano le cose. Ma il 27 dicembre? Anche no. Inoltre, lei ed Ella dovevano ancora capire come sarebbe andata a finire, o cosa volevano entrambe. Non ne aveva idea.

Dei passi dietro di lei la fecero voltare. C'era Ella, con un aspetto *commestibile* nei suoi pantaloni color prugna e nella camicia bianca. Erano gli stessi vestiti che giacevano sulla poltrona della camera da letto di Sloane dal giorno di Natale, quando lei se li era tolti. Da allora, Ella aveva vissuto con i vestiti di Sloane, o era rimasta nuda.

"È stato inaspettato". Sloane si mosse verso di lei, ma si fermò quando si avvicinò. La bolla era scoppiata ed Ella aveva alzato una barriera. L'energia era cambiata. Un brivido attraversò Sloane. "Stai bene?"

Ella lo fissò, poi scosse la testa. "Non mi è piaciuto molto quello che hai detto a Nat".

La caviglia di Sloane cominciò a pulsare. "Che cosa ho detto?" Il modo in cui i lineamenti di Ella si indurirono fece capire che aveva detto qualcosa di brutto. Si scervellò, ma non riusciva a capire.

"Che potrebbe non essere nulla".

Sloane si mordicchiò l'interno della guancia. "Non intendevo quello che pensi. È solo che non abbiamo parlato molto, vero?"

"Ma avrei preferito che mi dicessi che potremmo non essere niente prima di dirlo a Nat". Fece una pausa. "Avevi intenzione di scoparmi di nuovo prima di dirmelo o no?"

Sloane inghiottì un duro grumo di realtà. "Non è quello che intendevo". Mise le mani sulle braccia di Ella. "Non devi ancora andartene. Rimani. Prendi un caffè. Parliamo adesso".

Ma lei scosse la testa. "Devo comunque andare a fare i bagagli per la visita alla mia famiglia. Parto domani, devo tornare alla mia vita. Non posso restare qui a fare sesso con te per sempre".

Quella frase risucchiò l'aria dai polmoni di Sloane. Tirò Ella verso di sé. Questa volta la resistenza fu leggermente inferiore. "Vai a fare le valigie, e parlerò con Nat più tardi. Ma dopo ci vediamo? Per favore?"

"Ti farò sapere". Si chinò in avanti e posò un bacio sulle labbra di Sloane. Poi un altro. Poi un altro ancora.

Ogni parte di Sloane scoppiò in un applauso.

"Il problema con te è che è molto difficile lasciarti, anche quando sono arrabbiata". Un ultimo bacio prima che Ella facesse un passo indietro. "Ma per ora è tempo di tornare nel mondo reale".

Capitolo 24

Ella entrò con l'auto nel cimitero e accese il riscaldamento. Il parabrezza si era improvvisamente ghiacciato e aveva quasi paura di uscire per non perdersi nella nebbia che era scesa. Man mano che procedeva verso nord e verso ovest, il tempo era decisamente peggiorato. Essendo cresciuta lì, ci era abituata, ma la cosa la coglieva comunque di sorpresa. Ormai era una ragazza di città, viveva nel centro di Salchester, e si dimenticava facilmente di cosa significasse vivere sulla rinfrescante costa settentrionale. Nonostante tutto, il cartello che le diceva che si trovava a Midcombe la faceva sempre sorridere. Non importa dove andasse nel mondo, quella sarebbe sempre stata casa sua. Dove vivevano gli zii, dove era sepolta sua madre. Guidò l'auto lungo la strada del cimitero e spense il motore in prossimità della sua destinazione.

La tomba di sua madre era ben curata, come Ella sapeva che sarebbe stato. Sua zia Ursula portava fiori nuovi ogni settimana e Marina si assicurava che la tomba fosse la più curata del cimitero. Ella non avrebbe detto di essere competitiva, ma se ci fosse stato un premio per la tomba più curata, Marina lo avrebbe vinto. Si inginocchiò e pulì la lapide di marmo, mentre il freddo filtrava attraverso i guanti termici. Sua madre amava quel tempo: non c'era niente che le piacesse di più del gelo e della neve, e il Natale era il suo periodo preferito dell'anno. Ella aveva giurato di continuare ad amarlo dopo la morte della mamma e di non lasciare che questo lo rovinasse. Per lo più ci era riuscita, grazie all'aiuto della sua famiglia. Posò il mazzo di rose rosa ai piedi della tomba, poi chiuse gli occhi e fece un respiro profondo, proprio come le diceva sempre sua madre.

"Se le cose si fanno opprimenti, chiudi gli occhi, fai un respiro profondo e conta fino a dieci. Quando li riaprirai sarà sempre tutto più chiaro".

Ella fece come le era stato detto. Tuttavia, quando li riaprì, non era sicura che avesse funzionato. Aveva passato gli ultimi due giorni con la migliore attaccante del mondo, qualcuno con cui non sarebbe dovuta andare a letto. Eppure, era sembrato quasi inevitabile dal momento in cui si erano incontrate. Quando si erano baciate, non era rimasta sorpresa. Ma la reazione di Sloane a Nat era stata un campanello d'allarme. Non andava a letto con chiunque, andava a letto con persone che erano importanti per lei.

Forse poteva dire a Lucy che lo faceva solo per dare una motivazione in più a Sloane, per renderla felice in modo che potesse continuare a fare goal ai Rovers? Sorrise al pensiero. Lucy non era stupida, aveva frequentato abbastanza squadre di calcio da sapere che le relazioni erano comuni.

Ma Ella non era mai andata a letto con un'atleta. Fino ad ora.

Espirò a lungo e strinse forte la lapide di sua madre.

"Buon Natale, mamma". Il respiro le si condensò intorno. "Sono un po' in ritardo, ma sono arrivata in macchina solo stamattina. Ci credi che non ho mangiato affatto formaggio in questo periodo festivo?" In effetti, forse era il motivo per cui aveva perso peso, grazie al fatto che mangiava pochissimo e bruciava calorie nel miglior modo possibile. Questo pensiero la fece sorridere. Ma anche se sua madre non era più con lei, non aveva intenzione di condividere questa informazione. Era morta, ma erano ancora madre e figlia.

"Sono anche un po' in difficoltà. Ho conosciuto una persona. Mi piace molto, è gentile, premurosa, fantastica in quello che fa e so che ti piacerebbe". Era sempre il punto dolente in situazioni come quella: sua madre non avrebbe mai conosciuto la sua compagna.

Non si poteva negare.

Teneva tanto a Sloane e voleva che fosse la sua compagna.

"Qual è il problema, allora, ti chiederai? Veniamo da mondi molto diversi e non so se può funzionare. È ricca, e so che non ti sei mai fidata delle persone con i soldi". Ella premette la mano sul bavero del cappotto e sentì la collana contro la pelle nuda.

"Ma, soprattutto, probabilmente se ne andrà alla fine della stagione. Potrebbe anche non essere una sua scelta rimanere. Ma io *devo* restare, ho faticato in tutti questi anni per un lavoro come questo. Mi piace così tanto. Ma forse sto rendendo le cose più difficili vedendomi con Sloane?"

Anche mentre lo diceva, però, sapeva che era inutile. Aveva già una relazione con Sloane, che le piacesse o meno. Si era innamorata di lei molto prima che andassero a letto insieme. Quando erano andate a vedere il Kilminster United, quando Sloane le aveva riempito l'armadio, quando Ella le aveva impedito di schiantarsi nel traffico. Quando avevano condiviso i tramonti.

Non importava cosa pensasse sua madre o cosa pensasse

Ella. Era già nei guai, perché era già immersa fino alla vita nei sentimenti per Sloane.

Sì, magari se ne sarebbe andata tra sei mesi.

Sì, non sapeva esattamente cosa provasse per lei.

Ma ora che ne aveva parlato ad alta voce con sua madre, Ella sapeva esattamente cosa provava per Sloane.

Per la prima volta in vita sua, si era innamorata di brutto.

Quello rendeva tutto doppiamente complicato.

Cazzo.

Capitolo 25

"Ti è piaciuto il mio regalo?" Layla si sedette di fronte a Sloane nella mensa, con un sorriso sulle labbra. "Non era perfetto?"

Sloane rise. "Era proprio perfetto. Un anno di rifornimenti di caffè, con consegna mensile. Perfetto per me. Ma questo significa che dovrò rimanere qui per un altro anno?" Questo era stato il primo pensiero che aveva attraversato la mente di Sloane quando aveva aperto il regalo. Il suo contratto scadeva a giugno, il contratto per il caffè scadeva il prossimo dicembre. Layla sapeva qualcosa che lei non sapeva?

Parlarono dei loro Natali, Layla descrisse il suo come "frenetico ma favoloso". Era il suo primo Natale con bambini e parenti che stavano da loro, quindi Sloane poteva ben immaginarlo.

"Com'è stato il tuo?" Layla prese una forchettata di spaghetti.

"Come il tuo. Occupato, un po' folle". Sloane prese fiato. Non era così facile come aveva pensato, doveva ancora pensare alla reazione di Ella, a come si sarebbe sentita. Ma doveva parlare con qualcuno. "Siamo andate a trovare la mia famiglia perduta da tempo, così abbiamo trascorso anche un Natale in famiglia".

"Noi?".

Sloane si leccò le labbra. Le era sfuggito senza che ci pensasse. Erano un "noi"? Non ne aveva idea. Annuì. "Io ed Ella. Si è offerta di guidare ed è venuta con me come supporto morale".

Layla finì di mangiare. "E poi?" Sorrise, posò la forchetta e si avvicinò a Sloane. "Conosco quell'espressione sul tuo viso, Sloane Patterson. Ricordo quando tu e Jess vi siete messe insieme: gli sguardi sottili, i sorrisi sornioni. Ella non è nemmeno qui e ti comporti proprio così. C'è qualcos'altro che vuoi dirmi?"

Sloane era rasserenata dalla familiarità della loro lunga amicizia. Layla la conosceva.

"Non è successo nulla prima del giorno di Natale". Fece una pausa. "Ma la situazione è cambiata quando siamo tornate a casa, e lei non se n'è andata finché Nat non ci ha beccate il 27". Sloane trasalì alla parte finale.

Le sopracciglia di Layla si alzarono verso il soffitto. "Vi ha beccate? Che cazzo significa?"

Sloane fece un gesto con la mano per dire a Layla di abbassare la voce. "Puoi evitare di gridarlo a tutti i presenti?"

Layla si guardò intorno. Era piena solo a metà, con alcuni giocatori e membri del personale a cui era stato concesso del tempo libero in più se lo avessero richiesto. Nessuno nella sala ci aveva fatto caso.

"Significa", continuò Sloane in un sussurro al limite, "che è entrata e ha visto subito che Ella era lì. Senza pantaloni".

Gli occhi di Layla si allargarono. "La mia definizione di pantaloni, o la tua?"

Sloane sbuffò. "La mia, per fortuna. La tua sarebbe stata un disastro".

"Povera Ella, in ogni caso". Layla si sedette e scosse la testa. "Non la fai mai facile, vero? Peschi sempre nello stagno più vicino".

"Non è stato intenzionale". Era vero, ma non si può evitare di innamorarsi di qualcuno. Sloane si era innamorata di Ella? Se non lo aveva realizzato prima, di certo ora sì.

"Ti stai scopando la performance coach. Immagino che questo significhi che la tua salute mentale è al top".

"Tutt'altro". Sloane si passò le dita tra i capelli. Erano morbidi; aveva dimenticato di mettere il gel. Evidentemente la sua mente aveva pensato ad altro. "Sono un disastro".

"Oggi c'è?"

Sloane scosse la testa. "È andata a trovare la famiglia, come aveva pianificato. Ma ha lasciato più domande che risposte. Abbiamo trascorso due giorni fantastici, ma ora cosa succederà?"

Layla mangiò l'ultimo pezzo del suo pranzo, poi spinse via il piatto. "Cosa vuoi che succeda adesso?"

"Voglio navigare con lei verso il tramonto. Ma non so cosa voglia lei. Non abbiamo parlato molto e poi è dovuta partire". Non suonava meglio quando lo diceva ad alta voce. "Ci piacciamo, lo so. Abbiamo passato un bellissimo Natale insieme". Pronunciò le ultime parole con molta più sicurezza, perché in cuor suo sapeva che erano corrette. Non sapeva cosa Ella volesse in futuro, non sapeva nemmeno cosa volesse lei, ma sapeva per certo che quando erano solo loro due, erano preziose come l'oro.

L'amica sollevò un sopracciglio. "Sono proprio felice di

essere sposata". Mise una mano sul braccio di Sloane. "Ma potrebbe essere una cosa positiva. Ella è più equilibrata di Jess, anche più della tua precedente ragazza".

Sloane si stropicciò un occhio. "Sai troppo di me".

"Davvero troppo", concordò Layla con un sorriso. "Ma ti vedrei bene con lei. Dillo a Lucy, tienilo separato dal lavoro, perché no?"

"Perché se mi innamorassi di lei e poi dovessi andarmene? Quest'anno doveva servire a mettere un po' di distanza tra me e Jess, e tra me e la mia famiglia. Doveva servire a scoprire chi sono veramente, per dimostrare che posso farcela in un altro paese, ma non ho mai avuto intenzione di restare". Aveva già troppi sentimenti quando si parlava di Ella, tutti bruniti da macchie d'oro e di lussuria. Potevano trasformarsi in amore? Scacciò quel pensiero dalla sua mente.

"La vita è ciò che accade mentre si fanno altri piani". Layla si sedette. "Mia moglie me l'ha detto quando ho dato di matto dopo che è rimasta incinta al primo tentativo. Non pensavo di essere pronta, non pensavo di poterlo affrontare. Invece l'ho fatto. Quando c'è qualcosa di giusto, si lavora per far sì che la propria vita vi si adatti". Scrollò le spalle. "È quello che devi capire quando si tratta di Ella. Stai bene con lei?"

Nelle vene di Sloane scorrevano scintille liquide. Immaginò Ella, sdraiata nel suo letto, scintillante come sempre.

"Più che bene".

"Allora allaccia le cinture e preparati al viaggio".

*** ***

Sloane tornò in taxi dall'allenamento, poi andò a fare una passeggiata lungo il vicino canale, anche se faceva un freddo pungente. O "abbastanza freddo da congelare le palle di una scimmia d'ottone", come amava dire la gente del posto. Stava imparando ogni giorno di più il gergo britannico e doveva ammettere di averne una certa predilezione.

Aveva nevicato negli ultimi due giorni, ma i sentieri vicini erano stati tutti sgomberati e spianati. Stava facendo molta attenzione, come si addice a una persona in riabilitazione: era fantastico essere di nuovo sul campo di allenamento, a fare quello che sapeva fare meglio. Magari non poteva ancora segnare goal liberamente, ma almeno aveva calciato un pallone.

Tirò il suo cappello di lana verde il più in basso possibile ma che permettesse ancora la vista, e rabbrividì mentre camminava. Le anatre sull'acqua guardavano il suo cappello con invidia.

Il suo telefono vibrò in tasca e lei lo tirò fuori. Quando vide di chi si trattava, aggrottò le sopracciglia. Un messaggio di Jess, che diavolo voleva?

Volevo solo farti sapere che io e Brit ci siamo lasciate. Volevo dirtelo prima che lo facessero i media. So che la nostra relazione ci ha fatte lasciare, e ho ancora dei rimpianti per questo. Tornerò nel Regno Unito per la partita dell'Inghilterra. Non avrei mai dovuto lasciarti andare e so che potrei aver bruciato i ponti, ma mi piacerebbe vederti, comunque sia. A proposito, ho trovato l'anello che amavi. Quello d'argento con la pietra di onice nera, che pensavi di aver perso. L'ho trovato in una tasca della mia vecchia giacca. Posso dartelo quando ci vediamo, oppure posso spedirtelo.

Si firmava con tre cuori e un bacio.

Sloane voleva gettare il telefono in acqua, ma non sarebbe servito a nessuno. Jess aveva una certa faccia tosta a tornare da lei dopo tutto quello che era successo, ma era fatta così. Si annoiava facilmente, ma era sempre felice di fare un secondo tentativo. Succedeva quando passava dall'imparare a suonare la chitarra all'imparare la batteria, e poi viceversa. In questo scenario, Sloane era la chitarra e Brit la batteria. Voleva un'altra strimpellata. Ma Sloane non aveva intenzione di farsi prendere in giro, tantomeno da Jess. Inoltre, il modo in cui aveva parlato dell'anello con disinvoltura alla fine? Sapeva che Sloane amava quell'anello, che l'avrebbe fatta rispondere. Le faceva venire voglia di urlare.

Sloane inviò un rapido messaggio a Jess chiedendole di spedirlo e ricordandole l'indirizzo. Per un attimo esitò, con il dito sul pulsante di invio. Probabilmente Jess non lo avrebbe spedito, avrebbe preferito tenere l'anello in ostaggio per un incontro. Sloane strinse i denti e premette invio.

Stava fissando il messaggio inviato proprio quando il suo telefono si illuminò con un altro messaggio.

Questa volta era da parte di qualcuno che voleva sentire, Ella.

Sto pensando a te. Rimarrò qui per Capodanno, perché mia zia mi ha convinta, e anche perché la neve e la nebbia sono un pericolo per la guida. Ci vediamo quando torno. Non camminare sui sentieri ghiacciati. Non vedo l'ora di vederti.

Si congedava con un solo bacio.

Ora Sloane era molto contenta di non aver gettato il telefono nel canale. Voleva fortemente Ella nella sua vita, anche se doveva aspettare per dirglielo.

Jess era il suo passato.

Ella poteva essere il suo futuro.

Capitolo 26

Era la prima settimana di gennaio, la prima volta che Ella tornava al lavoro dopo la visita prolungata alla sua famiglia. Si era divertita, ma si sentiva sempre in colpa ad andarsene. Tuttavia, si era sentita altrettanto in colpa a stare lontana, avendo lasciato Sloane quando avevano appena iniziato *qualsiasi cosa fosse*.

Non avevano parlato di progetti per il nuovo anno, ma aveva trascorso il Capodanno con la zia, proprio come avrebbe fatto sua madre. Aveva scritto a Sloane, ma i messaggi erano stati freddi. Come se entrambe fossero incerte su come giocare il prossimo passaggio. Ella non ne aveva idea. Tutto ciò che aveva capito durante il periodo di assenza l'aveva confusa ancora di più. Visto il suo lavoro, avrebbe dovuto essere più brava in queste cose.

Ella guardò fuori dalla finestra del suo ufficio, ma riuscì a vedere solo la cima di due teste che passavano. Sapeva che Sloane sarebbe stata al club, perché le aveva mandato un messaggio prima. La giornata di Ella aveva comportato una chiacchierata con tutta la squadra (tranne Sloane) per rimettersi in carreggiata dopo il periodo di riposo natalizio e per recuperare la piena forma fisica. Aveva detto alla squadra di godersi un bicchiere di vino a cena, se volevano, ma lei non dubitava che qualcuna avesse esagerato. Finché si trattava di una sola volta, potevano farsene una ragione, ma doveva tenere sotto controllo la salute fisica e mentale della squadra, perché le due cose erano intrinsecamente legate. Se la dieta era andata a rotoli, probabilmente era un segno di qualcosa di più profondo.

Nat era presente alla riunione, ed era la prima volta che Ella la vedeva da quando l'aveva incontrata senza pantaloni. Era arrossita quando i loro occhi si erano incontrati, ma Nat aveva a malapena battuto le palpebre. Forse l'intera situazione non era importante per lei, non sarebbe stato un problema. Sempre che ci fosse qualcosa su cui farsi problemi. Ma perché ciò accadesse, Ella doveva rivedere Sloane. Era il momento di cercarla.

Uscì nel corridoio e passò davanti all'ufficio di Lucy. Era al telefono, con la fronte aggrottata. Ella chiuse la cerniera della felpa da allenamento, poi abbassò lo sguardo sugli scarpini. Li aveva ancora addosso da quando era scesa in campo per una sessione con un paio di giocatrici delle giovanili. Si stavano rivelando popolari per coloro che trovavano scoraggiante la pressione dell'interazione faccia a faccia, ed Ella era felice di assecondarle.

I suoi scarpini fecero clic sul cemento mentre camminava dal centro di allenamento verso il campo. La sensazione che provava quando affondava nel manto erboso era gloriosa come sempre. Respirò l'aria pungente di gennaio mista a terra fresca, poi scrutò le giocatrici davanti a lei, che prendevano gli ultimi ordini dagli allenatori. In un'altra vita, in un altro universo, quella sarebbe potuta essere lei. Tuttavia, in quella vita, il suo lavoro era un'ottima seconda scelta.

"Bene, buon lavoro a tutti! Se volete dei punti extra, sentitevi liberi di rimanere e allenarvi più a lungo. Altrimenti, fatevi una doccia e non dimenticate di bere, per favore!" Era Jonas, il braccio destro di Lucy. Aveva lasciato a lui la seconda sessione di allenamento di quel giorno. All'estremità del campo c'era Sloane, che stava facendo scatti in solitaria e un leggero lavoro con la palla con l'allenatrice Sally. Era la prima volta che Ella vedeva Sloane di nuovo sul campo, e poteva già notare che il suo recupero era quasi completato, un'ottima notizia per lei e per la squadra.

"Ti va di dare qualche calcio al pallone, coach?" Nat si avvicinò di corsa a Ella.

Ella cercò furiosamente di non arrossire di nuovo. Sperava di poter superare presto questa situazione con Nat.

"No, sto bene così".

"Dai, ci hai detto che una volta eri una gran giocatrice. Scommetto che riusciresti a superare Becca". Nat le diede una gomitata sorridendo.

"Nat! Vieni?" Il portiere Becca corse verso di loro, fermandosi quando Nat si voltò.

"Sto solo cercando di convincere Ella a partecipare". Si voltò di nuovo verso Ella. "Che ne dici?"

"Credo che voglia dire sì"

Il solo suono della sua voce le fece scaldare il sangue nelle vene.

Sloane.

Stupenda. Splendida.

Ella azzardò un'occhiata verso l'alto e vide che c'era un'altra "S" da aggiungere alla sua lista.

Sudata.

Altre due.

Sexy.

La loro vicinanza e l'effetto che aveva su Ella facevano pensare che quello scambio non dovesse essere effettuato in un campo in pubblico, ma piuttosto quando erano sole. Ma non poteva cambiare i fatti, per quanto volesse allungare la mano, baciare Sloane, trascinarla dentro e spogliarla. Quello avrebbe dovuto aspettare. Era buffo come Ella avesse passato l'ultima settimana ad arrovellarsi su ciò che poteva o non poteva accadere, ma quando aveva posato gli occhi su Sloane, ciò che doveva accadere le era sembrato una risposta semplice.

Dovevano stare insieme, anche se fosse durata poco.

"È bello rivederti in campo". La voce di Ella uscì normale. Un buon segno. "Come va la caviglia?"

"Bene". Sloane sostenne il suo sguardo mentre parlava.

Ella era contenta di avere le ossa, altrimenti avrebbe potuto sciogliersi sul campo in quel momento.

"Sono in anticipo sui tempi, ho avuto vari giorni per lavorarci durante il nuovo anno. Ieri ho fatto l'ultima visita e ho avuto il via libera per calciare di nuovo un pallone. È una delle sensazioni più belle che ho provato nelle ultime settimane".

Una delle sensazioni. Ella deglutì con forza mentre il ricordo dell'altra sensazione assaliva i suoi sensi. Sì, sentiva ancora Sloane dentro di lei a distanza di una settimana. La voleva di nuovo lì. Fece un respiro profondo. "Ottime notizie, sono entusiasta per te".

"Grazie". Sloane si rivolse a Nat. "Visto che io non so ancora tirare la palla e tu sì, facciamo un po' di allenamento ai rigori. Io guardo".

All'entusiastico "Sì!" di Nat, Sloane si rivolse a Ella.

"Non avevi detto che il tuo sogno era segnare un goal in un grande stadio?"

Ella annuì. L'aveva detto, ed era ancora valido.

"Allora vieni anche tu. Riscaldati, perché il lavoro che ti porterà allo stadio inizia qui".

Quando Sloane parlava, Ella non aveva bisogno di molta persuasione. Corse dietro a Nat e Becca, Sloane si mise al suo fianco. Ogni pelo del corpo di Ella si mise sull'attenti, non si era resa conto che le cose sarebbero andate così al suo ritorno. Sloane era come quella barretta Wispa di Cadbury che aveva lasciato in frigorifero per avere "qualcosa di dolce", nel caso le fosse venuta voglia. Eppure, la metà delle volte che apriva il frigorifero, la divorava in cinque minuti. Non riusciva a controllare i suoi sentimenti per nessuno dei due.

La spaventava e la eccitava allo stesso tempo.

"È bello vederti, anche qui. Mi sei mancata".

Le parole di Sloane le scivolarono addosso come miele. "Anche tu mi sei mancata".

Non dissero altro. Mentre Nat sparava qualche colpo a Becca, Ella e Sloane tirarono la palla avanti e indietro per cinque minuti per farla riscaldare. Sloane insistette anche per fare degli sprint e degli allunghi. "È tutto il giorno che stai seduta".

"Oh, scusami! Sono stata a fare strategie e a plasmare giovani menti sportive".

"Però sempre da seduta". Sloane le fece un ampio sorriso mentre le si avvicinava. "E sei bellissima mentre lo fai", sussurrò mentre le passava accanto.

Le sue parole erano bollicine di champagne nel petto di Ella.

"Se voi due avete finito". Nat sollevò un sopracciglio. "Vuoi provare?" Offrì a Ella la palla.

Lei annuì e lo prese. Aveva calciato qualche palla durante gli allenamenti, ma questa era diversa. Le sembrava di essere tornata ai tempi in cui giocava. Aveva tirato qualche rigore, ma non così tanti come Sloane. Solo immaginare come li metteva a segno sotto pressione le faceva apprezzare maggiormente la sua abilità. I rigori erano per il 25% pratica e per il 75% mentalità.

Ella mise la palla sul posto, fece cinque passi indietro, guardò Becca e poi le tirò la palla tra le braccia. Ella gettò la testa all'indietro e lanciò un piccolo grido di frustrazione.

"Devi rilassarti. Sei troppo tesa". Sloane si avvicinò alle sue spalle. "Ci stai pensando troppo. Rilassati". Raccolse la palla che Becca aveva appena fatto rotolare verso di loro. Sloane incrociò lo sguardo di Ella. "Pensa a dove vuoi lanciarla, come colpirla, dove deve essere il tuo peso corporeo. Vedila entrare in campo. Fai un respiro profondo. Corri con decisione. Non appoggiarti all'indietro".

Ella si accigliò. "Sono sicura che i rigori non sono mai stati così difficili".

Sloane sorrise. "Questo perché eri abituata, sapevi istintivamente cosa fare. Se vuoi fare centro sul grande palcoscenico, devi iniziare da qualche parte. Questo è un posto come un altro". Sloane posò la palla per terra, poi fece un passo indietro.

Il battito del cuore le rimbombava nelle orecchie. Voleva fare centro, era importante. Aveva detto alla squadra che giocava, e non voleva essere vista come una reliquia, una vecchia conoscenza. Ma soprattutto era importante dimostrare a Sloane che era in grado di farlo. Voleva impressionare la sua nuova amante.

Fece un altro respiro profondo, si concentrò sull'angolo in

basso a destra, rilassò il corpo e tirò la palla a segno. La invase una sensazione di sollievo. Ella si allontanò, con le braccia in aria, e ad attenderla c'era Sloane. Senza pensarci, corse tra le sue braccia aperte e la strinse forte.

"Cazzo, sì! So ancora farlo!"

Sloane la prese in braccio e la fece girare, prima di depositarla a terra. "Certo che lo sai fare". Poi fece una pausa, mentre Nat recuperava la palla. "Ora fallo di nuovo".

Mezz'ora dopo, in campo c'erano solo Ella e Sloane. Sloane voleva correre di più per rimettersi in moto ed Ella si unì a lei. Seguirono la linea laterale, senza parlare, ma il semplice atto di farlo insieme era sufficiente.

Dopo un quarto d'ora, Sloane rallentò, Ella fece lo stesso e si diressero verso gli spogliatoi. Ella aveva un milione di domande che le frullavano in testa, ma non sapeva quale affrontare per prima. Forse nessuna. Spinse la porta e Sloane le passò accanto, avvicinandosi a lei più di quanto fosse strettamente necessario. Ella era al settimo cielo, ma doveva tenere la testa a posto. Entrambe avevano bisogno di una doccia, il che significava che entrambe dovevano spogliarsi.

Cosa che poteva benissimo sopportare.

Sloane si sedette sulla panca di legno degli spogliatoi e si tolse gli scarpini. Mosse le dita dei piedi e si massaggiò la caviglia.

"Funziona ancora?" Chiese Ella.

"Lo spero." Sloane si tolse i calzini e li arrotolò in una palla. Poi si rivolse a Ella. "Vogliamo prendere il toro per le corna? Parliamo di quello che mi hai sentito dire a Nat. Che, tra l'altro, è stata un esempio di discrezione".

"Lo so".

Sloane allungò la mano e fece scorrere la punta delle dita sulla coscia di Ella.

Ella si fermò. Il minimo tocco di Sloane mandava i suoi sensi in tilt. Era delizioso, ma folle.

"Ma a Nat ho detto solo la verità: che non sapevamo ancora cosa fosse".

Il calore dentro Ella si raffreddò per un attimo. Dove voleva arrivare Sloane?

"Voglio davvero vedere come andrà a finire, ma so che prima dobbiamo parlarne. A Natale non abbiamo trovato molto tempo per farlo".

Ella inghiottì un enorme respiro. "È vero". Il suo sguardo percorse il corpo di Sloane. Si prese il suo tempo per farlo.

"Anche tu provi la stessa cosa?"

"Mi stai chiedendo se anche io voglio toccarti in questo momento?" Non riuscì a trattenere quelle parole, per quanto si sforzasse. "Dio, sì". Ella si avvicinò. "So che dobbiamo anche parlare, ma…".

Sloane si spostò lungo la panchina e premette le labbra su quelle di Ella, accendendo il suo desiderio come un fiammifero infuocato su una pozza di benzina.

I ricordi che Ella aveva dei loro baci non erano una bugia. Sdraiata a letto a casa della zia, aveva ricordato il modo in cui le labbra di Sloane avevano sbloccato qualcosa in lei, qualcosa di puro, primordiale. Questa volta era la stessa cosa. Aveva trascorso le lunghe notti solitarie immaginando cosa avrebbero potuto fare. Nei suoi sogni si incontravano nel suo appartamento o da Sloane, non al lavoro, ma a quanto pareva, essere sole in un luogo appartato per qualche minuto era la molla che le spingeva a premere il tasto play dopo la loro prolungata pausa. Quando lei si ritrasse qualche istante dopo, erano entrambe senza fiato.

Gli occhi di Sloane erano scuri, ipnotici.

Ella si alzò e tese una mano. "Ho solo 45 minuti prima di dover uscire per un cliente. Vogliamo lavarci?"

Le guance di Sloane si colorarono di rosa. Si alzò e si tolse il top da allenamento.

Le fece venire l'acquolina in bocca, voleva prendere i seni di Sloane tra le mani e leccarli.

Andarono insieme alle docce, nude, senza dire una parola. Ella si lavò i capelli con lo shampoo al profumo di mela del club e Sloane fece lo stesso. Poi si insaponò il corpo e Sloane fece lo stesso. Ella tese le orecchie nel caso fosse entrato qualcuno. I suoi occhi erano sempre puntati su Sloane e viceversa: si trattava di preliminari senza contatto di altissimo livello. Quando finirono, Ella riusciva a malapena a respirare.

Solo quando furono entrambe pulite, Ella spense la sua doccia, poi quella di Sloane, ed entrò nel suo spazio, con la pelle rosea e lucida per il vapore caldo. Premette i palmi delle mani sui seni di Sloane.

Sloane chiuse gli occhi e si lasciò sfuggire un piccolo gemito. "Cazzo, mi sei mancata".

Ella si avvicinò ancora di più, finché le loro bocche furono a pochi centimetri di distanza.

"So che abbiamo fatto sesso solo per due giorni, ma è passato più tempo, vero?"

"Intendi i mesi di preparazione?" Ella non attese una risposta, invece schiacciò le labbra su quelle di Sloane, l'esitazione di prima svanì in un istante. Spinse Sloane contro le piastrelle, poi le prese la mano, lasciando le labbra vicino all'orecchio. "Vieni con me", sussurrò dolcemente.

Ella prese i loro asciugamani e condusse Sloane nella sauna che al momento non era in funzione. Avrebbero dovuto produrre il vapore da sole, ma non pensava che sarebbe stato un problema.

"Ho una voglia matta di toccarti". La condusse al bordo della seduta e stese un asciugamano. "Metti la gamba sinistra sulla panca, appoggiati alla parete e aggancia il braccio intorno al mio collo".

Sloane sollevò un sopracciglio. "Sei prepotente".

Ella sentì quelle parole ovunque. "Ti stai lamentando, superstar?"

Sloane scosse la testa.

"Se te lo stai chiedendo, tenere il piede in alto protegge la caviglia". Ella si fermò, premendo il suo corpo nudo contro Sloane, dando il contatto che entrambe desideravano. Accostò nuovamente le labbra all'orecchio di Sloane. "Mi dà anche un ottimo accesso alla tua figa".

Sloane chiuse gli occhi con un gemito di gioia.

Ella lo prese come spunto e immerse un dito dentro di lei. Emise un gemito udibile per l'emozione che vi trovò. "Ti sono mancata davvero".

"Non stavo mentendo", sussurrò Sloane, prima di prendere il labbro inferiore di Ella tra i denti e tirarlo con forza. Poi Sloane fece scivolare la lingua nella bocca di Ella e le diede un bacio dolce e sensuale, che soddisfò tutte le esigenze del suo corpo.

"Cazzo, è così bello stare dentro di te". Ella si tirò indietro, ansimando, e infilò un altro dito.

Ora era Sloane a gemere.

"Non avevo intenzione di scoparti qui". Ella la stuzzicò muovendo le dita fuori e poi di nuovo dentro, un'azione che sapeva l'avrebbe fatta impazzire. "Ma non riesco a toglierti le mani di dosso". Ripeté la sua lenta spinta e la testa di Sloane cadde su un lato.

"Conosco la sensazione". Sloane allungò una mano, prese le natiche nude di Ella e la avvicinò a sé.

L'azione spinse Ella più a fondo, dentro di lei. Un impeto di lussuria fece inclinare Ella in avanti, l'epicentro pulsava tra le sue cosce tremanti. Amava scopare con quella donna. Amava stare nuda con lei. Se Sloane aveva qualche dubbio al riguardo, glielo avrebbe dimostrato proprio in questo momento.

I baci di Sloane si intensificarono mentre continuava la sua imboscata sessuale. Le sue dita scivolavano proprio dove Sloane ne aveva bisogno, in profondità e poi sul suo clitoride duro come la roccia. Quando i cerchi di Ella cominciarono a prendere velocità, Sloane allargò le gambe e i suoi gemiti disperati la fecero vibrare.

"Riesci a venire in piedi?"

Sloane aprì gli occhi e le rivolse un sorriso languido. "Non prima di conoscerti. Ma a quanto pare, ho dei talenti nascosti".

A quel punto, Ella si mosse con decisione, cogliendo ogni secondo mentre una chiazza rossa si diffondeva sul petto di Sloane, prima che la punta delle sue dita la spingesse oltre il limite, così come le sue viscere, e lei si staccasse con un gemito gutturale. Ella si assicurò di aver dato tutto prima di uscire da Sloane e di afferrarla con entrambe le braccia. Le baciò il lobo dell'orecchio, il collo, la guancia e infine le labbra.

Sloane le regalò un sorriso pigro mentre lei faceva una smorfia. "Tutti i miei muscoli sono bloccati in questo momento".

Ella sorrise. "Metti l'altro braccio intorno al mio collo".

Sloane sollevò un sopracciglio.

"Sono più forte di quanto sembri. Dai, fallo".

Lo fece, poi Ella la sollevò con un bacio deciso sulle labbra. "Lasci che la riporti nel suo spogliatoio, signora".

Sloane gettò indietro la testa e rise mentre Ella la trasportava. "Sei proprio piena di sorprese".

Ella iniziò a camminare. "Forse dovrai aprire la porta, però".

Quando tornarono ai loro vestiti abbandonati, Ella fu sollevata nel vedere che erano sole. Se fossero uscite e ci fosse stato qualcun altro, sarebbe stato imbarazzante.

Sloane si sedette sulla panchina, poi espirò profondamente.

Ella si vestì, poi avvicinò le labbra a Sloane e la baciò. "Sei troppo sexy e adorabile, e mi farai fare tardi con il mio cliente che ha prenotato per le 17". Controllò l'orologio. Aveva un'ora di tempo.

Sloane annuì, poi indossò la sua attrezzatura da allenamento pulita e infilò il kit di allenamento nella borsa. Chiuse la cerniera e si mise faccia a faccia con Ella.

L'elettricità nell'aria era palpabile. Bastava che una di loro si sporgesse di nuovo in avanti e il fuoco sarebbe divampato di nuovo.

"Dobbiamo ancora parlare", disse Ella. "Ma ho riflettuto un po' durante la mia assenza. Non ho idea di come andrà a finire, non so se mi innamorerò di te e mi spezzerai il cuore in due. Ma sono una persona adulta. E poi, non posso fare *altro* che vedere dove va a finire".

Sloane la guardò profondamente negli occhi, poi prese la mano di Ella nella sua. "Provo lo stesso. Non possiamo lasciar perdere tutti questi sentimenti, possiamo funzionare insieme". Passò le mani sul sedere di Ella. "Voglio *davvero* scoparti".

Ella chiuse gli occhi e sorrise. "Non sai quanto vorrei".

"Lo so".

Per qualche istante, l'unico suono fu il loro respiro, caldo e pesante. Poi Sloane piantò un bacio bollente sulle labbra di Ella e prese la sua borsa.

Anche Ella afferrò la sua. "Siamo d'accordo? Vediamo come va a finire? E la prossima volta dobbiamo davvero parlare. Dobbiamo decidere a chi dirlo e quando, perché non può essere un segreto". Ella la fissò. "Nonostante tutte le mie proteste sul fatto che non mi sarei fatta coinvolgere da nessuno al lavoro, sembra che succederà. Hai rovinato i miei buoni propositi".

"Possiamo stamparlo sui nostri inviti di nozze". Sloane rispose. "Un'altra cosa."

Ella sollevò un sopracciglio.

"Hai tempo per darmi un passaggio?"

"Se ti sbrighi".

* * *

Quando uscirono insieme dallo spogliatoio, qualcosa era cambiato. Non solo la libido di Ella, che al momento stava sorridendo da un orecchio all'altro. Sloane le tenne la porta mentre imboccavano il corridoio dell'edificio principale e fu allora che Ella si rese conto che lo stavano facendo davvero. Da Natale gli eventi erano stati nebulosi: un attimo prima nitidi, l'attimo dopo confusi. Finché non aveva parlato con

Sloane, non era stata accanto a lei e non l'aveva respirata di nuovo, non aveva idea di come si sarebbe sentita.

Ora lo sapeva bene, e per fortuna era ricambiata. Lei e Sloane erano fatte l'una per l'altra, fino a quando sarebbe stato possibile. Avrebbero visto come sarebbe andata a finire. Mentre percorrevano il corridoio, passando davanti agli uffici principali, Ella lasciò che un sorriso le invadesse il viso. Per la prima volta dopo un'eternità, nel suo petto c'era un filo di speranza. Il che era ridicolo, per una giocatrice che probabilmente avrebbe lasciato il paese entro sei mesi. Ma lì, in quel momento, era perfetto.

Sloane spinse attraverso la porta principale ed Ella ebbe un flashback del loro primo giorno al club. Quando Sloane le aveva tenuto la porta, proprio come stava facendo in quel momento. Camminarono, attraversando il parcheggio fino alla macchina di Ella. Quando le loro dita si sfiorarono, l'elettricità serpeggiò lungo il braccio di Ella. Avvolse le dita intorno alla mano di Sloane, ma quest'ultima le scrollò via.

Questo fece svegliare Ella dal suo sogno.

"Non voglio che i fotografi facciano foto e ci mettano in prima pagina, quando abbiamo appena capito cosa siamo. Dobbiamo ancora decidere a chi raccontarlo e quando".

Una lama di dolore colpì Ella nel petto, ma annuì. Aveva appena garantito a Sloane di essere un'adulta, e quello che aveva detto Sloane aveva senso. Le avevano già paparazzate insieme. Se doveva essere la ragazza di Sloane Patterson, doveva abituarsi ai gossip.

A un certo punto, però, voleva poter tenere la mano di Sloane ogni volta che voleva, altrimenti non ne sarebbe valsa la pena.

Voleva vivere il momento, fare tesoro di ogni secondo, proprio come diceva sempre ai suoi clienti. In quel momento, Sloane la stava rendendo un'ipocrita.

Ella sperava davvero che Sloane ne valesse la pena.

Che non le avrebbe spezzato il cuore.

***

Più tardi, quella sera, il telefono di Ella si illuminò con un messaggio di Lucy. L'e-mail chiedeva se fosse interessata a lavorare con la squadra maschile per il mese successivo: molti dei loro collaboratori erano in malattia, il loro performance coach era stato coinvolto in un incidente sugli sci e un paio di membri del loro team di salute mentale avevano problemi fisici, e quindi erano fuori per il prossimo futuro. Ciò avrebbe comportato una forte riduzione delle ore di lavoro per la squadra femminile nelle prossime settimane, mentre la squadra maschile cercava un sostituto. Significava più lavoro, più ore, più opportunità per Ella. Si morse il labbro mentre si sedeva.

Lucy aveva scoperto di lei e Sloane? Era un modo per allontanarle o era una richiesta sincera? Ella ci pensò un po' su, poi dedusse che era autentica. Inoltre, era ciò che voleva quando era entrata nel club: la possibilità di lavorare allo stesso modo con gli uomini e le donne, per sperimentare le diverse pressioni a cui erano sottoposti.

Tuttavia, ora era totalmente coinvolta nella squadra femminile e non voleva fare un passo indietro. Ma la squadra femminile era abbastanza stabile: si trovavano al secondo posto del campionato e tutte erano in buona salute mentale. Ella aveva contribuito a farle stare bene. Gli uomini invece erano attualmente settimi in classifica, forse avevano più bisogno di lei. Mandò un messaggio a Lucy per dirle che avrebbe fatto tutto ciò che era necessario, ma che avrebbe dovuto vedere quali erano i suoi impegni con gli altri clienti.

Naturalmente c'era anche Sloane a cui pensare, ma Ella non poteva lasciare che ciò che poteva o non poteva accadere con Sloane dettasse la decisione di accettare o meno questo lavoro. Se tra lei e Sloane fosse andata bene, sarebbe stato fantastico, ma se non fosse stato così, quel ruolo avrebbe dato a Ella l'esperienza che desiderava.

Ella doveva concentrarsi sui suoi obiettivi di carriera, proprio come Sloane.

Sperava che la sua vita sentimentale potesse seguire i suoi obiettivi di carriera, però.

Capitolo 27

"Sloane! Sei pronta a metterti in posa un'altra volta? Possiamo farlo senza che il tuo capo mi uccida?"

Sloane rise. Quel servizio fotografico in un magazzino di Salchester per la rivista *All Out Goals* le stava facendo passare la voglia di pensare al fatto che Ella non aveva risposto al suo messaggio di quella mattina. Non voleva pensare ai motivi per cui non l'aveva nemmeno visualizzato. Aveva nuove pressioni lavorative, e non voleva aggiungerne altre alla sua pila.

Invece, avrebbe sorriso con gli occhi, si sarebbe concentrata sull'attivazione di tutti i muscoli in modo da avere le gambe più toniche possibile e avrebbe dato l'impressione di aver appena giocato la sua migliore partita di sempre, anche se la sua tuta era pulitissima e aveva più fondotinta sulla pelle di quanto avesse mai pensato possibile. Ricordava di essere andata alla premiazione di fine stagione con Jess, due anni prima, e di essere stata ricoperta di trucco. Non era niente in confronto a questo.

"Vuoi che ripeta la stessa serie di mosse?" Sloane si chinò e recuperò il pallone. Lo strinse. Avrebbe voluto poter prendere un po' d'aria.

Il fotografo, un uomo di nome Adam con più tatuaggi

che pelle nuda, da quello che poteva vedere, le fece un pollice in su. Almeno era un tipo a posto e non un maniaco. Con il passare degli anni, di gente così ce n'era sempre meno ai servizi fotografici. Al suo primo servizio, il fotografo le aveva dato il suo numero e le aveva chiesto di vedersi per un drink quella stessa sera. Lei aveva 18 anni, lui ne aveva 30. Gli aveva lanciato un'occhiata sprezzante e aveva chiesto di non essere più abbinata a lui.

"Ecco, fantastico, Sloane!"

Sloane colpì la palla nella porta bassa davanti a sé una, due, tre volte. Non aveva mai avuto problemi a segnare, in campo e fuori, ma mantenere aperte le linee di comunicazione era sempre stata la sua rovina. Pensava che lei ed Ella fossero sulla stessa lunghezza d'onda, ma forse Ella voleva che lei saltasse dentro la situazione con tutti e due i piedi, non che facesse passi incerti. Sloane doveva lavorare per raggiungere quell'obiettivo. Inoltre, il fatto che Jess sarebbe volata nel Regno Unito il mese successivo era sempre nella sua mente.

Adam si spostò da dietro la telecamera e si avvicinò. "Penso che per oggi abbiamo finito, abbiamo fatto delle belle foto". Le fece un altro pollice in su. "Quando pensi di tornare a giocare?"

Sollevò il piede in via di guarigione. "Dipende da come sta la caviglia, ma spero un paio di settimane. Le cose stanno andando bene, quindi incrociamo le dita. Abbiamo un sacco di partite da giocare"

"Buona fortuna".

Sloane venne accompagnata in fondo al magazzino, dove dietro un paravento era stato allestito uno spogliatoio di fortuna. Si infilò i jeans, le scarpe da ginnastica Adidas e la felpa nera, poi fu portata in una stanza in fondo dove una giornalista la stava aspettando per intervistarla. Sloane le tese la mano e fece a Naomi il suo miglior sorriso. Avevano parlato al telefono, ma quella era la prima volta che si incontravano di persona. Voleva fare una buona impressione, in modo che Naomi scrivesse cose positive. Era entrata in modalità PR. Flirtare un po' non guastava mai, anche se Ella avrebbe alzato gli occhi al cielo.

"È un piacere conoscerti finalmente, Naomi". Sloane le diede una stretta di mano decisa. Naomi aveva un taglio corto e indossava jeans larghi. Sloane avrebbe scommesso la casa che era queer.

Naomi arrossì, come era nelle intenzioni di Sloane.

"Grazie mille per avermi incontrata. I miei amici sono tutti così invidiosi!"

"Nessun problema".

Naomi le chiese subito dell'infortunio e di come stesse guarendo, poi cosa ne pensasse delle possibilità del Salchester di vincere qualcosa in quella stagione, insieme all'assetto del club. Sloane diede risposte sincere, condite di umorismo e fascino. Aveva già fatto interviste del genere migliaia di volte.

"Come ti stai ambientando nel Regno Unito?"

Espirò. "Sono qui da sei mesi, se non stessi bene ormai lo sapresti. Non sono nemmeno tornata a casa per le vacanze, tanto mi piace. Ho tre ombrelli, uno per ogni tipo di pioggia. Sono preparata".

Naomi rise. Indossava una collana con piccole bussole simile a quella che Sloane aveva comprato per Ella. Aveva buon gusto. Sloane fece ruotare il suo anello con sigillo sul dito medio: Jess l'aveva spedito ed era arrivato quella mattina.

"Gli ombrelli sono essenziali qui". Fece una pausa, poi si schiarì la gola. "Com'è il rapporto con la tua allenatrice?"

Sloane fissò Naomi con il suo sguardo intenso. "Ottimo. Lucy mi ha sostenuto molto durante il mio infortunio, così come tutta la squadra. Voglio ripagarle durante il resto della stagione vincendo il campionato, la coppa e un posto in Champions League per il prossimo anno".

"Obiettivi modesti".

"O la va o la spacca". Sloane si leccò le labbra. Naomi non le stava chiedendo nulla di troppo personale, non aveva bisogno di preoccuparsi.

Un altro schiarimento di gola. "A proposito del resto della squadra e dello staff tecnico, dev'essere fantastico stare vicino a Layla Hansen dopo aver giocato insieme negli Stati Uniti".

Sloane annuì. "Sì, davvero".

"Deve averti aiutata a dimenticare la tua ex, Jess Calder?"

Sloane mantenne il viso neutro. Non aveva intenzione di dire a Naomi dei messaggi che aveva ricevuto da Jess proprio quella mattina, in cui le dichiarava nuovamente il suo amore. "Io e Jess siamo ancora amiche e lei sta vivendo una stagione straordinaria. Le auguro ogni bene".

"Ed Ella Carmichael? Ti hanno visto spesso in giro con lei. C'è qualcosa di vero nelle voci che dicono che voi due siete qualcosa di più che amiche?"

I muscoli del collo di Sloane si irrigidirono. Quasi un'imboscata, ma era ancora in allerta. Sciolse le gambe, si chinò in avanti e incontrò di nuovo lo sguardo di Naomi.

"Sono concentrata esclusivamente sul mio recupero, nient'altro. Ella e il resto dello staff sono stati fantastici, ma tornare in campo è il mio unico obiettivo. Inoltre, tra amici si esce per un caffè, ed Ella è una buona amica. Se avessi una relazione con tutti quelli con cui vado a prendere un caffè, sarei in grossi guai".

* * *

Ella rispose alla terza chiamata di Sloane, che questa volta chiamava dalla lussuosa auto executive su cui la sua agente aveva insistito. C'era un piccolo televisore sul sedile posteriore del passeggero, acqua fresca e mini pacchetti di Haribo da mangiare. Ne aveva già mangiati due e stava cercando di ignorare gli altri che la stavano fissando.

"Eccola qui. Come è andata la giornata?"

"È stata lunga", rispose Ella. "Sai che dicono che gli uomini sono creature più semplici delle donne? Mentono. Non ho più energie".

"Sei a casa? Io sto tornando dopo l'intervista e il servizio fotografico della rivista".

"Sì", rispose Ella. "È andata bene?"

Sloane non aveva intenzione di tirare fuori quello che Naomi aveva chiesto su Ella. Non voleva discutere.

"È andata bene. Ho ancora la faccia piena di trucco, ho pensato di venire a mostrartelo. Hai da fare? Mi sei mancata". Negli ultimi due giorni Ella non aveva frequentato la squadra femminile, lavorando invece con gli uomini. Sloane era anche consapevole che era l'ultima sera di Ella prima del grande trasferimento nel nuovo appartamento. Aveva evitato di pensare che Ella stesse lasciando il suo palazzo. Si era abituata alla sua presenza, e non vederla sarebbe stato doloroso. "Potrei aiutarti a fare i bagagli, se hai ancora delle cose da mettere via? Ho imballato tutte le mie cose quando mi sono trasferita negli Stati Uniti. Sono molto brava a impacchettare gli occhiali".

"Non c'è fine al tuo talento". Ella fece una pausa. "Devo finire di fare i bagagli, ma domani devo alzarmi presto, quindi ti caccio via prima di andare a letto".

Sloane espirò. "Ti prometto che non ti toccherò, farò solo i bagagli. Ordino qualcosa per cena. Sushi va bene?"

"Ottima idea, grazie".

* * *

"Onestamente, parlare con gli uomini è tutta un'altra cosa". Ella si appoggiò al bancone della cucina e studiò la selezione di sushi. Inzuppò un nigiri di tonno in salsa di soia e wasabi, poi lo mise in bocca. Finì di masticare prima di continuare. "Alcuni di loro non vivono a casa da quando avevano otto anni e mentalmente sono un disastro. Questo è uno dei vantaggi del gioco femminile: nessun investimento per anni significa che nessuno è uscito di casa troppo presto. Tutte sono molto più stabili".

"Non ci avevo mai pensato. A me non sarebbe dispiaciuto andarmene da casa, ma sono solo io".

Ella allungò la mano e le accarezzò le dita. "Mi dispiace che i tuoi genitori non ti abbiano sostenuta".

Sloane sentì un formicolio in tutto il corpo al suo tocco. "È tutto a posto. È passato". Fece roteare un gyoza nella salsa e lo mangiò. "È delizioso. Ti obbligherò a cenare con me anche dopo il trasloco".

"Se giochi bene le tue carte". Ella mangiò un gyoza, poi si accarezzò il ventre piatto. "Anche se per oggi potrei aver finito". Indossava una felpa arancione che faceva risaltare il colore dei suoi occhi. I capelli erano umidi come se fosse appena uscita dalla doccia, il che fece ricordare a Sloane il corpo nudo di Ella insaponato nella doccia qualche giorno prima. Spense quel pensiero, era lì per aiutare a fare i bagagli e nient'altro.

"Hai ordinato troppo, lo sai, vero?"

"Il sushi non è mai troppo". Sloane avvolse un bicchiere *highball* in un giornale sul bancone della cucina di fronte, infilando i bordi di carta nella parte superiore. Ricordava di aver fatto esattamente la stessa cosa quando aveva lasciato Jess per trasferirsi a Los Angeles. L'avvolgimento dei bicchieri avveniva sempre in momenti cruciali, ma questa volta sperava che la proprietaria del bicchiere rimanesse nella sua vita.

Ella se ne stava davvero andando. La tristezza scivolò attraverso Sloane come sabbia. "Non so cosa farò senza di te come vicina di casa".

"Dovrai prendere in prestito il vaso di qualcun altro la prossima volta che Cathy ti porterà dei fiori". Ella lo sollevò e lo porse a Sloane perché lo incartasse.

Sloane si leccò il dito, scelse due fogli di giornale e coprì il vetro. Ne aggiunse altri due nell'altro senso; non voleva essere responsabile di eventuali rotture. "Esattamente. Devo andare a fare la spesa".

"O iniziare a scopare con la nuova Inquilina".

Sloane socchiuse gli occhi. "Crudele".

Ella si chinò e la baciò. "Fallo e ti uccido".

"Solo se ha una collezione di vasi molto bella".

"Giusto". Ella rise.

A Sloane sarebbe mancato quel suono, ma era determinata a sostenerla, anche se avrebbe voluto immortalare momenti di intimità quotidiana come quello. Momenti che la riscaldavano come il tramonto nel giorno più lungo dell'estate. Sloane prese una tazza con su scritto "La mamma migliore del mondo". Appena lo fece, Ella gliela strappò di mano.

"Questa la faccio io. Ci vuole il pluriball, è preziosa". Fissò la tazza e poi di nuovo Sloane. "L'ho comprata per la mamma quando avevo otto anni. L'ha tenuta per tutto il tempo. Mi stupisco sempre che le scritte non si siano sbiadite, ma non abbiamo mai avuto una lavastoviglie per pulirla. La lavavamo a mano". Ella fissò ancora un po' la tazza.

Sloane chiuse la distanza tra loro e la abbracciò forte. Le baciò il lato della testa, fece scorrere le dita sulla nuca, le fece risalire all'attaccatura dei capelli e le massaggiò il cuoio capelluto. Ella la lasciò fare per qualche secondo, poi fece un passo indietro.

"Sto bene". Si asciugò gli occhi ed espirò. "È solo che non voglio che si rompa. So che è soltanto un oggetto, ma potrebbe spezzarmi il cuore". In quel momento, sembrava davvero avere otto anni.

Sloane annuì, le baciò le labbra e lasciò che Ella si concentrasse sull'avvolgimento della tazza. "Una volta mia madre mi ha comprato una tazza, c'era sopra un pallone da calcio. L'unica volta che mi ha comprato qualcosa che volevo davvero".

Ella girò la testa, con gli occhi lucidi. Afferrò un pezzo di scottex e si soffiò il naso. "Ce l'hai ancora?"

Sloane scosse la testa. "Il nostro cane, Coco, è saltato sul bancone della cucina e l'ha distrutto". Avrebbe voluto dire che era stata devastata, ma non lo era stata. Era abituata alle rotture nella sua vita. Indicò la tazza di Ella. "Quindi, per favore, incartala due volte".

"Lo faccio subito". Ella finì, tenne il cartoccio in mano e si diedero il cinque. Poi fece una pausa. Fissò Sloane. Lo sguardo di Ella era forse un po' mieloso?

"Per la cronaca, anche a me mancherà essere vicine di casa".

"Sì?" Una sola parola. Un grande significato.

Un cenno. "Sì". Ella si passò la lingua sul labbro superiore. Sloane rimase immobile. I suoi occhi erano ancora lucidi. Era solo per la tazza o c'era qualcosa di più?

Ella fece un respiro profondo. "Stavo anche pensando…" fece una pausa. "Presto potremo tenerci per mano in pubblico?"

Sloane dondolò sui piedi e sbatté le palpebre, con forza. Non avevano ancora parlato. Non c'era solo la sua mente in gioco. "Presto. Prima voglio che il mio ritorno sia consolidato. Poi c'è l'internazionale di aprile, voglio riprendere la stagione e non voglio che niente o nessuno si metta di mezzo. Ho 28 anni, questa è probabilmente la mia ultima Coppa del Mondo. Voglio essere lì a giocare. La mia carriera deve venire prima di tutto. Il che significa che voglio scegliere con attenzione quando lo diremo alla gente. Non voglio che siano gli altri a decidere. Ti fidi di me?"

Ella si morse il labbro superiore. "Ok."

Sloane sostenne il suo sguardo e sussultò. Riusciva ancora a vedere l'ultimo messaggio di Jess sul suo telefono, quello in cui diceva di voler fare una vera e propria chiacchierata quando sarebbe venuta, ad aprile. L'altro motivo per cui Sloane non voleva che la cosa fosse resa pubblica era Jess. Sloane voleva affrontare la questione con lei una volta per tutte, per fare tabula rasa. Poi avrebbe reso pubblica la storia con Ella. Mancavano poco più di due mesi.

"Nel frattempo", disse Sloane, prendendo il bicchiere successivo. "Questa credenza non si impacchetta da sola". Tirò fuori tutta l'energia positiva che riuscì a racimolare. Non voleva far pesare a Ella la questione di Jess; il resto, però, era del tutto vero. Una volta che si fosse occupata di Jess e della sua stagione, avrebbero potuto continuare la loro vita insieme. "A proposito, posso aiutarti a traslocare, domani, dopo l'allenamento".

Ella si mise una mano sul fianco e sorrise.

L'energia era cambiata. Sloane tirò un sospiro di sollievo.

"In realtà, potrei aver bisogno della tua Jeep. Non ho tantissime di scatole, ma comunque più di quante pensassi". Guardò la pila accatastata vicino alla porta. "Ti va di guidare?"

"Certo. Qualsiasi cosa per te".

Ella sorrise ancora. "Grazie". Alzò un solo sopracciglio. "Ma forse è meglio se ti strucchi, sembra che tu stia per partecipare a *RuPaul's Drag Race*".

"Mi piace, un po'". Sloane si toccò la guancia. "Fa emergere il mio lato femminile. È lì, solo che spesso è nascosto".

"Lo so". Ella si avvicinò e la baciò.

Il riavvicinamento era esattamente ciò di cui Sloane aveva bisogno. "Tutto si risolverà, lo sai. Ci credo".

"Sembri convincente".

"Ho vissuto un milione di vite".

Ella emise un sospiro riluttante, poi portò la mano destra di Sloane alle labbra e le baciò le nocche. Si fermò sull'anello d'argento di Sloane.

Merda.

"Hai preso un nuovo anello? Mi piace. Argento e nero. Molto maschile". Ella sorrise. "Si abbina al tuo trucco".

Sul volto di Sloane si formò un ghigno ricurvo. Il senso di colpa le pungeva la pelle, ma non aveva fatto nulla di male. Aveva solo recuperato un oggetto di sua proprietà. "È una vecchia copia che ho ritrovato di recente". L'aveva trovata nella posta quando Jess, dopo tutto, l'aveva restituita.

"È proprio da te", rispose Ella. "Ma basta chiacchiere. Come hai detto tu, queste scatole non si riempiranno da sole, vero?"

Capitolo 28

Ella era contenta di essere al lavoro. Il suo nuovo appartamento era ancora un caos di scatoloni e polvere altrui, e lei non aveva avuto il tempo di fare nulla. Tuttavia, il trasloco era andato bene, grazie a Sloane e all'aiuto di Nat.

Ella era impressionata dal fatto che Nat stesse giocando bene, nonostante i suoi genitori causassero ancora problemi. Tuttavia, avevano almeno ricominciato a mandarle messaggi senza essere sollecitati, il che rendeva Sloane molto felice. Stava vivendo la sua realtà alternativa attraverso la sua compagna di squadra. Ella aveva incrociato tutte le dita che aveva perché la seconda volta andasse bene.

Un colpo alla porta la fece alzare. Stava per dire a chiunque fosse di entrare, ma Sloane era già in piedi davanti alla scrivania, con quella piega sulla fronte perfetta e una mano tesa tra i capelli.

"Bene, sei sola". Batté la punta delle dita sul piano della scrivania di Ella.

Le dita di Sloane attiravano sempre l'attenzione di Ella. C'era qualcosa che non andava.

"Cosa c'è che non va?"

Sloane tese il telefono. "Premi play e scoprilo".

Ella fece come le era stato detto, mentre Sloane si avvicinava a una sedia. Un importante YouTuber aveva messo insieme un montaggio di loro due, sulle note di una canzone d'amore di Taylor Swift, una delle preferite di Ella. Dopo averlo visto, Ella dovette ammettere che era piuttosto bello. Se fosse stata una fan, avrebbe creduto che fossero una coppia. E lo erano. Il video e i suoi screenshot stavano facendo il giro dei social media. Ella sapeva che non avrebbero potuto negare nulla.

"Cosa ne pensi?"

Ella girò intorno alla scrivania e si appoggiò alla parte anteriore. Inspirò il familiare profumo di bergamotto di Sloane, già uno dei suoi preferiti. Voleva cancellare il cipiglio dal suo viso. "Penso che dovremmo anticipare qualsiasi pettegolezzo e dirlo a Lucy. Che abbia visto o meno le foto, ne verrà a conoscenza". Lanciò un'occhiata alla sua destra. "È lì proprio adesso. Battiamo il ferro finché è caldo?"

Sloane annuì, poi mise una mano sul braccio di Ella. "Per ora lo diciamo solo a Lucy?"

Ella si succhiò l'interno della guancia. Non le piaceva nascondere nulla, ma era più per Sloane che per lei. Doveva seguire le sue indicazioni, non voleva che il mondo conoscesse ogni loro mossa. Annuì.

Quando entrarono nell'ufficio di Lucy, pochi istanti dopo, videro le domande che le balenavano sul viso. "Perché ho la sensazione che non mi piacerà?"

Ella trascinò una sedia dall'altra parte e vi si accomodò. "Non sono cattive notizie", disse, placando i timori di Lucy. "Vogliamo solo farti sapere una cosa". Fece una pausa, poi guardò Sloane, che sembrava terrorizzata. Sicuramente aveva già gestito questo genere di cose in passato, ma forse era diverso con un membro dello staff piuttosto che con una compagna di squadra.

"Hai visto il montaggio di noi due sui social media?" Ella studiò il volto di Lucy per vederne la reazione.

Lei scosse la testa. "No". Si accigliò. "Dovrei?"

Ella azzardò un sorriso. "No, ma si comincia a speculare sul fatto che siamo più che amiche". Fece un respiro profondo. "È ancora presto e vogliamo tenere la cosa sotto controllo, ma volevamo che tu sapessi, in quanto nostro capo, che stiamo insieme. È una cosa nuova, appena nata".

Lucy mosse la bocca a sinistra e poi a destra. "Ok". Fece una pausa. "Da quando?"

"Da Natale", rispose Sloane.

"Giusto". Lucy si succhiò l'interno della guancia.

Ella si schiarì la gola, ora incredibilmente impaziente. "Vogliamo che tu lo sappia, nel caso in cui tu veda delle foto e sia curiosa. Ma, dato che stiamo insieme da poco e che Sloane è famosa, non renderemo pubblica la cosa per il momento. Volevamo tenerti informata".

"E farti sapere che, quando lavoreremo, non saremo altro che professionali", aggiunse Sloane.

Questo fece arrossire Ella, che pensò alla sauna nello spogliatoio.

Quasi sempre professionali.

Lo sguardo di Lucy si posò su entrambe, prima di battere la penna sulla scrivania e fare un respiro profondo. "Prima di tutto, wow. Devo dire che non me l'aspettavo, ma mia moglie dice sempre che sono un po' lenta a capire, quindi non mi sorprende. Siete entrambe adulte e sapete come stanno le cose.

Le relazioni tra allenatori di calcio e giocatori non sono

ammesse, ma è già capitato che i fisioterapisti uscissero con i giocatori. Performance coach? Non lo so, non abbiamo precedenti. Ma sono sicura di non dover dire a nessuna di voi due che, non appena la cosa verrà fuori, ci saranno molti controlli su di voi, sia all'interno che all'esterno della squadra". Indicò Ella. "Se tu fossi una psicologa della squadra, sarebbe un bel guaio".

"Lo so", rispose Ella.

"Ma non lo sei, e non sei assunta a tempo pieno. Inoltre, mi piace quello che fai e ho fiducia che voi due manteniate la professionalità sul lavoro". Rivolse il suo sguardo intenso su Ella e poi su Sloane. "Posso fidarmi?"

Ella annuì. "Naturalmente".

Sloane seguì il suo esempio.

Lucy espirò. "Non fatemi rimpiangere di essere d'accordo e di avervi dato il via libera, ok? Finché farete bene il vostro lavoro e non lascerete che pressioni esterne entrino in campo, avrete il mio appoggio". Si sedette e incrociò le braccia. "Le storie d'amore al lavoro capitano tutti i giorni. Bisogna favorirle, giusto?"

Ella sbatté rapidamente le palpebre e lanciò un'occhiata laterale a Sloane. Amore? Nessuno aveva ancora parlato di amore. Le guance di Sloane assunsero il colore di una barbabietola, ma non aveva intenzione di contestare ciò che aveva detto Lucy.

Le piaceva Sloane.

Le piaceva un sacco.

Tutti dovevano iniziare da qualche parte.

* * *

"Credo che questo sia quello giusto". Ella si distese sul divano angolare di velluto blu di Heals. Era molto al di là delle sue capacità economiche, ma pensava che fosse un investimento per il suo futuro. Le parole di Sloane le avevano fatto pensare che avrebbe potuto permetterselo da sola, pagando con la carta di credito e attingendo ai suoi risparmi. Se lo meritava. Ci sarebbero volute sei settimane perché arrivasse e per allora sapeva già che si sarebbe stancata di quello vecchio. Sua madre non si era mai presa cura di se stessa, preoccupandosi sempre del futuro, e non l'aveva portata molto lontana. Ella promise a se stessa che avrebbe vissuto la vita appieno, ottenendo ciò che voleva e meritava. Quel divano sarebbe stato il suo primo grande acquisto da sola.

"C'è scritto sopra il tuo nome". Marina ci sprofondò dentro. "È anche molto comodo. Credo che qui potresti passare momenti molto intimi con una certa star del calcio mondiale".

"Shhhh!" Ella lanciò un'occhiata in giro per il negozio. "Qualcuno potrebbe sentirti". Tuttavia, non c'era nessuno a portata d'orecchio.

"Nessuno è interessato. Continuo a non capire perché tu non ne possa essere orgogliosa. Non credi che funzionerà? È questo che pensi?"

Ella avrebbe mentito se avesse detto se che quel pensiero non le era passato per la mente. Ma scosse comunque la testa. "Non vuole che qualcosa faccia pressione sul suo ritorno in campo, e lo capisco. Ha appena passato un brutto periodo con Jess, non vuole nuove speculazioni. E poi, credo che stia cercando di proteggermi".

"Davvero cavalleresco, o così sembra". Marina sollevò un sopracciglio. "Onestamente, la tua vita è come una soap opera".

"Prova a viverla tu".

Marina si sdraiò e si mise comoda. "Sto provando il divano per quando mi fermerò a dormire. Penso che questo sarebbe abbastanza comodo". Tornò in posizione seduta e fece un sorriso ironico a Ella. "Sai una cosa? Anche se all'inizio sei stata un po' misteriosa, sono contenta che tu stia con Sloane".

"Mi stai adulando per avere i biglietti gratis?"

"Immagino sia scontato". Marina sfoggiò i suoi perfetti denti bianchi, grazie a un trattamento di sbiancamento per cui aveva speso una fortuna l'anno precedente. Sosteneva che ne era valsa la pena fino all'ultimo centesimo. "Solo che ho bisogno di uscire di nuovo con lei al più presto. In quanto famiglia più vicina a te, sento di dover esaminare adeguatamente la tua futura moglie".

Ella lanciò alla cugina un'occhiata di sfida. "Non ci sposeremo".

"Non ancora", specificò Marina. "Ma mi piace il fuoco che ha acceso dietro i tuoi occhi. Sembri diversa, più viva. Volevo che trovassi qualcuno e l'hai trovato. Ora devo solo trovare anche io una persona per me".

"È vero", concordò Ella. "Ma sul serio, chissà come andrà a finire. È bellissima, talentuosa e famosa, e non riesco a credere che venga a letto con me".

"Io ci credo. Sei un buon partito".

"Non sono Sloane Patterson".

"È un bene, perché dubito che voglia andare a letto con se stessa". Marina agitò un dito nella sua direzione. "Lei sarà anche la regina del campo, ma tu sei la regina del suo cuore".

Ella sbuffò. "Stai zitta, non ha senso". Poi si sdraiò sul divano, facendo attenzione a tenere i piedi lontani dalla stoffa.

Si dimenò, poi fece un cenno deciso. "È comodo. Ed è enorme, anche un gigante potrebbe dormirci, qui. Tu sicuramente potresti, visto che sei una sorta di folletto".

Marina le schiaffeggiò il braccio in segno di protesta.

Ella sorrise e tacque per un attimo. "Pensi che andrà bene, però? Tra me e lei? Hai visto la collana che mi ha comprato per Natale. Costava molto, mi sono informata". Si sedette di nuovo accanto alla cugina e si strinse le labbra. "Ricordi i problemi di soldi che avevo con Reba? Temo che sarà lo stesso con Sloane".

Ma Marina non ne voleva sapere. "I tuoi problemi con Reba andavano oltre il denaro. Non mi sei mai sembrata così felice con lei, invece sembri innamorata di Sloane, anche se è ancora presto. Non sei mai stata così bene con Reba, nemmeno dopo poche settimane, quando *avresti dovuto* esserlo. Sì, Sloane è ricca e famosa, ma in senso positivo. Guadagna soldi facendo qualcosa che ama. Anzi, qualcosa che *tu* ami. Da quello che hai detto, è una brava persona, e ha un buon gusto in fatto di gioielli. Reba guadagnava soldi facendo la consulente finanziaria, amava i soldi per avidità. C'è un'enorme differenza".

Ella non ci aveva mai pensato. Lei e Sloane avevano molte più cose in comune. Inoltre, quando Reba aveva comprato a Ella gioielli costosi, era stato per fare scena e non erano proprio il suo stile. Sloane invece si era presa il tempo di spendere i suoi soldi per qualcosa di significativo.

"Inoltre, ora sei più vecchia e più saggia". Fece una pausa. "E se dovesse andare tutto a rotoli, almeno potrai dire di aver scopato con una vincitrice della Coppa del Mondo".

Ella scoppiò a ridere, poi diede una gomitata nelle costole alla cugina. Solo chi la conosceva da una vita poteva dire una cosa del genere.

Marina sorrise. "Dov'è oggi?"

"Ad allenarsi, domani ha la sua prima partita di ritorno. È molto emozionata, come me. Mi è mancato vedere le sue gambe toniche e flessuose in campo".

"Pervertita".

"Mi è permesso dirlo, è la mia ragazza". Almeno, Ella sperava che lo fosse. "Ci vediamo più tardi a Kilminster. Sloane deve incontrare i suoi cugini alla partita locale".

"Posso venire?"

Ella alzò le spalle. "Se non dici nulla di imbarazzante, certo".

Marina rimase a bocca aperta e si portò una mano al petto. "Ma chi, io? Sono il simbolo della discrezione".

* * *

Ella scrutò il parcheggio mentre lei e Marina scendevano dalle loro auto, ma non riusciva ancora a vedere la Jeep di Sloane. Guidò Marina attraverso la ghiaia fino alla piazzola, portando un caffè in una tazza usa e getta, comprato per Sloane da Shot Of The Day.

Marina le aveva dato della stupida.

Ella le aveva detto di chiudere la bocca.

"Accidenti, sembra il posto in cui giocavi un tempo", le disse la cugina mentre i loro piedi affondavano nell'erba umida. Si accigliò. "Speravo che quei giorni fossero passati". Marina guardò preoccupata le sue scarpe sottili, non adatte ai campi fangosi.

"Sei stata tu a voler venire". Ella sperò che il suo tono facesse tacere Marina. "Niente lamentele".

"Stavo solo dicendo", rispose Marina mentre arrivavano a bordo campo.

"Cerca di non dire".

"Perché sei così nervosa?" Marina si tirò il cappello grigio con pompon sulle orecchie e alzò il mento al cielo, come faceva quando era infastidita da Ella.

Forse era stata un po' dura con lei, ma Ella lo attribuì ai nervi. Portare Marina da qualche parte era sempre così: la gente o la amava o la odiava, non c'era una via di mezzo.

"Ella, da questa parte!" In lontananza, scorse una persona vestita di verde brillante che salutava nella loro direzione. Socchiuse gli occhi, non riuscì a capire chi fosse, ma immaginava che fosse Cathy. Ricambiò il saluto.

Pochi minuti dopo, Cathy e Hayley arrivarono accanto a loro, con le guance rosee e il fiato condensato che girava intorno ai loro volti. Ella non le vedeva da Natale, ma era come se non fosse passato nemmeno un attimo. Si abbracciarono immediatamente.

"Questa è mia cugina, Marina. Queste sono le parenti di Sloane, Cathy e Hayley".

Marina le salutò e loro ricambiarono con grazia. "Adoro questo posto. È così meravigliosamente retrò, con il campo e il circolo". Lanciò uno sguardo malinconico. "È semplicemente affascinante".

Ella aveva dimenticato che Marina era un'attrice di prima categoria quando voleva.

"Tutte le mie persone preferite qui in una volta sola!"

Ella si girò di scatto per vedere la donna che per lei contava di più camminare verso di loro, con una giacca invernale dei Salchester Rovers chiusa con la zip sopra il suo outfit da allenamento.

"Ce l'hai fatta!" Il suo cuore ebbe un sussulto quando

Sloane le si affiancò e le posò un casto bacio sulla guancia, seguito da una stretta alla mano.

"Devo sostenere la famiglia, così come loro sosterranno me nella mia prima partita di ritorno domani".

"Non vediamo l'ora", confermò Cathy, abbracciando Sloane. "Vederti in azione sarà un vero piacere".

"E quando segno, è per Eliza, ricorda".

Ella diede a Sloane il suo caffè.

"Viene da dove penso che venga?"

"Con la panna", aggiunge Ella. "Suzy ha iniziato a farne scorta proprio per te".

"Potrei abituarmici". Il sorriso che fece a Ella la riscaldò fino in fondo. Le riscaldò anche le dita dei piedi, che fino a quel momento erano rimaste rigidamente congelate. Questo era il potere del sorriso di Sloane Patterson.

"Stavo giusto dicendo alla tua famiglia che questo è un terreno incantevole", disse Marina a Sloane.

Ella le diede una gomitata. Marina non doveva essere così esagerata.

"Se per incantevole intendi che sta cadendo a pezzi, allora sì, lo è di sicuro", disse Cathy con una risata. "Faremo di nuovo una raccolta fondi alla fine della stagione, se vuoi donare qualcosa, Sloane. Non ti faccio pressione, ma potrebbe essere utile".

"Sarei più che felice di contribuire", rispose Sloane. "Avete già un nuovo sponsor?"

Cathy scosse la testa. "Avevamo un'azienda interessata, ma l'inflazione ha colpito tutti, quindi si sono ritirati". Fece un cenno verso i giocatori. "Per questo le maglie sono ancora semplici".

Urla si levarono dalla folla quando il Kilminster ci andò vicino, ma il loro attaccante si appoggiò all'indietro e la mise sopra la traversa nel momento cruciale. "Peccato, Nathan!" urlò Cathy. "Bel tiro, Ryan!" Inclinò la testa. "Ora torniamo ai nostri soliti posti. Volete unirvi a noi o ci vediamo nel circolo dopo la partita?"

Sloane annuì. "Ci vediamo lì dentro".

"Aspetta, devo andare in bagno", disse Ella. "Vengo con te". Mentre se ne andava, lanciò a Marina uno sguardo che diceva: "Non dire niente di male".

Marina si limitò a ricambiare con un dolce sorriso.

* * *

Sloane sorrise a Marina, poi strinse le mani intorno al caffè per riscaldarle. Era l'ultimo fine settimana di gennaio e il tempo era brutale, ma a lei piaceva. Le piaceva anche sapere che l'inverno aveva una fine; le era mancato avere le stagioni a Los Angeles. Un tempo così le ricordava di essere cresciuta a Detroit, dove in inverno servivano sempre i guanti.

"Dovrai venire a conoscere anche i miei genitori, ora che ho conosciuto la tua famiglia. So che a loro farebbe piacere incontrarti". Marina fece una pausa, poi tirò indietro le spalle. "Ora che tu ed Ella state insieme".

Sloane registrò il cambiamento di tono. "Assolutamente sì, mi piacerebbe molto. Probabilmente, però, non sarà prima degli internazionali". Sempre che venisse selezionata, cosa non scontata. "A meno che non vengano a trovarmi. Allora potranno conoscere anche la mia famiglia".

La sua famiglia. Non aveva mai presentato la sua famiglia a nessuno di importante da quando era abbastanza grande da poter dire la sua. Era bello che Cathy avesse cambiato la situazione.

"So che apprezzerebbero una tua visita. Dimostrerebbe che fai sul serio con Ella".

Sloane non immaginava che avrebbe ricevuto *il discorso* dalla cugina di Ella a margine di una partita di campionato, ma a quanto pare era proprio così. A meno che non avesse interpretato male. Il fatto che Marina fosse minuta non contava nulla: aveva chiaramente dei programmi. Sloane si girò per guardarla.

"Ti assicuro che faccio sul serio con Ella. È una donna straordinaria". Sloane valutò Marina mentre parlava.

Il rossetto rosso di Marina risaltava in tutta la sua forza, i suoi occhi erano fissi su Sloane, alla ricerca di menzogne nelle sue parole. La cugina di Ella aveva la sua faccia da poker. Faceva così con tutti quelli con cui Ella usciva?

"Lo è davvero". Marina fece un passo avanti. "Non si apre molto spesso alle relazioni e, quando lo fa, ce la mette tutta. Capisci cosa intendo?"

"Ah-ah". Un brivido di incertezza le salì lungo la schiena. Sperava davvero che Marina non stesse per darle un metaforico colpo allo stomaco.

"Ho letto su una rivista l'intervista che ti hanno fatto di recente, in cui dicevi che non c'era niente tra te ed Ella. So perché l'hai detto, ma mi ha lasciato l'amaro in bocca. Anche ad Ella, a prescindere da quello che ti dice. Spero solo che tu non la stia prendendo in giro per qualche motivo, che tu sia sincera, perché non vorrei che si sentisse ferita. Potrai anche essere famosa, ma questo non mi impedirà di rigarti la Jeep se dovesse succedere qualcosa".

"Hai intenzione di rigarmi la Jeep?" Sloane combatté l'impulso di ridere. Doveva riconoscerlo: se Sloane avesse mai voluto qualcuno che si battesse per lei, avrebbe scelto lei.

Alzò le mani, come se Marina stesse per spararle. "Giuro che, come ho detto a Ella, voglio solo proteggere noi e la mia guarigione togliendo i riflettori dalla nostra relazione. Ma non appena gli internazionali saranno terminati, pubblicheremo delle foto discrete". Provò a sorridere. "Capisco che sei protettiva, ed è dolce, ma non è necessario". Si portò una mano al petto. "Non le spezzerò il cuore".

Marina strinse gli occhi, poi fece un sorriso. "Ok, ti credo".

La folla ruggì dietro di loro.

Sloane si girò e vide Ryan che si allontanava a braccia alzate, inseguito dai compagni di squadra. "Cavolo, mi sono persa mio cugino che segnava".

Marina le posò un guanto sul braccio. "Ma hai la mia approvazione".

Capitolo 29

"A proposito, adoro questo nuovo divano. Te l'ho già detto?" Sloane allungò le lunghe gambe e si rilassò all'indietro, gemendo nel farlo.

"Sembri avere circa 50 anni, non 28".

"La prossima settimana ne compio 29, il giorno in cui torno in campo. Riesci a crederci?"

"Sei vecchia. Esco con una donna vecchia". Ella si chinò e la baciò. "Sappi che verrò da te la sera prima, che ti piaccia o no". Alzò un sopracciglio. "Devo darti il tuo regalo di compleanno anticipato, vero?"

Un brivido attraversò il corpo di Sloane. Ella aveva il potere di farlo quando voleva, ed era così sexy nei suoi pantaloncini rosa. Il suo appartamento era molto più caldo di quanto non fosse fuori. "Finché il mio regalo è un'altra confezione di Half Cream di Lakeland, sono d'accordo".

Ella rise. "E devi sapere che, con il tuo aiuto, sto diventando molto più brava a spendere soldi per me stessa, a comprarmi dei regali. Innanzitutto ho comprato questo divano, che è stato un grande cambiamento".

"È vero".

"Per quanto ne sai, potrei averti comprato quattro scatole di Half Cream per il tuo compleanno. Ho speso davvero tanto".

"Posso solo sognare". Sloane baciò di nuovo le labbra piene e morbide di Ella. "Mi siete mancate, tu e la tua acutezza di spirito".

"E il mio fantastico sedere?"

"Anche quello". Non stava scherzando. Negli ultimi tre mesi aveva memorizzato ogni centimetro della pelle di Ella, e il suo sedere era un punto di forza particolare.

Toccò il ginocchio scoperto di Ella. "So che l'ho già detto, ma non riesco ancora a capacitarmi delle dimensioni delle cicatrici sul tuo ginocchio".

"I progressi della medicina fanno una grande differenza. L'operazione non è stata poi così male, almeno non cammino zoppicando e posso ancora calciare un pallone".

Sloane inclinò la testa. "È una mia impressione, o quella cicatrice in alto sembra Dan, il fisioterapista, quando Lucy se la prende con lui?"

Era più di una settimana che non passavano la notte insieme a causa delle partite fuori casa e degli impegni, ma quella sera la situazione sarebbe cambiata. Sloane si era presentata con del cibo thailandese e ora si erano sistemate sul divano per guardare una partita infrasettimanale fondamentale della Premier League tra Rovers e Blackthorn Stars. La fine di marzo era un periodo cruciale per le stagioni maschili e femminili.

Finora il suo ritorno si era rivelato un successo: lei e Nat avevano ripreso da dove avevano lasciato. Era merito del duro lavoro, del fatto che lei ed Ella si trovavano in un buon momento e che la squadra lavorava bene. Erano ancora in FA Cup e ancora in corsa per il campionato. Tutto da giocare.

Un giovane dei Rovers si spinse lungo l'ala e effettuò un

ottimo cross. Sloane emise un fischio basso. "Quel ragazzo sa davvero giocare a calcio".

Ella si girò di scatto. "Oh mio Dio!"

"Cosa?" Il cuore di Sloane ebbe un sussulto. Che cosa era appena successo?

"Hai parlato con un perfetto accento inglese!" Ella alzò le braccia in segno di trionfo. "Il mio lavoro qui è finito".

Sloane sgranò gli occhi. "È stato un lapsus".

"Beccata". Ella le diede una gomitata nelle costole.

Sloane optò per un rapido cambio di argomento. "Questo fine settimana vedi la tua famiglia?"

"Cambia pure argomento". Ella sorrise. "Sì, vado in macchina sabato. Tornerò per la partita di domenica. È un peccato che non possa venire anche tu, sono ansiosi di conoscerti. Mia zia ti chiama *la donna fantasma*".

Sloane fece una smorfia. "Dopo le selezioni agli internazionali – se sarò scelta – verrò a Midcombe. Promesso".

"Lo so". Ella allungò l'ultima parola con un'alzata di occhi. "E verrai scelta, non essere stupida". Fece una pausa. "Ho anche delle uova di Pasqua davvero enormi per loro – Marina adora il cioccolato – quindi saranno entusiasti".

Sloane si dimenò, spostò Ella e saltò giù dal divano. La sua caviglia non si mosse nemmeno. Le parlava ogni mattina per confermare che era ancora la sua caviglia preferita. Stava reggendo bene, ma le piaceva darle comunque qualche attenzione. "A proposito di uova di Pasqua, te ne ho preso uno. Solo per dimostrarti che i miei regali non sono sempre appariscenti".

Ella si accarezzò la collana. "Non fraintendermi, mi piace l'appariscenza come a chiunque altro".

Sloane rise mentre andava in cucina a prendere la borsa.

Si meravigliò ancora una volta di come Ella avesse reso l'appartamento molto più accogliente da quando erano venute a vederlo. Un orologio cromato retrò sulla parete della cucina, un bollitore giallo e un tostapane coordinato, fiori freschi sul tavolo bianco della cucina. Prima era uno spazio senz'anima, ora ne era pieno.

Quando tornò in salotto, Ella era sdraiata sul divano come una dea moderna, con i capelli sciolti su entrambi i lati. Era così concentrata sul gioco che non notò nemmeno Sloane e ciò che aveva in mano finché non si schiarì la gola.

Quando lo fece, il volto di Ella si illuminò. "Un uovo di Pasqua Wispa!" Si alzò, prese l'uovo di cioccolato da Sloane e ballò per la stanza con l'uovo premuto sul petto. Alzò lo sguardo verso Sloane quando si avvicinò a lei. "È un regalo fantastico. Sei brava". Ella posò l'uovo, afferrò Sloane e le mise le braccia intorno al collo, concludendo il ballo con facilità. "Un regalo inaspettato dal mio regalo inaspettato".

Quando Ella sorrise a Sloane, le tolse il fiato. Il morbido rossore sulle guance, il disordine dei capelli lucidi, lo sguardo marrone caramello.

"Anche tu sei un bel regalo". Sloane massaggiò con le dita la base della spina dorsale di Ella. Ogni volta che facevano così e guardava Ella negli occhi, vedeva il ticchettio di un possibile orologio, ma non voleva che finisse e avrebbe fatto tutto ciò che era in suo potere per assicurarsi che non accadesse. Anche se Salchester non le avesse rinnovato il contratto, avrebbe fatto pressione su Adrianne per trovare una soluzione.

Ella si accigliò. "Che ti succede? Stavo per baciarti e tu ti sei allontanata".

Sloane scosse la testa. "Non è vero. Sono proprio qui".

Si avvicinò e premette le labbra su Ella. "Pronta a baciare la mia bellissima ragazza". Spinse la lingua nella bocca di Ella, desiderosa di sentire il suo respiro caldo. Quello era ciò di cui aveva bisogno. Non c'era bisogno di pensare; non c'erano complicazioni, era magico e Sloane era lì per quello.

Nemmeno spensero la televisione prima di spostarsi verso la camera da letto.

* * *

Quando Sloane si svegliò la mattina dopo, Ella non c'era, ma poteva sentire l'acqua scorrere. I muscoli le dolevano per l'allenamento del giorno prima, ma il dolce ronzio della notte le brillava ancora dentro. Non si erano ancora dichiarate amore reciproco, ma Sloane avrebbe potuto essere pronta a breve. Con Jess ci aveva messo più di nove mesi, ed era stata una cosa veloce. Di solito non era una persona che si innamorava in fretta e furia, ma temeva che Ella avesse infranto tutte le sue regole.

Prese il telefono dal comodino, l'anello d'onice era accanto ad esso. Quando vide una serie di messaggi, le si strinse il cuore. Altri da parte di Jess, nel bel mezzo della notte. Senza dubbio era un po' ubriaca.

Aveva ricominciato nell'ultima settimana e quella era la terza notte consecutiva in cui Sloane si era svegliata con dei messaggi. Jess temeva di non essere selezionata per la squadra britannica, perché la sua forma fisica era calata da quando lei e Brit erano implose. Continuava a ricordare il periodo in cui lei e Sloane erano state insieme, quando entrambe giocavano in modo favoloso per i rispettivi paesi. La notte precedente aveva scritto: "*Forse dovremmo tornare insieme quando verrò a vedere la partita. Potremmo segnare entrambe.*" Non era divertente, anche se detto per scherzo. Sloane sperava che la perdita di forma di Jess le impedisse di essere scelta, così non sarebbe venuta in Inghilterra. Tuttavia, l'ultimo messaggio di quella mattina le disse il contrario.

Volevo solo farti sapere che sono entrata nella squadra dell'Inghilterra, non si sa come. Speriamo di poterci vedere anche prima. Mi manchi, Sloane. Ci vediamo tra un paio di settimane.

Sloane lasciò cadere il telefono e chiuse gli occhi, immaginando Ella sotto la doccia. Il suo sedere rotondo, il suo seno perfetto, i suoi occhi di fuoco. Non si meritava che Jess tornasse nelle loro vite e Sloane non avrebbe permesso che accadesse. Forse poteva organizzare un caffè con lei prima per risolvere le cose. Sarebbe stato saggio? Digrignò i denti. Non ne aveva idea. Voleva tenere la sua nuova vita e la sua vecchia vita lontane l'una dall'altra. Sul campo era una cosa. Fuori, poteva controllarla.

Rispose con un messaggio a Jess, dicendole che prima o poi l'avrebbe incontrata per un caffè e che si sarebbero aggiornate.

Purché Sloane venisse selezionata. Si asciugò la fronte. Se non fosse stata scelta, sarebbe stato devastante, ma almeno significava che non avrebbe dovuto vedere Jess.

Un lato positivo.

Solo che quel campionato era fondamentale, era l'ultimo prima della Coppa del Mondo. Se non fosse stata selezionata, le sue possibilità di partecipare al torneo sarebbero state scarse. I cinque goal realizzati dal suo ritorno sarebbero stati sufficienti per farsi notare? Lo sperava. Spesso la gente pensava che fosse ovvio che sarebbe stata selezionata, ma non ne era così certa. Aveva già provato la sensazione di non essere scelta e le aveva fatto male. Tuttavia, aveva fatto tutto il possibile per far valere le sue ragioni. La decisione spettava all'allenatrice.

La porta della camera da letto si aprì ed entrò Ella, con un asciugamano blu avvolto intorno al corpo e i capelli umidi come un nido d'uccello. Sloane avrebbe voluto mangiarla. Sorrise. "Buongiorno, superstar!" Si avvicinò, baciò Sloane, poi si tirò indietro. "Dopo ieri sera, forse ti serve un nuovo soprannome. Qualcosa di sexy". Si portò un dito alle labbra. "Lascia fare a me".

Il senso di colpa serpeggiava in Sloane. Doveva dire a Ella di Jess? Ma non voleva far sparire quel sorriso dal suo viso, nemmeno un po'.

Ella si accigliò. "Tutto bene? Hai tutta la fronte corrugata". Si indicò la fronte.

Sloane rilassò il viso, poi sfoderò un sorriso. "Tutto perfetto. Ho solo fatto un sogno strano, tutto qui".

Ella annuì. "Hai visto che è stata annunciata la squadra dell'Inghilterra?" Fece una pausa. "Jess ne fa parte". I suoi occhi si annebbiarono e la sua energia diminuì.

"Sì?" Sloane sperava di sembrare convincente.

"Sì, quindi questa è la tua occasione per metterla in difficoltà e farle vedere chi ha vinto, alla fine". Ella le fece l'occhiolino, per liquidare l'argomento. "Ma soprattutto, Nat e Becca hanno superato la selezione. Non è fantastico? Mi sento una zia orgogliosa. Due delle nostre bambine sono state convocate".

"Davvero fantastico, cazzo!"

Ella si asciugò i capelli, poi si sedette, nuda, accanto a Sloane.

"Ti ricordi quando abbiamo visto questo appartamento? Quando quell'agente ci ha sorprese mentre ci baciavamo? Avrebbe dovuto vederci ieri sera". Sorrise, evidentemente ripensandoci. Sloane lo sapeva perché ci aveva pensato anche lei. "Ti hanno dato gli orari per le selezioni della squadra statunitense oggi, vero?"

Sloane fece una smorfia. Aveva cercato di non pensarci, ma era una notizia importante. "Alle due. Il coach chiama alle 9 della costa orientale".

"Ti prenderanno". Prese il mento di Sloane con la mano. "Chi può resistere a questo viso?"

Capitolo 30

"Ti ricordi dove giocavamo?" Lucy diede un calcio al pallone.

Ella si spostò, lo controllò, fece un paio di palleggi solo per impressionare se stessa, poi lanciò di nuovo la palla al suo capo. Nat e Becca avevano salutato gli allenamenti per presentarsi alle selezioni. Oltre a Sloane, c'erano altre sei giocatrici che avrebbero partecipato alle amichevoli dei loro paesi nelle prossime due settimane, tra cui Layla per la Norvegia. Lucy aveva chiesto se Ella avesse voglia di un caffè, ma dato che entrambe erano ancora iperattive dopo l'allenamento precedente, aveva suggerito una passeggiata. Lucy era stata d'accordo.

"Non su campi come questo".

"Non in una tuta come questa", confermò Lucy. "Queste ragazze di oggi non sanno quanto sono fortunate". Sorrise alle sue stesse parole mentre fermava la palla. "Quando esattamente mi sono trasformata in una vecchia?"

Ella rise. "Non sei vecchia, non hai un solo capello grigio sulla testa".

"Mia moglie ce l'ha con me anche per questo". Lucy raccolse la palla e si incamminò verso Ella.

Era l'inizio di aprile, c'era ancora il sole e la primavera era nell'aria. Era stato un marzo freddo, ma Ella sperava che quello fosse un segno che la temperatura stava per salire. A prescindere dal tempo, però, Ella continuava ad amare la sensazione dell'erba sotto i piedi, l'odore della terra nelle sue narici. Si sarebbe sempre sentita a casa.

"Vogliamo chiudere la giornata?"

"Sì, grazie. Mezz'ora è sufficiente".

Lucy le fece un sorriso. "Non dirlo alle giocatrici".

Ella si mise a camminare con disinvoltura, riparandosi gli occhi dal sole ancora alto di aprile. In lontananza, le auto passavano sulla strada a doppia carreggiata, ma in quel club Ella si trovava in un altro mondo.

"Come si sente Sloane? Ha partite importanti in vista della Coppa del Mondo".

"Ho cercato di farla concentrare su altre cose, so che era nervosa in attesa della convocazione dopo l'infortunio. Una volta superata, si è ripresa. Ora si tratta solo di dimostrare quello che sa fare. Non sono preoccupata".

"L'Inghilterra dovrebbe esserlo, forse".

"Ecco, appunto". Ella ripensò alla mattina precedente, quando Sloane era sembrata preoccupata e aveva sussultato quando le aveva chiesto cosa stesse guardando sul telefono. Forse era più preoccupata di quanto avesse lasciato intendere. L'infortunio l'aveva fatta dubitare di se stessa, ma ora era tornata in forma. La sua vita fuori dal campo era solida e questo si riversava sempre nelle partite.

"Mi sembra che tra voi due vada tutto bene, no?" Era più un commento che una domanda, ma Ella non poté fare a meno di sorridere.

Andava più che bene.

Le sembrava di volare.

"Sì, anche se sarà bello quando potremo stare insieme in pubblico". Scosse la testa. "Ma mi sveglio felice, quindi non posso lamentarmi".

"Penso che siate la coppia ideale", confermò Lucy. "Inoltre, qualsiasi cosa stiate facendo l'una per l'altra, continuate così. Ho un'attaccante di prim'ordine molto felice e una coach radiosa, entrambe al top della loro carriera. Ci sei mancata nelle sei settimane in cui sei stata con gli uomini. È bello riaverti con noi, gli uomini non volevano lasciarti andare. Sei molto richiesta".

Raggiunsero la panchina a lato del campo, Lucy prese delle bottiglie d'acqua dal secchio e ne diede una a Ella. Aspettò che Ella avesse allentato il tappo e bevuto un sorso prima di parlare.

"Volevo chiederti anche dei tuoi progetti, tuoi e di Sloane. Avete parlato della prossima stagione?"

Ella prese un gran bel respiro, poi scosse la testa. "Non proprio. Voleva aspettare fino a dopo gli internazionali".

Lucy annuì. "Ha senso". Fece una pausa. "Ma se ci fosse un modo per far quadrare il bilancio, saresti interessata a un posto a tempo pieno? Magari come performance coach part-time, e allenatrice part-time di calcio giovanile? Se è una cosa che ti interessa, potresti prendere qualche brevetto da allenatrice". Alzò una mano. "Non ho ancora pensato a tutto, ma credo che potrebbe funzionare. Vederti in campo a fare sessioni personali con le ragazze mentre giocate comunque a calcio mi ha fatto pensare. Inoltre, questo ti porterebbe più lontana dall'orbita di Sloane, se lei rimane. Se diventassi allenatrice a tempo pieno, dovremmo chiarire le cose con i dirigenti. Non voglio perderti a causa della tua relazione, Ella".

Una gioia pura e bollente si accese dentro Ella. "Sì, sono assolutamente interessata". All'improvviso, tirò Lucy in un abbraccio.

Quando la lasciò andare, il suo capo fece un passo indietro con un sorriso.

"Scusa, è solo che… Sarebbe il lavoro a tempo pieno dei miei sogni. Un mix di fuori campo e dentro il campo".

"Con calma, non c'è ancora nulla di certo. Ma se vogliamo seriamente sviluppare la squadra femminile, perché non farlo? Soprattutto se le cose andranno bene in questa stagione, allora i vertici della squadra dovranno sostenermi".

"Sono assolutamente d'accordo".

"Bene, mi fa piacere". Lucy si scolò la bottiglia d'acqua e iniziò a camminare verso l'edificio principale. Tenne aperta la porta a Ella. Entrambe andarono subito nello spogliatoio e cambiarono gli scarpini con le normali scarpe da ginnastica. "Sloane quando si unisce alla squadra?"

"Domani mattina, ora è a casa a prepararsi. Dopo andrà a fare qualche giro per un tè di compleanno anticipato. Non vede l'ora di rivedere tutti i suoi amici, è passato un po' di tempo". Ella era felice che Jess non fosse americana, e che avrebbe fatto squadra con Nat e Becca. Al loro ritorno le avrebbero raccontato tutti i pettegolezzi su di lei.

"Augurale buon compleanno da parte mia. Si divertirà molto in campo, a parte quando perderà la partita". Lucy sorrise, poi schioccò le dita. "A proposito, vieni nel mio ufficio. Ho preso i pass VIP per noi. Inghilterra contro Stati Uniti a Wembley, e per una volta siamo solo leggermente sfavoriti. Siamo sedute nei posti migliori, ora devi solo decidere per chi tifare la sera".

Capitolo 31

Sloane chiuse la macchina e si avviò verso il suo condominio. Era quasi arrivata alla porta quando si rese conto di aver lasciato la borsa sul sedile posteriore. Imprecò, poi tornò verso l'auto. Scrutò il parcheggio, controllando che non ci fossero fotografi o tifosi. Dopo l'annuncio della squadra statunitense, ne aveva visti un po' di più in giro. Quella sera, per fortuna, non ne aveva visto nessuno. Prese la borsa, sbatté di nuovo la portiera, ma, quando si voltò di nuovo, una figura familiare le si parò davanti.

Jess. Sembrava più magra e questo diceva a Sloane tutto quello che doveva sapere: Jess non mangiava bene quando era infelice. La vecchia memoria muscolare faceva venire voglia a Sloane di abbracciarla e di servirle un piatto di pasta e uno di pollo. Ma quel giorno non l'avrebbe fatto: aveva un pranzo di compleanno da consumare e un campo da raggiungere. Ella sarebbe tornata presto. Doveva liberarsi di Jess, e in fretta.

Lenti raggi d'ansia le girarono nel petto.

"Cosa ci fai qui?"

"Ciao anche a te". Jess tentò un sorriso presuntuoso, ma non le arrivò agli occhi. "Ma guardati, guidi un'auto elegante come se vivessi qui". Il suo accento inglese suonava americano, e aveva le labbra screpolate.

Sloane aggrottò le sopracciglia. "Io vivo qui".

"Sai cosa voglio dire".

Non proprio. "La mia prima domanda è ancora valida". Sloane si guardò di nuovo intorno. Se Ella fosse arrivata mentre Jess era lì, non avrebbe fatto una bella figura. Sloane doveva liberarsi della sua ex il prima possibile. "Credevo che saresti arrivata domani con le ragazze americane". Questo era quanto le aveva detto Jess in uno dei suoi tanti messaggi.

Jess scosse la testa. "Stavo per farlo, ma poi ho preso un volo prima per poter vedere la mia famiglia per un paio di giorni".

Sloane sollevò un sopracciglio. "E si sono trasferiti nel mio palazzo?"

Jess sgranò gli occhi. "No, sciocchina". Allungò una mano e afferrò il braccio di Sloane. "Sei tu la mia famiglia, lo sai". Sospirò. "Mi sei mancata, Sloane, è così bello vederti. Ti trovo bene. Hai ricevuto tutti i miei messaggi, vero? Le tue risposte sono state brevi e dolci, o inesistenti. Ma hai detto che dovevamo vederci per un caffè". Jess lasciò andare Sloane e spalancò le braccia. "Eccomi qui, pronta per un caffè e per augurarti buon compleanno per domani. Pensavo che se mi fossi presentata di persona, avresti dovuto parlarmi".

Jess non aveva tutti i torti, la rendeva quasi impossibile da ignorare.

"Inoltre, ho visto il montaggio su YouTube di te con quell'altra donna. Ella, vero?" Si è avvicinata. "Sono davvero impressionanti questi YouTuber, si impegnano così tanto".

Jess sostenne il suo sguardo. Sloane doveva riconoscerlo: dopo tutto quello che era successo, era davvero sfrontata. O una sociopatica. Non riusciva a decidere.

"Mi sembrava che fosse il momento giusto per venire

a trovarti. Prendere un caffè, guardarti negli occhi, dirti e dimostrarti che non ti ho dimenticata".

Davvero? Dopo tutto? Jess l'aveva detto a dicembre, dopo il litigio con Brit, ma Sloane pensava che ormai l'avesse superata. Sloane non l'aveva incoraggiata, ma Jess non era mai stata brava a leggere tra le righe. Sloane aveva cercato di essere gentile. Sapeva cosa significava essere lontani da casa e soli dopo una rottura. Forse era stata questa la sua rovina.

Forse era il momento di essere schietti.

Le orecchie di Sloane si scaldarono e lo stomaco le si agitò. Stava per sputare la sua frase d'apertura micidiale quando l'auto di Ella girò l'angolo.

Il respiro si affievolì nel corpo di Sloane, mentre un senso di allarme si faceva sentire.

Voleva sparire, ma non ci sarebbe riuscita. Non c'era modo di liberarsi di Jess prima che Ella la individuasse. Sapeva bene come sarebbe stato, perché ogni volta che Jess veniva menzionata dalla stampa, in particolare per quanto riguardava il calcio, il nome di Sloane sembrava non essere mai lontano. Non importava che si fossero lasciate ufficialmente da mesi: per il mondo erano una coppia.

Sloane avrebbe dovuto cercare di limitare i danni prima che arrivasse Ella.

Forse poteva fare appello al lato simpatico di Jess, anche se non era del tutto sicura che ne avesse uno. "Sei venuta a dirmi che mi vuoi ancora? Sei per caso fatta in questo momento?"

Jess sbatté le palpebre, poi sembrò confusa. "Brit è stata solo una parentesi, Sloane. Non ho mai smesso di pensare a te, non ho mai smesso di amarti. L'ho detto nei messaggi che ho inviato".

"Sì, ma hai avuto una relazione con un'altra!" Sloane cercò di mantenere la voce bassa, ma era abbastanza sicura di aver urlato l'ultima parte. Non poteva farne a meno. Come poteva Jess essere così ottusa? Sloane guardò dietro di sé. Ella si stava avvicinando, con il volto contratto.

Sloane conosceva la sensazione. Ma eccolo qui, l'incontro che sperava non sarebbe mai avvenuto. La sua vita precedente e quella attuale che si scontravano.

"Ciao, Ella". Sloane si avvicinò e diede a Ella un leggerissimo bacio sulla guancia. Ella si era allontanata all'ultimo momento? Doveva cercare di limitare i danni. "Sono appena tornata e guarda chi mi aspettava". Sperava che il suo tono pesante dicesse a Ella che non era contenta di vedere Jess.

"Lo vedo. Piacere di conoscerti, Jess. Sono Ella, la ragazza di Sloane".

L'orgoglio salì lungo la schiena di Sloane. Doveva riconoscerlo a Ella, stava prendendo il controllo della situazione, cosa che Sloane avrebbe dovuto fare mesi prima.

La confusione di Jess salì di livello. "Fidanzata? Sapevo che ti vedevi con lei, ma non sapevo che fosse *ufficiale*".

"È ufficiale", disse Sloane, prima che potesse trarre qualsiasi altra conclusione.

"E ora sei qui perché?" Ella chiese a Jess, con parole di granito.

Oh cazzo, cosa sarebbe uscito dalla bocca di Jess? La sensazione di sprofondamento era tornata.

"Perché sono venuta prima per le partite, così ho potuto vedere la mia famiglia. Ma ho fatto in modo di vedere anche Sloane, perché siamo una famiglia. Oltre che un affare in sospeso".

"Davvero?" Ella allargò gli occhi e si girò verso Sloane.

Sloane fece un passo avanti. No, no, no. Non poteva succedere. La sera prima della partita più importante della sua vita, la sua vita privata stava esplodendo nel parcheggio. Doveva fermare tutto e sistemare le cose. Non era così che doveva andare la serata. Aveva programmato un pasto speciale, con cibo di Marks & Spencer. Non era così che sarebbe finita la giornata. Allungò la mano e afferrò il braccio di Ella, ora piegato sul petto.

"Questa è una notizia tanto per me quanto per te".

"Ti ho detto che sarei venuta nei miei messaggi", rispose Jess. "Dopo averti rispedito il tuo anello d'argento".

"Ti ha mandato l'anello?" La maschera di controllo di Ella scivolò. Lo sconcerto le attraversò il viso, seguito subito dopo dal dolore.

Questa situazione era peggiore di qualsiasi cosa Sloane avesse mai potuto immaginare, sentiva la disperazione annodarsi e arrotolarsi dentro di lei. Non avrebbe mai voluto fare del male ad Ella. "Ti prometto che non le spezzerò il cuore". Questo è ciò che aveva detto a Marina. Ma doveva dire la verità. "Jess ha trovato l'anello nella sua giacca".

Jess piegò le braccia e si appoggiò alla Jeep. "E avevamo deciso di vederci per un caffè".

"Ma non oggi!" Sloane rispose, prima di rendersi conto del suo errore.

Ella fece un passo indietro, osservandole. "Vi siete scritte?"

Doppiamente fottuta.

Triplamente fottuta.

"Certo che sì. Eravamo fidanzate", disse Jess, come se fosse ovvio. "Ci siamo lasciate, mica sono morta".

Sloane fece una smorfia, spostando lo sguardo da Jess a Ella. Niente di ciò che aveva detto era stato giusto, ma doveva risolvere la situazione per Ella, dimostrarle che non era come sembrava. Ma più guardava, più vedeva che era esattamente come sembrava.

"Sloane? È vero? Avete parlato?"

Paura nera e grintosa albergava in fondo alla gola di Sloane. Se avesse negato, Jess non avrebbe fatto altro che contestarlo. Avrebbe anche potuto tirare fuori il telefono per mostrarlo a Ella.

Sloane doveva uscirne, anche se Ella aveva già fatto un passo indietro. Un passo fuori dalla vita di Sloane.

"Tecnicamente, sì. Ma più che altro Jess mi manda dei messaggi e io rispondo". Nella sua testa suonava più intelligente.

Ella lanciò un'occhiata all'una e all'altra e poi trasalì.

Sloane seguì il suo sguardo: Ella stava fissando la mano sinistra di Jess.

"Indossi ancora l'anello di fidanzamento? Quello che ti ha regalato Sloane?"

Anche Jess sembrava leggermente imbarazzata mentre annuiva.

Di' qualcosa, Sloane! Qualsiasi cosa per rompere questo momento!

Ma Ella fu più veloce a reagire. "Fammi capire bene. Mi hai detto che è saltato fuori il tuo anello, ma hai opportunamente dimenticato di dire che l'ha trovato Jess. Hai messaggiato con la tua ex fidanzata, con cui tutti i giornali e i fan vogliono che tu torni insieme, e avete organizzato un incontro. Nel frattempo, mi hai detto che dovevamo tenere segreta la nostra relazione fino a dopo gli internazionali, in modo che tu potessi concentrarti sul tuo ritorno e far uscire Jess dalla tua vita per sempre?"

Le guance di Ella si arrossarono. "Perdonami se dico stronzate, forse il vero motivo per cui non volevi rendere pubblica la nostra relazione era perché stavi tenendo aperte le tue opzioni? Stavi aspettando che Jess tornasse nel Regno Unito per vedere chi di noi due ti piaceva di più?" La guardò con una ferocia che Sloane non sapeva nemmeno esistesse.

"Non è così!" La disperazione lambì le rive del cuore di Sloane. Poteva capire come appariva, ma Ella doveva sapere che questa non era la realtà. Tuttavia, a giudicare dall'espressione del suo viso, forse non lo sapeva, e non l'avrebbe ascoltata nemmeno la settimana seguente. Prima o poi, però, avrebbe dovuto starla a sentire, no?

Nel petto di Sloane si aprì un vuoto. Avrebbe davvero potuto perderla.

"Sai cosa? Vaffanculo, Sloane. Fanculo a te e ai tuoi modi da VIP, da manipolatrice". Gli occhi di Ella brillavano di lacrime mentre parlava. "Non riesco a credere che tu mi abbia presa in giro per tutto questo tempo, quando in realtà stavi solo passando il tempo, in attesa di tornare negli Stati Uniti e di tornare a essere la coppia d'oro". Ella mise le dita sulla collana di bussole. Quando la toccò, il suo volto si inasprì e strappò la catena dal collo. Aprì le dita della mano destra di Sloane e la premette sul suo palmo.

"Puoi riavere anche questa. Mi hai mentito". Ella prese un respiro tremante. "Sei stata in contatto con la tua ex per mesi e non hai detto una parola".

Le parole di Ella erano come colpi di mitragliatrice. Ognuna di esse si conficcava nel cuore di Sloane. La sua mente si agitava alla ricerca di un modo per cambiare la situazione, ma i suoi sensi in affanno non ne trovavano nessuno. Sapeva già che era una causa persa, almeno per il momento.

Ella si rivolse a Jess. "Non c'è di che. È chiaro che siete perfette l'una per l'altra".

A quel punto, Ella lanciò a Sloane uno sguardo omicida, girò i tacchi e tornò alla sua auto. Le gomme stridettero mentre accelerava per uscire dal parcheggio.

Quando se ne fu andata, Sloane si voltò verso Jess e chinò il capo. "Non riesco a credere che sia appena successo".

"Mi dispiace", disse Jess.

"È un po' tardi, non credi?" Sloane intascò la collana, poi appoggiò i palmi delle mani sulle cosce e si piegò in avanti, stanca. Cosa diavolo avrebbe fatto adesso? Alzò lo sguardo verso Jess. "Crei tutto questo scompiglio ovunque tu vada?" Alzò una mano. "Sai cosa, non rispondere. Per dirla con le parole di Ella, vaffanculo, Jess".

Jess trasalì. "Non sapevo che steste davvero insieme. Pensavo che avessimo ancora una possibilità".

Sloane scosse la testa, incredula. "Che io ed Ella stiamo insieme o meno non ha alcuna importanza per noi. Non abbiamo alcuna possibilità di tornare insieme comunque, sono stata chiara?"

"Ma io pensavo…"

"Pensavi cosa?" Sloane le si mise di fronte, con le mani sui fianchi. Voleva proprio saperlo.

"Che fossimo destinate a stare insieme".

Sloane non ne era sicura, ma dall'espressione di Jess, forse già aveva capito di no.

"Eravamo destinate a stare insieme quando ti ho chiesto

di sposarmi e tu hai detto sì. Ma poi hai scopato con un'altra, così il destino ha fatto una brusca inversione a U". Sloane scosse la testa. "Sei proprio un disastro, lo sai? Vai in campionato, Jess. Gioca a calcio. Sei brava in questo. Ma prima di provare a metterti con qualcun'altra, magari prova anche a fare un po' di introspezione e a crescere".

Jess sostenne il suo sguardo, fece per dire qualcosa, poi ovviamente ci ripensò.

Aveva capito cosa stava dicendo Sloane? Non ne aveva idea.

"Scegli bene i momenti per proclamare un amore eterno. Non l'hai mai fatto quando stavamo insieme".

"Allora non mi rendevo conto di quello che avevo. Ora lo so". Jess fece una pausa, poi incrociò lo sguardo di Sloane. "Abbiamo davvero chiuso?" Le sue spalle si abbassarono in attesa della risposta.

Sloane annuì. "Abbiamo chiuso".

"E questa donna ti piace molto?"

"Sì". Riuscì a malapena a pronunciare la parola.

Jess si mise dritta e piegò le braccia. "In questo caso, sembra che tu abbia procrastinato troppo. È ora che glielo dimostri, no?"

Capitolo 32

Ella non riusciva a ricordare un momento della sua vita in cui si fosse sentita così. Aveva ingoiato tutte le bugie di Sloane come se fossero il vangelo. Certo, tenere la loro relazione stretta nel petto le era costato caro, ma la luce alla fine del tunnel, che pensava fosse così vicina, si era rivelata un miraggio.

Si sentiva stupida e ridicola, come una di quelle donne che negli articoli di giornale non sanno nulla della vita segreta del loro partner. Le parole di Jess continuavano a tornarle in mente. "Ci siamo lasciate, mica sono morta". Tutto quello che c'era tra loro era una bugia? Sloane stava solo passando il tempo? Non riusciva a crederci dopo tutto quello che avevano condiviso, ma aveva tutte le prove davanti, anche se i conti non tornavano. Stava vivendo in un mondo in controtendenza. Sua madre era stata tradita da uomini varie volte nella sua vita, ed Ella se li ricordava tutti. Forse era una malattia genetica che lei e sua madre condividevano quando si trattava di relazioni.

Sloane aveva inviato messaggi e provato a chiamare, ma Ella li aveva ignorati tutti. Non era in vena di parlare. Di una cosa Ella era sicura: non sarebbe andata alla partita Inghilterra-USA. Aveva avuto abbastanza umiliazioni per almeno una settimana.

La prima persona con cui parlò dell'accaduto fu Marina.

Sua cugina le disse che sarebbe andata da lei il prima possibile, il che fece capire a Ella quanto doveva sembrare sconvolta. Marina non era un tipo che mollava tutto senza motivo, ma era sempre stata presente per Ella nel corso della sua vita. Era la sorella che non aveva mai avuto. Inoltre, come aveva detto Marina, "devo essere lì con te a vedere l'amichevole Inghilterra-Stati Uniti, altrimenti diventerai matta".

Ella aveva iniziato a negare che avrebbe guardato la partita, ma poi si era fermata. Non aveva senso. Sua cugina aveva ragione. Ella avrebbe guardato tutta la partita e si sarebbe aggrappata al divano quando Sloane e Jess si fossero avvicinate.

Il giorno della partita, come se non bastasse, qualcuno aveva fatto trapelare una storia sulla sua discussione con Sloane davanti al condominio, dicendo che avevano avuto una lite amorosa che coinvolgeva Jess. La notizia non aveva avuto grande risonanza, ma era stata diffusa. Ella era troppo stanca per guardare troppe reazioni, ma aveva visto una YouTuber che diceva di essere entusiasta all'idea che Sloane e Jess tornassero insieme. Non capivano che erano persone vere con sentimenti veri?

Marina si presentò alle 19 con due bottiglie di merlot e l'applicazione Deliveroo aperta sul telefono. Strinse forte Ella e le baciò la guancia. "Ce la farai, sei una donna forte. Qualunque sia il risultato". Le toccò le guance. "Sei pallida, hai bisogno di vino".

Ella sapeva che aveva ragione su entrambi i fronti. Chi non sarebbe impallidito, quando stava per guardare la sua (ex?) amante giocare a calcio in TV con la sua ex fidanzata? Ella non riusciva a credere che quella fosse la sua vita, ma era reale al 100%.

Sistemarono la cena: pollo bhuna per Ella, manzo madras per Marina. Ella avvicinò il tavolino in modo che avessero un posto dove appoggiare i piatti, poi stappò il vino e mise la partita.

Marina afferrò immediatamente il telecomando e spense la TV.

Ella si acciglò. "Non dovevamo guardarla? Ho davvero bisogno di guardarla. Non è solo per Sloane, che farò del mio meglio per ignorare. Giocano il nostro portiere e l'altra attaccante, Nat. È la sua prima convocazione e potrebbe avere qualche minuto di stress. È davvero emozionata". Questo, almeno, fece sorridere Ella. Nat si era davvero guadagnata la convocazione grazie al duro lavoro e al grande talento.

"La guarderemo. Ma prima di sottoporti alla tortura di guardare la tua ragazza...".

"Non è la mia ragazza". Ella si accasciò sul suo divano nuovo di zecca, quello su cui lei e Sloane si erano sdraiate solo la settimana precedente, parlando del loro futuro. Ora era tutto nel vento.

"Ne parleremo più tardi. Prima di farlo, raccontami di nuovo cosa è successo".

"Te l'ho già detto".

"Eri in stato confusionale. Ripetimelo in modo più razionale".

Ella lo fece.

Marina si acciglò. "Quando siete arrivate, Jess era lì, ma Sloane ha detto che non la stava aspettando?"

"No, ma si sono messaggiate. Jess le ha mandato un anello e si sono messe d'accordo per un caffè. Jess ha anche detto di volerla indietro". Ella fece un'alzata di spalle esagerata.

"Insomma, mancava solo un annuncio sul giornale, Jess è stata molto chiara nelle sue intenzioni e Sloane non ha negato nulla".

"Che cosa ha detto Sloane, esattamente?"

"Ha ammesso che si sono scritte, e che Jess aveva mandato indietro un anello che Sloane aveva perso. Le ho detto di andare a quel paese e me ne sono andata".

"Mmhm."

"Mmhm? Non capisco perché stai dalla sua parte. Solo perché è famosa non significa che sia irreprensibile. Anche le persone famose possono essere stronze, o forse è come prima, con Reba: non sono al suo livello in quanto a fama o soldi. Se vuole che Jess torni, forse questo è il motivo. Non ho la fama o il prestigio di cui ha bisogno".

Ma Marina stava già scuotendo la testa e agitando una forchetta piena di cibo.

Ella le afferrò la mano e la mise giù. "Non sul mio nuovo divano, per favore. Il curry e il velluto blu non vanno d'accordo".

Marina abbassò la mano e si rivolse a Ella. "Voglio solo dirti che i soldi e la fama non sono ciò che Sloane vuole. La maggior parte delle persone famose non vuole qualcuno che rubi loro le luci della ribalta, è un dato di fatto. Il che significa che tu sei l'ideale. Ma a Sloane piaci per quello che sei, famosa o meno. È una brava persona. L'ho incontrata solo un paio di volte, ma l'ho capito. Inoltre, le ho detto di non spezzarti il cuore e lei ha promesso di non farlo".

"Che hai fatto?"

Marina alzò le spalle. "Non era niente, mi ringrazierai dopo. Ma il punto è che credo che tu debba sentire la sua versione della storia prima di buttarti a capofitto. Anche se, sì, so che tecnicamente ti sei già buttata".

"Mi ci sono tuffata come Tom Daley".

"Concordo. Voto, 9.7 su tutta la linea".

Sorrisero, un po' di sollievo era gradito. Mangiarono un po' di cibo e pensarono per qualche istante.

"Ma ha cercato di contattarti?" Chiese infine Marina.

"Sì, da allora. Mi manda messaggi ogni giorno, è insistente".

"Perché pensi che lo faccia?"

"Perché non sopporta che l'abbia scaricata io?"

"Sloane Patterson è una delle calciatrici più equilibrate che abbia mai conosciuto. Le piaci anche. Molto. Scommetto che si è trattato di un malinteso".

"Perché la difendi?"

"Perché mi piace e ti voglio bene. Credo che lei sia già un po' innamorata di te, e viceversa. State bene insieme, ecco perché difendo Sloane. Se è un'idiota e io mi sbaglio, dovrò rivedere la mia visione della natura umana, ma non credo".

Ella prese il telefono. "Ora le mando un messaggio, va bene?" Le parole di Ella erano piene di sarcasmo. Cosa ne sapeva Marina delle relazioni? Dopotutto era ancora single.

Marina sgranò gli occhi, strappò il telefono dalle dita di Ella e lo posò sul tavolino di legno, a faccia in giù. "Non devi farlo adesso, è un po' impegnata".

"A giocare con la sua ex".

"Giocare *contro* la sua ex. C'è una differenza significativa".

Ella sbuffò. Era difficile essere arrabbiati con Sloane, anche quando lei era nel torto. Perché i sentimenti non si spengono da un giorno all'altro, no? "Va bene, ci penserò". Alzò lo sguardo. "Adesso possiamo guardare la partita?"

"Non vorrai mica lanciare qualcosa contro il televisore?"

"Nessuna promessa".

Accesero, la partita era appena iniziata. Gli Stati Uniti erano già in attacco e l'altra attaccante, Lena Jackson, scagliò un tiro contro il portiere dei Rovers, Becca. Quest'ultima si fece valere con tutto il suo peso e cadde sul pallone.

Ella batté le mani. "Vai, Becca!" Tifava decisamente per l'Inghilterra. Sul lato destro dello schermo, Sloane correva lontano dalla porta. Ella rimase a bocca asciutta. Aveva ancora un bell'aspetto con la maglia della squadra, non era cambiato nulla.

Becca fece rimbalzare la palla, poi la mise a terra per un calcio di rinvio. Ella si appoggiò a Marina. "Ho segnato un goal contro di lei in allenamento. L'ho già detto?"

"Una o due volte", rispose Marina.

* * *

Ella si svegliò il mattino seguente con un piccolo barlume di speranza che forse lei e Sloane avrebbero potuto rimettere le cose in carreggiata. Forse Marina aveva ragione e c'era una spiegazione logica per Sloane e Jess, avevano molti trascorsi in comune. Molte lesbiche erano amiche delle loro ex. Molte ex atterravano l'una sull'altra e si rotolavano su un prato davanti a milioni di spettatori in tutto il mondo, come avevano fatto Sloane e Jess ieri sera? Ella era contenta che Marina l'avesse guardata con lei e avesse continuato a ripetere che il loro compito era quello di dedicarsi ai loro discorsi. Altrimenti, Ella avrebbe potuto prestare troppa attenzione ai commentatori che continuavano a dire che una volta erano fidanzate.

"Che strano essere su un campo da gioco, davanti a milioni di persone, con qualcuno con cui eri fidanzato solo sei mesi fa. Che ne pensi, Alex?", aveva chiesto un commentatore all'altro.

Ella voleva prendere a pugni lo schermo.

Prese il telefono dal comodino e cliccò sull'ultimo messaggio di Sloane. Lo aveva inviato dopo la partita, che si era conclusa con un pareggio per 2-2. L'Inghilterra era stata in vantaggio per 2-1, ma poi Sloane aveva ottenuto un rigore, dopo essere stata atterrata in area. Si era fatta avanti e, con uno spettacolo di gelida precisione, aveva infilato il pallone davanti a Becca.

Ella non sapeva come sentirsi. Triste per l'Inghilterra? Felice per Sloane che era tornata a segnare sul grande palcoscenico?

Ma anche, che si fottesse Sloane. Perché era così brava, e così sexy con la tuta da calcio.

Il messaggio di Sloane diceva a Ella che aveva la sua voce nell'orecchio quando aveva tirato il rigore; le diceva che c'era stata solo lei, nessun altro, solo lei e la palla. Un portiere, una porta, proprio come quando si erano esercitate. Ella scosse la testa. Era abbastanza sicura che Sloane avesse imparato a tirare i rigori molto prima che si conoscessero, ma era commossa che avesse cercato di includerla nella sua impresa.

Doveva rispondere? Fece un respiro profondo e pensò a cosa avrebbe potuto scrivere.

Grande partita ieri sera. Rigore fantastico. Mi è piaciuto molto anche il modo in cui ti sei comportata con la tua ex. O non è la tua ex? Sì, forse non era ancora pronta.

Marina fece capolino dalla porta della camera di Ella. "Hai in mano il telefono. Hai già visto le foto di ieri sera?" La sua voce era incerta.

Il sangue defluì dal volto di Ella. "Quali foto?" La sua voce suonava stanca come si sentiva lei.

Marina si avvicinò e si sedette sul letto di Ella. "Sono sicura che non sia nulla di che, ma dai comunque un'occhiata". Passò a Ella il suo telefono.

Ciò che Ella vide le fece cadere il telefono sulle coperte del letto e chiudere gli occhi. Foto di Sloane e Jess che si abbracciavano in campo dopo la partita, e poi dopo, che chiacchieravano e si abbracciavano nello spogliatoio della squadra inglese. Almeno indossavano la tuta da ginnastica e non erano nude. Doveva ringraziare per le piccole gioie.

"So che hai detto di non saltare alle conclusioni, ma anche tu diresti che questo è un po' troppo. Ci frequentiamo da quasi quattro mesi, non ha mai voluto abbracciarmi in pubblico. Ma se vede Jess per cinque minuti, si avvinghiano?"

Marina annuì. "Ho capito, mi sarei arrabbiata anche io. Ma era una partita amichevole. Ha abbracciato anche altre della squadra inglese". I suoi occhi gentili si posarono su Ella. "Parla con lei. Sloane è sincera, ne sono certa".

Ma Ella non era dell'umore giusto per parlare in quel momento.

Non era sicura che lo sarebbe mai stata.

Capitolo 33

Tre settimane dopo, Sloane entrò nel club del Salchester, salutando con la mano la receptionist Beth. I suoi piedi conoscevano la strada per gli spogliatoi, ma si arricciarono nelle scarpe da ginnastica mentre camminava, sapendo che doveva passare davanti all'ufficio di Ella. Quando Sloane lo fece, trattenne il respiro, proprio come aveva fatto nei tre giorni precedenti.

La tazza di caffè Bodum di Ella era sulla scrivania, la sua giacca era sullo schienale della sedia, ma lei non c'era.

Sloane accelerò il passo, nel caso in cui Ella fosse in bagno e stesse per uscire. Voleva raggiungere lo spogliatoio, cambiarsi, uscire sul campo e fuggire da tutte le sue preoccupazioni. Non appena varcava quelle linee bianche, il resto della sua vita passava in secondo piano. Alcune persone meditavano, altre facevano Tai Chi; il luogo felice di Sloane, quello che la teneva in equilibrio, era il campo da calcio.

O almeno lo era stato, fino a quando Jess non era arrivata e aveva distrutto la sua vita.

Il campionato internazionale era andato bene, anche se la sua allenatrice aveva notato quanto fosse sottotono. Sloane non le aveva detto perché. Tuttavia, aveva ottenuto l'assicurazione che, se avesse continuato a progredire dopo l'infortunio, sarebbe entrata nella squadra della Coppa del Mondo. Finalmente una buona notizia. Ora che sapeva cosa doveva fare, era pronta per la sfida. Una sfida più grande, tuttavia, era quella di riconquistare Ella.

Le aveva mandato diversi messaggi, ma Ella le aveva detto di lasciarle un po' di spazio. Sloane sapeva quando allontanarsi, era brava in questo. Aveva fatto pratica con Jess. Quindi si era calmata, ma era tornata dal campo da qualche giorno. Aveva concesso a Ella settimane di spazio, e quelle ore e quei minuti si erano susseguiti l'uno all'altro. Sicuramente lo spazio aveva una data di scadenza.

Sloane si prese mentalmente a calci per le foto di lei e Jess che si salutavano dopo la partita amichevole, ma era solo un saluto. Nat l'aveva trascinata nello spogliatoio della squadra inglese per incontrare un paio di ragazze e Jess era lì. Qualcuno le aveva immortalate mentre si abbracciavano, dandosi l'ultimo saluto. Jess le aveva anche augurato buona fortuna per risolvere le cose con Ella, e aveva detto a Sloane che si sarebbe presa una pausa dalle relazioni per un po'.

Come poteva far capire a Ella che non c'era nulla? Il calcio era un mondo piccolo e Sloane non poteva evitare Jess per sempre. Quell'anno c'era la Coppa del Mondo e non aveva dubbi che si sarebbero viste; doveva convincere Ella che non avrebbe significato nulla. Ella era ormai intrecciata alla vita di Sloane. Quando si svegliava, era la prima cosa a cui pensava: quanto le mancava svegliarsi con i capelli selvaggi di Ella sul cuscino accanto a lei. Fissò l'anello che portava al dito, il catalizzatore della loro attuale situazione di stallo. Doveva far capire a Ella che significava tutto per lei. Che la sua relazione con Jess era avvenuta in un'altra vita. Ora era solo una persona che conosceva.

Ma anche quando lo pensava, Sloane sapeva che non era vero. Il motivo per cui era stata così riluttante a lasciare Jess era perché, in assenza di una famiglia di sangue, Jess *era* la sua famiglia. Era stata la prima relazione stabile nella vita di Sloane, la prima in cui si era sentita amata per quello che era. Era difficile lasciarsela alle spalle. E forse, in qualche modo contorto, quando Jess la trattava male, se lo aspettava. Dopo tutto, è quello che faceva la sua famiglia.

Sloane si sedette sulla panchina dello spogliatoio e si mise la testa tra le mani. I suoi rapporti con la famiglia e con Jess erano incasinati, la sua relazione con Ella non era andata molto meglio. Doveva cambiare le cose, e in fretta.

"Stai bene, Patts?"

Sloane alzò lo sguardo. Layla. Espirò e saltò in piedi. "Sì, bene. Ho solo dormito male".

Layla la fissò. "Tutto qui?"

Sloane annuì. "Voglio solo tornare in campo". Aveva giocato una sola partita per il Salchester da quando era tornata dagli internazionali. Era stata lenta con il pallone, fiacca. L'unico modo per rimediare era tornare sul campo di allenamento.

"Pronta a uccidere, regina del calcio?"

Sloane si alzò e diede una gomitata a Layla. "Non esagerare", rispose con un sorriso.

"Sembra che tu abbia bisogno di essere tirata su".

Sloane si tolse i pantaloni della tuta e si infilò i pantaloncini. "Andiamo a dare qualche calcio alla palla".

Iniziava lo spettacolo.

***

Sloane fu contenta quando la sessione di allenamento finì. Era ancora arrugginita. Per rimediare, chiese a Becca di rimanere, poi appoggiò la palla per terra. Immaginò di star giocando una partita come faceva sempre. Il boato della folla, il prurito dell'attesa sulla pelle. Poi ripeté la sua routine di allenamento, una palla alla volta. Era sempre così, proprio come nella vita. Doveva vivere il momento, prendere ogni secondo come veniva. Solo che quei rigori non stavano andando come previsto. Ventisette su cinquanta. Per otto volte mancò addirittura la porta. Layla si esercitò accanto a lei e fece più punti di Sloane. Era un evento senza precedenti.

"Ti senti bene oggi? O ti stai risparmiando per la partita vera e propria?" Chiese Becca mentre uscivano dal campo.

Sloane scosse la testa. "È solo una giornata no". O una settimana no. Forse un intero mese no.

Quando Sloane entrò nel circolo, controllò l'ora. Se la sua situazione personale stava influenzando anche i suoi rigori, doveva risolverla. Doveva intercettare Ella prima della prossima sessione. Si tolse gli scarpini, si infilò le scarpe da ginnastica bianche e si incamminò lungo i corridoi verso gli uffici. Lucy la vide passare davanti a sé e aggrottò le sopracciglia. Sloane diede un'occhiata all'ufficio di Ella, era alla sua scrivania.

Batté le nocche sul telaio della porta.

Ella alzò lo sguardo e smise di scrivere, il suo volto era spento come il mare d'inverno. Non sarebbe stato facile.

"Posso entrare?"

Ci vollero alcuni istanti, ma alla fine Ella le fece un leggero cenno di assenso.

Sloane si sedette sulla sedia di fronte alla sua scrivania,

desiderando improvvisamente di essere fresca e lavata. Arrivare direttamente dal campo di addestramento la metteva in una posizione di svantaggio. Ma ora era lì, doveva dire la sua e andarsene.

"Volevo parlarti prima che te ne andassi".

Silenzio.

Ok, non avrebbe reso le cose facili.

"Sono stata fotografata mentre andavo al lavoro il giorno dopo che sono uscite le foto di te e Jess". Ella si sedette dritta. "Qualcuno stava aspettando che uscissi dal mio appartamento". Si portò un dito al petto. "Io non sono una calciatrice importante. Non sono te, non sono Jess".

"Ma tu sei Ella. Sei importante *per me*".

Vedere Ella trasalire fece stringere lo stomaco di Sloane. L'inquietudine la colpì come un calcio nel ventre.

"Non sono una persona che può essere fotografata a piacimento, però. Io sono dietro le quinte, non davanti alla macchina fotografica. Forse è a questo che pensavi, visto che non ti sei impegnata totalmente con me negli ultimi mesi".

"Ti ho già detto che mi dispiace per tutto. Jess si è presentata senza preavviso, prima mi aveva scritto di voler parlare e ho pensato che avrei potuto prenderci un caffè. Volevo risolvere la situazione senza farti preoccupare. Ora so che avrei dovuto dirti che si era fatta sentire, ma pensavo di poterla gestire. Invece non ci sono riuscita".

"Il mio punto di vista è ancora valido: forse staresti meglio con una come lei. Con qualcuno a cui piacciono le luci della ribalta. A me non piacciono".

Sloane l'aveva ben capito. "Non credo proprio. Per la cronaca, non piacciono neanche a me".

"La tua tecnica in campo ne sta risentendo".

Sloane aveva sbagliato un tiro nella sua prima partita di ritorno, e la squadra era ora terza in campionato. Il prossimo passo sarebbe stato la semifinale di FA Cup.

"Questo perché non sono contenta. Sai che deve essere tutto a posto fuori dal campo, perché io riesca a giocare bene. Oggi ho segnato appena 27 rigori su 50, un nuovo minimo storico. Devo risolvere la questione con te".

Un colpo al telaio della porta fece alzare lo sguardo a entrambe.

Lucy. Entrò e si chiuse la porta alle spalle. Si mise a lato della scrivania di Ella, con le braccia conserte sul petto. "Sono contenta che stiate parlando, volevo che lo faceste da quando abbiamo perso, l'altra sera". Sospirò. "Ricordate quando ho detto che ero d'accordo, purché non avesse ripercussioni sulla squadra?" Guardò Ella, Sloane e poi di nuovo Ella. "Ditemi che questo non ha un impatto sulla squadra". Indicò Sloane. "Non ti stai allenando bene e, da quello che ho visto poco fa, anche i tuoi rigori ne risentono, dico bene?"

Sloane annuì. Gettò lo sguardo su Ella, poi sul pavimento. Era come essere rimproverati dal preside. Non ci era abituata.

"E tu", disse Lucy, fissando Ella. "Prima degli internazionali, le cose andavano così bene. Ora lavori da casa ogni volta che puoi, e ti nascondi nel bagno quando pensi che Sloane potrebbe passare davanti alla tua porta".

Ella rimase a bocca aperta. "Come…"

"È il mio lavoro sapere queste cose".

Ora toccava a Ella arrossire e guardare il pavimento.

"In parole povere, ho bisogno che i miei due pezzi forti tornino in forma. Questo è il punto cruciale della stagione.

Non posso permettere che Ella eviti la squadra e che Sloane faccia cilecca. Non funziona". Gonfiò le guance. "Ecco quello di cui ho bisogno. Siete adulte, sapete qual è la posta in gioco. Per favore, risolvete la questione, in modo che le partite di Sloane non ne risentano e che la faccia triste di Ella non perseguiti il resto della squadra. Ho bisogno di uno staff felice e di giocatori entusiasti, non di persone che si scannano tra loro. Posso contare su di voi?"

Sloane guardò Ella ed entrambe annuirono.

"Assolutamente sì", dissero insieme.

"Bene", disse Lucy. "Ora me ne vado prima che questa tensione tra di voi mi soffochi. Ricordate cosa vi piace l'una dell'altra. Per favore, almeno fino alla fine della stagione. E ricordatemi di non consentire mai più le relazioni tra staff e giocatrici".

Sloane aspettò che Lucy chiudesse la porta prima di rivolgersi a Ella. Non se ne sarebbe andata finché Ella non avesse saputo come si sentiva.

"Mi sa che abbiamo fatto un bel casino".

"Mi sa proprio di sì". Sloane sospirò. "Posso sopportare di deludere Lucy, però non riesco a sopportare di deludere te. Mi sei mancata molto mentre ero in trasferta. Mi è mancato parlare con te, oltre a tutto il resto. Sei parte della mia vita, Ella. Una parte enorme, non negoziabile. Non voglio perderti".

Anche Ella gonfiò le guance, imitando Lucy. "Anch'io non voglio perderti, ma non è una faccenda chiusa, Sloane. Ti sentivi con la tua ex, e potresti andartene tra qualche mese. Guardala dal mio punto di vista. Dovrei mettere in gioco il mio cuore, solo per perderti tra qualche mese? Forse è il momento di fare un passo indietro. Possiamo ancora lavorare insieme fino alla fine della stagione se accettiamo di essere civili".

Sloane fu attraversata da un senso di paura. Si era già trovata in stalli del genere nelle partite, quando aveva pensato che tutto fosse perduto. Aveva ribaltato la situazione numerose volte nella sua vita. Non avrebbe rinunciato a Ella così facilmente. Non sarebbe finita così.

"Quello che è successo con Jess è stata colpa mia, te l'ho detto. Ma devi sapere che ora voglio tenerti la mano in pubblico. Le ragioni per cui non l'ho fatto si sono ritorte contro di me negli internazionali. Sono stata stupida, e non voglio più essere stupida d'ora in poi. Non vado da nessuna parte, Ella".

Ma Ella scosse la testa. "Per ora. Cosa succederà quando te ne andrai alla fine della stagione? Non si pensa mai al futuro, Sloane, ma io devo farlo. Forse dovremmo almeno arginare i danni".

* * *

L'espressione di Lucy disse a Sloane tutto quello che doveva sapere. Mancavano cinque partite di campionato e Sloane non aveva segnato nelle ultime due. Ma, soprattutto, non era ancora tornata in forma. Solo sette punti dividevano le prime tre, e avevano ancora tutto da giocare. Il problema era che non stavano guadagnando terreno.

Non aveva ancora risolto con Ella e non stava ancora giocando bene.

Sloane non stava rispettando la sua parte dell'accordo.

La semifinale di FA Cup di quella sera era cruciale per la

stagione e, dopo i tempi supplementari, si era arrivati all'1-1. Sloane aveva sbagliato un colpo facile che avrebbe fatto vincere loro la partita.

I genitori di Nat le avevano detto che sarebbero venuti, ma non si erano presentati. Aveva sbagliato un tiro e colpito la bandierina d'angolo con il tentativo successivo. Solo l'intervento di Layla li aveva tenuti in parità e Becca aveva giocato la partita della vita.

La squadra si radunò a bordo campo, la folla ronzava per l'attesa e la frustrazione. Erano la squadra migliore, avrebbero dovuto vincere in 90 minuti. Quando Sloane guardò a destra, poté vedere i tifosi ancora con la sciarpa, anche se era aprile. Lei si sentiva bollente, ma solo perché aveva corso per 120 minuti senza riuscire a segnare. Avrebbe rimediato ai rigori, avrebbe portato la squadra in vantaggio.

Lucy si assicurò di avere un contatto visivo con lei e con tutte le rigoriste prima di parlare. "È ancora tutto da giocare. Questa è la stagione decisiva, andate in campo e segnate per tutti noi. Assicuratevi che tutti gli sforzi che abbiamo fatto per arrivare a questo punto del campionato ne siano valsi la pena. Vogliamo arrivare alla finale di Wembley, no?"

Il gruppo si sparse. L'arbitro aveva la palla. Layla, capitano della squadra, aveva perso il sorteggio, il che significava che i Rovers dovevano tirare per primi. Sloane attraversò l'erba con decisione. Avrebbe tirato in porta, cosa che aveva già fatto migliaia di volte. Dietro la porta, i tifosi agitavano le braccia per cercare di scoraggiarla, ma Sloane si era esercitata. Sapeva cosa doveva fare: un tiro piatto e forte nell'angolo in basso a destra. Guardò il portiere. Fece un respiro profondo, poi cinque passi indietro.

Poi, all'improvviso, nella sua mente iniziò a scorrere un filmato delle sue recenti sessioni di allenamento.

Sopra la traversa.

Largamente al di là del palo destro.

Direttamente al portiere.

Ma che cazzo?

Chiuse gli occhi, poi si concentrò di nuovo. Poteva farlo. Lo faceva ogni giorno, anche se il giorno prima aveva sbagliato otto volte. Otto volte, per due giorni di fila.

Ella la voleva ancora?

Concentrati!

Mugolò, espirò, corse, colpì la palla.

Appena il pallone si staccò dal suo piede seppe che sarebbe finito oltre la traversa. Sapeva bene dove fosse la porta, e non era dove aveva messo la palla.

Il vento le sferzò il viso.

La folla dietro la porta si scatenò.

Il suo stomaco affondò all'istante. Scese attraverso il suolo fino alla galassia sottostante. Voleva fermare il mondo e sotterrarsi, voleva essere ovunque tranne che lì. Sloane era una stella del calcio, non era così che giocava.

Digrignò i denti, poi tornò lentamente dalle sue compagne di squadra. Non poteva guardare la panchina. Non voleva vedere la delusione sui loro volti, né su quelli di Cathy, Rich, Ryan e Hayley, che erano da qualche parte sugli spalti.

Tutti lì a vederla fallire.

Sloane non aveva mai fallito, ma in quel momento stava fallendo in ogni ambito della sua vita.

Forse era una benedizione che la sua famiglia non fosse mai venuta a vederla.

Quando arrivò dalle sue compagne di squadra, Nat fu la prima ad abbracciarla.

"Non preoccuparti, segneremo gli altri".

Sloane prese posto nella fila di giocatrici, con le braccia intorno alle spalle delle altre.

Layla le strinse la spalla.

Le avversarie segnarono il loro goal successivo, e poi anche il Salchester. Ma poi le avversarie segnarono di nuovo. Ciascuna delle due squadre aveva battuto due calci piazzati. Il Salchester era sotto.

1-2.

I due rigori successivi vennero messi a segno da entrambe le parti con grande maestria. Welshy tirò un colpo basso e preciso.

2-3.

Momento cruciale. Sloane non era sicura di poter guardare Nat che si faceva avanti. Probabilmente stava pensando alla sua famiglia. Fece cinque passi indietro, proprio come facevano negli allenamenti. Tuttavia, invece di giocare di precisione, come si erano esercitate, Nat puntò sulla potenza e colpì forte proprio al centro, mentre il portiere si lanciava a sinistra.

La rete si gonfiò.

3-3!

La curva del Salchester urlò e tirò pugni in aria come una sola persona.

Erano pari. Quando Nat tornò di corsa verso la linea, tutti la abbracciarono. Sloane le pose un bacio sulla fronte; in cambio, Nat le fece un sorriso.

"Che ti avevo detto?"

Sloane non aveva intenzione di parlare e portare sfortuna. Non era affatto finita.

Poi, la numero 10 avversaria si avvicinò lentamente al punto da cui battere il rigore e piazzò il pallone. Aveva segnato il goal nei tempi regolamentari, aveva esperienza e un rigore non l'avrebbe turbata. Ma Sloane avrebbe detto lo stesso di se stessa.

Sloane chiuse gli occhi, non poteva guardare. Voleva che la sua rivale sbagliasse o che Becca riuscisse a parare. Le aveva fatto fare molta pratica ogni giorno, di sicuro doveva dare i suoi frutti. Se l'attaccante avesse segnato, Layla avrebbe dovuto fare l'ultimo goal per non perdere. E se avessero perso, sarebbe stata colpa di Sloane.

Strinse forte gli occhi e cercò di trattenere il respiro. L'adrenalina le faceva battere forte il cuore. Accanto a lei, Nat le afferrò la spalla.

Il rumore successivo che Sloane sentì fu quello delle sue compagne di squadra che urlavano intorno a lei e dei corpi che saltavano.

Sloane aprì gli occhi e vide Becca che urlava, agitando in aria il pugno chiuso.

"L'ha parata?"

Nat scosse la testa, con gli occhi spalancati. "L'ha sparata sopra la traversa".

Wow. Non se lo sarebbe mai aspettato.

Con la coda dell'occhio, Sloane vide l'attaccante avversaria tornare indietro con la testa tra le mani. Sloane sapeva come si sentiva, ma era troppo euforica per provare compassione. Il sollievo la invase mentre guardava il cielo, poi verso la panchina. Lucy ed Ella stavano fianco a fianco, con la faccia di pietra.

Il punteggio era ancora di 3-3, entrambe le squadre avevano

sbagliato un rigore. Ora ognuna di esse aveva un altro colpo per evitare la sconfitta assoluta.

L'ultimo rigore spettava a Layla, perché avevano scelto di mettere per prima là loro calciatrice più forte, Sloane. Si erano allenate insieme nell'ultima settimana, ma avrebbe funzionato? Sloane le diede un pugno e un "Ce la puoi fare!" prima che si dirigesse verso il punto e piazzasse il pallone.

Sloane si costrinse a guardare, lo doveva a Layla. Ogni muscolo che possedeva si irrigidì mentre desiderava che la sua amica facesse centro.

Layla alzò le spalle e poi le abbassò. Fece tre passi indietro, poi, con un colpo secco, scagliò la palla nell'angolo in alto a destra. Boom! Non c'era modo di fermarla.

Per la prima volta dall'inizio della partita erano in vantaggio. Sloane si concesse di crederci. Strinse il pugno al fianco, emise un sospiro stressato, ma non era finita. Tutta la squadra lo sapeva. Il rigore successivo avrebbe decretato la vittoria: se le avversarie avessero segnato, la aspettava la morte improvvisa. Se lo avessero sbagliato, il Salchester sarebbe passato in finale.

Layla tornò in un turbinio di abbracci, poi riprese il suo posto nella linea difensiva. Tutte e dieci le giocatrici esterne erano abbracciate sulla linea di metà campo, tutte rivolte verso la porta.

Ora era il turno del numero cinque, una donna robusta che aveva marcato Sloane con autorevolezza per tutta la partita. La sua camminata era lenta, quello era il rigore con più pressione in assoluto. Molto più di quello di Sloane, perché dal suo errore si poteva ancora tornare indietro, come aveva dimostrato la sua squadra. Ma per quel difensore, un errore e sarebbero state fuori.

Sul retro della maglia rossa c'era il suo nome in caratteri bianchi, Stoneson. Posò la palla sul posto. Camminò all'indietro, poi si fermò, con le mani sui fianchi. L'arbitro fischiò. Stoneson guardò a sinistra, poi davanti a sé, quindi corse in avanti.

Sbaglialo. Per l'amor di Dio, sbaglia questo cazzo di rigore.

Il tonfo del suo piede sulla palla fu forte. Il tiro era buono, diretto in alto a sinistra della porta. Era un rigore valido. Sloane strinse lo sguardo mentre Becca si lanciava verso la palla e allungava le braccia più che poteva.

L'avrebbe parata? Sloane trattenne il fiato.

Becca si avvicinò alla palla con la punta delle dita, la deviò sul palo sinistro e la allontanò dalla porta. La ragazza cadde a terra lateralmente e la rigorista si inginocchiò.

La squadra del Salchester emise un sussulto collettivo, si districò e iniziò a correre verso la sua eroina, a braccia alzate. La metà dello stadio del Salchester Rovers esplose, i tifosi di casa dietro la porta si accasciano.

Becca l'aveva parata! Avevano vinto! Sarebbero andate a Wembley! Sloane voleva ridere, piangere e urlare allo stesso tempo. Emise un guaito primordiale, mandò un ringraziamento a un dio in cui non credeva, poi mosse i piedi per unirsi alle altre nel soffocare Becca. Quando il trambusto si placò, Sloane guardò in panchina.

Ella le rivolse un sorriso.

Doveva trovare un modo per sistemare le cose.

Per se stessa, per la squadra e per Ella.

Capitolo 34

Era la seconda settimana di maggio, la fine di un'altra giornata di lavoro, ed Ella aveva il sito di EasyJet aperto sullo schermo. La stagione sarebbe finita presto e aveva qualche settimana di ferie. Aveva bisogno di partire, di fare una vacanza da qualche parte al sole. Palme, cielo azzurro, splendidi tramonti. Ma questo la faceva pensare solo a Sloane: ogni giorno senza di lei era un pugno alle sue emozioni.

Ella si concentrò sullo schermo, sulle foto di persone sdraiate sui lettini, con un cocktail e un libro. Sembrava perfetto. Forse a Marina sarebbe piaciuto andarci? Solo che, quando se lo immaginò, non fu Marina a venirle in mente. Era Sloane, sempre Sloane. Cercò di bloccare le immagini di lei in costume da bagno, dall'aspetto oltraggiosamente sexy, ma ormai vivevano nella sua testa.

Dopo la vittoria in semifinale, Ella si era unita ai festeggiamenti come meglio aveva potuto in campo e negli spogliatoi, prima di sgattaiolare via, sperando di non essere notata. L'euforia della serata e le emozioni legate a Sloane erano travolgenti. Sarebbero andate a Wembley; Ella stentava a crederci.

Dopo che Sloane aveva sbagliato il primo rigore, aveva pensato che avrebbero perso, ma quella squadra la sorprendeva continuamente. Quando lo staff si era unito alla squadra in campo, aveva abbracciato ogni giocatrice a turno, con particolare attenzione a Becca e a tutte e cinque le rigoriste. A prescindere dal fatto che si segnasse o meno, ci voleva un grande coraggio per tirare un rigore. Ella se lo ricordava dai tempi in cui giocava.

Quando fu il suo turno di abbracciare Sloane, entrambe esitarono. Non voleva evitarla e far sembrare che ci fosse qualcosa che non andava. D'altra parte, se l'avesse abbracciata, avrebbe potuto non lasciarla mai andare. Alla fine si erano accontentate di un imbarazzante mezzo abbraccio e di un paio di pacche sulle spalle, poi si erano allontanate in fretta l'una dall'altra. Quando Ella si era accorta che Lucy la stava fissando, si era sentita come se fossero state colte in flagrante. Aveva ignorato il fatto che ogni vertebra del suo corpo si protendesse verso Sloane come una pianta in cerca della luce del sole. In quel momento, Ella non si fidava dei suoi pensieri né dei suoi sentimenti.

Sapeva solo che la stagione del Salchester stava raggiungendo il culmine. Nella partita del giorno prima, Sloane aveva segnato una doppietta. Tuttavia, a una partita di campionato dalla fine, non potevano competere con lo United per il titolo. Ci erano andate molto vicine, però. La FA Cup era ancora a portata di mano, e il match era in primo piano nella mente di tutti.

La finale di Wembley si sarebbe svolta il sabato 12 maggio.

Sloane aveva cercato di parlare con Ella, di metterla alle strette, di mandarle un messaggio. Ma Ella aveva tenuto duro. Ricominciare non aveva senso, perché Sloane se ne sarebbe andata.

Ella stava preparando la borsa per uscire quando Lucy si fermò nel suo ufficio.

"Hai un minuto?" Disse inclinando la testa verso il proprio ufficio.

Ella chiuse lo schermo e si incamminò verso la porta accanto, con lo stomaco che le si rivoltava. L'ultima volta che lei e Lucy avevano parlato in modo formale non era stato piacevole. Sarebbe successo di nuovo? Si sedette sulla sedia di fronte e aspettò di essere sgridata.

"Non c'è bisogno di essere così spaventata. L'ultima volta, Sloane non aveva appena segnato due gol". Lucy fece un sorriso incerto. "Avete fatto pace?"

Ella strinse le labbra in una linea sottile come una matita. "No, ma abbiamo stabilito una specie di tregua".

"Se aiuta, voglio tenerla qui l'anno prossimo. Dipende se vuole restare e se la sua agente è d'accordo. È una trattativa difficile, ma Sloane ne vale la pena. Nonostante l'infortunio e il breve periodo di inattività, è ancora la seconda miglior giocatrice del campionato. Potrebbe anche vincere la medaglia d'oro, non si può discutere con queste cifre".

Sloane sarebbe rimasta? Non l'aveva detto a Ella. Sicuramente, se ci stava pensando, gliel'avrebbe detto. D'altra parte, Ella non gliene aveva dato la possibilità. Un guizzo di speranza le bruciò nel petto, seguito rapidamente dalla sconfitta. Forse avrebbe sfruttato l'offerta per ottenerne un'altra negli Stati Uniti o altrove in Europa? Magari in un posto più caldo di Salchester?

Lucy si schiarì la gola e guardò Ella negli occhi. "Ma non è di Sloane che voglio parlare, è di te. Sloane non è l'unica che voglio tenere in squadra. Ho parlato con Paulo, come promesso, e abbiamo trovato un accordo in base al quale, se sei d'accordo, il club può offrirti un contratto a tempo pieno come performance coach part-time del Salchester e allenatrice part-time di calcio giovanile, oltre a un buon aumento di stipendio". Lucy si sedette in avanti. "Lavorerai soprattutto con le donne, ma c'è la possibilità di lavorare anche con gli uomini, se necessario". Scrollò le spalle. "Gliel'ho concesso in modo che approvasse la mia richiesta". Fece una pausa. "Cosa ne pensi?"

Per una volta nella sua vita, Ella era sbalordita. Era al club solo da una stagione e già lo amava più di quanto avesse mai pensato. Ma poter lavorare anche sul lato calcistico vero e proprio? Era al di là dei suoi sogni più sfrenati.

"Ti va bene se tengo un paio di miei clienti privati? Non mi sembra giusto mollarli di colpo, ma questo non influirà sulla mia dedizione".

Lucy annuì. "Certamente, lo capiamo. Finché lavori a tempo pieno e sei presente alle partite, per noi va bene. Che ne dici? Ti sembra allettante?"

"Cosa devo dire? Un enorme, incondizionato, cazzo di sì al 100 per cento!" Si mise una mano sulla bocca. "Merda! Non ho mai imprecato mentre accettavo un'offerta di lavoro". Arrossì. "Ho imprecato di nuovo, vero?"

L'euforia si diffuse nell'organismo di Ella. Voleva dirlo a sua madre, come sempre. A Marina, a zia Ursula. Poi le venne in mente un'altra persona. Ella la scacciò. "Non sai cosa significa. Non ti deluderò. Potrei baciarti, ma è così che nascono i pettegolezzi".

Lucy si fece sfuggire una risata. "Te lo sei guadagnato. Per quel che vale, anche la squadra maschile voleva assumerti a tempo pieno, visto che il loro performance coach se ne sta andando. Ma io mi sono imposta".

Si alzò e girò intorno alla scrivania. Strinse la mano di Ella, l'abbracciò e poi le resto accanto. "Hai molto da offrire, Ella. Sei stata fantastica in questa stagione e sono sicura che la prossima non potrà che essere migliore". Le rivolse un sorriso stretto. "So che tra te e Sloane non è stata una passeggiata, ma spero che riusciate a risolvere le cose e che possiate tornare rinvigorite la prossima stagione".

Ella uscì dal circolo con la pelle ancora arrossata, accesa dall'adrenalina. Sarebbe diventata una vera allenatrice di calcio. Strinse il pugno mentre si avvicinava alla sua auto. Accanto ad essa c'era la Jeep argentata di Sloane. Era arrivata tardi, probabilmente era ancora in palestra. C'era un motivo se Sloane era così brava: lavorava duramente, ogni singolo giorno.

Ella voleva disperatamente comunicare a Sloane la notizia, voleva anche disperatamente un bacio di congratulazioni. Erano passate settimane da quando era successo. Troppo tempo. La sua determinazione vacillò.

Si trattava di una svolta, ma forse la notizia le aveva fatto capire chi era importante, così come la possibile prenotazione di una vacanza. Non voleva vivere senza Sloane. Doveva aspettarla? Ella scosse la testa. Invece, gettò la borsa sul sedile posteriore, poi chiamò la zia. Non rispose. Poi provò con Marina, stesso problema. Dove cavolo era la sua famiglia quando ne aveva bisogno?

Si mise al posto di guida, con il telefono ancora in mano. Scorse il numero di Sloane e il dito si soffermò sul suo nome. Tutti i motivi per cui avrebbe dovuto premere le passarono per la mente, seguiti rapidamente da tutti i motivi per cui non avrebbe dovuto farlo. Perché era così maledettamente difficile?

Voleva solo dirle che le era stato offerto un nuovo lavoro e che lo avrebbe accettato. Sarebbe rimasta al Salchester per il prossimo futuro e, se Sloane provava qualcosa per lei, qualsiasi cosa, allora sarebbe dovuta rimanere anche lei. Ma Ella voleva che Sloane rimanesse perché lo voleva, non per lei. Non riusciva a chiamarla, a sputare le parole, a fare la prima mossa. Se fosse stato troppo tardi? Se Sloane avesse già deciso di andare altrove? Se avesse deciso che per Ella non valeva la pena di disturbarsi?

"È già un po' innamorata di te, e viceversa". Questo era ciò che aveva detto Marina. Aveva ragione?

Un colpo al finestrino la costrinse ad alzare lo sguardo.

Sloane guardò in basso, con gli occhiali da sole.

Il cuore di Ella fece un rumore come di sonagli al vento. I lobi delle sue orecchie si scaldarono mentre abbassava il finestrino.

"Speravo di vederti oggi". Le parole di Sloane erano insicure, come se le avesse appena imparate.

"Mi stavo chiedendo se chiamarti".

Oh cazzo, l'aveva detto ad alta voce.

Ma era la verità. Almeno Ella non doveva più chiederselo: il destino le aveva dato una mano. Sloane era lì di persona.

"Davvero?" Sloane fece una pausa. "In questo caso, hai impegni? Vuoi venire da me, così possiamo parlare?"

Ella prese un enorme respiro. I rintocchi del vento si trasformarono in tamburi. Sì? No? Forse? Tutte queste cose insieme?

Ma poi Sloane si avvicinò e si tolse gli occhiali da sole.

Inclinò la testa e fissò Ella con un'intensità che la fece sciogliere. "Guarda che sono orgogliosa, ma posso comunque pregarti". Si leccò le labbra. "Ti prego?"

Ella voleva solo alzarsi, prendere il viso di Sloane tra le mani e baciarla. Forse avrebbe dovuto ascoltare ciò che il suo corpo le diceva.

Sloane si era mossa, aveva corso un rischio. Aveva ripetuto più volte a Ella che voleva che funzionasse, ma lei l'aveva respinta. Quel giorno era diverso; ora che si era presa il tempo di valutare veramente, la risposta era semplice.

Sì.

****

L'appartamento di Sloane sembrava cambiato, era più accogliente. Vide delle piante, quadri alle pareti, un tappeto nuovo. Sloane si era data da fare in sua assenza. Sul lato opposto del salotto, la luce del sole entrava dalle porte e dalle finestre del terrazzo. L'appartamento era già un'opera d'arte e ora sembrava quasi accogliente. Ella ne aveva sentito la mancanza.

Catturò il suo sguardo. "Mi piace il nuovo look".

Sloane le rivolse un sorriso incerto. "Lo immaginavo. Mi hai sempre detto che dovevo ammorbidire l'arredamento". Sloane indicò lo spazio con il braccio. "Ho avuto un po' di tempo libero dopo il campionato, spero di averne fatto buon uso".

"Sì".

Avevano sofferto entrambe, ma forse ne avevano avuto bisogno, per poter arrivare a quel punto.

"La prossima cosa che devo ammorbidire sei tu. Posso portarti qualcosa da bere?" Si fermò a metà strada. "E comunque, perché volevi chiamarmi?"

Ella si sedette su uno degli sgabelli della cucina, poi espirò. "Perché ho appena ricevuto un'ottima notizia. Lucy mi ha offerto un contratto a tempo pieno: sarò performance coach part-time del club, lavorerò con entrambe le squadre, ma sarò anche allenatrice part-time di calcio giovanile". Fece un'alzata di spalle esagerata, accompagnata da un sorriso a tutto campo. Non poteva tenersi dentro questa gioia ancora a lungo. "Onestamente, è un sogno che si realizza. E sai chi è la prima persona a cui volevo dirlo?" Sorreggendo lo sguardo di Sloane. "Sei tu".

Sloane si sedette sullo sgabello accanto a lei. Alzò la mano come se stesse per toccare Ella per congratularsi, poi la ritirò. Non erano ancora arrivate a quel punto.

Ma dannazione, Ella voleva arrivarci. Voleva disperatamente che Sloane la toccasse, la stringesse. Alla fine, quello che si era negata era ciò che aveva sempre voluto: Sloane al suo fianco. Ma fino a quel momento non ne aveva avuto la certezza, era stata troppo impegnata ad aspettarsi il peggio. Ora sperava che, comunque fossero andate le cose, la nebbia si stesse diradando.

"È una notizia fantastica e ti meriti tutto". Sloane chiuse gli occhi per un attimo.

Quanto le era mancato lo sguardo squisito di Sloane. Voleva fermare il tempo e rimanere lì per giorni.

"Posso abbracciarti? È permesso?"

Un'ondata di calore attraversò Ella. "*Devi* abbracciarmi, o potrei morire".

Sloane fece come le era stato detto e, proprio in quel momento, il mondo divenne più luminoso. Tra le braccia di Sloane, Ella si sentì sostenuta, al sicuro. In risposta, anche lei avvolse le braccia intorno a Sloane e respirò il suo odore. Lo shampoo alla mela e il profumo di bergamotto.

Sloane appoggiò il naso sul collo di Ella. In qualche modo, questo abbraccio sembrava diverso rispetto ai mesi in cui lo avevano fatto, con un occhio aperto, guardandosi sempre alle spalle. Questa volta il corpo di Sloane era rilassato, immerso nel momento, proprio come Ella le aveva sempre detto di fare. Era riuscita a farlo sul campo di allenamento, ora doveva farlo nella vita reale.

Lentamente, Ella si tirò indietro e chiuse gli occhi. Un ruggito di attrazione si scatenò dentro di lei. Non aveva mai desiderato nessuno così. In pochi istanti le loro labbra si riavvicinarono e un brivido di gioia attraversò Ella. Quando era vicina a Sloane, non desiderava altro che lei. La loro attrazione era magnetica, e ora poteva finalmente avere ciò che voleva.

Quando finalmente districarono le labbra, Sloane rovesciò la testa all'indietro ed espirò a lungo.

Ella si accigliò. "Bacio così male?"

Sloane sorrise. "Tutt'altro. Baci benissimo, ma parlare con te è davvero spaventoso. Però voglio essere onesta con te, perché la disonestà non ci ha portate molto lontane, vero?"

Ogni muscolo di Ella si irrigidì. Si trattava di Jess? Erano andate a letto insieme, alla fine?

"E prima che tu pensi al peggio, non ha nulla a che fare con Jess".

Accidenti, era facile leggerla. "Cosa c'è, allora?"

"Spostiamoci sul balcone. C'è il sole, non voglio sprecarlo". Sloane si alzò e offrì la mano a Ella.

Ella la prese, con il cuore che le stendeva il tappeto rosso.

Si era chiesta se sarebbe stato imbarazzante, ora aveva avuto la sua risposta. Sloane tirò indietro la porta a vetri e uscirono. Spostò una delle sedie bianche ed Ella si sedette accanto a lei. Il pomeriggio era caldo come una vacanza estiva. Se qualcuno aveva dei panni stesi, li avrebbe ritirati profumati di sole.

Sloane aspettò che Ella si fosse sistemata prima di parlare. Sotto di loro, qualcuno suonò il clacson di un'auto e i pneumatici stridettero. In alto, il cielo era punteggiato di cirri.

"Prima di tutto, devo dirti che mi dispiace. Mi scuserei un milione di volte. In effetti, le scuse non sono abbastanza per tutto questo. Ti ho tenuto nascosta la questione di Jess, non ti ho detto che mi aveva scritto. Sono stata disonesta. L'ho fatto per le giuste ragioni, ma il risultato è stato del tutto sbagliato. D'ora in poi, non succederà mai più. Onestà al cento per cento".

A Ella piaceva la direzione che stava prendendo, ma sapeva che c'era dell'altro. La sua risposta fu breve. "Scuse accettate. Continua".

"Stamattina ho ricevuto una telefonata da Adrianne, la mia agente. Ha ricevuto un'offerta da una grande squadra americana. Il New York vuole che torni a giocare per loro, per fare una dichiarazione d'intenti. Giocare per il Salchester doveva essere solo un progetto a breve termine, è quello che ho detto ad Adrianne quando mi sono trasferita. Ora vuole sapere se sono interessata".

L'atmosfera allegra si spense immediatamente, come se Sloane avesse soffocato una candela pizzicando la fiamma con l'indice e il pollice bagnati.

Ella chiuse gli occhi, la delusione la colpì in pieno. Dopo tutto, aveva avuto ragione. Era deprimente rendersene conto.

Le sarebbe piaciuto baciare Sloane ancora un po' prima che la loro bolla scoppiasse, ma non era destino.

Tuttavia, Ella era un'adulta. Aveva sempre saputo che sarebbe potuto accadere, ma era comunque molto dispiaciuta che le sue peggiori aspettative si stessero realizzando davanti a lei.

Fece un respiro profondo prima di parlare. "Ho capito. La tua carriera è limitata e devi accettare qualsiasi cosa ti capiti a tiro, soprattutto un grosso compenso". Ella scrollò le spalle. Sentiva le lacrime dietro gli occhi, ma era decisa a trattenerle. Avevano avuto un'avventura, non sarebbe stato niente di più. Doveva accettarlo e andare avanti. "Congratulazioni. Sembra un'offerta che non puoi rifiutare".

Ok, forse quelle parole erano uscite un po' dure.

Un leggero sorriso abbellì i lineamenti di Sloane.

Pensava che fosse divertente? Ella piegò le braccia sul petto per difendersi.

"Sei molto carina quando sei agitata. E sei una pessima bugiarda, tanto per essere chiari".

Ella si sedette più composta, con i nervi tesi. Non aveva intenzione farsi prendere in giro. "Mi hai appena detto che stai per tornare negli Stati Uniti, scusami se la cosa mi turba un po'". Si premette l'indice sul petto. "Sto cercando di comportarmi da persona adulta".

"E stai fallendo gloriosamente". Sloane fece una pausa, poi prese le dita di Ella tra le sue.

Piccoli fuochi d'artificio esplosero nel petto di Ella.

Maledetta Sloane. Maledetto ogni minimo dettaglio di lei.

"Dici che non posso rifiutare. Nove mesi fa sarebbe stato

vero, ma ora ho conosciuto te. Ho sempre pensato che se avessi incontrato qualcuno qui, l'avrei tenuto a distanza. Non credevo che mi sarei buttata a capofitto". Sloane alzò la mano. "In un certo senso, era vero. Ma anche se il mio corpo era cauto, il mio cuore non lo è mai stato. Non saresti mai potuta essere un'avventura, Ella. Mi sono innamorata di te. Ma, come dici tu, devo pensare a ciò che è meglio per la manciata di anni di carriera che mi restano. Devo scegliere con saggezza e non posso farlo solo per te. Ma – Sloane alzò un dito – Lucy vuole parlarmi dopo la finale di FA Cup. Stanno ancora definendo l'accordo, ma anche il Salchester ha un'offerta sul tavolo. Adrianne deve fare I suoi magheggi per ottenere il meglio. Non so ancora se l'offerta del New York sia all'altezza, non prima di aver parlato con Adrianne e Lucy. Ma tutto è sospeso fino a dopo la finale".

Ella si sedette, affascinata dalle splendide labbra rosse di Sloane. Le sue ciglia svolazzanti, i suoi capelli, arruffati dalla brezza sempre presente sul tetto. Sloane aveva pronunciato molte parole, ma l'unica frase che spiccava era "Mi sono innamorata di te". Era illuminata nella sua mente come un'insegna al neon. Sperava che fosse sufficiente.

"Ma io voglio restare, voglio stare dove sei tu. Se tu dici di sì, lo farò anch'io". Sloane puntò tutta la potenza del suo sguardo su Ella.

Ella si crogiolò nel suo calore, nella sua passione.

"Voglio svegliarmi con te. Voglio addormentarmi con te. Voglio guardare altri tramonti con te. Voglio passare tutte le feste con te, non solo il Natale". Sloane si chinò e strinse la mano di Ella. "Se il Salchester mi fa un'offerta decente, devo dire di sì? Possiamo ricominciare?"

Quelle parole fecero scuotere la testa a Ella. "Sei impazzita? Non ho intenzione di ricominciare. Le lamentele per il caffè senza panna? La guida dalla parte sbagliata della strada? La tua incapacità di capire l'accento inglese? Non funzionerà". Ella si alzò e trascinò Sloane verso di sé. Nel farlo, il suo cuore si gonfiò ancora di più. C'era speranza, una grande speranza. Alla fine, la speranza era ciò di cui aveva bisogno.

Se il Salchester l'avesse presa, Sloane sarebbe rimasta. Lucy aveva detto a Ella che volevano seriamente Sloane. E Sloane voleva riprovarci, le dispiaceva. Ci sarebbero state delle regole di base, ma Ella sapeva in cuor suo la risposta che voleva dare. Era sì, era sempre sì. Anche lei si era innamorata di Sloane, ora dovevano solo imparare a comunicare meglio.

"No, non possiamo ricominciare, ma possiamo riprendere da dove abbiamo lasciato. Solo io e te. Anch'io mi sono innamorata di te, Sloane".

I lati della bocca di Sloane si incurvarono verso l'alto. "Menomale, cazzo". Poi si chinò in avanti e coprì la bocca di Ella con la propria.

Le sembrava di essere a casa.

Capitolo 35

"Ok, tutte quante, raggruppatevi!"

Sloane era stata nello stesso spogliatoio solo il mese scorso per la partita contro l'Inghilterra. Che differenza poteva fare qualche settimana! All'epoca era stata circondata da accenti americani, il che era stato strano. Ora era abituata alle voci inglesi. Chi l'avrebbe mai detto?

E poi, l'ultima volta, lei ed Ella erano praticamente nelle sabbie mobili. Quel giorno la storia era diversa. Sì, le discussioni sul contratto erano ancora in sospeso; tuttavia, quella mattina si era svegliata insieme a Ella, proprio come desiderava. Tutte nella squadra sapevano che erano una coppia. Sloane si diresse al centro del gruppo.

"Benvenuti alla finale di FA Cup, bellissimi umani!" Si guardò intorno, il gruppo irradiava energia nervosa, ma era una cosa positiva. Faceva comodo. "Ho chiesto a Lucy se potevo fare questo discorso e anche al capitano della squadra, Layla. Entrambe hanno gentilmente detto di sì. Questo è il giorno più importante nella breve storia del nostro club. La squadra femminile ha meno di dieci anni, abbiamo fatto molta strada. Avete aiutato questo club a fare molta strada. Sono qui solo da un anno, ma spero di continuare a giocare con voi negli anni futuri. Purtroppo non possiamo vincere il campionato, anche se abbiamo fatto del nostro meglio".

Sloane era ancora arrabbiata, ma il football era così.

Il calcio.

Cavolo, ancora le scappavano parole americane.

"Ma sapete cosa possiamo vincere? La FA Cup a Wembley. Non sono forse questi i sogni d'infanzia? Ma non lo facciamo solo per noi e per i tifosi, lo facciamo per tutti coloro che ci hanno preceduto. Per tutte quelle che volevano giocare a calcio ma a cui è stato detto che non potevano farlo perché erano donne.

"Alcune di voi mi avranno sentita parlare della mia bisnonna, Eliza Power, più tardi Eliza Patterson. Voleva giocare a calcio, ma non le era permesso. Così si tagliò i capelli, si fasciò il seno e fece finta di essere un uomo. E segnò, segnò e segnò, finché non fu scoperta e cacciata dalla squadra".

"Quando sarete in campo oggi, pensate a lei e a tutte le altre Eliza del mondo. Possiamo giocare a calcio, ed è un privilegio che non dovremmo mai dare per scontato. Andate in campo, esprimetevi e fate in modo che questo sia un giorno da ricordare per tutti i tifosi del Salchester Rovers. Non fatevi scoraggiare dalla folla: è qui per voi, lasciatevi sollevare. Nelle parole della meravigliosa Shania Twain: andiamo, ragazze!"

Sloane finì di fare il giro della squadra, dando il cinque a tutte. Quando raggiunse Lucy, la manager le strinse la mano e la abbracciò.

"Non avrei potuto dirlo meglio".

Poi si trovò faccia a faccia con Ella, il suo nuovo amore. Le diede un cinque, seguito da un abbraccio. Quando la sua bocca fu all'altezza dell'orecchio di Ella, sussurrò. "Li batterò anche per te, perché ti hanno trattata male quando avevi bisogno di loro, tanti anni fa". Stavano giocando contro il Rushton City, la squadra che aveva escluso Ella. Sloane le baciò l'orecchio, poi si tirò indietro.

"Non farlo per me", le disse Ella. "Ma vai a sconfiggere quei bastardi".

Sloane sorrise, poi seguì le sue compagne di squadra nel campo.

***

Tornarono in campo per il secondo tempo, dopo che Lucy aveva dato loro una gran lavata di capo per le loro prestazioni poco brillanti fino a quel momento. Se lo meritavano: solo due tiri in porta nei primi 45 minuti, e quello di Sloane era stato un salvataggio facile. Lei e tutta la squadra dovevano fare meglio.

Sloane non era sicura di cosa stesse andando storto, forse avevano troppa ansia? I passaggi andavano a vuoto e il manto erboso di Wembley sembrava enorme, ma aveva già vissuto quell'esperienza e ne era uscita rafforzata, poteva farlo di nuovo. Per fortuna anche le loro avversarie del Rushton City stavano giocando nervosamente, anche se la loro attaccante aveva segnato un goal da brivido. Contavano tutti. Per fortuna avevano ancora il secondo tempo per riscattarsi.

"Puoi farcela, superstar!" Ella gridò mentre Sloane correva davanti a lei e sul campo. Intorno, le bandiere sventolavano e la folla rumoreggiava. Sloane respirò l'odore dello stadio, poi fece un pollice in su e un sorriso a Ella. Aveva ragione. Se Sloane voleva essere all'altezza del suo soprannome, doveva segnare un goal e cambiare la partita.

Nat si avvicinò a lei e si diedero la mano all'altezza della vita.

"Sei pronta a vincere?"

"Mai stata più pronta".

"Puoi farcela, Natalie!", gridò la mamma di Nat, tre file dietro la panchina.

Nat arrossì e salutò la sua famiglia. Suo padre non si era presentato, ma sua madre e le sue sorelle sì. Sloane era entusiasta per lei. Era un inizio.

Sloane riportò la testa al sole di maggio. Scese una calma improvvisa. Poteva assolutamente farcela, tutto ciò che doveva fare era incanalare nei tiri chi era veramente. Chi voleva essere, la versione migliore di se stessa. Quella che Ella aveva visto, quella che Ella aveva creato.

L'arbitro fischiò e le due partirono.

I primi 15 minuti furono un testa a testa, con il Rushton che incalzava, ma il Salchester si difendeva bene. Becca parò un tiro ravvicinato della loro attaccante, e Nat era così in ansia che si allontanò con la testa tra le mani. Sapeva che avrebbe dovuto fare di meglio.

Dieci minuti dopo, il Salchester non riusciva a uscire dalla propria metà campo. L'ala veloce dell'avversario si mosse da una parte, poi dall'altra, tagliò l'area e lasciò partire un tiro che Sloane cercò di bloccare allungando la gamba destra. Per poco non ci riuscì, ma in scivolata sentì un dolore alla coscia. Era abbastanza sicura che non fosse niente, ma rimase a terra per far respirare la sua squadra.

Dan corse con la sua borsa medica e si inginocchiò accanto a lei.

"Stai bene? Dove ti fa male?"

"Mi fa male l'orgoglio." Sloane sussurrò. "Niente che un po' di spray e una spugna magica non possano curare".

Dan trattenne un sorriso e somministrò le lozioni necessarie. Le sue compagne di squadra le ronzavano intorno, prendendo qualcosa da bere mentre il sole batteva forte. Dopo un paio di minuti, Sloane si alzò, allungò il muscolo e tornò di corsa al centro.

Becca prese il calcio di rinvio e lo tirò lungo. Sloane seguì la palla fino in fondo, ma venne superata dal metro e ottanta della numero sette del Rushton. La palla arrivò di testa, la centrocampista la mise in mezzo e all'improvviso le avversarie fecero un rapido scatto.

Cazzo.

Il Salchester non poteva andare sotto di due gol, sarebbe stata una montagna da scalare. Sloane galoppò di nuovo verso l'area per difendere il cross, così come Welshy. Quando il pallone arrivò, Welshy alzò inspiegabilmente una mano verso la palla e la colpì.

Il braccio non era in posizione naturale, quello era un rigore garantito.

Sloane trasalì quando la sua compagna di squadra cadde a terra, tra le grida dei giocatori e della folla. Non ebbe bisogno di guardare l'arbitro per capire cosa aveva deciso. Sloane sentì il fischio e trattenne il fiato, mentre l'arbitro non esitava a indicare il punto. La folla si mise a ruggire. Welshy si alzò, inclinò la testa verso il cielo e si cullò la nuca sul palmo della mano.

Cazzo.

Era una situazione più che difficile. Non mancava molto e lo stadio era un calderone di fischi e applausi. Dovevano sperare che Becca riuscisse a parare, o che riuscissero a segnare tre punti. Niente era impossibile. Sloane mise un braccio intorno alla spalla di Welshy e la condusse fuori dall'area di rigore.

"Non preoccuparti, ci pensiamo noi".

Strinse forte Welshy e guardò l'orologio. Mancavano ancora diciassette minuti e avrebbero potuto andare sotto di 2 gol. Non era sicura di credere alle sue stesse parole, ma non poteva dire altro. Non era mai finita finché non era finita, questo lo sapeva.

L'attaccante del Rushton, alta e con i capelli rossi, appoggiò la palla e prese le misure. Sloane si concentrò su Becca. Quando l'attaccante iniziò la sua corsa, Sloane strinse i pugni al fianco. Colpì la palla dritta al centro e, mentre Becca si dirigeva verso destra, allungò anche una gamba e la parò con il piede. L'attaccante proseguì con un altro tiro, ma Becca lo bloccò e si accasciò a terra con il pallone sul petto.

Il pubblico e le compagne di squadra erano in delirio. Sloane abbracciò forte Welshy – sembrava che volesse piangere – poi corse indietro e, mentre Becca si alzava in piedi, le prese il viso e le diede un bacio sulla fronte. "Chiamerò mia figlia come te", le disse.

Becca sorrise in mezzo al rumore, che era appena aumentato di una tacca. "Tutti quegli allenamenti ai rigori alla fine hanno dato i loro frutti. Ora segna uno o due cazzo di gol, ok?"

Sloane adesso aveva uno slancio in più. Risalì il campo e Becca la lanciò di nuovo lungo. Questa volta Sloane la prese con la testa, la passò a Welshy in centrocampo e il Salchester prese possesso della palla, tenendola e muovendola senza problemi, finché Layla non notò Sloane correre e infilò un passaggio perfetto che tagliava la difesa avversaria. Sloane prese il pallone in quella traiettoria, alzò lo sguardo e fece un cross per Nat. Quest'ultima lo anticipò, si alzò maestosamente e diresse in rete un colpo di testa fulminante.

Goal!

Improvvisamente, il Salchester aveva rimontato.

Il sollievo era palpabile, sia tra le giocatrici che tra il pubblico. Sloane attraversò di corsa e saltò sul gruppo vicino alla bandierina d'angolo, con Nat in fondo.

Nat le abbracciò tutte, poi diede un pugno in aria salutando la folla. "Ancora uno per la vittoria!", urlò. L'atmosfera era elettrica e la pelle di Sloane pungolava dappertutto.

Mentre tornavano indietro per ripartire, lo slancio aveva cambiato energia. Ora dovevano capitalizzare. Il prossimo goal sarebbe stato quello della vittoria. *O la va o la spacca.*

Sloane guardò l'orologio mentre le avversarie ripartivano.

Mancavano dieci minuti.

Il gioco ripartì.

Il Rushton si lanciò in avanti e conquistò un corner. Il Salchester rispose bene, solo Sloane e Nat non erano in area a difendere. Il loro battitore d'angolo fece filtrare la palla fino in porta, ma Becca la fermò con i pugni e Layla la portò fuori dall'area. La passò a Welshy, che si collegò a Nat. In quel momento, Sloane sapeva che Nat avrebbe avuto un solo pensiero. Avanzare.

Sloane era sulla sua stessa lunghezza d'onda e corse avanti, accendendo i propulsori. I suoi polmoni bruciavano mentre si faceva strada sul campo, sapendo che Nat era dietro di lei. Sloane sapeva cosa sarebbe successo dopo, e quando Nat rilasciò la palla, passò sopra la testa di Sloane. La palla rimbalzò una volta, lei la controllò e portò un po' avanti.

Ora c'erano solo lei, un difensore in arrivo e il portiere.

Sloane tagliò l'area, aggirò il difensore e la superò in scivolata. Una in meno. Guardò il portiere mentre il mondo rallentava e il rumore della folla si attenuava. Sloane si chinò da una parte, poi dall'altra e stava per tirare quando il portiere allungò un piede. Si scontrò con la caviglia di Sloane. Sloane cadde a terra quasi al rallentatore con un guaito.

L'arbitro non perse tempo ad assegnare un rigore, ma questa volta era dal loro lato. Davanti ai loro tifosi bianco-blu, che in quel momento stavano impazzendo.

Sloane si alzò, si asciugò la fronte e si avvicinò all'arbitro, che aveva in mano la palla. La prese e la posò per terra. I suoi genitori stavano guardando? Non ne aveva idea. Ma Ella sì. La sua nuova famiglia era lì per lei. Erano tutta l'ispirazione di cui aveva bisogno.

Inspirò e poi espirò.

Concentrati.

Cinque passi indietro.

Sei minuti di tempo.

Un calcio per la gloria.

Chiuse gli occhi ed evocò un'immagine di Eliza. *Questo è per te, bisnonna.* Sloane guardò il portiere, si avvicinò, colpì dolcemente e la palla volò nell'angolo in alto a destra.

L'euforia esplose in lei. Il boato della folla non intaccò il ruggito che le uscì dalla bocca mentre si allontanava a braccia alzate, correndo verso i tifosi. Sloane raggiunse le transenne, con il sorriso che minacciava di inghiottire Wembley, proprio mentre le sue compagne di squadra le atterravano addosso. Si accasciò a terra. Altre volte si sarebbe fatta davvero male quando l'avessero fatto, ma non quel giorno.

Quel giorno era di Teflon.

Quel giorno erano in vantaggio per 2-1 nella finale di FA Cup.

Quel giorno avrebbero vinto.

***

Al fischio finale, Sloane si inginocchiò e appoggiò la testa sul terreno sacro. Ben presto fu inghiottita dagli abbracci delle sue compagne di squadra.

"Ce l'abbiamo fatta, cazzo!" Layla urlò, stringendo le braccia intorno al collo di Sloane.

Sì, ce l'avevano fatta.

Sloane si alzò, venne abbracciata da Lucy e poi inghiottita dal suo profumo floreale preferito quando Ella la raggiunse. Il suo abbraccio fu epico, da inserire nella Hall of Fame degli abbracci. Quando Sloane si ritrasse, Ella scosse la testa.

"So che ti alleni, ma quel rigore era pazzesco". Scosse ancora la testa. "Dove trovi la forza, non lo saprò mai". Fece una pausa. "Ti ammiro molto, Sloane Patterson". La abbracciò forte. Poi le sussurrò all'orecchio. "Ma ora smetterò di abbracciarti, visto che siamo sulla TV nazionale".

Sloane sbuffò. "Forse è meglio così". Era stata fortunata che la caviglia fosse guarita in tempo per giocare una partita così storica, nella patria del calcio. Aveva vinto la Coppa del Mondo, insieme a tutti gli onori degli Stati Uniti. Ma la FA Cup era speciale. I suoi bisnonni avevano giocato nei primi turni, ora aveva portato avanti il nome della famiglia e a termine ciò che avevano iniziato.

"Torno subito. C'è qualcosa che devo fare prima di poter festeggiare come si deve".

Sloane strinse la mano di Ella, poi corse a bordo campo, cercando dietro la panchina dove sapeva che si trovava la sua famiglia. Quando sentì chiamare il suo nome, alzò lo sguardo e incrociò il sorriso enorme di Cathy.

"Ce l'hai fatta! Sei una cazzo di stella del calcio!" Cathy urlò, alzando le braccia.

A Sloane non importava del suo aspetto. Superò la barriera, salì i gradini fino alla decima fila e, tra applausi e congratulazioni, raggiunse la sua famiglia e li abbracciò tutti a turno. Hayley sembrava sotto shock, Ryan non riusciva a smettere di sorridere, Rich continuava a darle pacche sulle spalle. E Cathy sorrideva e basta.

"Sei stata bravissima", disse, pizzicando il mento di Sloane. "Devi avere nervi d'acciaio per tirare quel rigore. Non riuscivo a guardare".

Ryan diede una gomitata alla madre nelle costole. "Non hai guardato! Avevi le mani sul viso".

"Stavo guardando attraverso le dita". Cathy arrossì di un rosa acceso. "Sono così orgogliosa di te, tutta la tua famiglia lo è. Ma soprattutto so che i miei nonni, i tuoi bisnonni, ti guardano dall'alto e ti dicono: 'Vai avanti, ragazza'!" Nel dire quest'ultima frase, diede un pugno in aria. "Sei una scheggia, Patterson".

Sloane annuì. "Quello era per Eliza".

Cathy si asciugò una lacrima. "Lo so, tesoro". Si mise una mano sul cuore. "L'ho sentito qui".

Sloane non poté fare a meno di sorridere.

Era venuta nel Regno Unito per trovare se stessa.

In realtà aveva trovato una nuova famiglia, un nuovo amore e una nuova casa.

Capitolo 36

Sloane stava aspettando quando Ella scese in strada davanti al suo appartamento. La baciò, con un ampio sorriso. Indossava jeans strappati e un parka nero, perché il tempo era passato dal cielo azzurro al Baltico, anche se era quasi giugno. La stagione del Salchester era finita e Sloane aveva chiamato dicendo che aveva delle novità.

"Allora?" Ella si mise una mano sul fianco. Sperava che fosse la notizia che aspettava dall'ultima partita della stagione. Avevano perso il campionato per tre punti, ma era comunque il loro miglior risultato di sempre. Lucy aveva ringraziato tutta la squadra e lo staff e aveva detto loro di andare a godersi le ferie. Ella non avrebbe potuto farlo finché il futuro di Sloane non fosse stato definito. Sloane continuava a dirle di rilassarsi, più facile a dirsi che a farsi.

"Sali in macchina, bellezza. Andiamo allo Shot Of The Day".

Lanciò un'occhiata confusa a Sloane. Nessuno è bello con una giacca da pioggia.

"La notizia è che prendiamo un caffè?"

"E un danese, se giochi bene le tue carte".

Ella controllò l'orologio. "Sai benissimo che a quest'ora saranno già esauriti".

Sloane accese il motore e collegò il telefono. Taylor Swift riempì l'auto, cantando di avere 22 anni.

"Mi sono chiesta, fin dal pre-campionato, sarebbe stata questa la canzone che avresti scelto di cantare? Quando ti sei ritirata dal karaoke, se ricordo bene?"

"Ti piacerebbe saperlo, eh? Non posso svelare tutti i miei segreti". Ella sorrise mentre Sloane si immetteva sulla strada con facilità. Ora guidava regolarmente senza intoppi. A Ella piaceva essere portata in giro, non era mai successo in vita sua. La faceva sentire come se Sloane si prendesse cura di lei. Era una sensazione piacevole.

"Allora dovrò assicurarmi che tu canti una canzone durante il pre-campionato di quest'anno, no?"

Ella assimilò le parole per qualche secondo. Poi si alzò a sedere. "Aspetta, questo significa che…?" Si girò sul sedile.

Sloane si fermò a un semaforo rosso, si voltò e annuì. "Esatto". Il suo sorriso diceva tutto. "Ho appena ricevuto la telefonata di Adrianne, è riuscita a ottenere ciò che voleva. È felice, io sono felice, e spero che lo sia anche tu".

Un'ondata d'amore investì Ella. In quel momento, non pensava di essere mai stata così felice. Mise un braccio intorno al collo di Sloane, la tirò a sé e le diede un bacio con trasporto. Nella sua mente scorrevano come un film gli ultimi mesi. Sloane era rimasta. La vita era bella, e stava per migliorare.

"Dovresti darmi notizie così buone più spesso".

Lo sguardo di Sloane riscaldò Ella fino in fondo. Il semaforo divenne verde e Sloane ripartì.

"Ma perché andiamo a prendere un caffè allo Shot Of The Day?"

"Perché no? È una giornata stupenda, il sole splende e

servono il caffè migliore. A parte quello del mio appartamento, che è ancora meglio. Ma ho finito quelle piccole e deliziose Half Cream".

Ella ridacchiò. "Ora stiamo arrivando al nocciolo della questione".

"Inoltre, c'è una seconda buona notizia: sono stata selezionata per la squadra statunitense di Coppa del Mondo. Partirò per gli allenamenti nel fine settimana. Godiamoci il tempo che abbiamo a disposizione".

Ella gettò le mani in aria. "Mi dici tutto questo mentre stai guidando e io non posso baciarti? Non è giusto!" Rise. "Ma congratulazioni, superstar. Certo che sei stata selezionata. Ovvio."

Dieci minuti dopo, con il cielo del colore degli incubi, Sloane saltò fuori dall'auto e corse al fianco di Ella. Quando aprì la portiera, tese la mano. Ella la prese. Sloane le baciò la mano, sbatté la portiera del passeggero e non la lasciò andare. Invece, la tirò verso la caffetteria, ma si fermò davanti alle vetrate a tutta altezza. All'interno, i clienti le fissavano. Un paio di persone, vedendo chi era, sollevarono i loro telefoni cellulari. Sloane teneva ancora la mano di Ella.

Abbassò lo sguardo sulle loro dita intrecciate, poi lo rialzò per incontrare gli occhi concentrati di Sloane. "Mi stai ancora tenendo la mano". Era ancora insolito.

Un ampio sorriso. "Lo so. Spero che vada bene, perché voglio tenertela adesso e per il prossimo futuro, se me lo permetti". Sloane fece una pausa. "Ella, voglio che questa sia la nostra caffetteria. E se tenerti la mano significa che potremmo essere fotografate, non c'è nessuno con cui preferirei essere fotografata". Strinse forte le dita di Ella. "Mi hanno offerto un contratto di due anni al Salchester e ho accettato, per due motivi. Primo, perché mi sono innamorata del club e della zona". Una grossa goccia di pioggia cadde sul naso di Ella, seguita da un'altra. Entrambe risero.

Sloane la baciò via.

Ella si sentì avvampare.

"Ma soprattutto perché mi sono innamorata di te. Avrei dovuto dirtelo prima, sono stata stupida. Credo di avertelo accennato, ma te lo dico adesso. Ti amo, Ella. E ovunque tu sia, lì voglio essere io. So che tua madre non c'è più e non può essere la tua principale cheerleader, ma se il posto è ancora disponibile, vorrei fare domanda".

Gli occhi di Ella si fecero caldi e umidi, mentre la sua mente, emozionatissima, si alzava in piedi e faceva una standing ovation. Tutte quelle settimane di dolore e quei giorni di strazio… Ma ora Sloane era davanti a lei, a offrirle il suo cuore, con tanto di fiocchetto sopra. Non poteva essere più perfetta. Ella era pronta ad accettarla con tutta se stessa.

"Anch'io ti amo, Sloane, e ti voglio come capo cheerleader ogni giorno". Il suo cuore batteva forte. Sloane non sarebbe tornata negli Stati Uniti, sarebbe rimasta lì e si era innamorata di lei. Si stava trasformando in una giornata da urlo. "Anche se non riesco a credere che te lo sto dicendo davanti allo Shot Of The Day".

"Non riesco a pensare a un posto migliore". Gli occhi di Sloane scintillavano mentre parlava. "Sono persino innamorata della pioggia costante".

"Non esageriamo". Ella non voleva più solo tenere le mani di Sloane. Aveva bisogno di avvicinarsi. Gettò le braccia al collo di Sloane e baciò la donna che era innamorata di lei.

Non si sarebbe mai stancata di sentirselo dire. "Ma non posso credere che tu sia passata da 'nessun contatto fisico in pubblico' a farti baciare davanti a un intero bar", mormorò Ella sulle sue labbra. "Pensi che possiamo entrare ora, prima di inzupparci?"

Quando arrivarono, Suzy e Michelle fecero un lento applauso. "Un bello spettacolo, signore".

Al bancone erano sedute anche Nat e Layla. Avevano avuto un pubblico per tutto il tempo.

Ella arrossì di brutto. Forse anche lei aveva bisogno di abituarsi alle dimostrazioni di affetto in pubblico.

"Grazie al cielo l'avete detto a tutti e non devo più stare attenta a quello che dico", disse Nat, abbracciandole entrambe. "Ma questo significa che anche tu rimani?"

Il sorriso di Sloane era quasi esagerato mentre annuiva. "Altri due anni. L'anno prossimo vinceremo il campionato".

"Sì, cazzo! Vado a prendere un caffè per festeggiare". Layla le allontanò. "Andate a sedervi, ve li portiamo noi".

Sloane ed Ella si sedettero sui divani vicino alla finestra. Ella non era stata lì la metà delle volte di Sloane, ma ne vedeva il fascino. Il fascino principale oggi era Sloane, però.

Prese la mano di Ella nella sua e la baciò. "Un'altra cosa. Verrai alla Coppa del Mondo, vero?" La successiva sarebbe stata in Francia.

Ella sorrise. "Ci penserò. Adesso sono una groupie?"

"La migliore in assoluto", rispose Sloane. "Una volta che avremo vinto, avrò due settimane di vacanza. Ho prenotato un soggiorno all-inclusive in un resort in Messico, speravo che potessi venire con me".

"Una volta che avrete vinto?" Ella scosse la testa, ma

amava la spavalderia, l'arroganza. Era il motivo per cui Sloane era quello che era. Una vincente. Una superstar. La *sua* superstar. "Stai cercando di comprarmi con una vacanza esotica, Patterson?"

"Ti offro anche il mio corpo, quando e come lo vuoi".

Il sorriso di Ella era ampio. "È difficile contrattare con te, ma siamo d'accordo".

Epilogo

"**N**on posso credere che tu sia riuscita a organizzare tutto questo in un mese", le disse Ella. "O che tu sia riuscita a convincere il club ad accettare la cosa".

Sloane fece entrare la sua Jeep in uno spazio libero nel parcheggio del club, poi spense il motore. Il silenzio fu d'oro per qualche secondo, mentre lei si sedeva per ricomporsi. "Dovresti sapere che quando decido che voglio qualcosa, di solito la ottengo". Si chinò e posò un leggero bacio sulle labbra di Ella. Non riusciva ancora a credere di poterlo fare ogni giorno, senza preoccupazioni. Il nuovo ruolo di Ella era stato approvato e la direzione non aveva obiezioni al fatto che la loro relazione continuasse. Sloane era libera di baciare la sua ragazza quando e dove voleva. "Eri nella lista delle cose che volevo, nel caso te lo stessi chiedendo".

"Lo immaginavo". Ella sorrise mentre si slacciava la cintura di sicurezza. "Quanti biglietti avete venduto?"

"Circa 25.000, è eccezionale per una partita senza nulla in palio".

"C'è dietro il tuo potere di star".

"Ho dei poteri che non conoscevo nemmeno". I raggi del sole le solleticarono il viso mentre scendeva dalla macchina e indossava i suoi nuovi occhiali da sole. Aspettò Ella vicino al cofano e si avviarono verso lo stadio mano nella mano.

Ella strinse la sua mano prima di parlare. "Oggi vengono tutti. La mia famiglia, la tua famiglia, tutti a cena insieme. Sei nervosa?"

Sloane scosse la testa. Sarebbe stata nervosa se si fosse trattato dei suoi genitori, ma Cathy e gli altri? Non riusciva a immaginare un giorno in cui qualsiasi cosa avessero detto o fatto avrebbe mai affievolito il suo amore e la sua ammirazione per loro. Da quando erano entrati nella vita di Sloane, avevano portato solo positività. Non era sicura che sarebbe mai riuscita a ripagarli per averle mostrato quanto fosse bello avere una famiglia.

"Sarà grandioso. Stiamo insieme, stiamo facendo decollare il Kilminster e la nuova squadra femminile sta ottenendo un po' di pubblicità e fondi necessari. Cosa c'è di cui essere nervosa?"

Ella attraversò le porte dello stadio, prima di voltarsi verso di lei. "Non sei solo un bel viso, Sloane Patterson".

"Lo so. A quanto pare, sono anche una superstar".

* * *

Erano nel tunnel di ingresso al campo, la tensione era scolpita nei volti di tutti i rigoristi, compresa Ella. Sloane era abituata a tirare i rigori, ma a volte dimenticava che il semplice atto di correre in campo poteva causare ansia. Lo aveva fatto per tutta la vita, era una seconda natura per lei. Batté le mani e attirò l'attenzione di tutti in pochi secondi.

"Innanzitutto, benvenuti nel tunnel del Salchester Rovers. Spero che lo stiate vivendo tutto d'un fiato. Qui è dove tanti grandi si sono fermati, prima della partita. Ora siete nello stesso club".

Risatine nervose riempirono l'aria. Sarebbe stato molto diverso nella sua patria. Lì, ogni persona avrebbe dato il cinque e avrebbe fatto la voce grossa. Ora, invece, si erano tutti rintanati nel loro guscio, contemplando ciò che li aspettava. Le differenze culturali non erano mai state così nette. Il compito di Sloane era far rilassare quelle persone, farle ricredere.

"In secondo luogo, grazie per aver sostenuto il calcio e per aver pagato 500 sterline per tirare un rigore contro i portieri maschili e femminili del Salchester. Siete in 100, 50 uomini e 50 donne, il che significa che con la vostra generosità avete raccolto 50.000 sterline per il Kilminster United, questo prima che prendano la loro parte di incasso per la partita successiva. I vostri soldi stanno aiutando a salvare la squadra maschile del Kilminster e a creare una squadra femminile".

L'orgoglio le faceva pizzicare tutta la pelle. "I miei bisnonni giocavano nella squadra, la mia famiglia lo fa ancora oggi, e oggi pomeriggio indosserò con orgoglio la loro nuova divisa nella partita amichevole tra Salchester e Kilminster". Fece una pausa e fissò i volti a cui era così grata. "Dal profondo del mio cuore, grazie". Sloane prese fiato. "Ma ora è il momento che tutti stavate aspettando: potete tirare i vostri rigori. Volete il consiglio di qualcuno che l'ha fatto un milione di volte?"

"Sì, grazie!", gridò la donna accanto a lei. Era vestita con la nuova maglia del Kilminster, sponsorizzata da Sloane in onore della sua bisnonna. Le parole "Let Women Play" (Lasciate giocare le donne) erano impresse sul davanti, mentre "In honour of Eliza Power" (In onore di Eliza Power) era molto più piccolo, sul retro. Sloane aveva passato un sacco di tempo a cercare di trovare qualcosa di intelligente, ma alla fine la risposta era la più ovvia. Erano le parole che Eliza avrebbe voluto, perché era quello che aveva cercato di ottenere lei tempo addietro. Con il nuovo contratto di sponsorizzazione di Sloane e il totale di quella raccolta fondi, sperava che il Kilminster fosse pronto per un buon paio di stagioni.

"Ecco il mio consiglio, che è valido sia se non avete mai tirato un rigore prima, sia se ne avete fatti decine: godetevelo. Rilassatevi. Decidete dove dirigerlo e attenetevi a quel piano. Inoltre, ricordate che per farlo ci vuole coraggio. Sì, anche al di fuori di una partita. State comunque facendo un passo avanti e vi state mettendo in gioco, al di là della vostra zona di comfort. La vita è fatta di esperienze e voi state per fare un'esperienza che la maggior parte delle persone non farà mai. Divertitevi e cerchiamo di segnare 100 grandi rigori là fuori, d'accordo?" Fece una pausa. "Pronti?"

Cento paia di occhi spalancati la fissarono.

Alla sua destra, Ella sillabò la parola "No!" nella sua direzione.

Sloane morse un sorriso. "Ho detto, siete pronti?"

Questa volta ottenne la risposta che desiderava.

"Allora andiamo!"

* * *

Ella fece dei respiri profondi e controllò i suoi nervi. Il cuore le batteva nel petto mentre guardava gli spalti che si riempivano rapidamente. La partita sarebbe iniziata entro mezz'ora, ma molti tifosi erano arrivati in anticipo per applaudire i rigori. Ogni tiro in porta aveva suscitato l'applauso della folla, e ogni palla che aveva colpito il fondo della rete era stata festeggiata come se fosse stato il goal della vittoria di una coppa.

Correre in campo in tenuta completa aveva suscitato

tante emozioni che Ella pensava di essersi lasciata alle spalle. A quanto pare non era così. Ma ora era lì, la cinquantesima donna a tirare i rigori in quella gara di beneficenza. Dall'altra parte, il portiere maschile Fraser Holt ne aveva ancora cinque dei suoi 50. Le donne erano andate avanti con molto meno clamore.

"Sei pronta per la tua occasione, Carmichael?" Sloane mise la palla sul posto e tenne il fischietto in mano, proprio come aveva fatto per i precedenti 49 rigori. Il lato arrogante di Sloane eccitava Ella molto più del necessario, ma lei allontanò quel pensiero dalla sua mente. Non avrebbe dato un'occhiata alle cosce muscolose e sode della sua ragazza che aveva leccato quella stessa mattina. Nemmeno per un secondo.

"Ricordi cosa ti ho detto?"

Ella strinse gli occhi, non aveva bisogno di una lezione di rigori in quel momento. "Stai zitta adesso, per favore".

Sloane mimò di zipparsi le labbra e di gettare via la chiave, poi fece un passo indietro.

Era il turno di Ella di brillare, la sua occasione di segnare in un grande stadio. Il suo sogno poteva finalmente realizzarsi.

Fece un respiro profondo, poi fece sette passi indietro. La folla dietro la porta iniziò il suo basso ruggito. La sua carriera precedente le passò davanti agli occhi. Avrebbe potuto essere così diversa, ma stranamente non avrebbe cambiato nulla. Era dove si trovava, nel momento in cui si trovava, per un motivo. La stagione seguente avrebbe allenato giovani stelle sul campo, condividendo le sue conoscenze e guardandole realizzare i loro sogni. Per lei era più che sufficiente.

Il ruggito si fece più forte mentre Ella iniziava la sua

rincorsa. A ogni passo, Ella si immergeva sempre di più nel momento. Quando raggiunse la palla, inviò una preghiera silenziosa alla mamma, poi la colpì bassa e dritta verso l'angolo in basso a sinistra.

La palla si allontanò ed Ella trattenne il respiro.

Becca aveva indovinato la direzione.

Ella trasalì mentre aspettava che il portiere la raggiungesse.

Lo fece, ma la potenza del tiro di Ella era troppo elevata. La palla colpì la parte posteriore della rete e la folla dietro alzò le mani in aria e fece un gran baccano di approvazione.

Ella si alzò in piedi, con le braccia in aria, si girò verso Sloane e rovesciò la testa all'indietro.

"Sì!", gridò, proprio mentre Sloane la raggiungeva, la prendeva in braccio e la faceva girare.

"Ce l'hai fatta, cazzo!" Sloane gridò, continuando a farla roteare. "Come ci si sente a essere una superstar?"

Ella sorrise quando i suoi piedi toccarono terra. Mentalmente, era ancora in volo.

"Non voglio mentire, è una sensazione davvero fantastica, cazzo".

* * *

L'amichevole si concluse con un 6-3 per il Salchester, che non era un risultato terribile considerando che c'erano sei campionati e centinaia di squadre di distanza. Nat segnò una doppietta per la squadra mista professionale, dimostrando che il suo anno di svolta non era stato un caso. Sloane non vedeva l'ora che iniziasse la prossima stagione.

Sloane aveva giocato per il Kilminster in onore della bisnonna e aveva anche segnato un gol. Aveva ottenuto una foto del momento e delle immagini con tutta la squadra che sarebbero state appese al muro del circolo del Kilminster nel prossimo futuro. Sloane sarebbe sempre stata la benvenuta; il manager Matt lo aveva detto chiaramente quando lei aveva telefonato per dirgli della sua proposta di sponsorizzazione.

Mentre uscivano dal campo, Nat raggiunse Sloane e la abbracciò forte. Il suo taglio di capelli era fresco e lei era orgogliosa della sua performance.

"Ben fatto, non sei proprio una recluta", le disse Sloane.

"Alla salute, superstar".

Nat metteva il titolo di Sloane in discussione e lei non poteva essere più entusiasta. Quando guardò verso il settore famiglie dietro la porta, non c'era solo la sua: la mamma e le sorelle di Nat erano tre file più indietro, insieme a un uomo dai capelli scuri. Sloane si girò verso Nat e inclinò la testa.

"È quello che penso l'uomo accanto a tua madre?"

Il sorriso quasi le tagliava il viso mentre annuiva. "È la sua prima partita, dopo che mia madre gli ha detto che avrebbero divorziato se non fosse venuto".

"Ben fatto".

Nat li salutò, suo padre le fece un sorriso nervoso e ricambiò il gesto.

Sloane le diede una gomitata. "Sembra che abbia bisogno di sciogliersi. Vai ad abbracciarlo".

La coppia scavalcò le barriere per raggiungere i propri cari. Sloane abbracciò Cathy, Rich, Hayley e Ryan, oltre a Ursula, suo marito Gary, Marina, suo fratello Brad, con sua moglie Sarah e i loro tre figli. Più famiglia di quanta ne avesse mai avuta in vita sua.

"Mi è piaciuta molto la partita, Sloane", le disse Ursula.

Con i suoi vaporosi capelli castani, non poteva che essere la zia di Ella. "Non ne ho più viste molte da quando Ella giocava, mi mancava". Si voltò verso Ella. "Dovrai procurarci i biglietti per questa stagione".

"Dovresti venire anche tu a Kilminster", le disse Cathy. "Almeno vieni per il tè. Posso cucinarti il pollo con la ricetta di cui ti ho parlato prima".

"E il dessert al cioccolato. Buono da morire", aggiunse Rich, baciandole la punta delle dita.

Sloane sorrise. "Avete guardato la partita?"

Cathy rise. "Tutta, non mi sono persa un minuto". Fece l'occhiolino. "Hai giocato così bene, peccato che non hai vinto". Cathy si chinò in avanti e spazzolò qualcosa dai capelli di Sloane. Stranamente, a Sloane non dispiacque. La natura tattile della sua nuova famiglia era una cosa a cui si era abituata in fretta. In un certo senso le piaceva. Accanto a Marina, Ella era seduta nella sua tenuta da allenamento del Salchester, ancora raggiante per aver segnato il suo rigore. Sloane non credeva di averla mai amata più che in quel momento.

Sembrava soddisfatta.

Sloane conosceva esattamente la sensazione.

"Oggi non era importante il risultato, ma salvare il Kilminster". Sloane lanciò un'occhiata agli spalti che si stavano lentamente svuotando. "Spero che ci siamo riusciti".

"Hai fatto un figurone", disse Ryan, porgendo il palmo della mano per darle il cinque.

Sloane sbatté il palmo della mano contro il suo. "Lo spero. È stato importante. Spero che qualcuno di questi sostenitori riesca a incentivare il Kilminster in questa stagione".

"Incrociamo le dita".

Sloane fece un respiro profondo. "Vado a cambiarmi, ma ci vediamo tutti al pub più tardi per la cena?"

Tutti annuirono.

Prima di andare, doveva chiedere qualcosa a Ella. Aveva i nervi a fior di pelle, non poteva aspettare.

***

"Sei stata fantastica oggi in campo. Sembravi molto concentrata per quel rigore". Sloane passò un braccio sulla spalla di Ella.

Ella le rivolse un ampio sorriso. "Ho imparato dalla migliore".

"Abbiamo anche il nostro primo pasto fuori casa con tutte le nostre famiglie. È una sensazione significativa, vero?" Si avvicinarono all'ingresso del pub e Sloane si fermò.

Ella si fermò e le rivolse uno sguardo interrogativo. "Non entri?"

Sloane annuì. "Certo. Ma prima voglio chiederti una cosa". Tolse il braccio e si girò verso Ella. Un brivido di paura la percorse. Se chiedere questo era stressante, Sloane odiava pensare quanto fosse difficile fare una proposta di matrimonio.

"Quando sto morendo di fame?"

Quella era l'Ella che conosceva e amava. "Non mi metterei mai tra te e il tuo cibo". Sloane sorrise. "Stiamo passando molto tempo l'una a casa dell'altra in questo periodo, e casa mia è molto più vicina al circolo rispetto alla tua". Prese entrambe le mani di Ella tra le sue. Le punte delle orecchie le formicolavano. "Il fatto è, che cosa ne pensi di disdire il contratto d'affitto? I sei mesi sono finiti e puoi farlo ora, no? Tanto dormi già da me per il 75% del tempo".

"Non sono sicura che riusciremo a dormire molto", rispose Ella, aggrottando un sopracciglio. "Mi stai chiedendo di venire a vivere con te, superstar?"

Sloane aggrottò le sopracciglia, poi annuì. "Credo di sì".

"Sei pronta per stare con me, 24 ore su 24?" Ella strinse le labbra.

"Sono nata pronta. Ma soprattutto sono nata per svegliarmi ogni mattina con te".

"A volte sei così adorabile e sdolcinata e americana". Ma il volto di Ella si illuminò ugualmente di un sorriso.

"Zitta. Sto solo dicendo la verità". Sloane la tirò più vicino, poi si chinò. "Che ne dici, Ella Carmichael?" La fissò nei suoi occhi nocciola scuro, il colore di cui non si sarebbe mai stancata. "Ti va di avere un guardaroba doppio? Una terrazza sul tetto?" Premette un bacio delicato sulle labbra di Ella, mentre il suo cuore rimbombava dentro di lei.

"Se la metti così, come posso rifiutare?" Ella la baciò di nuovo, poi fece un passo indietro. "Sei come la panna nel mio caffè, Sloane Patterson. Ti ho sottovalutata quando ci siamo conosciute. Solo perché tu lo sappia, sei molto più di una semplice stella del calcio". Ella tese la mano. "Andiamo a dare la buona notizia alle nostre famiglie?"

Sloane annuì. "Andiamo".

— FINE —

Vi è piaciuto questo libro?

Se la risposta è affermativa, vi invito a lasciarmi una recensione ovunque l'abbiate acquistato. Bastano una o due righe e potrebbero fare la differenza per qualcun altro che si sta chiedendo se dare o meno una possibilità a me e alla mia scrittura. Fate un salto dove avete comprato questo libro – Amazon, Apple Books, Kobo, Google, B&N o qualsiasi altro punto vendita digitale – e dite cosa ne pensate.

Grazie, siete i migliori!

Con amore,
Clare x

9 781912 019397